JN060689

雪富千晶紀

Yukitomi Chiaki

ホワイトデス

White Death

光文社

ホワイトデス

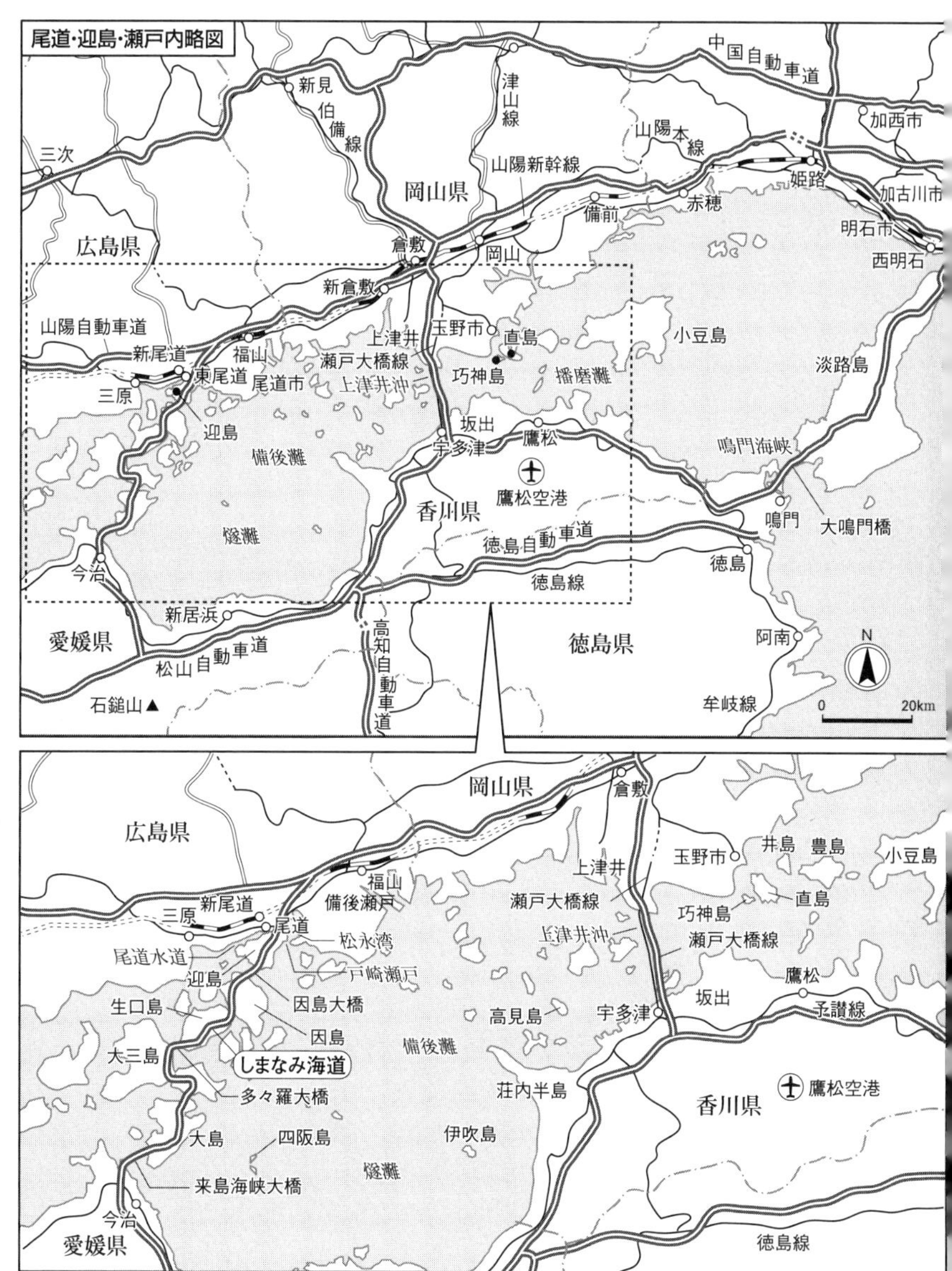

尾道・迎島・瀬戸内略図
中国自動車道
新見
伯備線
津山線
三次
加西市
山陽本線
山陽新幹線
岡山県
姫路
加古川市
備前
赤穂
明石市
西明石
広島県
倉敷
岡山
新倉敷
山陽自動車道
玉野市
直島
小豆島
淡路島
新尾道
福山
上津井
瀬戸大橋線
東尾道
巧神島
播磨灘
三原
尾道市
上津井沖
迎島
坂出
宇多津
鷹松
鳴門海峡
備後灘
鷹松空港
香川県
燧灘
鳴門
大鳴門橋
徳島自動車道
今治
徳島
徳島線
新居浜
高知自動車道
愛媛県
徳島県
阿南
松山自動車道
N
石鎚山
牟岐線
0
20km
岡山県
倉敷
広島県
玉野市
井島
豊島
小豆島
福山
上津井
備後瀬戸
瀬戸大橋線
直島
三原
新尾道
巧神島
尾道
松永湾
上津井沖
瀬戸大橋線
尾道水道
戸崎瀬戸
迎島
鷹松
因島大橋
坂出
生口島
予讃線
高見島
宇多津
因島
備後灘
大三島
しまなみ海道
鷹松空港
多々羅大橋
荘内半島
香川県
大島
四阪島
伊吹島
燧灘
来島海峡大橋
今治
愛媛県
徳島線

装幀　泉沢光雄
装画　ケッソクヒデキ
地図製作　デザイン・プレイス・デマンド

Prologue

光射す海の中、一匹の小魚が〈渦〉に翻弄されていた。小さな尾鰭を懸命に振り、竜巻のような渦から逃げ出そうとするも、回転しながら海底へ引き込まれていく。

飛び石状に島が存在するこの海峡では、内と外で満潮と干潮を迎える時間に差があるため、満潮側から干潮側へ一気に水が流れ込む。ボトルネックのごとく細い海峡を通って噴出された激流は、周囲の穏やかな水とこすれ合い、数多の〈渦潮〉を生みだすのだ。

海水の通り道に沿って、漏斗状の渦が何本も発生していた。わずかに海水が濁っているものの、神殿の柱が林立しているように神々しい。

哀れなイカナゴは回転によって気を失い、その体はされるがままになっている。もはや絶体絶命かと思われた――。

そうではなかった。

なにごとも、始まりがあれば終わりがある。渦潮も同じで、海底に到達すると勢いをなくし、今度は上昇する流れへ変わるのだ。

ゆらゆらと海底の岩に落下しかけたイカナゴの体は、潮に担がれ浮上する。

意識が戻ったイカナゴは、確かめるように体を振った。海面近くでようやく流れから解放されるなり、そそくさと泳ぎ始める。次々と発生する他の渦に巻き込まれないよう、一目散に深い場所を目指した。

その姿を、じっと見上げていたものがいた。

岩陰に隠れていたタコだ。マダコという種で、イカナゴと同様、この内海に広く生息している。

八本の足をくねらせ岩から這い出したタコは、体内に蓄えた水を漏斗から一気に吐き出し、泳いでくるイカナゴへ突進した。顔の側面に目がついているイカナゴは、下から突き上げるタコに気づかない。

イカナゴの真後ろに回り込んだタコは、八本の足を大きく広げ、一瞬で包み込む。足先にある嗅覚を司る器官が、狩りの成功を告げた。あとは、八本足の中心にある口で食べるだけだ。

だが、食物連鎖の世界において、それは虚しい過程に過ぎなかった。

背後から巨大な影に急襲され、タコは狼狽する。

咄嗟に水を噴出し逃れたが、鋭い歯に足を一本、千切り取られてしまった。

墨を吐いて煙幕を作ったタコは、漏斗からさらに水を噴射し、彗星のごとく全速力で逃げ出す。そばにあった狭い岩間に滑り込み、体色を変え擬態した。

あたり一帯には、たくさんの渦潮が立っている。

ねっとりと広がった墨の幕を避けるようにして、その生物はゆっくりと尾を振りながら姿を現した。

上半分は濃い灰色で、下半分は白い、紡錘形の巨大な体軀。真円の目と、大きな口――。幾重にも並んだ歯には、切れたタコの足が引っかかり、なびいている。

特段、珍しい生き物ではない。この内海にもたまに現れる捕食生物だ。だが、いつも見ているものより、桁違いに大きかった。

間違いなく、この海であれに勝てる生物はいないだろう。

タコは見つからないよう身を潜め続ける。

潮流はようやく緩まり、海中の渦柱は、ひとつ、またひとつと姿を消していく。

外からさまざまなものがやってきては、通り過ぎて行くこの海。

今度ばかりは、招かれざるものがきてしまったようだ。

＊

貨物船は、夜の海を静かに航行していた。

新月で空は闇に覆われている。ライトアップで際立つ瀬戸大橋を通り過ぎると、景色は急に寂しくなり、本州と四国の両岸を街灯のステッチがぽつぽつと縁取るだけになった。点在する島の影に入るとそれすらも見えなくなり、真の闇に投げ出されたような不思議な感覚に陥る。

船尾付近の船橋にひとり立った副船長の伴田は、ＡＩＳ――船舶自動識別装置の画面から目を離し、双眼鏡で周囲を見回した。

この備讃瀬戸は、狭い水路をたくさんの船が輻輳する区域だ。一万トン以上の巨大船には水先人の同乗が義務づけられており、夜は航行すら禁止されるほどの難所。五百トンクラスのこの船でも気を抜くのは厳禁だ。

泥棒ワッチ――夜間の見張りは、嫌いではなかった。無灯火の船でない限り、昼より他の船を発見しやすいし、みなが寝静まった時間、静寂に身を任せながら水道をゆっくりと進むのは、何ものにも代えがたい解放感と、密やかな背徳感に浸ることができる。さらに、明け方に荷主の港へ入る頃、朝焼けがしまなみを浮かび上がらせる絶景――。海上からあれを見ることができない者は、人生を損しているとさえ感じる。

二月もあと少しで終わろうとしているが、まだまだ夜は寒かった。小さな電気ストーブだけでは足らない。息を吐いて手を温めると双眼鏡を置き、保温の水筒からコーヒーをカップに注いで飲む。

漆黒の海上に光の点滅を見つけたのは、ＡＩＳの表示で大槌島の横を抜け、しばらく進んだときだった。

「……？」

カップを置いて双眼鏡を覗き込む。

なんのことはない、水路の中央を示す安全水域標識だ。海に浮かんでおり、十秒に一回、白く長閃光するようになっている。

ただ、今日は不必要にチカチカ点滅して不自然だった。

「電球が切れかけてるとか？　そんなわけないよな……」

目を眇める。ついては消えるというより、何かが光を遮っている様子だった。

「どうなってるんだ……？」

光の遮断は同じペースで繰り返される。幾度目かで、何らかのリズムを表していることに気づいた。

双眼鏡片手に、伴田は手元のメモ帳へボールペンで光の長さを書き出していく。

しばらく考察したのち、書き上げたものを「―」と「•」に変換してみると、ようやく意味が見えた。

「モールス信号だ……」

内航海船に転職するまで世界を航行するタンカーの二等航海士だった伴田は、モールス信号の覚えがあった。

浮標自体がモールス信号を発するよう設定されているものもある。しかし、これは明らかに違った。

なぜなら文面が――。

「アイシテル、ムカエニイクカラ、マッテテ？」

歯が浮くような甘い愛の言葉。膝の力ががくりと抜けた。

「……どこかのアホなカップルがふざけてるのか？」

ボートか何かで浮標に乗り付け、光を遮る仕掛けをしたのかもしれない。とんでもない不心得者がいるものだ。

さきほど左手を通り過ぎた宇多津のマーチス（備讃瀬戸海上交通センター）へ通報しようと、伴田はゆっくりＶＨＦ（無線機）へ手を伸ばす――。

途端に、浮標の点滅がするりと元に戻った。

「……?」

もはや寸分の違いもなく、暗い海には規則正しい光が点滅している。しばらく観察するが、二度と不審な挙動を見せることはなかった。

狐につままれた気分で、伴田は双眼鏡を置く。

通報する気は失せていた。元通りになったのだし、余計なことを言えば、飲酒でもしていたのかと痛くもない腹を探られるかもしれない。

大きく息を吐き、ぬるくなったコーヒーを一気にあおる。香りが飛んでしまい、すっかり味気なくなっていた。

遠くで口笛のような音が響いた気がして、顔を向ける。

それすらも、今の伴田には現実かどうか判断しかねた。

覚醒するように頭を振ると、カップを置いてワッチに戻った。

＊

流れていた冷たい潮が、急に止まった。

いい、ぬるみだ。海中で漁がしやすくなる絶好のタイミング。

気を入れ直し身をかがめると、磐井俊は右手の手鉤で海底の砂を探った。

水深三十メートルの海底は、昼間だというのに日光がまったく届かなかった。どこまでも広がる漆黒の闇と海底。昔あったテレビゲームの、常夜の国の場面みたいだ。

こんな場所で漁をするのは大変だ。潜水士の資格が要るし、すべて合わせると六十キロにもなる真鍮のヘルメットや潜水服に身を包む必要がある。海中では浮力で多少軽くなるものの、陸と同じ動きをするのは難しかった。潮が止まっているときですらそうなので、強く流れているときはなおさらだ。

視界は額に取り付けられたライトが当たる狭い範囲だけ。それすらも、真鍮製の潜水ヘルメットに嵌め込まれた丸いガラス窓にくり抜かれていた。見た目だけなら、宇宙飛行士みたいだろう。

耳元ではシューシュー音が響いている。真上の海面で待機している母船から、コンプレッサーで空気が送られてくる音だ。不要な空気は潜水服の外へ排出されるため、気泡の柱が海面へと続いている。

俊が獲っているのは、タイラギ貝というハボウキガイ科の二枚貝だった。ムール貝を成人男性の手よりも大きくしたような形状で、鋭く尖った方を下にして足糸を伸ばし、小石などに固着して九分目ほどまで砂に埋まっている。

出ている部分に手鉤を引っかけ、砂から抜き出し収獲するのがタイラギ漁だ。空気のホースと平行して延びた有線電話が海上とつながっており、カゴがいっぱいになったら声をかけて、都度引き上げてもらう。

昨今どこでも景気の良い話は聞かないが、タイラギ漁もまた斜陽を極めていた。

この瀬戸内海もだし、かつては大産地だった有明海も同じだ。最盛期と比べると、わずか二%しか獲れない。昔は冬のシーズンに行われる漁だけでも生活できたようだが、現代では到底無理なため、みな底引き網漁などと兼漁で生計を立てている。ならば安泰かというとそうでもなく、今や瀬戸内海全域で、かつてほど魚が獲れなくなっていた。

高校を卒業したとき、父は無理をしなくていいと言ったが、俊はタイラギ漁師の道を選んだ。父も若い頃は祖父に支えられ潜っていたという。昔は名手だったという彼を尊敬していたし、代々引き継がれた〈輪〉を、自分の番で絶やしたくなかった。

海藻がふわふわと漂ってきて、手鉤に引っかかる。分厚い手袋をした手で払いのけた。この辺りでは見慣れないものだ。かなり前から海が変わってきているのを、俊は身をもって感じていた。正直不安だ。これからどうなっていくのか……。

陸と同じように、海底にも地形がある。俊が今いる場所は、平らで荒涼とした砂漠に似ていた。地面はビーチのように柔らかく、足を踏みしめると砂が大きく舞い上がる。

ライトで照らした先には、タイラギ貝の頭がいくつも見えていた。今日の場所は、なかなかいい漁場のようだ。

「――親父（おやじ）、船、前に進めて」

『……分かった』

少しして、声が返ってきた。空気のホースと電話線とともに前進し、再び貝を獲り始める。きっと今日は大漁だ。久しぶりに父の笑顔が見られると思うと、嬉（うれ）しかった。

作業に没頭（ぼっとう）していた俊は、気配を感じ、ふと手を止めて見回す。

荒れ地のような景色と、雪のように漂う微細なプランクトン――。

気のせいかと、作業へ戻る。

直後、背後を水流の塊が移動した。今度は潜水服越しに、はっきり分かった。振り返る。魚の尾らしきものが一瞬視界を掠（かす）め、周囲の砂が巻き上げられた。

――なんだ魚か。

水深三十メートルなら魚は普通にいるし、いちいち動じていたらこの仕事はできない。外海と違い、この瀬戸内海にそれほど危険な生物がいないことは、生まれ育った自分が一番よく知っている。砂が落ち着くのを待ち、漁を再開しようとしたときだった。

ヘルメットの丸窓の目前を、堂々と横切るものがあった。

最初に見えたのは、灰色と白に塗り分けられた何かの体。窓からでは全体像が分からない。驚いて目を瞬かせていると、胸鰭が通り過ぎた。後ろへいくに従って体は細くなり、最後に尾鰭が通過する。軟骨魚類特有の、左右にゆったりと体を振る泳ぎ方――サメだ。

体軀の形状と配色に、見覚えがある。ホホジロザメだ。瀬戸内海は外海と繋がっているため、いること自体は不思議ではない。ただ、とにかく大きさが尋常ではなかった。全長は俊の身長の三倍、いやそれ以上あるかもしれない。胴体もドラム缶より太い。

驚いて、持っていた手鉤を落としてしまった。ごくり、と唾を呑む。

――もしも、襲ってきたら？

あのサイズだ。警戒しないわけにはいかなかった。

心臓がどくどくと脈打つ。こちらに関心を持たないで欲しい。早く向こうへ行ってくれ――。

願いが通じたのか、前方をウロウロと泳いでいたサメは、奥の闇へ消えていった。ホッとして体を弛める。

正月に同級生の家へ集まったときのことを思い出した。町へ出て就職した友人から、サメがいたら怖くないのかと訊かれたのだ。あのときは、そんなことあり得ないと笑い飛ばしたのに――。

ぎこちない動作で屈み、落とした手鉤を拾う。

今すぐ漁を中止して海上へ戻りたかったが、まだたくさんのタイラギ貝が砂地から頭を出し、収穫されるのを待っていた。この漁ができるのは、シーズンの冬だけ。さらに漁ができる時間も決められているため、一刻も無駄にはできない。

先ほど感じた恐怖が、まだ神経を麻痺（まひ）させていた。当然だ。クマやトラに出会うのと同じなのだから。

再び気配がし、俊はびくりと顔を上げる。さきほど海底を舐（な）めるように泳いでいた巨大なホホジロザメが、十メートルほど頭上を悠然と泳いでいた。

——戻ってきた……。

一筋の光も存在しない海。下からライトで仰ぎ見るサメの腹は、まっさらな雪のように白く——美しかった。尾が左右に揺れる様も軽やかで目に心地よく、これ以上ないほど優雅だ。

魅入られた俊は、ぼんやりと呟（つぶや）いていた。

「綺麗（きれい）だ……白い……」

ホホジロザメには、二つ名があったはずだった。記憶をたぐる。

ジョーズとは別の、色にまつわる——。

閃（ひらめ）いた途端、嫌な汗が噴き出し、こめかみをどろりと伝った。

——白い死神（ホワイト・デス）。

真っ白なその腹を見たものは、命を奪われる……。

——この場を離れた方がいい、一刻も早く。

「親父!!　引っ張り上げてくれ、早く！」

海上の父に向け大きく叫ぶと、空気のホースを強く引っ張り合図を送った。一気に上昇すれば潜水病になるリスクがあるが、この状況では仕方ない。

『俊、どうしたんだ?!　今上げてやる！』

父の声が返ってきた次の瞬間、体の右側に大きな水流が押しつけられるのを感じた。声がサメの注意を引いてしまったのだ。

　息が詰まり脈拍が速くなるのを感じながら、俊はゆっくりと顔を右へ向ける。

　くっつきそうなほどの距離に、大きな横顔があった。

　柔らかな角を描く鼻先、歯を覗かせた肉厚な口。そして真円の瞳——。すべての光を吸い込むブラックホールのような黒い丸だった。気が遠くなるほどの虚無。わずかたりとも、感情を持ち合わせていない——。

　悲鳴を上げそうになるのを堪える。また手鉤を落としてしまった。

　大きな体を見せつけながら、俊を確かめるようにゆっくりとサメは前方へ通り過ぎて行く。恐怖で一ミリも動くことはできなかった。

「助けて……親父……」

　震える声を絞り出す。もう二十三歳。港町では一人前とみなされるし、大人になって父を助ける側に回ったつもりだった。それなのに、今の自分は赤子よりも無力だ。

　上から引っ張られ、体がゆっくりと浮上し始める。助かったとホッとしたのも束の間、遠ざかろうとしていたサメがぴくりと方向転換するのが見えた。動いたことで興味を引いてしまったのだ。

　先ほどよりも早く尾鰭を振り、サメは突進してきた。二メートルほど浮かび上がった俊の前まで来ると、体をひねりながら大きく口を開く。喉の筋肉が猛々しく形を露にするとともに、鋭い歯が並ぶ口腔内が見えた。

「うわあ——っ」

　宙ぶらりんの状態で、左側からかぶりつかれる。ぎゅっと目を閉じると同時に、金属が当たる重い音が響いた。

　痛みはなかった。襟元まで覆うヘルメットが、サメの歯から守ってくれたようだ。潜水服が破れ、中の空気が塊となって噴出する。驚いたサメは、ぶるりと身をよじり離れていった。

全身の血が引き、ガクガクと震える。状況は不味かった。まだ海面まで距離があるし、ヘルメット部分に溜まっている空気まで抜けたら呼吸ができなくなる。

有線電話で父が何かを言っていたが、聞き取ることすらできなかった。

ヘルメットが外れないよう両手で押さえる。

体は再び上昇し始めた。父が渾身の力で引き上げてくれているのだろう。

父のことを思うと涙が溢れた。粗野だが優しい父だ。早く顔を見て安心したい。

──大丈夫だ。きっと助かる。きっと……。

海はわずかずつ明るくなっていくが、狭い視界でサメがどこにいるか分からないのは、身が凍るほどの恐怖だった。吊るされて浮かんでいるだけの自分は、釣餌と同じだ。海底に手鉤を置いてきたことを後悔していた。せめてあれがあれば、身を守ることができるのに──。

──早く上げてくれ、早く……。

心臓はばくばくと波打ち、歯がガチガチ鳴る。

海底から十メートルほど上がった頃、ライトに照らされた前方から、大きな塊がこちらへ向かって来るのが見えた。両側に胸鰭がついたシルエットが浮かび上がり、息を吞む。先ほどのホホジロザメだった。執念深く追ってきたのだ。

「どうして……」

絶望の声が漏れる。

すべてがスローモーションのようだった。

接近してきたホホジロザメは、一メートルほどある口を開き、横向きに体を倒しながら、ぶら下がる俊の腰にかぶりつく。

「ぐっ……」

サメは白目を剝いていた。ざらつく肌の頭に手をかけ押し返そうとするが、力が入らない。体を食い千切ろうと、サメは頭を振った。圧迫され、火箸を押し付けられたような熱い痛みが走る。こみ上げてきた何か分からないものを吐き出した。ヘルメットの丸窓の前の水が真っ赤に染まり、破れた潜水服から気泡が激しい勢いで上昇していく。

苦痛は長くは続かず、俊の意識はすぐに途絶えた。

＊

頭上には、雲一つない真っ青な空が広がっていた。

生け簀型プールの水面から飛び出したシャチが、それをバックに大ジャンプを決め、アクリル板越しに見ていたたくさんの観客たちから歓声が上がる。シャチが体を打ち付けながら水へ戻ると、飛沫が降り注ぎ、観客らは嬉しそうに手を叩いた。

春休み期間中のため、平日にもかかわらず巧神島マリンパークは盛況だった。

マリンパークと言っても、金をかけた豪奢なものではなく、円形の人工浮き島に生け簀を五つくりぬいただけの簡素なものだ。面積こそテニスコート八面分ぐらいあるものの、遊具や装飾などは一切なく、客が海に落下しないよう二メートルほどの高さのフェンスで囲まれている。

五つある生け簀には、別種の海洋ほ乳類が飼育されており、シャチがいるのは西側奥の一番大きな円形プールだった。

体長五メートルの雌のシャチ――ルナは、生け簀の縁に立つ男性飼育員の指示で、懸命に演技をしていた。作り付けられた浅瀬に乗り上げ、尾を上げて振ってみせる。ショーも終盤のため、客たちにバイバイをしているようだった。

観客に交じって最前列で見ていた湊子は、眉を顰める。

――どれだけの時間を調教に費やしたんだろう。こんな所にシャチを閉じ込めて。

並んで見ていた仲間のレベッカが、アイルランド訛りの英語で言った。

「終わったみたいね。ソウコ、行くわよ」

飼育員がショーの終了を告げ、観客らは散り散りに離れていく。

アクリル板で区切られた生け簀への出入り口へ向かい待っていると、後始末を終えたウェットスーツ姿の男性の飼育員がバケツを手に出てきた。早足で近づき、湊子は日本語で話しかける。

「ちょっといいですか？」

快活にショーを盛り上げていた彼は、大学二年の湊子より六つか七つぐらい年上のようだった。もうすぐ三月だというのに精悍な顔はよく日焼けしており、短い髪は水に入ったため濡れている。

湊子と、隣にいる赤髪のふくよかな白人中年女性、レベッカを交互に眺めながら、彼は驚いたように応えた。

「え、と……シャチに関する質問？」

彼の視線は湊子で止まり、上から下まで物珍しげに瞳が巡らされる。

無理もなかった。フライトジャケットにミニスカート、網タイツと編み上げブーツという全身黒のコーディネートの上、漆黒のぱっつんボブ、死体のような青白い肌、目を囲む濃いアイラインにプルーン色の口紅という、今どきほとんどお目にかかれないゴス系のメイクだから。耳にはリング式のファイルのようにたくさんピアスがついているし、大学では珍獣扱いだ。普段からじろじろ見られるのには慣れている。

首を横に振った湊子は、彼をひたと見据えながら、携えてきた英語の本と、訳した紙が入っているクリアファイルを差し出した。

「マリンパークの人に、これを読んで欲しくて」

目を向けた彼は、表情を強ばらせた。有名な本だから知っているのだろう。米国のマリンワールドで、不遇の一生を終えたシャチのルポルタージュだ。表紙には、涙を流すシャチの象徴的な絵が描かれている。

「もっと世界に目を向けてシャチのことを勉強した方がいいよ。こういう施設やショーのあり方が正しいのかも」

苦いものを口に放り込まれた顔で、彼は言った。

「せっかくだけど、ゲストから品物を受け取ることは禁止されてるから。……君は、保護団体の人？」

「ボランティアで手伝ってるだけで、正式なメンバーじゃないけど。ＳＭＬ〈サイレント・マリン・ライフ〉っていう海洋生物保護団体」

肩を竦め、湊子は答える。

捕鯨やイルカ漁の件で非難されてきたせいで、日本人のほとんどが、欧米のこういった団体に対し良いイメージを持っていないことは理解していた。だが、そんな団体ばかりではない。話し合いによる理性的な解決を目指し、こつこつと活動している団体もある。ＳＭＬはまさにそれだった。新興の団体だし、知名度はまだないため、日本人から見たら同類にされてしまうんだろうけれど。

「……じゃあ、僕はこれで」

予想通り、関わりたくないと言わんばかりに、彼はそそくさと退散しようとする。

まだ逃がす訳にはいかなかった。彼の進行方向へ回り込み、湊子は生け簀のシャチへ視線を向ける。

「あのシャチの入手経路は知ってる？　他の生け簀のイルカたちは？」

うんざりとした様子で、彼は手をかざし遮った。

「悪いけど、これ以上は――」

「あの個体は繁殖で得られたものじゃなくて、北太平洋で捕獲されたものをこのマリンパークが買い取ったんだよね？　飼育員なら群れから引き離されたシャチがどうなるか分かるでしょ？　可哀想だと思わないの？　孤独にされただけじゃなくて、こんな狭い生け簀に閉じ込められて」

「……失礼する」

俯いた彼は、湊子らを振り切って歩き出す。

「あっ、待ちなよ！」

追いすがろうとした湊子の腕を、レベッカの厚みのある手が柔らかく摑んだ。振り返ると、彼女は優しく微笑む。そばかすだらけの頬に、丸みのある輪郭と鼻。安心感と愛嬌のある笑顔。

「ソウコ、これ以上はだめ。私たちが目指すのは、穏やかな解決でしょ？」

「……そうだね。熱くなっちゃった。ごめん」

湊子は苦笑した。ＳＭＬの理念は、学術的なエビデンスと対話を重視し、平穏裏に解決を目指すというものだ。しつこくするのは御法度だ。

母親ぐらいの年齢のレベッカは、睫毛の多い慈愛に満ちたグリーンの瞳で見つめた。

「あなたはとてもよくやったわ。私は日本語を理解できないけど、彼が心を揺さぶられていたのは分かったもの。こうやって少しずつ積み重ねていくことが大事なの」

親指を上げてみせるレベッカに、湊子は大きく頷いた。


巧神島マリンパークは、その名の通り巧神島の西側の海に浮かんでいる。

島は瀬戸大橋と小豆島の中間ぐらいに位置しており、右隣には観光客がひっきりなしに訪れ、芸術祭なども行われるアートの島、直島がある。

出入りする方法は、定期運行しているフェリーか、島の南西にある来客用の係留場へ個人の船で発着するかのみ。日本で自由に活動できるよう、ＳＭＬはレンタルクルーザーを用意しているため、湊子とレベッカは海沿いを西へ進み島の桟橋へ向かった。

クルーザーへ戻ると、甲板でロープを巻いていたチームリーダーのナッシュが、笑みを浮かべ手を挙げた。

「おつかれ。その様子だと上手（うま）くやったみたいだな」

二人とも喜びが顔に出ていたらしい。

作業を中断してロープを脇へ避（よ）けると、ナッシュは左舷へやってきて船に乗りこもうとする湊子とレベッカへ手を差し伸べた。年齢は三十代半ばぐらいだろう。ブラウンの髪にいつも星条旗のバンダナを巻いている、少し体型のゆるんだ白人男性。もみあげと髭（ひげ）が野性味を主張しているものの、人なつこい性格で湊子は兄のように慕（した）っていた。

「地道すぎるけど、確実に効果は出ているわ。行政にも働きかけていけば、シャチを元の海に帰せる可能性はあると思う」

レベッカが応える。湊子の後に、彼女がふくよかな体を移動させると、船は大きく揺れた。自分でワオと驚いてみせたのち、彼女は船内のキャビンを覗きナッシュに訊（たず）ねた。

「カーラとアントニオは？」

「さっき俺が送っていって、タカマツのシティホールへ陳情（ちんじょう）に行ったよ。議員全員に声をかけるつもりだから、今日は泊まってくるって」

ＳＭＬの正規会員は世界中に千人ほどいるが、ほとんどが職を持っているため、実際に活動できるメンバーは少ない。来日して〈巧神島マリンパークのシャチを海へ帰す活動〉に携わっているのは、たった四名だけだった。

カーラはインド系の二十代後半の女性で、アントニオはヒスパニック系の三十代前半の男性。保護団体の人というと、エキセントリックで取っ付きにくいイメージを持つ人もいるが、ＳＭＬのメンバーはごくごく普通の人たちだ。思慮があって常識的だし、ボランティアの湊子にも優しくフレンドリーに接してくれる。

船を係留していたロープを桟橋のビットから外したナッシュは、額のサングラスを下ろし、梯子（はしご）でキャビンの上にあるフライブリッジへ上がる。操舵席へつくと、エンジンをかけ大声で叫んだ。

「さて、ソウコを〈迎島〉まで送って行ってやるか。遠慮はしないよな?」

「もちろん」

親指を立て、湊子は笑う。レベッカが奇声を上げて盛り上げた。先ほどは褒められたし、今日は気分がいい。

日が傾いた空は少し茜がかり、すじ雲が大きく広がっていた。

ゆっくりと桟橋を離れたクルーザーは、だんだんとスピードを上げ、島を背に走り出す。

湊子は福岡市にキャンパスがある久州大学の二回生で、とある理由により、春休みを広島県尾道市にある迎島で過ごしていた。

岡山県に近いこの場所から迎島まで、直線でもかなりの距離がある。陸路だと電車などを乗り継いで一時間強かかるし電車賃も高いので、ナッシュの申し出は有り難かった。

二月下旬の冷たい風を受けながら、湊子は振り返り、遠ざかる巧神島を眺めた。

面積が広く観光客で賑やかな隣の直島と比べ、西側にぽつんと浮かぶ小さな巧神島は、小高い丘がほとんどを占めており、岩が剝き出しになっていていかにも寂しい。

はるか昔、この島は海上の交通安全を祈る祭祀の場だったという。大正時代には直島の製銅所の煙害で木も生えないほどに荒廃してしまい、数年前まで本州から直島へ電気を引くための中継点にしか利用されていなかった。

そんな島に転機が訪れたのは八年前。香川県に属しているものの、限りなく岡山県に近いという立地の良さもあり、海洋研究開発法人の研究所の建設計画が持ち上がり、昨年完成したのだ。

マリンパークも、もとはそれに付随した施設だった。当初は十倍の規模の海上水族館を建設する予定だったそうだが、予算不足と環境への影響を配慮し、現在のような簡素な生け簀型のものに落ち着いたのだという。

島の全貌が露になり、湊子は視線を南へ向ける。南端には堤防が建設され、桟橋には大小さまざまな観測船が並んでいた。背後の崖には、真新しく立派な全面ミラーフィルムの研究所が、海を見晴らすように建っている。

――こうじん海洋資源技術研究所。

関係者は、略して「こう研」と呼んでいる。

春休みのまっただ中、湊子が瀬戸内海に滞在しているのは、大学とこう研が行っている産学協同実験のためだった。――ちょっとしたトラブルのため、身動きが取れず待機状態になっているが。

漁船や養殖場を避けながら、クルーザーは岡山県沿岸を西へ疾走する。海の中心付近は大型船の航路となっており、巨大なタンカーや貨物船が距離を保ちながらのんびりと航行していた。

暴れる髪を押さえながらフライブリッジを見上げると、アンテナやソーラーパネルと並び、ＳＭＬの旗が、激しくはためいていた。青地に、凪(なな)いだ海とイルカを白で描いた洒落(しゃれ)たデザイン。団体の主宰者の手書きによるものだ。

憧れの彼女の姿を思い出し、湊子は頬を弛ませる。

――テイラー・ロス。海洋生物保護活動家で、元はブロードウェイの舞台に出演していた女優だ。ダイビングで訪れたタヒチで、溺(おぼ)れたところをイルカに助けられ、海洋生物の保護に目覚めたという。

ウィキペディアには現在三十七歳と書かれていたが、直近の画像を見ても肉感的で若々しく、プラチナブロンドのボブヘアを波打たせトレードマークの真っ赤な口紅を塗った姿は、アンディ・ウォーホルが描いた往年の有名女優を思わせた。

彼女がＳＭＬを創設して四年。世界中を飛び回って仲間を増やしながら体当たりで活動し、救われた海洋生物は数知れない。さらに、ハリウッドのスターとも親交がある彼女は、ＳＮＳを活用して積極的に情報発信し、これまでのどの潮流にも属さない新興の環境保護団体としては、異例の成長を見せていた。

何ものにも怯(ひる)まず、自信に満ち輝いている彼女は、湊子の理想そのものだ。無理なのは分かっているけれど、いつか彼女に会って話すのが夢だった。

クルーザーが急に速度を落としたのは、瀬戸大橋をくぐった向こう側、上津井沖(かみついおき)のあたりだった。巨大な橋を頭上に仰ぐ海域に、JAPAN COAST GUARDと書かれた海上保安庁の大きな巡視船が停泊している。あたりには監視取締艇なども集まっていた。小型ボートから潜水士が潜っていて、何かを捜索しているようだ。

キャビンから双眼鏡を持ち出してきたレベッカが、覗きながら口を開いた。

「あの大きいのは救難強化型の巡視船ね。ダイバーもいるし、海難事故があったのかしら」

湊子は頷く。海保の潜水士がいるということは、船が沈むか転落したかして、行方不明者が出ているということだ。

クルーザーが徐行していると、近くの中型巡視艇の甲板にいる海上保安官が、身振りを交え拡声器で指示した。

「停(と)まらないでください。早く通り過ぎて」

ナッシュは了解したと手で合図し、クルーザーは再び速度を上げる。

西へ進むにつれ、太陽が徐々に傾き、空と海面をピンク色に染め始めた。先ほどまで青空を背景に木々の緑をたたえていた島々は、影絵のように姿を変える。

いくつもの島が浮かぶ瀬戸内海。昼間も美しいが、雲が羽衣のように薄くたなびく夕暮れの景色は、さらに胸へ迫るものがあった。

——多島美。

滞在している民宿の主人から教えてもらった言葉を思い出し、その通りだと膝を打つ。博多の市街地で生まれ育ち、大学の授業でも外海にしか接したことがない湊子は、ここへ来るまで内海がこんなにも綺麗だなんて知らなかった。

クルーザーはやがて右に進路を取り、尾道水道へと入った。船から荷の積み下ろしをする巨大なクレーンが並ぶ区域を通り過ぎ、しまなみ海道の一部である尾道大橋をくぐる。すると、水道を挟んで本州と島の両側で町が栄える、不思議な空間が現れた。山を背にした本州側が映画やドラマの舞台としても有名な尾道で、向かいの平らな島が湊子が滞在している迎島だった。夕暮れ時の今は、沈みかけた日が水道をオレンジ色に染め、黄金の道のように見える。

島の内部へ続く水路を使って、民宿のすぐそばまで送ってもらい、なんとか夕飯に滑り込むことができた。

民宿『渦や』は、昔ながらの二階建て和風木造建築で、現在は湊子が所属する久州大学海洋生物生態学のゼミが借り上げていた。

カラカラと音を立てるスライド扉から中へ入ると、土間にはゼミ生の靴がずらりと並んでいた。靴を脱いだ湊子は、入ってすぐの食堂として使われている座敷へ向かう。

十八畳の和室に並べられた二つのちゃぶ台には、民宿の主人が釣って腕を振るった魚料理が、所狭しと並んでいた。男女に分かれて席についた学生らは、話に花を咲かせながら食事をしている。

湊子も含め、男子三人、女子四人の合計七人のゼミ生は、一週間前からここに足止めされていた。こう研との産学協同実験が頓挫中なのと、研究を主導するはずの指導教官、渋川准教授が急用で小笠原へ飛んでしまったためだった。

滞在費はすべてこう研持ちだし、渋川は自分が戻るまで好きにしてよいと言ったので、学生らはここで思い思いに春休みを過ごしていた。尾道を散策したり、しまなみ海道を自転車で渡って四国へ足を延ばしたり、内海の生物を観察したり——立地は最高なので、福岡へ帰ろうとする者はいなかった。食費も光熱費もタダだから、ここにいた方が生活費も節約できるし、湊子にとっては巧神島でのSMLのボランティアに参加できるのも有り難かった。

自分の席へ向かおうとした湊子は、もうひとつのちゃぶ台にいる男子学生と視線がかち合った。視線を逸らすのが癪なので、そのまま睨みつける。

——鳥羽顕司。同じゼミの彼とは、学内の奨学金をめぐり因縁の仲だった。二年次は湊子が支給されていたのに、来年からは鳥羽がもらうことが決まった。そのせいでバイトを増やさなくてはならなくなり、許し難い相手だった。

嫌いな相手ともにこにこ話せる人もいるが、湊子はそうではない。高校のとき、化学の授業のあとにつけられたあだ名は、『表面張力』だった。相容れないものは強く弾く。たとえそれが誰であろうとも。

鋭い瞳を向けているにもかかわらず、どこ吹く風といった様子で、鳥羽は微笑した。昔いた細面の文豪に似ている彼は、常にどこか余裕を感じさせる雰囲気を醸し出してくる。それもまた馬鹿にされているようで嫌だった。

血圧を上げながら視線を引き剝がし、湊子はいつもの席についた。

隣に座っている紺野里絵子が、さっそく話しかけてくる。長いストレートの髪に、ぴたりとしたセーターとタイトスカートで、見た目はOL。考え方も大人びていて、女子の中ではリーダー的存在だ。

「お帰り。ギリギリだったね。さっき渋川先生から連絡あったよ。まだ小笠原から帰れそうにないって。あと、また悪いニュース。一之瀬さん向こうで交通事故にあったらしくて、命に別状はないけど、当分帰国できなくなったんだってさ」

「えー？　二日前にパスポートなくして申請し直すって、言ってたばっかじゃん」

湊子は盛大に顔を顰める。

産学協同実験が中断しているのは、端的に言うと実験に使用する機器が故障しているためだった。本来なら、こう研の担当者である一之瀬がすぐに調整に来てくれるはずだったが、あいにく彼には外せないアメリカ出張が入っていた。ならばこう研の他の人に頼めばよいと思うだろうが、そうもいかない理由があった。

この実験の大元であるプロジェクトには、こう研の中でも一部の人しか関わっていない上、研究所や研究内容すべては、一隻の〈船〉に集約されているからだ。その船――碧洋号は現在、世界中で行われている実験のため航海に出ていて、戻るのは一ヶ月先になる。

出張で一週間待たされていた上、パスポート紛失、さらに事故で怪我の回復を待ってからとなれば、湊子らゼミ生はさらに長期間無為に過ごさなくてはならない。

「いい大人が何やってんだか。ほんと」

息を吐いておしぼりで手を拭くと、向かいに座った井上葵が言った。

「一之瀬さんって、いい人そうだけど、ちょっと抜けてるよね……。エリートしか所属できないこう研の人とは思えない」

色白ぽっちゃりで、恰好も髪型もメルヘン風の彼女から出た辛辣な言葉に、みなどっと噴き出す。

「ほんとそれ。これじゃいつまでたっても始められない」

湊子のはす向かいに座った、小田島みかが手を叩いて笑った。こちらは葵とは対照的に、クール系のショートヘアでいつもパンツ姿をしている。黒装束でゴス系メイクの湊子といい、このゼミの女子はまったく統一感がなかった。

「でもさ、世界中で同時に計測してるわけだし、他の場所では着々とデータ取れてるんでしょ？　ここだけ遅れるって大変だよね。よりによって、こう研のお膝元の海だし」

心配性の里絵子が呟く。箸を取りながら、湊子は頷いた。

「確実にやばいよ。碧洋号の帰港と同時に、世界に向けて記者会見で成果を発表するって言ってたし。……渋川はそれについて何も言ってなかったの？」

みかが首を横に振る。

「気長に待ってろって。小笠原の研究が佳境みたいだし……。まあ、あの人的には、あっちの方が本命だろうしね」

苦笑しながら、里絵子は水の入ったコップを手にした。

「しかし話題に事欠かない人だね。一年半前のあの事件といい……。この前、大学のサーバーに外国から侵入された事件だって、渋川先生の共同研究データ目当てだって言われてるし」

渋川まり――湊子らが所属する学部の准教授で、この産学協同実験の指導教官。

怒りがふつふつと湧き上がるのを感じ、湊子は箸をぐっと握る。

彼女と初めて遭遇したのは、二年前。湊子はまだ入学したばかりで、右も左も分からないときだった。

そのときの衝撃は、計り知れない。

真新しい建物が立ち並ぶ広大なキャンパスに突如現れた、あきらかな異物。春ということもあり、サークルに勧誘されたりして浮き足立っていた湊子は、激しい違和感を覚えた。

細身で筋肉質の身体をチャコールグレーの長袖シャツと迷彩パンツに包んだ、人ごみの中でも頭一つ出ている女。短い髪は洗いざらしで、顔はスッピン。ぼろぼろのリュックサックを片方の肩にかけた彼女は、鋭い視線で真正面を見つめながら、編み上げブーツを履いた長い足で悠然と闊歩していた。

見た目はアジア系だし、ただ歩いているだけなのに、彼女の周囲だけ戦場のように空気が張りつめている。そぐわなかった——すべてが。

湊子と同じく初めて渋川を見た新入生らは、静かに騒然としていた。みな遠巻きに彼女を観察していたが、本人は気づく素振りすら見せない。周囲にいた男子新入生らは、レスキュー部隊か米国の軍人ではないかと囁き合っていた。

噂はその日のうちに学年内を駆け巡り、正体はすぐに判明した。アメリカから来た准教授という肩書きはすんなり納得できたが、自分がいつか取ることになる海洋生物学の講座を受け持つと聞いたときは、心底驚いた。誰かが囁いた兵士という第一印象はあながち間違っておらず、話によるとアメリカの州兵をしていた時期があるらしい。

両親は日本人だがアメリカで生まれ育ったという彼女は、日本語こそ流暢だが、あらゆる面で日本人離れしていた。コミュニケーションにおいて日本人的な忖度を一切しないし、講座では前に受け持っていた教授のやり方を踏襲するのを拒否したため、過去問をあてにしていた学生らは、軒並み成績〈D〉を食らう羽目になった。彼女の講座では欠席が許されないし、発言したり議論をしたりすることも必要なため、嫌でも身を入れなくてはならなかった。

着任当初は、取っ付きにくく敬遠されていた彼女だったが、若い講師にありがちな学生に媚びるということも皆無だった。そのうち、さっぱりした気質や面倒見がよいことが分かってきて、先輩の話では、一年と経たず自然と馴染んでいたという。授業だって、慣れれば分かりやすいし、活気がある。

現在では学科内で一、二を争う人気准教授だが、湊子は彼女のことが好きではなかった。……いや、鳥羽と同じで、憎んでいると言ってもいい。

理由は二つある。

まず一つは、湊子が提出したレポートを〈不可〉にしたからだ。何冊も本を読んで勉強し、時間をかけた力作だったのに、彼女は主観で却下した。必然的に湊子は単位を落とし、来年の前期も渋川の講座を取らなくてはならなくなった。

二つ目は、一昨年の夏、彼女がとある理由でサメを殺したからだ。

サメは湊子にとって強さと美しさの象徴で、ずっと憧れの存在であり、イルカと並んでツートップを張るほど好きな生物だった。渋川が殺したのは、オオメジロザメという人を襲うことがある危険な種ではあったものの、サメというだけで、湊子には無条件で保護しなくてはならない対象だ。その命を無下に奪ったのは許し難い行為だ。

——殺すなんて、酷い……。

憤りが再燃し唇を嚙み締めたとき、食事を終えた男子が部屋の奥にあるテレビをつけた。

夜のニュースが流れる。

『——今朝十時頃、タイラギ漁をしていた磐井俊さん、二十三歳が行方不明になったという通報が、第六管区海上保安本部に入りました。現場は岡山県の上津井沖、約五キロの場所で、水深三十メートルの海底から、「早く引き上げて欲しい」と言ったのち通話が途切れ、潜水のヘルメットと破れた潜水服だけが引き上げられたとのことです。海上保安庁の潜水士が捜索にあたりましたが、未だ行方は分かっておらず、明日も範囲を広げて捜索する予定です』

ハッとして、湊子はテレビへ顔を向ける。

先ほど通った上津井周辺の景色が空撮されていた。帰り道に行き合った海保の捜索は、この事故の現場だったのだ……。

画面が切り替わり、小型の船の上に並べられた潜水用のヘルメットと、破れた潜水服が映し出された。

湊子の目は釘付けになる。潜水服の向かって右側部分が、切り取ったように無くなっていた。ギザギザとカーブを描く切り口。まるで体の横から何かが食い千切ったようだ。

「――サメだろうな。あの形」

佐野（さの）という、ゼミのムードメーカー役の男子が呟いた。サメという言葉に湊子はびくりとする。

男子のちゃぶ台を振り返りながら、みかが反論した。

「さすがに違うでしょ。口径だけで一メートル以上あるよ。齧（かじ）られたっぽく見えるだけで、船のスクリューじゃない？」

佐野は大きく首を振る。

「漁をしてたのは、水深三十メートルだぞ？ スクリューに巻き込まれるわけないし、口径もホホジロザメならあり得るじゃん。大型の海獣がいる場所なんて、六メートル級がごろごろいるし」

「それはオーストラリアとかアフリカの南の話。ここ瀬戸内海だよ？」

ぴしゃりと言われ分が悪くなった佐野は、隣の鳥羽に助けを求めた。

「顕司はどう思う？」

ゼミの発表などで存在感を発揮する鳥羽には、誰もが一目置いている。全員が彼の言葉に耳を澄ませた。こめかみがぴりりとし、湊子は顔を顰める。

アンニュイな笑みを浮かべた鳥羽は、今の時点じゃ確かなことは言えないと前置きしたのち、言葉を紡いだ。

「急な潮に流されて岩に挟まれたとか可能性は色々あるけど、俺はサメのような気がする。さっきの映像で、ヘルメットに等間隔の大きな傷がついてたし」

見逃していた点を指摘され、焦った湊子はテレビに視線を戻す。画面はすでに、多くのマスコミが集まる上津井港の様子に切り変わっていた。潜水服に気を取られ、気が回らなかったことを悔やむ。

どんな些細（ささい）なことでも、鳥羽にだけは負けたくなかった。

彼はのんびりと続ける。

「瀬戸内海にもスナメリとかの海獣は生息してるし、ホホジロザメは世界中を回遊してるから、大型のものが迷い込むこと自体は、あり得なくないと思うよ」

「そうだね……そう言われれば、そうかも」

あっさりと意見を翻したみかを、湊子は信じられない思いで見た。鳥羽の意見が何だというのだ。そんなもの気にしなくていいのに。

歯ぎしりし、折れそうなほど箸を握る。

どんな動物でも、強い者が群れのリーダーとなる。悔しいことに、鳥羽はこのゼミという群れのリーダーにすんなりと収まっていた。

まだ可能性の段階ではあるものの、一メートルもの口径を持つサメがいるかもしれないという話は、湊子の心をざわつかさせた。

友人たちと適当に話しながら気もそぞろで夕食を摂ると、ごちそうさまを言うなり二階にある自分の個室へ向かう。取り出したスマホの画面には未読メッセージの通知が表示されており、アプリを開くとレベッカから英文のメッセージが入っていた。

〈ソウコ、大変よ。ニュースを見た？　さっき通った場所で、あんな事故が起きていたのね。私が見たところシャークアタックだと思うけど、あなたは？〉

〈私もそう思う〉

返信する。癪だけれど、この内容に関しては、鳥羽と同じ意見だった。

レベッカはオンラインだった様子で、すぐに返事が来た。

〈困ったわね。日本はサメの被害にセンシティブだから。大規模なサメの駆除なんてことにならないといいけど……〉

画面を見ながら、湊子は息を吐いた。

保護活動に役立てるため、日本におけるサメの襲撃事件を調べたことがある。

彼女の言う通り、日本の行政はサメの存在に過剰反応しがちだ。沿岸に姿が確認されただけで、海水浴場を立ち入り禁止にしたり、大がかりな駆除を行ったりする。何かあってから責任を追及されるのが嫌だから、先制してサメを殺そうとするのだ。湊子には、身勝手で野蛮な行動としか思えなかった。


たとえサメが人に危害を加えたのだとしても、それは生物として当然の権利である食餌行動の結果であり、仕方のないことだ。それを人間のものさしで〈悪〉だと裁きサメを殺すなんて、おこがましいにも程がある。

腹の底からマグマのような怒りが、フツフツ噴出してくる。

しかし、まだサメの仕業だと確定した訳でもないし、動くことはできなかった。しばらく注視しようというレベッカの言葉に同意し、湊子はスマホを置いた。


翌朝九時頃、助川という男子学生の研究の手伝いをするため、湊子は他のゼミ生らとともに民宿を出た。渦やの主人が所有する釣り船に乗り込み、島の中を流れる水路から出航する。

理系の研究というと、研究室で白衣を着て小難しい顔で機器や薬品をいじっているようなイメージがあるが、自然科学系では、事前にフィールドでさまざまな作業をしなくてはならないことが多い。その際に大事なのが、仲間の協力だった。いつか自分が手を借りるときのためにも、こういう機会には必ず出なくてはならない。行方不明の漁師の件が気になり、一刻も早くSMLのメンバーと合流したいが、こればかりは仕方なかった。

「渋川先生に頼まれてるから、先にブイのチェックに行くよ」

渦やの主人のかけ声とともに、エンジンは大きく唸りを上げた。島の水路から出た船は、風と飛沫を切りながら尾道水道を疾走する。

快晴で、海は陽光を受けて穏やかに輝いていた。空気が澄んでいるため、水道を抜け海原へ出ると、幾重にも重なる島々がくっきりと見えた。のどかな景色の中、漁船や貨物船がゆったり行き交っている。

快走していた船は船首を右へ曲げ、迎島の南側へ回り込む。迎島と因島を結ぶ白い大きな吊り橋が目に飛び込んできた。しまなみ海道にかかる橋の一つ、因島大橋だ。

橋へ近づくと同時に、船はすこしずつ速度を落としていく。橋脚に近い橋桁の下へ潜り込むと、アンテナが立っている直径五十センチほどの黄色いブイに横付けし、船は停まった。渦やの主人は船尾へ移動し、手慣れた動作で停船していることを示す旗を掲げる。

ブイに異常がないか、まずはみなで船上から目視した。

丸いブイにはドーナツのような穴が開いており、そこから白い円筒形の装置が頭を出していた。アンテナはそれを跨いで四隅に立てられている。どれも強固な金属で作られているため、波に浸食されたりするようなことはない。

「今日も、まったく異常なし」

お調子者の佐野が、敬礼しながら言った。

里絵子が吃水の辺りを指で示す。

「もう藻がついてるね。ワカメもある」

呆れながら、湊子は頷いた。地上で雑草が生えるように、海に浸かっているものには、藻類などの付着生物がつく。無駄に足止めを食っているせいで、実験道具が文字通り苔むしてしまった。

「誰かが触った形跡もないね。まあ、そのために、わざと地味に作ってあるんだろうけど」

葵が笑った。

一見たいしたことがないように見えるそのブイだったが、海の標識として使われるものではなく、とある国際的なプロジェクトのためにこう研が開発した、特殊標識と呼ばれる海洋データ収集ブイだった。

海底にはアンカーを打ち込んであり、そこから延びたワイヤーでブイは固定されている。

中心の白い円筒部分は、ワイヤーを伝って海面から水深五百メートルまで昇降し、十メートル刻みで海温、塩分濃度、潮流などを計測することができる。再浮上した際、降水量や風速などの天気情報と併せて、アンテナで衛星へデータを送信するというしくみだ。

似たような海洋観測ブイは、アルゴフロートなどこれまでにもあったが、このブイには画期的な機能が加わった。海中で三百六十度回転し、映像を撮影する小型カメラを搭載しているのだ。データを圧縮して衛星に送信し、特殊なソフトで解析することで、回遊魚などの海洋資源の量や動向を推測できる。それを基に獲っていい魚の量をより厳密に算出できるし、魚がいる海域が分かるので、燃料を最小限に抑えた効率的な漁業を行うことができる。

――キュクロプス計画。

これこそが、二十四の国と地域、国際機関が協力し、こう研が推し進めるプロジェクトの名称だった。

そもそも久州大との産学協同実験は、実用化段階に達しているこのブイを瀬戸内海各所に設置し、二週間検証実験を行うというものだった。しかし、原因不明ですべてのブイが起動しなくなってしまったため、湊子らは今のような宙ぶらりん状態になっているのだ。アメリカで事故に遭(あ)った一之瀬の回復を待たねばならないとのことで、滞在はさらに延びるだろう。

ブイは全部で百以上あるため、エリアごとに日を改めてチェックすることになっている。

今日は燧灘と備後灘だった。しまなみ海道の橋の下の海流が出入りする場所や、船舶の交通を妨げない場所に設置された合計二十五個のブイをくまなく見て回り、湊子らは異常がないことを確認した。

すべて終えると正午を回っていたが、まだ民宿へ帰ることはできない。本来の目的である助川の手伝いをするため、船は東へ進路を変え、備讃瀬戸方面へ向かった。

昼の日は強く、少し汗ばむぐらいだった。二十分ほど走ると、陸や島に囲まれた賑やかな景色に変わる。左手前方に現れた広い入り江を指差しながら、渦やの主人が声を張り上げた。

「あそこが有名な笠岡のカブトガニの保護区域だよ。時期が良ければ見られるんだけど、三月の手前じゃ、まだ寒くて休眠してるだろうなあ」

ゼミ生たちは、一斉に顔を向ける。

「カブトガニかあ。見たかったね」

風になびく髪を押さえながら里絵子が言った。湊子とみかが適当に頷く中、葵は顔を強ばらせ首を振る。

「えー、私はやだ。裏側が怖いもん……」

みな苦笑する。佐野が助川に訊いた。

「カブトガニって甲殻類じゃなくて、クモに近いんだよな？　何を食べてるんだ？」

民宿から借りてきた大きなバケツを足元に置いた助川は、素朴な笑顔で応えた。

「ゴカイだよ。だからここへ連れてきてもらったんだ。ゴカイの調査をするのにちょうどいいから」

すでに研究室に所属している彼は、先輩から環形動物の研究を引き継いでいて、最近では加川大学の教授の助けを借り、瀬戸内海のゴカイの研究をしていた。

「調査するほどの何かがあるの？　ゴカイなんてどこにでもいるし、一緒でしょ？」

みかの問いに、彼は頷く。

「加川大の教授の話だと、最近、瀬戸内海の数ヶ所でゴカイが大量発生してて、これまで見たことがない種類が混ざってるみたいなんだ」

「へえ……」

湊子は相づちを打つ。海面水温が上がったことにより、日本近海ではヒョウモンダコや海藻など、いろいろな生物や植物の生育北限が上昇している。それと同じような事象なのだろうか。

「保護区は入れないから、近くの海岸に行くよ」

言ったのち、渦やの主人は少し離れた漁港へボートを滑り込ませた。

知り合いがいるから、船を停めさせてもらうよう頼んでくるという主人と別れ、湊子らはバケツを持った助川のあとに続き、船つき場の脇にある砂浜の海岸へ向かう。ゼミ生はみな胸まで水に浸かれるつなぎを持っていて、今日は全員それを身につけていた。妙な恰好でぞろぞろ歩いている湊子らを、自転車で通りがかった老人が不思議そうに眺める。

「――みんなには手伝ってもらって悪いけど、とにかく目当てのゴカイを捜して欲しい。黄色いからすぐ分かると思う」

目的地に到着すると、助川は言った。

内海に面している砂浜は、三メートルぐらいしかなく狭かった。

青い空の下、全員で波を散らしながら海へと入っていく。

暦では春だが、二月末の海はまだ身が竦むほど冷たかった。この浜は陸棚も狭い様子で、少し進むだけで一気に深くなる。

膝まで浸かりながら海中を観察すると、すごい量のゴカイがひしめき、浅瀬を埋め尽くすほどだった。夏にアスファルトの上で大量死しているミミズを思い出す。ここへ来るまでにも、何百匹と踏みつけてしまっただろう。

「うげー、ミミズ地獄。きも」

海の中は訳の分からない生き物だらけだ。そのほとんどに研究者がいるのもすごいことだが、研究の成果が一般の人々に知れ渡っているとは言いがたい。

「気持ち悪いよー。これ触るの？」

かまって欲しそうな葵をスルーし、湊子はゴム手袋をした手でゴカイを摑む。ぐにゅりとした弾力に全身鳥肌が立った。だが、こんなことで怯むわけにはいかない。海中で揺すって砂を払い眺める。長くうねうねと絡まり合ったゴカイたち。見た目はほぼミミズで、多毛類というだけあって、体の両側に足か毛か分からないものがびっしり生えている。最初は気持ち悪かったが、長時間眺めていると、一匹一匹微妙に色が違って愛嬌があるような気がしてきた。

天気の良い日に、みなで作業するのは悪くなかった。何度も同じことを繰り返していると、不思議と楽しくなってくる。水は冷たいし正直面倒だが、いつのまにか全員が集中して砂の中を漁っていた。

しばらくして、湊子は捕まえたゴカイの中に、他のものと違う黄色っぽいものがいることに気づいた。よくよく見ると、一部に同じ色のものが固まっている。

選り分けて助川に見せに行くと、顔に焦りの色を浮かべていた彼は、これだと破顔した。

「うん、これこれ。どこにいた？」

案内すると、みなも珍しいゴカイを目にしようと集まってきた。助川は一匹を指で伸ばして説明する。

「変わった色だろ？　南方の種で、栄養塩が少ない海に適応してるんだ」

じっくりと観察しながら、里絵子が訊ねる。

「それって、まずいんじゃない？　瀬戸内海の栄養がなくなってるってことだし……」

彼は苦笑した。

「まあ、それはもともと言われてることだから……。瀬戸内海は護岸工事とか海底の砂を採ったせいで海に流れ込む栄養分が減って、イカナゴとか他の魚の漁獲量も、昔と比べて格段に落ちてるんだ」

湊子は海へ目をやった。滞在して一週間ほど経つが、ＳＭＬの活動にばかり目を向けていて、瀬戸内海がそんなことになっているなんて知らなかった。こんな美しい海なのに……。

「でも、一部だけにいるって変だよね。生育北限が上がったなら、グラデーションでいろんな場所にいなきゃおかしいし」

みかの言葉に、助川は応える。

「確かなことは言えないけど、今のところ外海から来たタンカーのバラスト水に混ざってたんじゃないかって、推測されてる」

バラストは、タンカーなど大型船の重みを調節し、安定させるためのものだ。専用のタンクに海水を引き込み、錘(おもり)代わりにする。巨大な船だとその量は数万トンにも達し、中には海藻や生物が含まれるため、運ばれた先で海水を捨てることで、それらも移動してしまうのだ。

「外来種は横に置いておいて……ゴカイの量もすごいな。魚にとってもやばいんじゃないの？」

佐野が呟く。助川は首を縦に振った。

「種にもよるけど、粘液胞子虫(ねんえきほうしちゅう)の相互宿主になったりするしね」

生態系は複雑に入り組んでいる。ゴカイを餌(えさ)にする魚もいるから、増えるのは良いことに思えるが、一概にそうとは言い切れない。ゴカイは体内に〈余計なもの〉を住まわせていることもあるからだ。

粘液胞子虫とは、魚とミミズやゴカイなどの体を相互宿主として生活する、寄生虫の一種だ。たくさんの種類があり、寄生主とする魚や、体内に取り付く場所もさまざまで、生態には未だ謎の部分が多い。寄生することにより、食中毒を引き起こしたり、魚の身をゼリー状にしたり、骨を曲げて側湾(そくわん)

症を引き起こしたりして魚の価値を損ねてしまうため、日本人の食生活にとって注視すべき寄生生物の一つだった。

一時間ほどかけて外来種のゴカイを数十匹集め、作業は終わった。

帰りの船で潮風を浴びながら、湊子はスマホでニュースのアプリを開く。

トップ項目に、タイラギ漁で行方不明になった漁師の続報が表示されていた。

海保が急遽サメの専門家を招聘し鑑定してもらったところ、真鍮のヘルメットについた傷と、潜水服の中に残っていた歯の欠片から、六メートルを超えるホホジロザメの襲撃によるものだと断定されたのだという。周辺の漁協がサメの駆除を協議する予定とも書かれていた。

午後の色褪せた日に輝く海へ目をやる。事故が起こったのはすぐこの近くなのに、あまりに平穏で、水面下に六メートルのサメがいるかもしれないなど信じられなかった。

湊子がまだ生まれる前、一九九二年にも日本近海でサメが人間を襲う事件が相次いだことがある。日本中が大パニックになり、手当たり次第にサメを駆除したのだという。

レベッカと懸念していたことが現実になりつつあった。記事に目を落としながら、スマホをぐっと握りしめる。人への被害が出た以上、サメを捕獲し殺そうという動きが始まるに違いない。今は海水浴シーズンでもないし、潜る仕事の人以外、危険はないのに……。

——ぜったいに、殺させない。

心の中で湊子は呟いた。

渦やへ戻り、みなと一緒に奥さんが用意してくれた昼食を摂ると、湊子はすぐさま二階の部屋へ駆け上がる。午後は特に予定がないため、岡山へ移動してＳＭＬと合流し、サメの保護について話し合うつもりだった。

つなぎの下に着ていた作業用のジャージを脱ぎ、外出用の服に着替える。

ふと鏡に映った自分を見ると、今更ながら黒い服ばかりだった。

どの友達にも笑われるし、メイクのせいもあるのか、人数合わせでたまに誘われる合コンでは話しかけられることすら稀（まれ）だが、なぜかこれしか着られなかった。色のある服は落ち着かないし、自分にはこれが一番似合っている気がする。

化粧を直し、潮風でバサバサになった髪をアイロンで伸ばして部屋を出ようとしたとき、机のスタンドに立ててあったタブレットから、テレビ電話の着信音が鳴り出した。

近寄って表示されている名前を確認し、盛大に顔を顰める。

「ウッザ。なんでこんなときに……」

発信者は、渋川まり――准教授。湊子の不倶戴天（ふぐたいてん）の敵だった。

無視したいが、彼女は指導教官という絶対的な権力を保持しており、生殺与奪（せいさつよだつ）の権を握られている。

息を吐き、仕方なくボタンをスワイプして応答した。

「――はい」

渦やとそう変わらない和風旅館の部屋が映し出され、いつものスッピンに無造作な髪型の渋川がこちらを見ていた。

『出かけてなくて良かった。さっきまでゼミの他の学生と話していたから』

悠長に話す彼女にいらつく。

「……なんですか？　すぐに出たいんですけど」

わざとらしく眉を上げてみせたのち、渋川は手元の机に目を落とした。

『こっちは天気が荒れていて調査ができそうにないから、再提出してもらったレポートを読んでたんだ』

小柄な湊子の一・五倍ぐらいありそうな大きく筋張った手は、先日再提出させられたレポート用紙を持っていた。後期試験で〈不可〉にされ、書き直せば来年度の前期で単位を与えてもよいと言われたものだ。

『これが行動学のレポートであることは分かっているよな？　私は、テーマに沿うように書き直せと言ったんだが、そうする気はないようだ』

ムッとして、湊子は言葉を返す。

「私は、自分が大事だと思うことを書きました。内容を変えるつもりはありません」

呆れた様子で、彼女は大きく溜め息をついた。

『レポートは君の気持ちを訴える場じゃない。それじゃあ単位はやれないな』

「……必須科目だから、もらえないと困ります」

『また同じことを繰り返すのか？　一体何がしたいんだ？　他の講師の授業では、真面目に取り組んでいるそうだが』

――あんたに楯突くのは、無辜のサメを殺したからだよ。

口を突いて出そうになるのを、ぐっと堪える。

「課題の趣旨に沿って〈バイオロギングの海洋生物保護への活用〉について論じました。単位を認めてもらえないのは不当です」

『私が出した課題は、〈バイオロギングを利用した生態調査計画の立案〉だ』

湊子は、じっと渋川を見る。切れ長で鋭い彼女の瞳も、ひたとこちらへ向けられていた。しばらくの間、見つめ合う。

『……ほかのゼミ生から聞いたが、そちらでは、海洋生物保護団体の活動に没頭しているんだって？』

カッとして、湊子は大声を出した。

「関係ないでしょ！」

『指導教官だから一応関係ある。ＳＭＬだったかな？　……あまりいい噂を聞かない団体だが、どんな活動を手伝ってるんだ？』

「あんたが何を知ってるっていうの？　どうせＤＯみたいなのと同一視してるんでしょ。ＳＭＬはちゃんとした団体だよ！」

ＤＯ――ダブ・オーシャン。自分の口から出た名称に、怒りで震える。

世界には環境や生物を保護する団体がたくさんあるが、その中でも有名なのがＤＯだ。

カリスマ的主宰者、トッド・フラナガンが二十年前にカナダで創始した環境保護団体で、メディアを使った巧みな宣伝と過激なパフォーマンスにより勢力を拡大し、世界有数の資金力と行動力を持つまでに成長した。日本の捕鯨に反対する活動の一翼を担ったのも彼らだ。

文字が目に入るのも不快なほど、湊子は彼らが嫌いだった。彼らのやり方はいつも無軌道で力任せだ。観衆の感情に訴える派手なドラマ作りは舌を巻くほど巧(うま)いが、エビデンスに欠けることが多い。問題を解決するというより、ねじ伏せるといった方が的確だし、資金については、いつも不穏な噂が付きまとう。

彼らのすべてが、竹を割ったような性格の湊子には耐え難いのだ。だからこそ、既存のどの団体の潮流にも与(くみ)しないＳＭＬの存在を知り、ボランティアで参加することにしたのだ。同じにされるのは絶対に許せない。

悔しさで涙が滲(にじ)む瞳で、渋川を睨みつける。やれやれといった様子で、彼女は首筋を掻(か)いた。

『なんにせよ、レポートは趣旨に沿ったものに書き直すように。でないと単位は与えられない』

「脅すんですか？　それなら、アカハラで教授会に訴えます」

切れ長の目がすっと細められ、湊子は背筋が冷たくなるのを感じた。得体の知れない威圧感。こういうところも苦手なのだ。ヘビに睨まれたカエルになった気分だ。

『……前から態度には出ていたが、確信犯的に反抗しているという訳か。君にそこまで恨まれるようなことをした覚えはないが』

毒を食らわば皿までだ。湊子は低い声で言った。

「自分の胸に手をあてて考えてみなよ。まだ生きられたサメに、どれだけ酷いことしたのか」

不意を突かれたように、彼女の目が見開かれる。一瞬だけ、不安げな子供のような無防備さを見せた気がするが、気のせいかもしれなかった。

『なるほどね。保護団体か……』

机にレポートを置き、渋川はこちらへ視線を向けた。

『――いい根性だ。とにかくこれは不可。訴えたいならご、自、由、に』

＊

燧灘　四阪島沖(しさかじま)

13：28

絶好の釣り日和(びより)だった。空はからりと晴れ、なだらかな海面は鱗(うろこ)のように美しく輝いている。

中尾(なかお)が借りた釣り用のレンタルボートは、燧灘の中心から少し西に位置する四阪島沖に停泊していた。

海を挟んだ南には、四国の愛媛県新居浜(にいはま)市の町が広がり、さらにその向こうに石鎚(いしづち)山脈の山なみが広く見渡せる。西側へ首を巡らせると、しまなみ海道に連なる白い大橋や大島、来島海峡を望むことができた。

釣り竿に手応えを感じた中尾は、乗っている木造ボートと同じぐらい年季が入ったシミだらけの手でリールを巻く。青い海の中から、日を照り返し銀色に光る魚が浮上してきた。

アジだ。大ぶりで三十五センチはあるだろう。海峡を通って黒潮が入ってくるこのポイントでは、珍しくない立派な獲物だ。

網ですくうと、ぴちぴちと体をしならせるアジを針から外し、氷を入れたクーラーボックスへしまう。中には、すでに大型のアコウやスズキ、メバル、その他の魚がひしめいていた。これだけあれば、釣りにいい顔をしない妻の鼻を明かし、近所に腕を自慢しながら配ることができる。

口の端に笑みを上らせたとき、何かが船に激突した。衝撃で激しく揺れる。

「うわあっ！」

バランスを崩した中尾は、左手で船べりをつかみ、船底へ尻餅をつく。重心が崩れ船が後傾したため、すぐさま真ん中へ移動した。妻の機嫌を気にして、ＦＲＰ（繊維強化プラスチック）製の大きなボートを借りなかったことを後悔する。この小さなボロ船では、バランスの偏りは命取りだ。

冷や汗をかいたものの、一人しか乗っていなかったことも幸いし、船はすぐに平衡を取り戻した。

「びっくりした……。なんだ……？」

衝撃がした方を振り返り、眉を寄せてきょろきょろと見回す。見張りを怠ったボートでも衝突したのかと思ったが、周りには船影ひとつつなかった。海はさきほどと変わらず穏やかだし、はるか北に海峡へ進む巨大なタンカーがいるだけだ。

首を傾げながら立ち上がろうとした瞬間、二回目の衝撃が来た。

「わっ！」

船が激しく揺さぶられ、中尾はたまらずしゃがんでへりにしがみつく。

「うわあっ！　わあああっ――――！」

揺れはすぐに収まった。腰を浮かせた中尾は再び辺りに目を走らせるが、水面が揺れているだけで、やはり何もない。

「一体何だってんだ……？」

穏やかになっていく水中を覗き込んだ中尾は、数メートル下に何かがいることに気づいた。

まるっこい影。水はわずかに濁っているし、表面が光を反射しているためよく分からない。

「……？」

屈んで目を凝らす。

影は、こちらへ近づいてきた。サッカーボールほどの大きさだったのに、どんどん大きくなる。さらに勢いを増し、突っ込んできた。

危険を感じた中尾が身を逸らすのと同時に、鼻先で水を割って飛び出す――――。

巨大なサメだった。大人の男でもすっぽりと飲み込めるほどの大きな口を開き、寸前まで中尾がいた空間へかぶりつく。顎が突出し、肉厚の歯茎と、ずらりと並んだ三角形の歯が露になった。

獲物の肉を求めて、口は何度も開閉される。目は白目を剥いており、規格外の生物の不気味さを、いっそう引き立てていた。

「ひゃっ……ひゃあ――――っ！　うわああ――――！」

船底へ尻餅をついた中尾は、叫び声を上げる。

「……サ、サ、サ、サメ……」

パニックに陥りながら、ようやく言葉にする。信じられなかった。これまで何度も釣りにやってきた平和な海で、こんなものに出会うなんて。

ガジガジと木を擦る音がして身を起こし窺うと、サメは船の外板を齧っていた。頭だけでも大人の男が手を広げたぐらいあり、濃い灰色の額あたりに雷のような形の傷が走っている。視線を動かし全体像を確認した中尾は、再び悲鳴を上げた。紡錘形の体軀は、ボートの一・五倍はあった。サメが本気を出したら、こんな小さいボロ船を沈めるぐらい訳ないだろう。

「わ、わ、わ、わ……」

一昨日のニュースが頭をよぎった。ここからそう遠くない備讃瀬戸で起こった、若いタイラギ漁師の行方不明事件。続報で、専門家がホホジロザメによる襲撃と断定したと聞いた。その漁師は、このサメに襲われたのではないだろうか……。

ニュース映像で見たタイラギ漁師の潜水服は、巨大な口腔で左側から齧られており、生存は絶望視されていた。

ぺたりと腰を落とした中尾は、息を呑む。このままでは、自分も同じになる……。

振り返って、クーラーボックスの上に置いたはずのスマホを捜した。とにかく、誰かに助けて欲しい。海保に通報すれば、きっとすぐに来てくれるはずだ。

なかなか見つからなかったスマホは、クーラーボックスの下に潜り込んでいた。震える手で摑み取る。

「は、は、早く……」

瀬戸内海は、海上であっても携帯の電波が届く。一一八に早く通報しようとするが、あまりの恐怖で手が笑ってしまい、ロックを解除することができなかった。

ようやく解除し、電話をかけようとしたとき、齧る音と船の揺れがぴたりと止まった。

中尾は素早く目を動かす。諦めたのかとホッとしたとき、再度サメが海面から飛び出してきた。今度は右舷の船べりに頭が乗り上がる。中尾の目前まで、巨大な口腔が迫った。

「わあああああああ――――！　わああああああっ――――！」

反対側の船べりに背中でへばりつき、中尾は絶叫する。ボートはサメの重みで傾き、右舷から水が入ってくる。

水はどんどん流れ込んできた。すぐに五センチほど溜まり、尻や足が浸かる。沈んだら終わりだ。確実にサメの餌食になる。

「やめろ……。やめろおおお！」

恐怖が臨界点に達した中尾は、頭の中で何かがぶつりと切れるのを感じた。

船尾付近に浮かんでいたオールを手に取ると、傾く船上ですっくと立ち上がり、船べりに顎を乗せたサメの鼻先を何度も叩く。

「この……あっち行け！　俺は食いもんじゃねえぞぉ！」

急な反撃に驚いたのか、サメは身をよじり、海へと戻った。

未練がましく船の側板へ噛み付いてくるサメを、無我夢中で殴りつける。

しばらくすると、ようやく諦めたのか、サメはボートから離れ、潜って行った。

足首より上まで水が溜まった船上で、息を切らせた中尾は膝から崩れ落ちる。

見回すと、これまでと同じ穏やかな景色が広がっているだけだった。

播磨灘（はりまなだ）　小豆島

同日
13：46

「はーい、それでは舟のポーズから、今度はラクダのポーズに入りまーす」

薄い雲を刷（は）いた、高く青い空。島の北側には、白い砂浜とエメラルドグリーンの遠浅（とおあさ）の海が広がっていた。堤防で囲われた波のこない浅瀬に、色とりどりのＳＵＰボードが五つ浮かんでいる。

アヤカが主宰するSUPヨガ教室のレッスンだった。ビーチ側に生徒らのボードが四つ並び、海側に講師のアヤカのボードがある。

SUPとは、サーフボードを分厚くしたような安定感のあるボードだ。オールで漕いで小舟代わりにしたり、上でエクササイズをしたりできるため、近年幅広い層に人気が高まっている。

オリーブやそうめんで有名なこの小豆島は、関西から近く海の透明度が高いため、一年中レジャーに来る観光客で賑わっていた。アヤカ自身も、観光で訪れたこの島に魅せられ東京から移住し、ヨガ講師として生計を立てていた。

大阪から来たという女子大生四人組の生徒は、普段からヨガスタジオに通っているそうで筋が良かった。若いのでバランス感覚もよく、初めてだというSUPボードの上でも、楽々ポーズを決めている。

ラクダのポーズの号令で、生徒らは立て膝の状態から上体をゆっくり後ろへ反らし倒していった。上を向いたまま両手で自分の踵（かかと）を摑む。

あと少しで三月という時候だが、ウェットスーツを着ているし、太陽がさんさんと降り注いでいるため、寒くはない。ヨガをしていると時間が止まっているようで、ビーチへ打ち寄せる潮騒（しおさい）も耳に心地よく響いた。最初は緊張気味だった生徒らも、今では表情が和らぎリラックスしている。

一人一人のポジションを確認したのち、アヤカは自分も同じ体勢を取ろうとボードに膝をつく。視界を何かが横切ったのはそのときだった。

注意を向け、叫びそうになった口元を両手で押さえる。

巨大な三角の背鰭が、生徒らのボードの前を移動していた。冗談かと思い透明な水の中へ目を向けると、三メートルあるSUPボードの二倍ほどの大きさのサメが、ゆったりと尾を振りながら泳いでいる。普段からダイビングもするアヤカは知っていた。背と腹でツートーンに分かれた、丸々とした紡錘形の体。よりによって、最も危険だとも言われるホホジロザメだ。

　生徒らのボードへゆっくり接近すると、サメは確認するかのように、周囲を回り始めた。アヤカは息を呑む。

　ラクダのポーズで空を見上げている生徒たちは、まだサメに気づいていなかった。

　足の力が抜け、アヤカはぺたりとボードに膝をつく。体ががくがくと震えた。何かの本で、サーフボードから手足が出ているのを見たサメが、アザラシやオットセイと間違えサーファーを襲うのだと読んだことがある。

　――彼女らが気づいたら終わりだ。パニックになってボードから海を覗き込んだりしたら、襲われる……。

　サメ映画の陰惨なシーンが頭に呼び起こされた。

　生徒がサメに襲われるようなことがあったら、教室は終わりだ。東京でＯＬをしていたが、この島に魅せられ、インストラクターの資格を取り、貯金を使い果たし移住してきた。ようやく生活基盤が整い、島の人とも馴染んできたのに……。すべてがだめになる。

　――もう戻る場所はないんだから。ここで生きていかないと。

　自分を奮い立たせたアヤカは、生徒らに感づかれないよう、精一杯明るい声を張り上げた。

「息を吸ってー、吐いてー、まだまだラクダのポーズ続けまーす！　目を閉じて太陽のパワーを感じてみてください。肩と胸が開くと同時に、心が解放されていくのが分かるはずでーす！」

　サメは生徒らのボードの下へ潜り込み、執拗に離れなかった。時折、上を向き、ボードの底に鼻先を近づけ突こうとする。

　心臓をぎゅっと摑まれ、生きた心地がしなかった。助けを求めてと見回すが、ビーチにも海にも他の人の姿はない。スマホは堤防に置きっぱなしだ。

――助けて、誰か助けて！　どうしたらいいの……。

「アヤカ先生、このポーズだけ長いんちゃう？」

右から二番目のボードの生徒が目を閉じたまま言った。微妙な振動を感じたのか、サメは彼女のボードの下へスッと移動する。

叫びそうになるのをぐっとこらえる。頬に温かいものを感じてぬぐうと、恐怖で涙が溢れ出していた。

「もう少しだけがんばりましょう。無理のない範囲で呼吸を楽にー。吸ってー、吐いてー」

サメはまだしつこく居座っていた。

「もう無理。二の腕ぷるぷるしてきたもん」

一番左の生徒も笑いながら口を開く。サメは方向転換すると、今度はその生徒のボードへ近づいた。鼻先で突き確かめる。

「わーもう、ほんと限界やわ。やめてええ？」

再び彼女が発言すると同時に、サメは巨大な口を開いた。鋭い歯と口腔が露になる。あんなものに襲われたら、華奢(きゃしゃ)な女性はふた口で食べられてしまうだろう。

サメはボードにかぶりつこうとする――。

「やめてえええええぇ――――！」

アヤカは大声で絶叫し、手で顔を覆うとぎゅっと瞼(まぶた)を閉じた。ボードに食いついたサメは、驚く生徒をふるい落とし襲いかかるに違いない。パニックに陥り逃げようとした他の生徒らも――。

カタカタと震えながら、アヤカは永遠にも感じる時を過ごした。

悲鳴が聞こえてくるのを予想していたが、なかなか訪れない。

どうしたのかと思っていると、予想に反して生徒らのはしゃぐ声が聞こえた。

恐る恐る目を開く――。

ボードは先ほどと同じように整然と並び、ポーズを解いた生徒らは、体を伸ばしながら、きょとんとこちらを見ていた。

アヤカは周囲に目を走らせる。透明なエメラルドグリーンの海が広がるだけで、サメはこつ然と姿を消していた。まるで最初から存在しなかったように。

緊張の糸が切れ、ボードにへたり込んだアヤカは、しゃくり上げる。声を出して泣いた。

「……先生、どうしたん？」

生徒らは不思議そうに首を傾けた。

備讃瀬戸　高見島沖

同日
13：51

海の天気は変わりやすい。先ほどまでからりと晴れていたかと思ったら、にわかにかき曇り、風が出始めていた。

送迎用の小型水先船は速度を落とし、ごくゆっくりと進む大型コンテナ船との間にわずかな隙間をあけ並走していた。

吃水から甲板まで二十メートルの、巨大なコンテナ船。水から出ている部分の中間ぐらいの高さに、小さな扉――サイドドアがくり抜かれており、そこから縄梯子が垂れている。梯子は数メートルおきにスプレッダーという器具で船体に押さえられているが、揺れて不安定なことに変わりはなかった。

「――大丈夫そうですか？」

縄梯子から先に降りてきた体調不良の横井という水先人の肩を支えながら、水先船の若い乗組員が訊ねてきた。サポート役で他に二人いる乗組員も不安げな表情をしている。いくら慣れているとはいえ、彼から見たら父親より上の年代の畑中が十メートルもの高低差を梯子で移動するのは、やはり危なっかしいのだろう。とくに、こんな風が吹いているときは。

　畑中は微笑む。

「ありがとう。このぐらいなら訳ないよ」

　仕事道具がパンパンに詰まった肩掛け鞄に触れると、誇らしい気持ちが湧き上がった。これを身につけ梯子で大型船を乗り降りする体力が、水先人の必需品だ。自分はまだまだ現役でいられる。

　水先人とは、操舵が難しい海域で大型船に乗り込み、港と交信しながら船長にアドバイスをして、スムーズな運航を促す仕事――字のごとく水先案内人だ。

　瀬戸内海は、狭い内海に世界中の大型船が行き交う輻輳海域だ。一万トン以上の船には水先人の搭乗が義務づけられている。

　パナマ船籍のこの船は北九州の門司行きで、大阪湾の神戸沖パイロットステーションから乗り込んだ水先人が門司まで乗船する予定だった。しかし、彼が体調不良を訴えたため、急遽呼び出された畑中が、途中の高見島沖で交代することになったのだ。

　航行の途中で大型船に乗降するには、縄梯子を使うよりほかない。揺れる海上では危険を伴い、この仕事をしていて、もっとも危険な瞬間だった。梯子から水先船や海に転落したり、船同士に挟まれたりして、命を失った水先人もいる。

　はるか頭上にあるタンカーの甲板からは、東南アジア系の船員たちが顔を出し、出迎えの準備をしてくれていた。畑中は笑顔で手を上げてみせる。

　雲行きは怪しいものの海はうねっておらず、コンテナ船は穏やかな白波を立てゆっくり進んでいた。空が暗いため、海の中はまったく見えない。

「行けます」

ヘルメットと救命胴衣を着た水先船の乗組員が、梯子をたぐり寄せ畑中を呼ぶ。

呼吸を整え梯子の前に立った畑中は、乗り移るタイミングを見計らった。縄梯子を両手で摑むと同時に片足を梯子に預け、サポートを受けながら一気に体を持ち上げ乗り移る。一番の関門をクリアし、少しだけ緊張が解けた。あとは船の途中で口を開けているサイドドアまで、一歩一歩上るだけだ。

とはいえ、あと数年で七十に届く年齢の畑中に、縄梯子はやはり辛かった。足場を確かめながら、慎重に移動する。

だんだんと海面から離れ、船が跳ね上げる飛沫もかからなくなる。下を見ると、すでに四メートルほどの高さにいた。

突風に煽られたのは、あと少しと気を引き締め直したときだった。

「——うわっ！」

スプレッダーで押さえられているとはいえ、縄梯子には傾斜したときのためにあそびがある。梯子は揺れて横にずれ、畑中は落とされないようしがみつく。

下で見守っている水先船の脇から何かが飛び出したのは、そのときだった。

弾丸のように姿を現すと、畑中の方へ向かってくる——。

尋常でない大きさのため、最初はシャチかと思った。だが、形や色が違う——嘘みたいに巨大なサメだった。

体中の筋肉をしならせ空中を上昇しながら、サメは大きな口を開いた。白目を剝き、梯子にしがみついている畑中の目前すれすれの場所で空にかぶりつく——一秒前まで畑中がいた場所に。

何が起こっているのか、さっぱり分からなかった。血なまぐさい臭いが鼻を掠める。

目を見開き硬直していると、サメは身を翻し、水先船を飛び越え、大きな水柱を上げて海へ戻った。

ようやく梯子が元の位置へ直るが、混乱は続いていた。水先船の乗組員らも騒然としている。

「なんだありゃ……」

航海士として三十年、水先人として二十年海で過ごしてきたが、こんなことは初めてだった。今になって、手足ががくがくと震え始める。もし、突風が吹いていなかったら……。

「——早く上がれ！　早く！」

「また来るぞ！」

上から英語が聞こえてきた。甲板にいる東南アジア系の船員たちが、海を指さし訴える。見ると、サメの大きな背鰭が船の近くを旋回していた。

ハッと我に返り、畑中は全速力で梯子を上る。サイドドアの中へ転がり込むと、冷や汗がどっと溢れ出た。ドアから顔を出して海を見下ろしたところ、サメはまだ名残惜しそうに泳いでいた。

——あのサメは、水中からずっと自分を虎視眈々(こしたんたん)と狙っていたのだろうか……。

曇り空を映す水面からは、相変わらず海中を見ることができなかった。微(かす)かなうねりが変容を作り、不気味な模様を描き出す。

畑中は、慣れ親しんだ海が急に恐ろしいものに思えた。

＊

また、同じ夢を見た。

『——親父!!　引っ張り上げてくれ、早く！』

海底との有線電話から聞こえてくる、切羽詰(せっぱつ)まった声。

沈着で賢い息子には、あり得ないものだった。

「俊、どうしたんだ?!　今上げてやる！」

いくら船に減圧室を積んでいるとはいえ、海底から一気に浮上すれば潜水病になる危険が高まる。だが、俊の怯えようは尋常ではなかった。潜水服から空気が漏れるなど、不測の事態が起こったのかもしれない。

迷った末、盛男は渾身の力でケーブルを引っ張り上げた。

そのとき感じた重さは、今も手に残っている。岩に引っかかったように固く、まったく上がらない。なのに、十秒後にはふっと解消し、いつも通り引き揚げることができた。

地図上では同じ座標にいるにもかかわらず、三十メートルの高低差は途方もなく遠かった。まだ肌寒い二月だというのに、ケーブルを一心に手繰る体は熱くなり、汗が噴き出す。

大量の気泡とともに真鍮のヘルメットが上がってきたため、盛男は綱を船上へ投げ出し、ヘルメットを外してやろうとしゃがみこんだ。

「何があったんだ⁈」

そのときは、息子がそこにいないなんて疑いもしなかった。

続いて浮き上がった潜水服が、海面に広がりぐにゃりと曲がる。

呆然として盛男は見つめた。エアーパイプだけはかろうじて生きていたが、電話の太いケーブルは、途中ですっぱり切断されている。

意味が分からなかった。なぜ俊はいないのだ……？

漂う潜水服の肩当てには筋状の傷がつき、足や横腹部分には、ふちがギザギザとした巨大な半円の穴があいていた。タイラギ漁では、到底できるはずがないものだ。

「……俊？　どこにいるんだ？」

混乱する。潜水服が破れ、途中で脱げたのかもしれない。後から泳いで上がってくるかと海面を凝視したが、一向に現れなかった。

ことの深刻さに気づいた盛男は、体中の血が一気に引くのを感じた。

海面に向かって大声を出す。

「俊！　どうしたんだ！　俊――!!」

同乗者の庄野が気づいて、操舵室から駆け寄ってくる。上着を脱ぎ捨て、冷たい海へ飛び込もうとした盛男は、彼に羽交い締めされた。

「やめろ！　こんな冷たい海に。死ぬぞ！」

「離せ！　これ見ろ。俊に何かあったんだ。助けないと！」

潜水服を見た庄野は、表情を強ばらせ息を呑んだ。

「無理だ。俊がいたのは海底だぞ？　錘もなしで行ける訳ないだろ。それより早く海保に連絡しよう」

腕を掴まれ、操舵室の方へ引きずられながら、盛男は絶叫した。

「うるせえ！　行かせろ。俊！　俊――!!」


目覚めた盛男は、汗びっしょりの顔を手でぬぐった。俊がいなくなってから幾度となく見た、あの日の夢。慣れることはなく、毎回酷く心を抉られる。

布団の中で上体を起こし、両手で顔を押さえた。

「俊……」

起きて階段を下り一階へ行くと、妻の江美子が、町長と付き添いらしきもう一人の男を送り出し、スライド式の玄関扉を閉じたところだった。盛男に気づくと、暗い瞳を向ける。

「……やっと起きたの？」

三和土から上がった彼女は、玄関マットの上に置かれた品物を示した。

「弔問に来てくださったの。これ、いただいたから」

ありきたりな果物の盛り合わせと、二本縛りの日本酒。

「町長さんが、俊の仮葬儀だけでも出してもいいんじゃないかって……。海保の人は、三ヶ月経たないと死亡認定はできないって言ってたけど、請け負ってくれる葬儀社もあるみたいだから……」

一瞬で怒りが燃え上がり、盛男は声を荒らげた。

「葬式だと……？　縁起でもない。ふざけんな！　俊は見つかってないんだぞ！　まだ七日しか経ってないんだ。生きてるかもしれないだろ！」

じっと何かに堪えていた様子の江美子の眉が歪み、彼女は叫んだ。

「まだそんなこと言ってるの?!　もう七日よ？　そんな長時間海の中で生きられるはずないし、専門家がサメに襲われたって断定したのよ?!　生きてるはずないじゃない！　俊は食べられたのよ……サメに……」

手で顔を覆うと、彼女はその場に崩れ落ちる。大きな嗚咽が玄関に響いた。

盛男は唇を噛む。行方不明になった俊。海上保安庁による捜索は、たった五日で打ち切られていた。その後も自分の船で捜したが、二日経っても見つけることはできていない。

「なんで、なんで、あの子がこんな目に……！」

うらめしそうに、江美子は呟く。

あの日以来、何度もしたやり取り。すべてにうんざりだった。

「ジメジメするなよ。うるせえ！」

家にある酒は、もうとっくに飲み尽くしていた。もらったばかりの酒瓶を摑むと、居間へ移動し、乱暴に包装を解く。こたつの上に江美子が茶を飲んだ湯のみがあったため、それに注いで一気に飲み干した。

玄関の戸が開く音がしたのは、そのときだった。

江美子に駆け寄る声で誰か分かった。四年前に近所の家へ嫁いだ、長女の遥だ。俊よりも三歳年上で、三つになる一人娘の美緒がいる。

今日も美緒を連れてやってきた遥は、ずかずかと家に上がり込んできた。居間の入り口へ立つなり、鋭い目で盛男を睨みつける。

「お父さん、お酒飲んでるの？　こんなときに」

湯のみに酒を注ぎ足しながら、盛男は顔を顰めた。

「いいんだよ。今日は船乗らないから！」

娘の手を引き居間へ入ってくると、遥はこたつに座っている盛男の横へ正座した。振り返り、廊下にいた江美子へ声をかける。

「お母さんも来て」

涙をぬぐいながら江美子が正座すると、遥は盛男に言った。

「船売らないってどういうことよ。俊はもういないんだから、持っててもしょうがないでしょ」

タイラギ漁に必須の減圧室がついた船は、漁協から借金をして今年新調したばかりだった。親子で数年頑張れば返せるはずだったが、潜り手である俊がいなくなった今、返済の目処は完全に立たなくなった。売れば借金は減るが、盛男はどうしても手放したくなかった。息子と一緒に買った船だ。それまでなくしてしまうのは身をもがれるように辛い。

目を赤くしながら遥は語気を強める。

「いくら大事でも、売らなきゃだめでしょ。そのためにお母さんが出稼ぎに行くなんて、馬鹿みたいじゃない……」

もともと少ない蓄えは、船の頭金にほとんど突っ込んでいた。タイラギ漁でまとまった金が入ってくるのをあてにしていたからだが、俊がいなくなった以上、今月の返済すら危うい。

狭い港町だし、金銭事情は筒抜けのため、盛男が借金を返せなくなったことは誰もが知っている。倉敷郊外の介護施設で住み込みの介護士を捜しているから働かないかと、江美子が知人から持ちかけられたのは、その流れだった。俊がいなくなって日も浅いから、落ち着いてからでいいと言われたが、家計が切迫しているため、すぐに働かせてほしいと江美子は二つ返事で伝えていた。

遥は声を震わせる。

「売ってもう少し小さいのにして、タイラギだけやめて底引き網に専念すればいいでしょ。いっそ漁をやめて、陽介の親戚の養殖場で働かせてもらうこともできるし……」

陽介は遥の夫で、親戚が大規模なハマチの養殖業をしていた。

「タイラギ漁は先祖代々続けてきた、うちの家業だ。底引き網だけだったら、お前を短大にもやれなかったんだぞ。分かったような口を利くな！」

顔を真っ赤にして、遥は反論した。

「家族がバラバラになってまで続けるものじゃないでしょ。そもそももう、潜る人がいないし。俊だってこんなこと望んでるわけない！」

「高校の頃から陽介と遊びほうけて家に寄り付かなかったお前に、俊の何が分かるんだ！」

「それはお父さんが、跡取りの俊ばっかり可愛がってたからでしょ！」

「まだそんな、くだらないこと言ってるのか！」

大人たちが怒鳴り合うのが恐ろしかったのだろう。美緒が声を出して泣き始めた。江美子があやして台所へ連れ出す。

俊は穏やかな性格で、気性が荒い似た者同士の父と姉が喧嘩をすると、いつも上手く諫めていた。いなくなった今、止めるものはもういない。言葉の応酬で、収拾がつかなくなる。

「信じられない。どんだけ頭固いの！」

半狂乱で絶叫する遥に、盛男も怒鳴り返した。

「なんと言われようと、船は売らない。気に入らないなら、みんな出て行け――！」


翌朝、二階の寝床で目が覚めると、二日酔いで酷く頭痛がした。あれから一日中飲み続けていたから当然かもしれない。

のろのろと起き出し下へ行くと、家の中はしんと静まり返っていた。

「……江美子？」

普段なら江美子が何かしら家事をする音がしているのに、彼女の姿はどこにもなく、居間のこたつの上に書き置きが広げられていた。

《人手が足らないそうなので、急ですが倉敷へ行きます。働いていた方が何も考えずに済むし……。お互い頭を冷やして、俊の葬儀のことはまた改めて決めましょう。江美子》

「――」

紙を持ったまま、立ち尽くす。家の中の倦んだ空気に辟易していたのは、盛男だけではなかった。耐えきれず、江美子は出て行ってしまったのだ。

一人取り残された古い家は、火が消えたみたいにがらんどうだった。南からの日が射し込み、室内を照らし出す。鳥の声だけが響いていた。

出がけに江美子が焚いた線香の匂いが鼻孔をくすぐる。隅にある仏壇へ目をやると、小さく盛った白飯と、花と、果物が供えてあった。……俊の写真も。

「まだ死んだと決まった訳じゃない……」

腹を立てた盛男は、仏壇に近づく。フォトフレームを移動させようとして、写真の中の俊と目が合った。

よくある話で、娘の遥は盛男に似た輪郭のごつい顔立ちで、息子の俊は江美子に似た優しげな細面の顔立ちをしていた。はにかんでこちらを見ている俊の顔を、盛男はじっと眺める。父親思いだった息子は、自分を心配しているように感じられた。

「俊……」

情けない声とともに、涙が溢れ出た。

跡取りがいない漁師も多い中、俊は率先して家業を継いでくれた自慢の息子だった。

まだ紹介されてはいなかったが、意中の相手だっていたようだから、ゆくゆくは結婚して孫もできただろう。その子もタイラギ漁を継いで——。

それをそばで見守るのが盛男のささやかな夢だったのに、根こそぎ奪われてしまったのだ。……サメによって。

フォトフレームを持ったまま、その場にへたり込む。喉の奥から慟哭が突き上げた。

ごろりと畳に転がり、体を丸め子供のように泣きじゃくる。希望である息子はいなくなってしまった。このあとの人生には暗闇しかないように感じられる。身を切られるように辛い。

「俊……俊……」

到底耐えられる絶望ではなかった。すべてを忘れようと、こたつへ這ってゆき、置いてあった酒瓶に手を伸ばす。しかし、すでに飲み尽くしてしまっていた。

「くそっ！」

手で払いのける。酒瓶はこたつから落下し、転がってサッシの前で止まった。

もう家に酒はないので、買いにいかなくてはならない。仕方なく立ち上がり足を踏み出すと、テレビがついた。こたつ布団の下にリモコンが入り込んでいたらしい。

午後の情報番組が映し出された。地元のテレビ局が制作しているものだ。盛り上がったスタジオからは、若い女性の甲高い声が流れてくる。二日酔いの頭に響くため、早く切ろうとリモコンを拾い上げテレビへ向けた。

画面に目をやった盛男は、釘付けになる。

スタジオに設置された、解説用の大きな映像パネル。四分割されたうちの三つに、サメのイラストが表示されていたからだった。

大きな口を開け釣り人が乗った小船を襲うサメ、女性グループが乗った分厚いサーフボードの真下を泳ぐサメ、コンテナ船から垂らされた梯子に摑まる人の前で、大きくジャンプするサメ――。余った左下のパネルには、瀬戸内海の地図と、サメが現れた場所、時刻が記されていた。

一昨日、サメの目撃証言が相次いだとのことだから、きっとその説明をしているのだろう。俊の捜索に精一杯で、盛男は詳細まで知らなかった。

指さし棒で左下のパネルを示しながら、司会のアナウンサーが解説する。

『これよく見てくださいよ。なんと、なんと、ほぼ同時刻に、瀬戸内海の十キロ以上離れた三ヶ所で、巨大なサメが目撃されたんです！　西脇(にしわき)さん、これどういうことか分かりますか？』

話を振られたご当地タレントの若い女性が、わざとらしい手振りを添えて言った。

『えー、まさか三匹いるってことですか？』

アナウンサーは大きく頷く。

『そうなんです！　ご覧の通り、すぐに行き来できる距離じゃないですからね。しかもですよ。目撃者の話だと、どれも六～七メートル級だというから、とんでもない。いいですか？　あの映画ジョーズに出てくるサメと、同じぐらいの大きさなんです！』

スタジオ内は、みな息を呑んだ。長いテーブルに並んで座った、地元出身の男性弁護士のコメンテーターがおずおずと口を開く。

『じゃあ、もしかして……一週間ぐらい前に、備讃瀬戸でタイラギ漁師さんがサメに襲われましたけど……そのサメのどれかが？』

指さし棒を縮めると、アナウンサーは神妙な顔で首を縦に振った。

『その可能性が高いと言われています……。三匹のうちのどれかは分かりませんが』

再び男性弁護士が訊いた。

『どれにしたって、早く捕まえないと危険じゃないですか。その辺の対策はどうなってるんですか？』

『現在、県の水産局と各漁協で、駆除について協議をしているそうです』

アナウンサーが告げると、女性タレントがあざとい仕草で身を震わせた。

『いやー怖いー』

盛男は、画面の片隅に映し出された映像パネルを凝視する。

内海といえども外海とつながっているし、もともとホホジロザメだっていない訳ではない。だが、六メートルといえば、ホホジロザメの中でも最大級の部類だ。それが三匹もこの海域に来ていたなんて。

――知っていたら、あの日、俊を漁へ行かせなかったのに……。

胃がぎゅっと締め付けられた。

映像パネルが切り替わり、今度はほぼ同じサイズだというホホジロザメの資料映像が流れる。ネズミ色と白のツートーンに塗り分けられた、凶暴な捕食生物。とにかく体が大きく、歯が並んだ口はどう見ても化け物だ。海をうろつき、生き物を殺して食べるためだけに生まれてきた機械のように見える。こんなものに海底で出会ったら、盛男も正気ではいられないだろう。

アナウンサーはいろいろと説明をしていたが、盛男の耳には入ってこなかった。

画面の中のサメは、餌のアザラシに突進し、顎を突出させかぶりつく。残酷に体を食い千切ると飲み込み、白い喉が波打った。

「こいつが俊を……」

海底でのタイラギ漁は周囲が真っ暗だし、潜水服で動きが制限される。そんな状況で、サメは俊を襲ったのだ。潜水具を鑑定したサメの専門家は、襲撃は二回あったと言っていた。一回目は右上からヘルメットに。二回目は胴体の左横から。

どれだけ怖かっただろう。どれだけ痛かっただろう。

「卑怯（ひきょう）もののめ……」

奥歯をぎりぎりと噛みしめる。二日酔いの頭痛が脳を締め付けていたが、そんなことは気にならないほど、怒りが煮えたぎっていた。

――サメが憎い。心の底から……。

三匹のうちのどれか知らないが、ホホジロザメがこの瀬戸内海にやって来さえしなければ、俊は今も自分の横にいたのだ。

こたつに置いていたフォトフレームを手に取り、目線に掲げる。

心配そうにこちらを見ている俊に呟いた。

「俺が仇（かたき）を取ってやるからな……」

両の目から、涙が溢れ出す。

あの憎むべき生き物に復讐（ふくしゅう）する。すべきことは、それしか思いつかなかった。

写真の中の俊は、優しく微笑むだけで答えることはなかった。

たくさんの雲が細い月を覆い隠している。夜の海は、浮標などの人工的な明かりが点々と見える以外、ほぼ暗闇に近かった。

姿を見られないよう警戒しながら、二人の男は人気のない浜からゴムボートで出航する。

GPSを頼りに二十分ほど船を走らせ目当ての場所に到着すると、片方の男が小さなライトをつけ口を開いた。

「今日は海も穏やかだし、たくさん獲れそうっすね」

斉藤という、見張り役に雇われた若い男だった。背は高いがひょろひょろに痩せていて、口の端に丸い輪のピアスをしている。金色に脱色した髪は伸び放題の上、根元が五センチほど黒くなっていた。一見して、カタギではないことと、身なりに構っているどころではないことが分かる。

ダイビング用ウェットスーツの腰に錘をつけ潜る準備をしながら、米田は「ああ」と相づちを打った。組むのは二回目なのでよくは知らないが、自分と同じで借金で首が回らなくなり、ここへ送り込まれたクチだろう。

〈潜る役〉の米田は不変だが、〈見張り役〉がコロコロ変わるのは、よくあることだった。

米田は今年五十歳。斉藤はふたまわり下だろう。通常ならば若い方が潜ればいいと思うだろうが、そう単純ではない。この仕事は効率が大切だし、何より米田の借金は途方もない額だ。潜る方がキロあたりの給料もいいから、そうする他ないのだ。体力は使うが、ボンベを入れ替えながら三時間も潜れば四十キロは収穫でき、普通に働いたのでは到底無理な額を稼げる。

温い風が吹いた。海は凪いでいるが、真っ黒なため、得体の知れない生き物が蠢いているような不気味さがある。

一抹の不安を覚え、米田は元来た浜の方へ目をやった。遠いし暗いから視認できないが、水揚げしたものを運ぶための軽トラックが待機し、米田らを監視しているはずだった。雇い主の暴力団員たちだ。

米田たちがしようとしているのは、密漁だった。

ナマコやアワビは、暴力団のしのぎとなっている。買い手はあまたで、闇ルートで売ればキロ三千円ほどの収入を得られる堅実なビジネスだ。さらに、彼ら自身が海に入らなくとも、米田のような借金まみれの人間を使って獲らせれば、元手はそれほどかからない。

それだけに近年取り締まりが厳しく、警察や海保が厳しく目を光らせていた。厳罰化も進んでいて、特に潜水具を使った密漁は重罪になったという。

漁場は十メートル下の海底だ。錘を巻き終えた米田は、酸素ボンベを背負う。次に水中メガネを手に取ると、斉藤がへらへらと笑いながらサイクリング用のヘルメットを差し出した。

「どうぞ。この前ライトがうまく当たらなくて見づらいって言ってたから、改良してみたんすよ。俺、夜逃げして捕まるまでは、町工場で働いてたんで」

見た目によらず、気の利く男のようだった。受け取ったものの、眺めた米田は顔を顰める。ヘルメットの両側に、ドリルで二つずつ穴があけられ、結束バンドで懐中電灯が固定されていた。確かに便利そうではあるものの……とてつもなく恰好悪い。

「これじゃ八つ墓村か、丑の刻参りだろ」

文句を言うと、斉藤は首を傾げた。

「え、なんです？　それ」

「もういいよ」

苦笑して打ち切る。若いやつには通じなくてもしょうがない。実用性は悪くなさそうだから、使ってみることにした。かぶって顎紐(あごひも)をしっかりと締める。

黒い海原は、恐ろしいほど静かだった。小さな波がゴムボートに当たり、たぷたぷという音だけが響く。はるか遠くに陸の明かりがぽつぽつ宿っている様子が、寂しさを一層際立たせた。

あたりを見回しながら、斉藤は不安げに呟く。

「……大丈夫なんすかね。最近ニュースでよくやってるじゃないすか。この辺で、すげえでっかい人食いザメが出るって。そんなときにも漁に出させるなんて、ひでえっすよ」

米田は笑った。

「大げさだな。ダイビングしてるやつに聞いてみろ。海でサメに会うことなんてほぼないから。瀬戸内海っつっても、こんなに広いんだぞ？　万が一にも出会うはずがない」

「だといいっすけど……。もし危なかったら、すぐ上がってくださいね。俺、助けますから」

本当に心配している様子に、米田は頬を弛ませる。借金を作ってしまっただけで、悪い人間ではないのだ。

「……さっき車の中で、これで最後だって話してたな。借金は返し終わったのか？」

親近感を覚え話を振ると、暗い空気を払拭(ふっしょく)し、彼は顔を輝かせた。

「借金返せなくてボコボコにされたあと、風俗の店員やら、いろいろやらされてたんすけど、四年かかってやっと返済し終わったんで。今日の仕事が済んだら田舎に帰って、親の後継いでる妹夫婦を手伝って梨作ろうと思ってるんです。昔飛び出したきり連絡もしてなかったのに、電話したら戻って来ていいって言ってくれて……」

「……そうか」

目を潤ませる彼に、米田は頷く。帰る場所があるのが羨(うらや)ましかった。自分にはもう故郷も家族も何もないから。

準備を済ませた米田は、ボートから黒く中の見えない海へ下りる。ウェットスーツを着ていても、三月初旬の海は身を切るほど冷たかった。

「漁師もかわいそうっすね。俺らが根こそぎナマコを獲っちゃったら」

ボートの上から覗き込む斉藤に、米田はにやりと歯を見せた。

「――いいんだよ。海は〈みんなのもの〉だからな」

高揚感が湧き上がる。勤めていた店の金を持ち逃げしたときと同じだ。初めて手を染めた犯罪。金はすぐに取り返され、落ちるところまで落ち、今では鵜飼(うかい)の鵜のように、こんな仕事をやらされているが。

海に潜ると、闇の中をライトの光で線を描きながら進む。漂うプランクトンだけが照らし出された。錘の重みに身を任せ、どんどん下降する。しばらくすると、水深十メートルほどの海底に到着し、腰までの高さのホンダワラが揺れる藻場(もば)が照らし出された。

前傾姿勢で浮かんだまま、米田は漁を開始する。獲物は高額で取引される赤ナマコだった。

何事にも、通底するコツがある。効率よく密漁ができないかと考えた米田は、糞(ふん)のあとを辿るのが早いとインターネットで調べた。凹凸のある砂地の海底にライトを当て、ナマコが排泄(はいせつ)した糞を捜す。糞と言っても、カエルの卵のような形状の土塊(つちくれ)だ。

これまで好調だった漁場の近くだけあって、糞はすぐに見つかった。転々と落ちているそれを追いかけると、全身に突起がついた赤ナマコが現れた。丸々としているから、いい値段になるだろう。鉤で引っ掛け、首から提げた網に入れる。

ゆっくりと網の底へ落ちていくナマコを眺めながら、なんて無防備な生き物なのだろうと米田は思った。ただ存在しているだけで人間に対しては有効な攻撃力を持たず、されるがままだ。せめて蛇のような毒牙でもあれば、一矢報いることもできるだろうに……。

この辺りは、まだ人の手が入っていない穴場らしく、ホンダワラの根元を漁ると、たくさんのナマコが見つかった。入れ食い状態だ。進むにつれホンダワラは密生し、まるで森のように変容していった。掻き分けながら、米田は夢中で漁を続ける。

前方にナマコがいるのを見つけ、さらに先へ行こうと海藻を手でよけたときだった――。

びくりとして、手を止める。

ヘルメットに取り付けられたライトが、魚の横顔を照らし出した。途轍もなく大きな顔。米田の上半身よりも大きい。

魚は不快げにじろりとこちらを見た。少し開いた口からのぞく三角の鋭い歯――。映画で見たことがあるから知っている。ホホジロザメだ。海藻の隙間から覗く顔だけでこれほどならば、全長は五メートルを超えるだろう。

焦った米田は、くわえていたレギュレーターからゴボッと息を吐き出す。心臓がドクドクと早鐘を打ち始めた。

――まさか、本当に会っちまうなんて……。

おそらく、先ほど斉藤が話していたサメだろう。

硬直して動けずにいると、サメは眩しそうに顔を背け、尾びれで海底の砂を巻き上げながら行ってしまった。

ホッとすると同時に、全身の力が抜け冷や汗が噴き出る。

獲ったナマコを入れた網を見下ろした。今日のノルマには到底足りないが、上がろう。サメは一旦去って行ったが、いつ気を変えて襲いかかってくるか分からない。借金は減らないし、叱責が待っているだろうが、命あっての物種だ。

邪魔になる錘と、念のためベルトに括りつけてあった三叉の水中銃を、外して捨てる。持っていたとしても、あのサメには役に立たないだろう。素早く逃げる方が優先だ。

フィンのついた足で静かに海底を蹴り、米田は十メートル上の海面を目指した。

ヘルメットについたライトで闇の海を見回しながら、慎重に上がって行く。さきほどは斉藤の話を笑い飛ばしたくせに、体は恐怖で強ばっていた。

何かが頭上を素早く通過した。ハッとして見上げるが闇の海では姿を捉えることはできない。

緊張が高まり、息が荒くなる。

今度は後ろを通る気配。振り返っても何もおらず、さらに恐怖が募った。

頭上から何かが被さってきたのは、そのときだった。サメが襲ってきたかとパニックに陥るが、もがいて手で押し戻そうとすると、黒いビニールのシートだった。

体を覆っていたそれを苦労して取り払う。頭のライトが、楕円形のシートにプリントされた英語を浮かび上がらせた。

それは、ついさきほど自分が乗ってきたゴムボートだった。空気が抜け、船外機の重みで沈んできたらしい。

ゾッとする。

――どうして？　斉藤は……？

顔を上げた米田は、海面付近に何かが蠢いているのに気づいた。

息を呑む。

――白い……。

とてつもなく巨大な二匹の魚だった。下から見ると、腹や鰭は真っ白で、胸鰭の先だけが黒い。

彼らは何かを奪い合っていた。食らいついては激しく首を振り、引き千切ろうとする。

米田は目を凝らした。人のような形をした――紛れもない、人だった。ズタズタに引き裂かれた赤と黒のダウンジャケットに、灰色のジーパン。……斉藤だ。

暴れる様子はないので、彼が生きているのかどうかは分からなかった。辺りには血が広がっている。片方のサメが肩に食いつき、もう片方は足に嚙み付いた。粘土の人形みたいに足はもがれ、サメの口の中へ押し込まれる。もう一匹は、強靭(きょうじん)な顎の力で首から腹にかけての肉を持っていった。

食べこぼした頭部と、腹から片足にかけてが、ゆっくりと米田の方へ落ちてきた。

根元が黒い金色の髪を揺らしながら、斉藤の頭部が米田の前を掠めていく――。

目が合った。口と同様に見開かれたそれは、とうに焦点を失っていた。

声にならない叫びを上げ、もがいてその場から逃げ出す。呼吸が乱れて大きな気泡が上がる。あまりの恐ろしさに失禁もしていた。

ボートはすでにない。泳いで陸までたどり着くしかないが、どちらが陸かすら分からなかった。

背後に水流の気配を感じた米田は、金縛りにあったように硬直する。自分の荒い息と、レギュレーターの音だけが大きく響く。ゆっくりと振り返ると、優雅に尾を振って通過して行くサメの尾が見えた。驚いて、先ほどまでサメたちがいた海面を見上げる。遠いのでぼんやりとしか捉えられないが、二匹のサメはまだ海面付近を泳いでいた。

――斉藤の話。サメは三匹いる……。

ごくり、と喉が鳴った。

恐怖が頂点に達し、叫びながら手足をばたつかせて逃げる。四方を闇と水が満たしており、不安を一層増幅させた。

――逃げなくては。逃げないと襲われて死ぬ。早く。……でもどこへ？

焦りを感知したかのように、後ろから猛烈な水圧が押し寄せてきた。

首を巡らせた米田は目を見開く。

巨大な口を開きながら、サメが迫ってきた。

さきほど、ナマコに対して思ったことが甦る。毒牙すら持たず、されるがままの無防備な生き物。

——今の俺と何が違うっていうんだ？

逃げ場など、あるはずがなかった。

＊

湊子を乗せたＳＭＬのクルーザーは、軽快に風を切りながら、凪いだ海を西へ進んでいた。

空は快晴で、乾燥して冷える肌を昼の太陽が温めてくれる。

出航してから二時間。目的地はまだ見えてこなかった。始めはどこまでも続く美しい島なみに見蕩れていたが、さすがに飽きてくる。

ナッシュは屋上のフライブリッジで操船しており、カーラとアントニオはこの日も別の調査に出ていて不在だった。デッキのソファの隣に腰を下ろしたレベッカは、赤い巻き毛を風に揺らしながら、膝に乗せたパソコンとにらめっこしている。

昨夜、世界中のＳＭＬメンバーを集めた重要なウェブミーティングがあり、レベッカからはそこで瀬戸内海の三匹のサメの保護を提起した。活発な議論が交わされたのち、日本の行政や漁師らによって命が奪われることがないよう、サメたちを見守ることが決まった。その記事をＳＭＬのホームページに載せるため、チームのウェブ担当であるレベッカは、作業に集中しているのだ。

さきほど彼らからこの話を聞いたとき、湊子はＳＭＬのボランティアに参加して良かったと心から思った。自分一人では何もできないが、世界的な組織であるＳＭＬがついていてくれれば百人力だ。

タイラギ漁師が襲われて一週間ほど経つが、サメを取り巻く状況は想像していた以上に深刻だった。瀬戸内海に現れたホホジロザメ——。口径からかなりの大きさであることは推測していたものの、六〜七メートル級の個体が三匹もいるなどと思っていなかった湊子は、衝撃を受けた。一匹だけでも大ごとで、日本はパニックになるのに、三匹。案の定、ニュースや新聞、テレビでは、毎日この事件がトップで取り上げられていた。

今のところ人的被害はタイラギ漁師だけだが、一人の命を奪っている事実は重大だ。県の水産局と漁協はまだ協議している段階だが、昨日も鷹松市沖で漁師が三つの大きな背鰭を目撃したため、サメたちがこの海域に留まっているのは、ほぼ確実だ。これ以上の被害が出れば、一気に駆除という流れになりかねない。湊子が何より恐れていることだった。

ホホジロザメは、人を襲う危険なサメとして注目されることが多いが、数が減っている危急種だ。体が大きく一度に出産する数も少ないため、減ると元の数に戻すには途方もない時間がかかる。どんな生物だって、自然界において何らかの役割を担っている。ホホジロザメもそうだ。人間の一方的な論理で、危険だから狩れば良いというものではない。

——それなのに。

ゼミの仲間たちの無頓着ぶりを思い出し、湊子は再度大きく息を吐いた。海洋生物について学んでいるのだから、一般の人よりもこのことをよく理解しているはずなのに、湊子がどんなに訴えても、彼らはテレビの前で観客のように見ているだけだった。ＳＭＬと一緒に保護活動をしようと誘ったが、苦笑して取り合ってもくれない。

——どうして、あんなに鈍感でいられるんだろう。

苛立って、爪を噛む。

みな渋川と一緒で、保護団体というものを忌避しているのだ。ゼミの梅垣教授に呼び出され、それとなく注意されたことがある。外国の妙な団体と関わっていると、就職で不利になることがあるかもしれない、と。馬鹿馬鹿しいと一笑に付したが、現実はこれだ。

　誰の協力も得られず、ＳＭＬのメンバーだけで注視していこうと話し合っていた矢先、重要な報(しら)せが舞い込んできた。

　他国にいるメンバーからのもので、先日、備讃瀬戸で水先人を襲ったサメを、水先船の船員が撮影した動画についてだった。海を泳ぐサメの鰭がキャプチャーされ、拡大された背鰭の部分に丸がつけられていた。それを見た湊子らは色めき立った。背鰭の根元に、研究対象になっていることを示す位置計測用の人工衛星タグがつけられていたからだ。研究者の伝手(つて)を総動員して確認したところ、瀬戸内海に現れた三匹のホホジロザメは、すべてオーストラリアで研究対象となっている個体なのだと判明した。

　サメたちのデータを閲覧できるのは、オーストラリアの研究機関に所属する学者のみとのことだった。そこでレベッカが近隣に該当者がいないか探したところ、テイラーの友人のオーストラリア人海洋生物学者が、伊予灘(いよなだ)の佐田岬(さたみさき)沖に滞在していることが分かった。テイラーの口利きで、彼がサメの情報を見せてくれることになったため、ナッシュとレベッカに頼み込んで湊子は同行させてもらったのだ。

　海から直接向かうことができるとはいえ、尾道から伊予灘までは、やはり遠かった。直線距離でも約百五十キロ。大阪〜岡山間に匹敵する。ＳＭＬのクルーザーは最大で三十八ノットと、新幹線ほど速くないから余計だ。

　海ばかりの景色に疲れ、スマホを見たり音楽を聴いたりしていると、うとうとしてきた。少し寝てしまい起きたころ、クルーザーの速度が目に見えて落ちてきた。

　タンカーなどが行き交う航路から外れた、左手に四国の愛媛県を望む、何もない海原。前方に目をやると、ＳＭＬのものより大きく、たくさんのソーラーパネルやアンテナが取り付けられたクルーザーが停泊していた。

さまざまな機材が置かれたデッキには、アウトドアブランドのダウンジャケットを着た白人の若い男女がこちらを向いて立っており、男性の方が手を挙げる。

ナッシュは笑顔で応えると、ボートをゆっくり進め慎重に接舷させた。フライブリッジから降りてくるとクリードにロープをかけ、互いの船を固定する。大股で向こうの船に乗り移ったのち、待ち構えていた男性と笑顔で握手した。湊子とレベッカも呼び寄せられ、紹介される。

「ソウコ、動物行動学者のハロルド・マッデンだ。オーストラリアの研究機関で、オルカの生態を研究している」

湊子は目を丸くする。日本では研究する人こそ少ないが、学生の間でもオルカ——シャチはサメと並んで人気のある生き物だ。

「シャチ、すごい」

思わず口にすると、ハロルドは口の端に満足げな笑みを浮かべた。三十歳ぐらいだろうか。金髪に焼けた小麦色の肌、水色の瞳で、色男と言えなくもないものの、不敵な表情がいかにも自信家といった感じで、何か引っかかるものがあった。

尊大な様子で、彼は言った。

「回遊型のエコタイプの群れを追いかけていて、彼らの行動や知能を研究しているんだ」

シャチと一口に言っても、さまざまな場所に棲んでいるし、集団によって体の形態や食べるものが異なっていたりする。こうしたものはエコタイプと呼ばれ、現在は十種類に分けることが提唱されていた。

「ってことは……、シャチがこの伊予灘に来てるの?!」

湊子は訊ねる。ゼミ生の誰かが、大型のサメが瀬戸内海に迷い込んだのは、黒潮の蛇行のせいではないかと話していたのを思い出した。シャチまで来ているとなると、本当にそうかもしれない。

「ああ。今はちょっと出かけてるけど、もうすぐ戻ってくるよ。レイラ先生の授業の時間だからな」

ハロルドは、先ほどから隣で笑みを浮かべている白人の女性へ目をやった。

「同僚のレイラだ」

ピンク色のダウンジャケットに、白いスキニーパンツ姿のレイラは、彼と同じぐらいの年齢だった。美人というよりはファニーフェイスで、ブラウンの長い髪を束ね、同じ色の瞳に知的な眼鏡(めがね)をかけている。フレンドリーに笑いかけると、彼女は日本語で挨拶した。

「ハロルドと、共同で研究していマス。日本語少し話しマス。よろしくお願いしマス」

湊子は微笑み、日本語で返す。

「こちらこそ、よろしく」

設備が整った船には、たくさんの機材の他に、プラスチック板に数字や記号、アルファベットが書かれた教材のようなものが積まれていた。これでいろいろなことを教え、シャチたちの知能を調べているという。彼らが所属しているのは私設研究所とのことだが、これだけの予算が出せるということは、大きな組織なのだろう。

一通り紹介が終わると、ハロルドは湊子たちを中のキャビンへ案内した。

「……テイラーから話は聞いてるよ。人工衛星タグがついたサメの経路が見たいんだって？　あいつら、まさか日本の内海に来てるなんてなあ」

彼の口ぶりから、三匹のホホジロザメは有名な個体であることが推測できた。ベジマイトの瓶やクラッカーの箱など、たくさんの物で溢れたメインテーブルの上を払うと、ハロルドはノートパソコンを引き寄せ、ソファに座る。湊子らは、彼の背を囲んだ。

「これだな……彼らの軌跡は」

瀬戸内海周辺の地図が表示され、三つに色分けされた線が映し出された。

近年、生態学の分野で注目されているのが、バイオロギングだ。

――人間が直接観察できない間、生物はどこで何をしているのか？　そんな疑問に答えるために編み出された調査法で、生物の体に計測機器を取り付け、得られたデータをもとに行動を推測する。このサメに取り付けられた人工衛星タグも、その一種だった。

ハロルドは、カーソルで示しながら解説する。

「このラインがそれぞれのサメがたどった道だ。言っとくが、GPSじゃなく人工衛星だから、誤差が一キロぐらいある可能性は織り込んでおいてくれよ。青いのがトール、白がヘラ、緑色がロキ」

「神の名をつけたのか」

呆れるナッシュに苦笑して、ハロルドはマウスのホイールを手前に転がした。地図が縮小され、サメたちがオーストラリアから日本までやってきたルートがひとつの画面に収まる。

顎の髭に触れながら、ナッシュは感嘆の声を上げた。

「へえ……これはすごいな。半年前にはオーストラリアのゴールドコーストにいて、寄り道を繰り返しながら瀬戸内海まで泳いで来たのか……。三匹連れ立って」

頷いたハロルドは続けた。

「ホホジロザメが集団行動するなんて、聞いたことないからな。黒潮に乗った魚を追いかけていたら、たまたま一緒になったんだろう」

レベッカが、指輪をした手で画面を指す。

「このルートは、日づけがついた点を線で結んだものだけど、点の場所はサメが海面に浮上してきたタイミングってことでいいのよね？」

首を縦に振り、ハロルドは答えた。

「その通り。人工衛星タグは、サメが水面に来たときのみ衛星が電波をキャッチし、ドップラー効果のカーブから位置を計算する」

「ちょっと拡大してもいい？」

気になることがあった湊子は、ハロルドからマウスを受け取る。カーソルを日本へ移動させると、地図を拡大していった。瀬戸内海、備讃瀬戸の上津井沖。タイラギ漁師が襲われた場所——。

「——ビンゴ！」

ナッシュが口笛を吹いた。まさにその時刻周辺に、青い線が付近を通過していた。三匹のうちの、トールという個体だ。

画面を見ていたハロルドは、ふん、と鼻を鳴らす。

「トールか。彼は最高のハンターだよ。同じ雄のロキや、雌のヘラもホホジロザメの中では最大級だけど、彼はそれよりもさらに一回り大きいんだ。最強のサメと言われるホホジロザメの圧倒的なパワーの源は、筋肉から生み出される高い体温だ。それによって広い海を寒暖関係なく泳ぎ回り、高速ですばしこい恒温動物の海獣を狩ることができる。トールはその中でも、最高の軀体(くたい)を持つ、生きたブルドーザーだ」

湊子は息を吞む。

「そんなすごいサメが……？」

頰を紅潮させたハロルドは、興奮気味に続けた。

「ホホジロザメというと、海の殺し屋というイメージで一面的に捉えられがちだけど、彼らは実に個性的なんだ。ロキは跳躍力で獲物を捕らえるのが上手いし、ヘラは賢くて海獣の行動の裏をかき捕まえる」

同時刻に目撃された三匹の個体を、湊子は思い浮かべる。釣り人のボートに食いついた超巨大ザメがトール、コンテナ船に上る水先人に向かってジャンプしたのがロキ、ＳＵＰヨガの女性らの前に現れたのがヘラなのだろう。

「日本はサメ被害にセンシティブで、三匹は駆除の対象になるかもしれないんだけど、オーストラリア政府や研究機関から、駆除を止めるよう言ってもらうことはできないの？　そっちでは、サメは保護対象なんでしょ？」

すがる気持ちで訊ねると、ハロルドは目を伏せ肩を竦めた。

「オーストラリアと日本は捕鯨の件で因縁があるし、今回は完全に日本の内海のことだから無理だろうね。サメの場合は、クジラのような国際的な機関があるわけでもないから、危急種といえども口を出すのは難しい」

「……………」

予想はしていたものの、歯痒（はがゆ）い。

ハロルドにマウスを返す前に画面を戻そうと、湊子はホイールを回す。だんだんと地図が縮小されてゆき、瀬戸内海全体が表示された。さらに西日本――。

三匹の不思議なルートに気づいたのは、まさにそのときだった。ホイールを逆回転させ、再度瀬戸内海を拡大する。

「ねえ、これ見て……。瀬戸内海に入ってから、同じ範囲をずっとぐるぐる回ってるように見える」

瀬戸内海の中心部――西のしまなみ海道と、東の明石（あかし）海峡・鳴門（なると）海峡に囲まれた中を、サメたちは移動し続けていた。東西両側に海峡という出入り口があるにもかかわらず、出て行かないのはいかにも不自然だった。

マウスを受け取り、地図を拡大したり縮小したりしたハロルドは、マグカップに挿してあったペンを取り、しまなみ海道の辺りを指した。

「本当だ。三匹揃って最初に侵入したのは二月二十五日。九州と四国の間から伊予灘へ北上し、来島海峡の橋をくぐって入った。その後は、ソウコが言ったように海峡に隔てられた瀬戸内海の一部の範囲を回遊し続けてる」

「なんか、まるで……閉じ込められてるみたい……」

首を傾げながら、湊子は呟いた。三匹は何度も海峡へ近づいたが、なぜか手前で旋回し、元に戻っている。

「単にこの海域が気に入って、居座ってるだけじゃないの？」

レベッカの発言を、ハロルドは否定した。

「にしては、軌道がおかしい。なにせ一回も外に出た形跡がないんだからな。潮の満ち引きもあるから、それと同時に出てもおかしくないのに。……何か要因があるんだろう」

難しい顔で、ナッシュは腕を組む。

「もしかしたら、それを突き止めない限り、サメたちは瀬戸内海から出て行かないってことか……？それは不味いな。ホホジロザメの腹を膨らませられる生物がいないこの海域じゃ、手当たり次第に暴れて、漁業被害が拡大するかもしれない」

湊子は焦りを感じた。タイラギ漁師がサメに襲われ、三匹のホホジロザメがいることが確認された時点で、海保はすでに厳戒態勢で海を見回っている。行政が未だ対応を検討中のため、駆除こそ行われていないが、このまま被害が拡大すれば、始まるのは時間の問題だ。それだけは絶対に避けねばならない。

まだ実物は見ていないが、恵まれた体軀を持つ三匹のホホジロザメは、海が与えてくれた宝物だ。死ぬところは見たくない……渋川に殺されたあのサメのように。

——私がなんとかしないと……。

心の中で呟いたとき、船の外でレイラの呼ぶ声がした。

顔を上げたハロルドは、デッキへ目をやり笑みを浮かべる。

「シャチたちが戻って来たみたいだ」

今のデータは、メールに添付して後ほど送ってもらうことにし、湊子らはハロルドに促されキャビンをあとにした。

船尾に立ったレイラが、笑顔でこちらを振り返り、十メートルほど先の海面を視線で示す。

湊子は目を見開いた。

黒く細長い背鰭をぴんと立てて、海面を縫うようにゆっくりと泳ぐ大きな黒い集団——野生のシャチの群れだった。

とにかく一匹一匹が大きかった。平均して七～八メートルぐらいあるだろうか。マイクロバスぐらいの長さで、一斉に移動している様は大迫力だ。黒と白に塗り分けられた外面はつるつるしており、頭頂にある鼻の穴から息を吐き出したりして、見ているだけでわくわくする。

「わあ……！」

水族館でしかシャチを見たことがない湊子には、感動しかなかった。

ブリーチングをしたり、尾を振り上げて海面を叩いたり、自由気ままに過ごす野生そのままの彼らは、マリンパークの生け簀に閉じ込められ、人間の命令で芸をしていたシャチとは大違いだ。

船べりに足をかけながら、ハロルドは言った。

「彼らは特に旅行好きなエコタイプでね。北太平洋から南米大陸を経由して、ここまでやって来たんだ。追いかけるのも一苦労だったよ」

「へえ……」

しばらく観察していると、それまで和やかに泳いでいたシャチたちの空気が急変した。湊子は目を凝らす。彼らは海中へ潜り始め、何かを追いかけているようだった。

「何をしてるの……？」

双眼鏡を取り、覗き込んだハロルドが答えた。

「どうやら〈玩具〉を見つけたようだな」

水中のシャチたちが水面に作り出す波紋を、湊子は目で追う。

シャチには魚を好んで食べるものと、アザラシなどの海獣を好むものがいる。目の前にいる集団がどちらなのか興味が湧いた。この伊予灘で彼らが獲るのは――。

やがて、一匹が何かの尾をくわえて浮上した。シャチたちは、じゃれあいながら集団で奪い合う。これも遊びの一環のようだ。

「なかなか大物を捕まえたな」

言いながら、ハロルドは双眼鏡を差し出す。

受け取って覗きこんだ湊子は、言葉を失った。

彼らが玩具にしていたのは、三メートルはあろうかというサメだった。カーキ色の特徴がある体色に、小さめの背鰭。おそらくドタブカだろう。この海では高次捕食者であるはずのそれすらも、シャチにかかったら赤子の手をひねるのと同じだった。

一匹のシャチが尾の付け根をくわえて水面に強く叩き付ける。すっぽ抜けて飛んで行ったサメを、別のシャチが追いかけ、また尾に嚙み付き振り回した。サメは体のあちこちから血を流し、されるがままになっている。体中の軟骨はとっくに折れているだろう。かわいそうで胸が痛んだ。

シャチたちは、再びサメを海へ放り出した。

よろよろと逃げ出そうとするサメを、陣形を作って追う。

人間の顔がそれぞれ違うように、シャチも背鰭の後ろの白い模様——サドルパッチの模様が違う。じっと観察していた湊子は、サドルパッチが一番大きく、切れ込みの入っている個体に目を引かれた。集団を背後から俯瞰（ふかん）しているその個体は、遅れをとっているのではなく、仲間を促しているように見えた。

「あの最後尾のシャチが命令している……？」

湊子から双眼鏡を受け取って覗きながら、ハロルドは頷いた。

「よく気づいたな。リーダーのネロだ。このシャチたちは他のエコタイプのものより頭がいいが、ネロはその中でも一番賢い。ネロが指令を出し、エコーロケーションを使ってコミュニケーションを取りながら、彼らは狩りをするんだ」

ハラハラしながら見ていると、二匹のシャチがサメの進路を塞（ふさ）ぎ、頭と尾をそれぞれくわえ、担ぐように海面上へ押し出した。身をよじり逃げようとするサメの体に、鋭い歯を深く食い込ませると、彼らは反対方向へゆっくりと移動し始める。緊張していたサメの体は、開いていた真ん中の傷から裂けてゆき、大量の血が溢れ出した。二匹のシャチたちはどんどん距離をとり、サメは文字通りまっぷたつに千切れた。

「——ちょっと！」

思わず叫ぶ。

死んだサメを食べることもなく、彼らは二つに裂かれた体でボール遊びを始めた。くわえて投げたり、尾で蹴ってみたり……。

野生動物が、ときとして残酷に見える振る舞いをするのは珍しくない。だが、今目の前で行われたのは、確実にそれとは違った。湊子には、人間にも共通する、明確な〈残忍性〉や〈悪意〉のように感じられた。

「なんで、あんな酷いこと……」

呟いた湊子に、双眼鏡を下ろしたハロルドは笑った。興奮しているのか、瞳孔が全開になっている。

「何を言ってるんだ？　あれこそが彼らの素晴らしさだろう。サメやマグロのような魚類があんなことをするか？〈意志に基づく無意味な行動〉こそが知能の裏付けだ。俺たちと同じ〈ほ乳類〉であり、大きな脳を持つ高等な生物だけが、ああやって〈遊ぶ〉ことができる。……まったく、シャチという生き物には驚かされるよ。レイラがネロにいろいろ教えてるけど、赤ん坊のように吸収して応えてくれる。類人猿を差し置いて、彼らこそが地球上で一番人間に近い知能を持ってるんじゃないかとすら思うよ」

勝利に酔っている様子で、ハロルドはシャチたちを眺めている。違和感を覚えながら、湊子は反論した。

「でも……あんな風にサメを殺すなんて酷い。私たちは今日、サメを守るための活動でここまで来たのに……」

こちらを向いた彼の目には、嘲り（あざけり）の色が浮かんでいた。

「俺はテイラーからサメの軌跡のログを見せてやって欲しいと頼まれただけで、批判される覚えはないね。君は『サメを守る』と言うが、どの範囲の話をしているんだ？　シャチに殺された一匹のサメに気を揉（も）んだところで、無意味だ。シャチがやらなくても、サメたちは今日も日本中の漁港で水揚げされ、フカヒレやフィッシュケーキ（かまぼこ）の材料になってるんだからな。サメを食べることは、君たち日本人の文化でもあるだろう？　それを棚に上げて俺に文句を言われてもね。そんな子供っぽいロマンチシズムで、君は一体何を守ろうっていうんだい？」

ぐっと拳を握り、湊子は鋭い瞳でハロルドを見上げる。梅垣教授と同種の、いかにも学者らしい嫌らしさだ。データを元に正論を並べ、リアルな感情を軽視する。

ナッシュとレベッカに視線をやる。彼らなら加勢してくれるかと期待したが、困ったように苦笑するだけだった。

三匹のサメの軌跡や、シャチの姿を見られたというのに、帰路は気持ちが塞いだ。

クルーザーのデッキシートに座り、夕日に染まった景色が流れて行くのを見ながら、湊子はひとり考え込んでいた。

ハロルドは嫌なやつだが、悔しいけれど言っていることは正しい。日本人は食べるために毎日たくさんのサメを殺しているし、湊子が保護する対象を絞りきれていないという指摘も的を射ている。

——でも……。

できる範囲で、守れるものを守りたいと思って何が悪いのだ。そういう身近な感覚から、保護という概念が生まれたのだろうし……。

思考は堂々巡りするばかりだった。大きく溜め息をつく。

キャビンからレベッカが出て来ると、寒そうに手を擦りながら湊子に声をかけた。

「ずっと外にいたら冷えるわよ。そろそろ入ったら？　思い詰めると良くないわよ。湊子はまだ若いから、これからいろいろ経験して考えをまとめればいいの。今は、あの三匹のサメを守ることだけ考えましょ？」

緑色の優しい瞳に、心がほぐれる。年齢も人種も違うけれど、自分には仲間がいる。くよくよしていないで前進しなくては。

中へ入り、ラウンド型のソファへ腰掛けると、レベッカは温かいコーヒーをいれてくれた。

「そうそう、これを見せなきゃね」

隣に座った彼女は、開いてあったノートパソコンのスリープを解除する。

ＳＭＬのホームページが現れた。ＳＭＬが行っている活動だけではなく、現在世界で発生している環境や生物の問題が網羅されていて、湊子も毎日チェックしているものだ。

レベッカはスクロールして画面を下げていった。瀬戸大橋と海を背景にし、三匹のホホジロザメをコラージュした画像が表示される。湊子は目を丸くした。

「これ……」

「三匹のサメのために特設コーナーを立ち上げたの。彼らを守るには、世界中の人の声が必要だから」

画像をクリックすると、これまでの経緯をくわしく説明した文章が写真つきで掲載されていた。

「ここも見てみて」

そこは掲示板で、利用者からのメッセージが羅列されていた。まだ開設されたばかりなのに、さまざまな言語で書かれたコメントは三百を超えている。どれも、サメたちが駆除されないよう守って欲しいと応援する内容だった。

「うわ、すご……」

驚いていると、レベッカは湊子の腕に手を置き微笑んだ。

「世界中でこれだけの人が私たちの活動を支持してくれているの。悩んでる暇はないわ。自信を持って」

「うん」

落ち込んでいたのが嘘みたいに気持ちが高揚し、力が湧いてきた。

「さっき本部のメンバーとテレビ電話で話したんだけど、サメの軌跡ログの分析をするのと並行して、サメが海峡からなぜ出られなくなっているのか調査しないとね。何らかの理由で閉じ込められてるんだとしたら大変だもの。もちろん手伝ってくれるわよね？　これから忙しくなるわよ」

いたずらっぽくこちらを見るレベッカに、湊子は満面の笑みで頷いた。

迎島の民宿に到着する頃には、すでにとっぷりと日が暮れ、夕食の時間を過ぎてしまった。連絡を入れなかったことを後悔しつつ、民宿の主人は優しいので取り分けておいてくれるかなと思いながら、湊子は玄関から上がる。

食堂から歓声が聞こえてきて、首を傾げた。普段なら、みんなもう部屋に戻っているはずなのに……。

近づいた湊子は、閉じられていた襖(ふすま)を少し開けてみる。

ゼミ生全員が集まっていて、いつも食事をするちゃぶ台に着き、テレビに釘付けになっていた。

「……？」

不思議に思いつつ、中へ引き寄せられる。

大画面に映し出されていたのは、抜けるような青い空と、深さを感じさせる濃紺の海。そして、それらを隔てる水平線だった。どこかの外洋の映像。海面に影が落ちているから、ドローンで空撮したものだろう。

水面をゆったりと泳ぐ巨大な生物がいる。

生物の前方を小さなクルーザーが疾走していて、生き物はまるでそれを追っているかのようだった。クルーザーのデッキにいる人間と生物を対比した湊子は、尋常ではない生物の大きさに驚愕(きょうがく)する。全長は二十メートル近くあるだろう。地球上で、それほどの大きさを持つ生物は、シロナガスクジラなどのヒゲクジラ類ぐらいしか存在しない。

しかし、それはクジラではなかった。

オキアミの群れを見つけたその生物は、ボートを追うのを中断して近づき、口を全開にする。人間など何十人も丸呑みにできる大きな大きな口。海水とともに何万匹ものオキアミを一気に飲み込む様は、ナイアガラの滝のようにダイナミックだった。口いっぱいに頬張ると、今度は顔の横にある五対の鰓（えら）から水だけを排出する。その勢いさえも大きな波を作り出すほどだった。

　感嘆して、湊子は口元を押さえる。

「すご……」

　それは、ウバザメという、れっきとしたサメだった。ホエールシャークの英名を持つジンベイザメと同じく、オキアミなどのプランクトンを、鰓耙（さいは）という鰓についた篩（ふるい）で漉（こ）しとって食べる。本来ならば雄は四・五～六メートル、雌は八メートルぐらいの生き物なので、このサイズは常軌を逸（いっ）していた。

　人は大きなものに無条件で畏敬（いけい）の念を抱く。このサメもまた、巨大化することで神殿のような冒し難い神聖さを備えていた。

「ウバザメのゴール・シャーク、迫力ですね……」

　かぶりつきで見ていた助川が、興奮気味に呟く。なぜ敬語を使っているのだろうと思ったら、テレビの上の棚にタブレットが立てられており、カメラがこちらを向いていた。壮大な光景に心を奪われていた湊子は、これがテレビ電話を通じて渋川に見せられている映像だと気づく。よく考えたら当然だ。この研究をしているのは、渋川を含め世界でも数十人しかいないのだから。

　渋川の目下の研究対象――ゴール・シャーク。

　サメの固有名称ではなく、板鰓（ばんさい）類にのみ特異的に作用する成長ホルモン様物質を摂取し、巨大化したサメ全般のことを指す。エイの場合は、ゴール・レイ。

　物質が発見された植物の虫瘤（むしこぶ）にちなんでつけられたこの名が、研究者の間で便宜的に使用されていた。ホルモン様物質自体には、見つかった湖の名からZorro（ゾロ）（スペイン語のキツネ）という名が付けられている。

「成長しきってるように見えますけど、あとどれぐらい生きられるんですか？」

カメラに向かって、みかが訊ねる。スピーカーを通して渋川の声が聴こえてきた。

『――もって一週間かな』

ホルモン様物質を摂取してから、二〜三倍の体長になるまで約二週間。異常な速度で細胞分裂を行うため、ゴール・シャークには悪性腫瘍が発生し、寿命を著しく損なうことが分かっている。成長しきると、ほとんどが二週間以内に死亡。上から見ただけでは分からないが、このウバザメも体のどこかに病巣を持っているのだろう。

――だとしても、あのオオメジロザメは、もう少し生きることができたのに。

一年半前、ニュース映像で嫌というほど流れたサメの死体を思い出し、当時と同じ怒りが湧き上がる。

テレビには、食餌を終えたウバザメが、再びクルーザーに向かって泳ぎ出すところが映し出されていた。

映像はそこで途切れ、暗転する。画面が切り替わったかと思うと、先日と同じ和室にいる渋川がこちらを見ていた。

『さて、上映会は終わりだ。やっと全員揃ったようだが、みな変わりないか？』

見回しながら渋川は口を開く。小笠原での研究があるとはいえ、指導教官だから学生らの動向に目を配っているのだろう。こんな抜き打ちでは、迷惑以外の何ものでもないが。

レポートの件で言い争いをした日から、六日が経過していた。彼女に対する憤りは、収まるどころか、燃え盛るばかりだ。すべてが気に入らない。すべてがムカつく。

そんな湊子の気持ちなど知らず、里絵子は笑顔で応えた。

「研究は順調そうですね。ウバザメのゴール・シャーク、明らかにクルーザーの後をついて行ってたし」

まだ未知の存在であるゴール・シャークやゴール・レイだが、すこしずつ実態が明らかにされており、渋川は現在、『特定の周波数に誘引される特性』について調べていた。先ほどの映像も、クルーザーで電磁波の出る装置を牽引し、ウバザメがついてくるか実験をしていたものだ。

『まだまだ、全容を解明するには、ほど遠いけれどな』

「スペイン人の研究者が、Zorroの効果を促進させるのに成功したんですよね。これまでの半分の時間で最大に成長させることができるって」

目を輝かせる佐野に、渋川は苦笑して頷いた。

Zorroは、板鰓類以外の養殖魚などへの転用や、悪性腫瘍発生メカニズムの解明に寄与することが期待されており、現在は久州大と国立の研究所が共同で研究に当たっている。薬学、病理学、生理学、農学、環境学、行動学など分野は多方面に亘り、渋川が関わることができているのは、海洋生物学としてのごく一部分にしか過ぎない。

発見者でもある渋川は、転用したり生物に投与したりするのは止めるべきだと、ことあるごとに発言していた。今、研究対象としているのも、食物連鎖の過程で自然にZorraを摂取しゴール・シャークやゴール・レイとなったものばかりだ。研究に参加しているとはいえ、自分の意志と違う方向にことが進んでいくのは、見ていて歯痒いのだろう。

早くこの場がお開きにならないかと、苛つきながら湊子は膝を揺らす。

今一番恐れているのは、渋川が瀬戸内海のサメの件に首を突っ込んでくることだった。

——あいつが関わると、またサメを殺すかもしれない。

病に冒されていたサメを苦しめないため、そして襲われる人を助けるためという大義名分で、渋川はいとも簡単にオオメジロザメを殺した。生物保護を至上とする湊子から見れば、それは欺瞞であり、何も考えない俗人がすることだ。

人間はたくさんの生物の命を奪って生きている。なのに、自分たちが少し被害を受けると、ある、人々はヒステリーを起こしてすぐに対象の生物を殺す。彼らはその罪深さに気づかないのだろうか？傲慢さと鈍感さに目眩がする……。とにかく、ＳＭＬと自分がサメたちを安全な場所に導くまでは、彼女に小笠原から戻って欲しくなかった。

余計なことをしてくれたのは、よりによって――まさに、湊子にとってこのゼミで二番目に忌々しい人物――鳥羽だった。

「先生、瀬戸内海のサメのニュースは見ましたか？　六メートル級が三匹も来てるって」

こめかみが引き攣る。彼を嫌いな理由が、また上乗せされた。

渋川は肩を竦める。

『そうらしいな。新聞やテレビ局が、小笠原の民宿まで連絡してきて、コメントを求められた。詳しいことは分からないから断っていたが……。オーストラリアが調査対象にしているサメだそうだな。人的被害や漁業被害が出ていると聞いたが……』

――あんたには関係ないから、サメたちに興味を持つな！

心の中で舌打ちすると、今度は葵がおっとり口を開いた。

「一昨日も、漁師が背鰭を見たりとか目撃証言が相次いでいて、まだこの海域を離れてないみたいなんです。共同実験のブイを直せたら、それでサメの動きが分かったりしないんですか？」

「あ、それ俺も思った」

佐野まで話に乗ってきて、湊子は奥歯を噛み締める。

『カメラつきのブイなら姿を捉えることはできていただろうな。タイミングが悪かった』

「先生、いつ頃こっちに戻れそうなんですか？」

みかが訊いた。渋川は顎に手をあてて考える。

『そうだな……二十日後ぐらいかな。あのウバザメの命が尽きたところで回収して、解剖まで済ませるつもりだから。一之瀬さんも順調に回復しているようだし、碧洋号の帰港には何がなんでも間に合わせるだろうから、そのあたりには日本にいるだろう』

「あとどれだけ、ここでぶらぶらしてなきゃいけないんですか」

不満顔のみかに、渋川は微笑した。

『すまない。私だけでもなるべく早く戻るようにしよう。そうしたら三匹のサメの件も――』

ただでさえ苛ついていたのに、サメという言葉が彼女の口から出てきたため、湊子の頭に一気に血が上る。

意志とは関係なく、叫んでいた。

「ウッザ。あのサメたちのことは、あんたに関係ないでしょ！」

自分のものとは思えない大声が座敷に響き渡り、シンと静まり返る。みなの視線が自分に集中して、背筋が凍りついた。

恐る恐るテレビのディスプレイに視線を移すと、無表情の渋川がじっとこちらを見ていた。すっと細められた鋭い鳶色の瞳と、形は良いが薄い唇。隙のない佇まいと威圧感に、びくりと震える。

彼女が着任した当初、学内に流れていたという無責任な噂を思い出した。

――アメリカで州兵をしていた渋川は、中東の任務で人を殺した……。

誰も本人に確かめたことはないが、訳の分からない凄みを目の当たりにすると、本当じゃないかと思えた。

『水内、それはどういう意味かな？』

いつもよりもさらに低い声で、渋川は問う。

「それは……別に……」

みな固唾を吞んで見守っている。湊子が渋川を嫌っているのは知っているが、直接反抗するとまでは考えていなかったのだろう。

メデューサに石にされたように固まっていると、長い時間が過ぎた。

助け舟を出したのは、よりによって——また鳥羽だった。頰を搔きながら、得意の場を和ませる雰囲気で発言する。

「えーと、その……、水内なりにサメを助けたくて、興奮しちゃったんでしょう。生き物が好きで、積極的に保護活動してるみたいだし……」

『それと私への暴言に、どう関係があるのかな？』

核心を突かれ、お手上げとばかりに彼は目を瞬かせる。

今度は、葵が口を開いた。

「もともとこういう性格の子なんで……口が悪いんです。許してやってください」

すかさず里絵子も後に続く。

「そうなんです。思い詰めて入れ込みすぎちゃうだけで……。それに、今日は疲れが溜まってたのかも。早朝から出て行って……伊予灘までオーストラリアの学者に会いに行ったんだよね？　ね？」

彼女はこちらを見る。庇ってくれたのは嬉しかったが、それだけは言わないで欲しかった。

案の定、ぴくりとも動かなかった渋川の眉が反応した。

『オーストラリアの学者？　伊予灘に何をしに行ったんだ？』

萎縮しきっていた湊子は、しぶしぶ答える。

「……三匹のサメは、オーストラリアで人工衛星タグをつけられていたから、その軌跡を見せてもらいに」

感情が乏しい鳶色の瞳に、みるみる好奇心が宿るのが分かった。彼女の興味を引いてしまった……最悪だ。

『それで、何か分かったのか？』

ＳＭＬが早晩公表することだし、隠す意味はなかった。言わなかったとしても、渋川のことだから他のオーストラリアの研究者を捕まえ、自ら確認するだろう。

「もともとゴールドコーストにいた個体たちで、半年かけて三匹一緒に北上して、西側から瀬戸内海へ迷い込んで――しまなみ海道と明石海峡、鳴門海峡に囲まれたエリアから出られなくなってるようでした」

『出られない？　どういう意味だ？』

「まだそうと決まった訳じゃないけど、軌跡を見るとそうとしか思えなくて。エリア内をぐるぐる回って、一回も外に出てないから」

渋川は手元のノートパソコンを操作した。テレビには、彼女の姿と瀬戸内海の地図が二分割で映し出される。ペンを取った彼女は、湊子が教えたエリアをなぞった。

湊子の手には汗がじっとりと滲み、後悔がどっと押し寄せていた。――やっぱり話すんじゃなかった。こいつに関わらせてはダメだ。またサメが殺される。

納得いくまで地図を確認したのち、渋川は顔を上げた。

『……なるほど。もしも何らかの理由で出られなくなっているとしたら、困ったことになるな。この海には、巨大なホホジロザメの腹を満足させられる脂肪たっぷりの海獣はいないし、甚大な漁業被害が出る可能性がある』

ナッシュが言っていたことと同じだった。唇を嚙む。

焦っている湊子を楽しむように眺めたのち、渋川は提案した。

『そうだな。みな暇をしているようだし、この件を調べてみればいい』

「はあ⁈」

悲鳴とも非難ともつかない声を、湊子は漏らす。

口の端に笑みを浮かべたまま、渋川は続けた。

『うん、卒論の練習にもなるだろうし、ちょうどいい。……仮説を立てて、なぜ出られなくなっているのかを検証するんだ。一人でもいいし、グループを作ってもいい。期限は、私がそちらに戻るまでの二十日間。最終的に私の前で発表をして、優秀な者は来年度のゼミの単位に考慮するよう教授に進言しよう』

学生らは、顔を見合わせ色めき立つ。梅垣ゼミは人気があるが、単位の認定が厳しいことでも有名だ。少しでも足しになるなら、こんなラッキーなことはない。

だが、湊子にしてみれば冗談ではなかった。SMLのメンバーに、サメの駆除を阻止する活動をすると約束したのだ。正式な講座でもないことに時間を取られるのはごめんだ。

喜んでいるみなをよそに、再び怒りが爆発して叫んでいた。

「これは遊びじゃないんだよ？　そういうのやめてよ！」

『私だって遊びとは思ってないが？　君がサメを救いたいならば、死にものぐるいで原因を探ればいい』

彼女はぽつりと付け加える。

『……私にサメを殺されたくないならな』

どこか投げやりな自嘲の笑みに、湊子は息を吞む。この顔を見るのは初めてではなかった。あの事件の後からだ。この人は、こういう表情をするようになった……。

何も答えられないでいると、瞳に影を落としたまま、渋川は締めくくった。

『信憑性のある論を立てられたら、駆除を留まるよう、私から漁協や行政に働きかけてもいい』

傲慢な物言いにぴりりとするが、実際それだけの力が渋川にはある。

一年半前のサメの事件の際、彼女は当事者兼専門家として記者会見に臨席し、その姿は嫌というほどメディアで流れた。Zorroの研究にも携わっている彼女が提言すれば、行政も無視はできないはずだ。

通信が終了し、みながそれぞれ部屋に戻って行ったあとも、湊子はひとり部屋に突っ立っていた。収まらない怒りが、体の中を駆け巡る。

――なんで今すぐサメの駆除をやめるよう呼びかけてくれないわけ？　やっぱりあいつは、生き物に対する愛情がないんだ。

進言してもらうには、彼女が出した条件に従うしかなかった。ＳＭＬも積極的に行政へ訴えるだろうが、日本では胡乱に見られてしまう新興の海洋生物保護団体と大学准教授の渋川では、影響力がまったく違う。

――あーもう、ムカつく。

鼻から大きく息を吐き出すと、湊子は渋川が映っていた真っ黒なテレビ画面を睨みつけた。

＊

リールを巻くと、水面から足をうねらせたタコが飛び出してきて、遠藤は快哉の声をあげた。

「よっしゃ釣れた！　今日は刺身と唐揚げだ！」

糸を持ったまま、しまなみと連なる橋の向こうに輝く夕日に、夕食の材料を照らしてみる。

白いカニ型の疑似餌をしっかりとくわえたマダコは、まああの大きさだった。何が起こったのかまだ理解できていない様子で、ぬらぬらとした体をくねらせ、ヤギのように瞳孔が横たわった目でこちらを見ている。

「ん？　お前、足が一本ないな。食われたのか？」

根元から足が切れ、少しだけ肉が盛り上がっているところを発見し、遠藤は言った。

水面より上は平和な瀬戸内海だが、下は弱肉強食の世界だ。サメやウツボなど、タコの天敵となる魚もたくさんいる。これもそういった輩にやられたのだろう。

なんとなく損した気がして、口を尖らせる。

「家族全員で食うには足らないし、もう一匹ぐらい要るな。……それにしてもお前ら馬鹿だなあ。白いものと見れば何でも飛びついて」

心外だとでも言わんばかりに、タコは残った足をうねらせた。疑似餌からタコを引きはがすと、遠藤は筏の上に用意してあった網の中へ入れる。逃げないよう紐で口をしっかりと締めたのち、海水の入ったバケツに放り込んだ。

遠藤が立っているのは、自身が社長を務める会社の養殖筏だった。

しまなみ海道に連なる小島のそばに、筏は浮かんでいた。五十メートル四方の田の字型で、生け簀が四つあり、そのすべてで、唯一の商品であるタイを育てている。日に当てると焼けて美しい赤色を保てなくなってしまうので、今は日除けの黒いシートを被せてあり、中は見えない。

今日の仕事を終えて帰ろうと思っていた矢先、妻からタコを頼まれた。面倒だったが、晩酌のアテが減るのは困るので、常備してある竿と疑似餌で釣りをしていたのだ。

十五時を回っているため、傾いて茜がかった太陽が、間近に迫る大橋の向こうに輝いていた。海は穏やかで、きらきらと日を照り返している。

釣りを再開しようとしたとき、尻ポケットに入れたスマホから着信音が流れた。

「……やれやれ、仕事だ」

釣り竿を置き、遠藤は電話に出る。

「はい、エンドウ水産です。あーどうもどうも、お世話様です」

仕入れを検討してもらっている相手先だった。

昔は高級魚の代名詞だったタイだが、養殖の技術が進み、この地域一帯で育ったものを全国へ供給することが可能になった。いつでもどこでも、スーパーへ行けば安価で購入することができる。

慶事などの需要も多かったものの、流行している感染症のせいで人の集まる場が壊滅的に減り、出荷がだぼついていた。

タイという魚は、三年ほど生きる。通常ならば四つの生け簀をローテーションで回していけるが、出荷できないと何年も飼い続けることになり、幼魚を入れることができない。そんな状態がずっと続いており、なんとしても新規の取引先を開拓したいところだった。

今のところ、相手の感触はあまりよくなかった。他の養殖業者も似たような状況だし、競争させて一番安いところから買い叩こうとしているのだろう。値を下げれば契約できるが、それをしてしまうと、これまでの維持費が回収できなくなる。

無駄だと思いつつ、遠藤は営業文句を謳(うた)った。

「うちのタイはね、安全安心と胸を張って言えます。子供のうちにね、病気にかからないよう予防接種するんです。プシューッてね、いやいやいや、一瞬だしちょっとチクッとする程度ですよ。それを太平洋から栄養が流れ込むこの海峡で育ててね。もともとこの辺りは、アジも大きく育つ特別な海域で、海流に揉まれたタイも身が締まるんですよ。餌も厳選されたものを組み合わせますし、肉質も考えた配合だから、天然よりおいしいって人もいるぐらいで！」

この周辺の養殖業者ならみなやっていることだが、言わないよりは言った方がいい。それにこれはまだジャブに過ぎない。

「前も、ちらっとお話ししたと思うんですけど、瀬戸内のタイ養殖の中でも、うちだけ特別な試(こころ)みをしてるんですよ。……ちょっと待ってくださいね」

筏の上を歩いた遠藤は、端に作り付けられた小屋の扉を開け、電源に繋げられた装置のスイッチをオンにする。途端に海の中から、くぐもったクラシック音楽が鳴り響いた。海面へ目をやると、音の振動で細かくさざ波立っている。

「聴こえます？　海中に特別なスピーカーを取り付けてあるんです。酪農やワイン蔵なんかで、クラシックを流すと、よく育ったり味が良くなったりするでしょう？　それを参考にしたんです。ああ、曲はショパンの『子犬のワルツ』です。これを聞かせると、タイたちが喜んで泳ぎ回って……。身内でやった試食会では、まろやかで美味(おい)しくなったとみんな評価してるんですよ。商品名は『ショパン鯛』！　どうです？　目を引きますよ！」

なるべくコストをかけず、差別化して売り出したいという苦肉の策だった。相手の声が強ばっているのを感じるが、一気にまくしたてる。

一縷(いちる)の望みを持ったものの、結局この電話でも契約には結びつかなかった。

深く溜め息を吐き、遠藤はスマホを尻ポケットにしまい直す。このところの疲れが急に肩へのしかかってきて、生け簀の脇にしゃがみ込んだ。シートをめくって覗き込む。

「また、だめか……」

日陰の水面へ集まったタイたちは、背鰭を立て、何かに追い立てられるようにせわしなく動き回っていた。音で水が振動するのが気に入らないのだろう。どう見ても喜んでいる様子ではない。

膝に頬杖をつき、遠藤はぼんやりとタイたちを眺めた。

――こいつらは何のために生まれてきたんだろう？　食べてもらうために育てたのに、引き取り手が見つからないなんて……。

ぶるぶると頭を振って立ち上がると、加齢と日焼けでたるんだ頬を両手で叩いた。

経営が厳しくなった頃から、変な風に思い詰める癖がついてしまった。妻に話したら鬱病じゃないと言われたから、口には出さないようにしているが……。

海中からは、大音量で子犬のワルツが流れ続けていた。

ふとバケツに目をやった遠藤は、タコがいなくなっているのに気づく。

彼らを甘く見てはいけなかったことを思い出した。骨がなく体が柔らかい上、全身に神経が行き渡っている彼らは、どんな小さな隙間からも逃げることができる。現に、しっかりと縛ったはずの網の口には、一センチほどの穴がこじ開けられていた。

バケツの向こうでは、水痕を残しながらタコが海に向けて移動していた。水中ではないので動きはそこまで速くない。

「こらっ、待てっ！」

タコは一瞬こちらを振り返った。小走りで追いつき、遠藤は足を伸ばして踏みつける。長靴の先端が足の一本を捕らえ、タコは身悶えした。

「逃がさんぞ。お前は夕食なんだから」

足の下に感触があるので安心していたら、タコはまた筏の上を逃走し始めた。

驚いて踏んでいた長靴をどかしたところ、切れた足がにょろにょろと蠢いていた。

「うわあっ」

自切したようだった。意志も持たず動いている足が気味悪く、首筋が粟立つ。

追いかける気になれず呆然としていると、何かが筏に激突した。衝撃で足元がぐらつく。

「わああっ」

大地震のような激しい揺れ。水面にも波が立っている。バランスを崩した遠藤は、尻餅をついた。さらに強く揺さぶられ、筏から転落しないようへばりつく。

「な、な、何だ?」

揺れは収まった。遠藤は起き上がり、シートの隙間からタイたちを確認する。水面に集まったタイたちは、円を描きながらものすごい速さで泳いでいた。

何かがタイを追い立てていることに感づき、不審に思った遠藤は残りのシートを取り払う。

言葉を失った。

水が透明で、網の底まで見渡せる生け簀。その中に、消防車よりも長い巨大な魚——ホホジロザメが侵入し、海面から巨大な背鰭を出しながらタイを追いかけていた。

「嘘だろ……。なんだこりゃ……」

呆然としつつ、遠藤は生け簀を見回す。海に面した養殖網が酷く食い破られ、サメが通れるだけの穴が開いていた。先ほどの衝撃は、これだったのだ……。

瀬戸内海を巨大なサメ三匹が徘徊(はいかい)していることは知っていたが、まさか自分の養殖場に現れるなんて思ってもみなかった。養殖網は、頑丈なポリエチレンの糸をさらに強固にすべく縒(よ)り合わせたものだ。まさか、それを破って侵入するなんて……。

一辺が体長の四倍ほどある生け簀の中を悠々泳ぐと、サメはタイを角へ追いつめ、口を開き目一杯ほおばる。たくさんのタイがサメの口の中に飲み込まれると同時に、食べきれなかった分が鋭い歯で嚙み千切られ、大量の血肉が広がった。

「あああ……あああ……」

筏にぺたりと手をつき、遠藤は崩れ落ちる。金と手間ひまをかけて育てたタイたちが……。

入れ食い状態とは、まさにこのことだった。タイたちを追い込んでは、サメは胃の中へ収めていく。一噛みするごとに、水を染めた赤色が濃くなった。

「あはは……ははは……は」

目にしているものが現実とは思えなかった。涙目で呟く。

「サメに食わせるために育てたんじゃない……。なんでこんな……」

タイの血に顔を染めたサメが、海面から顔を出した。開いた口の中には、恐ろしい数のタイが詰まっている。サメの目がじろりとこちらを見たような気がして、遠藤は震え上がった。自分がいるのは、不安定な筏の上だ。あの大きさのサメがその気になれば、自分もふるい落とされてしまうだろう。そうなったら、タイと同じ運命だ。

腰を上げた遠藤は、筏の反対側につけてあるボートへ急ぐ。乗り込むとエンジンをかけ、一目散に逃げ出した。

筏の周辺には、子犬のワルツの旋律が虚しく響き続けていた。

*

切り離した足にニンゲンが気を取られている隙に、タコは海へと急いだ。隣り合った足が二本失われたため動きにくいが、生き存えるためには仕方ない。

ようやく海の前へたどり着いたタコは、筏のへりから水面へ身を投げる――。

酸素の混ざった青い水に迎えられ安堵する。住み慣れた海。漏斗から水を吐き出し、自在に移動できるこの感覚。

困ったことに、水の中では先ほどよりも大きな音が響いていた。

音は波だ。振動として、全身に張り巡らされた神経を刺激するため、ぞわぞわして落ち着かない。早く泳ぎ去ろうとしたものの、足の感覚器が異常を捉え、タコは留まった。

ニンゲンが網でタイを閉じ込めていた場所から、大量の血が広がっていた。網には大きな穴が開いており、目を凝らすと、集団でパニックになり泳ぎ回るタイたちの切れ間に、巨大なサメの体軀が見えた。

タコは、先日失った足の付け根と、サメを見比べる。

あのとんでもない大きさを忘れるはずがなかった。先日海峡から入ってきてタコの足を食い千切ったサメと同じだろう。この海域に入ってきた大型のサメは、餌の少なさに辟易してすぐ出て行くものだが、彼らはなぜかまだ居座っている。

一匹のタイが網に顔をくっつけ、助けを求めるようにこちらを見ていた。ニンゲンが餌を用意してくれるのをいいことに、安穏と生きていたタイたち——。彼らの顔つきは、海峡で潮に揉まれ生き抜いている野生のものよりも、どこかぼんやりしていた。

囲いの中で生まれ育った彼らは、外の世界を知らない。せっかく網が開いているのに、そこから出ることすら考えつかない様子だ。サメに追いやられては、巨大な口腔に送り込まれ、強靭な顎に嚙み砕かれる。そのたびに肉片や鱗が散乱し、上から射す光できらきらと輝いた。

海中の音は、まだ鳴り続けていた。

あれほど不快だった波動が心地よくなってきたことに気づき、タコは戸惑う。不思議だった。安心感と解放感に満ちていて、心が躍る。旋律に身を任せたタコは、水の感触を味わいつつ、残った六本の足を伸ばしたり縮めたりした。

太陽光が表層を温めているため、水のぬるさもあいまって天にも昇る気分だ。

網の中では、だいぶ数を減らしたタイたちが、まだ逃げ惑っていた。血で真っ赤に染まった水中には、タイの鱗が散らばり星のように煌めいてる。さらに集団で泳ぐ彼らが方向転換するたび、鱗が光を跳ね返し、ピンク色に輝いた。

不思議な音波と、えもいわれぬ美しい光景に調和を見出したタコは、恍惚とする――。

――ニンゲンに閉じ込められ、何のために生きているのか理解できなかったタイたち。彼らはこの美しい瞬間を作り出すため生まれてきたのではないだろうか……？

我を忘れ、タコは光溢れる水中をたゆたう。

どういうわけか、ニンゲンがたまに連れている、ワンワンと吼える毛だらけの生き物になった気分だった。軽快に動き回り、尻尾を振ってニンゲンにじゃれつく――。

ずっとこのときが続けばとタコは願うが、そうはいかなかった。

唐突に音が止まり、ハッと我に返る。

恐る恐る網へ目をやると、ほとんどのタイがサメの腹に収まり、血の靄が晴れ始めていた。文字通り腹が膨れたサメが、ゆっくりと身を翻し、開いた穴へ向かってくる。

危険を感じたタコは漏斗から水を吐き、一目散に海底へと逃げ出した。

*

昇ったばかりの太陽に釣り針をかざすと、反射してキラリと光った。釣具屋にあった中で、一番大きなものだ。

先端についた鋭い返しに満足した盛男は、針と釣り糸を結びつけるリーダーへ手を滑らせる。サメの鋭い歯に切断されてはしょうがないので、ちょっとやそっとでは切れないワイヤー製を選んだ。釣り竿のリールまで繋がる釣り糸は、迷った挙げ句、弾力があり初心者でも扱いやすいナイロン製にした。

　サメに復讐すると決めてから数日。怒りと焦りに身を任せ、家にあった釣り道具に餌をつけておびき寄せようとしたが、サメどころか魚一匹引っ掛けることはできなかった。

　タイラギ漁と地引き網漁しかしない盛男は、竿釣りに明るくない。友人の釣り具店の主人に相談したところ、こんな物では無理だと言われ、ようやくまともな道具にありついたところだった。

　三寒四温と言われるこの時期。温かい日の太陽はまっすぐに降り注ぎ、首に薄く汗を滲ませる。ほぼ凪いでいるため、船はゆったりと揺れていた。

　市場でもらった売り物にならないヒメダラをクーラーボックスから取り出し、釣具店の主人に言われたとおり、匂いが出るよう包丁で切れ目を入れていく。

　傍らに立てかけたカーナビ共用のワンセグテレビでは、午前のワイドショーが放送されていた。

　今日も、瀬戸内海に出現した三匹の巨大ザメの話題。被害は日に日に拡大し、テレビでは、連日これはかり取り扱っていた。

　昨日、漁師が犠牲となった現場の映像を流すと聞き、盛男は手を止める。

　若い漁師がユーチューブで漁を紹介するため撮影していたものだと、男性アナウンサーが註釈した。

　画面に現れたのは、明石沖で解禁されたばかりのイカナゴ漁の船だった。同じ海で行われる漁なので、だいたいどんなものかは知っている。

　瀬戸内海沿岸でイカナゴは春を告げる魚と言われ、新子と呼ばれる稚魚を、釘煮という佃煮にして食べる。二隻の網船で袋状になった網を引き、魚がかかったら包囲を狭めて運搬船のホースで吸い上げるという漁法だ。

　タイラギ漁と同じく、漁の時間まで厳格に決められているので、早朝の海にはたくさんのイカナゴ漁船が浮かんでいる。カメラは網船に乗った漁師の胸に装着されており、動きに合わせて揺れながら、船が網を引く様子を映し出した。

異変が起きたのは、いっぱいになったイカナゴを水揚げするため、網を引き寄せているときだった。通常ならばクレーンで船に上げられるのだが、途中で止まり、うんともすんとも言わなくなった。

撮影者は他の漁師と顔を見合わせ、量が多すぎるのだろうかと話す。

網を覗き込むと、まったく予想しなかったものが現れ、彼らは驚愕の声を上げた。

シラスに似た半透明のイカナゴの稚魚で満載になった、目の細かい網。二つの船に挟まれたその中に、巨大なホホジロザメがいたのだ。体長は六メートル以上あるだろう。瀬戸内海に入り込んだあの三匹のうちの一匹だ。

身動きが取れないことに業（ごう）を煮やしたのか、サメは暴れ始めた。とてつもない力に翻弄され、網を吊り下げている船のクレーンがぐらぐらと揺れる。

狼狽（ろうばい）する漁師の声が流れた。今が最盛期のイカナゴ漁。網を破られたり、クレーンを壊されたりしたら大損害だ。

網船の船長同士が無線で協議し、引き揚げた網を海に戻して開放し、サメが出て行くのを待つと伝えた。

緊迫した状況で漁師らは作業し、船上の網を下ろしていく。終了すると、サメが出て行きやすいよう長い竿で網の口を開け、みなで見守った。

しばらくの間激しく尾を揺すりながら網の中を泳いでいたホホジロザメは、出口を見つけ、やっと外へ出て行った。

いつのまにか齧りつくようにして画面を見ていた盛男は、ホッと息をつく。同時に疑問を感じた。

――アナウンサーは、漁師が犠牲になったと言っていなかったか……？

映像は、そこで終わりではなかった。

安堵した漁師らが漁を仕切り直すため、再び持ち場についたときだった。

網のない海面からホホジロザメが高く飛び上がり、身を乗り出して網をチェックしていた若い漁師の一人の上半身にかぶり付いたのだ。

あっという間の出来事なのに、スローモーションのようだった。巨大な口で左肩から胸をくわえられた漁師は、バランスを崩して重心が外に傾き、引き抜かれるように海へ落下した。

他の漁師らは叫び声を上げ、水面には大きな飛沫が上がる——。

そこから海を映す画面の一部に、モザイクがかかった。サメが漁師を襲っているようだった。水面を見下ろす漁師らは、早く助けろとパニックになっている。

最初は青っぽかったモザイク部分が、だんだんと赤に染まってゆき、盛男はごくりと唾を呑む。

そこで動画は終わった。

画面が切り替わる。撮影していた漁師に、今朝、レポーターが港でインタビューしたＶＴＲが流れた。俊よりも若い、二十代になるかならないかの、幼さが残る顔つきの漁師。髪を明るい茶色に染めた彼は、泣き腫らした目で、しきりに目頭をぬぐいながら語った。

『……とにかくみんな驚いて。サメは網から出て行って、もういなくなったと思ってたから。いきなり別のサメが飛び出して、タカトをくわえていって……。見てらんなかった。一回沈んで、また浮かんできて。何度も襲われて。映画みたいに手とか肩とか食い千切られて、海が赤くなって……。こっちに手を延ばしてたのに、誰も助けられなかった。最後は海に引きずり込まれて……』

スタジオに戻され、司会のアナウンサーがコメンテーターに感想を求める。

テレビへ手を伸ばし、盛男は電源をオフにした。忘れていたヒメダラに釣り針をつけ、海に下ろし、釣り竿をホルダーに固定する。操舵室へ移動すると、エンジンをかけ船を軽く走らせた。

──早くサメを殺さないと。

気持ちだけが急く。俊が襲われてから十一日目。三匹のサメたちは、瀬戸内海で猛威を振るっていた。目撃証言は数知れず。刺し網漁、底引き網などの小型の漁船、はてはタイの養殖筏を襲い、魚を奪っている。

さらに今回の悲惨な事件。殺された漁師は二十代前半で、俊と同じ年頃だった。彼の家族が、今ごろ盛男たちと同じように打ちのめされているだろうと思うと、居たたまれない。

盛男が所属する上津井漁港でも、混乱が起こっていた。

俊が襲われてすぐ、タイラギ漁やその他の素潜り漁は禁止となっていたが、イカナゴ漁師の事故を受けて水産庁と県が協議し、底引き網漁、刺し網漁も自粛を促されたからだった。駆除については結論を保留しているくせに、こういうときだけ仕事が早い。

さきほど魚をもらいに訪れた市場では、みな一様に暗い顔をしていた。収入がゼロになるのだから当然だ。要請なので無視することもできるが、あの映像のせいで、みな二の足を踏んでいる様子だった。顔見知りの漁協の職員は、しばらく市場の規模を三分の一ほどに縮小すると溜め息をついていた。

平らな海面を、船は滑るように進む。しばらくしたところで盛男は船を停め、釣り竿を見に行った。獲物がかかっていた。竿がしなり、糸が海面に向けて緊張している。駆け寄ると、竿を持ち上げ後ろへ引き、リールを巻いた。──重い。

鉛でも下がっているかのようにリールは固かった。予算の関係で、道具はすべて釣り道具屋の主人のお古のため、電動ではない。

「ぐうぅ……」

渾身の力で巻くが、だめだった。どうすべきか焦っていると、ふっと軽くなる。獲物がこちらへ向かってきたのだ。慌てて糸を巻き取り、距離を縮める。

近づいてきた糸が、直立してピンと張った。獲物は真下にきた。要領が摑めてきた盛男は、手早くリールを巻く。

――ついに来た。

手応えを感じた盛男は、船尾のへりに立てかけた手鉤へ目をやる。俊の形見の品――。海保の潜水士が、海底で見つけてくれたものだ。

サメに復讐すると決めて以来、いつも頭の中でイメージしていた。

ヤツが海面に浮かんできたら、振り下ろし体に突き刺す――。すぐに殺すのではだめだ。刺した手鉤を肉の中で回して、できるだけ長く苦しめ、俊と同じぐらいの痛みを与えるのだ。そうすれば、少しは心の痛みが慰められるに違いない。

ぼんやりと魚影が見えてきた。ここまで来たらぜったいに逃せない。目一杯リールを巻く。

独特の体の揺らし方から、サメなのが分かった。興奮して、さらに引き寄せる――。

落胆した。体長六メートルどころか、一・五メートルもないサメだった。頭の両側が横に張り出していて、ホホジロザメとは似ても似つかない。

アカシュモクザメの子供だった。タモで掬(すく)って甲板に置く。サメは網の中でびちびちと暴れた。小さくてもすごい生命力だ。

対する盛男は、慣れない釣りに疲労困憊(こんぱい)だった。力が抜けそのまま甲板に寝転ぶ。

わずかな雲しかない青空。太陽はいつの間にか天頂に昇っていた。

「子供のサメでも、こんなに大変なのか……」

六メートルのサメと対峙(たいじ)するということが、いまひとつ実感できていなかった。

ゆったりとした船の揺れが背中に伝わってくる。船の減圧室が目に入り、盛男は顔を向けた。タイラギ漁で潜ったあと、中に入ってゆっくりと減圧し潜水病を防ぐものだ。

じっと見ていると、俊がひょっこり顔を出すような気がして、着ているヤッケの胸を摑んだ。

「俊……」

だからこの船を売れないのだ。俊がどこにでも宿っているから。

目から熱いものが流れ落ちる。つい二週間ほど前には、一緒に漁に出ていたのに……。辛い。寂しい。心臓を握り潰されるようだ。

汚れた親指で頰をぬぐうと同時に、ズボンのポケットから着信音が鳴りだした。スマホだ。瀬戸内海は、ほぼ全域で電話が繫がる。便利と言えば便利だが、喜んでいられないときもあった。

発信者は、06から始まる固定電話の番号だった。大きく溜め息をつくと、盛男は通話ボタンをタップする。電話口の若い女は、オーシャンローンの債権回収係と名乗った。

『ご返済の件で、すでに案内が何度も行っているかと思いますが……』

「……知ってる。金ができたら返すから」

甲板に転がされ、息も絶え絶えになってきたサメの子供を横目に応える。

『指定した期日までに支払っていただけないと、信用情報機関に事故情報として記載し、裁判所から訴状が届くことになります』

「裁判してどうなるんだ?」

『最終的には、強制執行で船を差し押さえられます』

盛男は黙った。息子の気配がするこの船。この女はそれまでも引き剝がそうとするのか。

『だから、今のうちに入金を……もしもし?　聞いてらっしゃいますか?』

「——とにかく、金が入ったら払う」

一方的に伝えて電話を切った。

金が入ったらとは言ったものの、漁はしていないし、入るあてはない。江美子だってまだ働き始めて一週間ほどだし、給料が出るのは先だろう。少しだけ残っている蓄えはあるが、それはサメ狩りの燃料費として取っておかなくてはならない。

借りることもできなかった。長女の遥の嫁ぎ先は裕福で余裕があるが、遥は盛男に船を売らせたいと思っているから絶対に貸さないだろう。親戚や漁師仲間に頼めば少しは融通してくれるかもしれないが、それはしたくない。

ホホジロザメを殺すまでは、底引き網漁をするつもりもなかった。なるようになれと思うしかない。

太陽の下で、アカシュモクザメの子供は動かなくなった。サメの傍らに移動した盛男は、まだ釣り竿と繋がっている針を外そうとして、手を止める。ヒメダラやゲンコのような魚では、巨大なホホジロザメを呼び寄せるのは難しいのではないかと考えたからだった。

このままアカシュモクザメを餌にすることにし、ナイフを持ち出して体にいくつか傷を付ける。血が流れ出したそれを船尾までもっていき、海へ放り込んだ。

甲板はサメの血で汚れていた。洗おうと、水を汲んであるバケツを持ってきて空ける。水は広がって流れ、排水口から海へ出て行った。

操舵室へ戻ろうとした盛男は、船尾の竿がしなって曲がり、糸が張りつめているのに気づく。

「?」

船尾に向かおうとした瞬間、プシュンと音を立て糸が切れた。極限まで伸びていたナイロンの糸が、鞭のように飛んできて頰に当たる。

「痛っ！」

手で押さえたそのとき、左側に気配を感じた。

ゆっくりと首をめぐらせた盛男は、絶句する。

右舷の外。海面のすぐ下に、ホホジロザメがいたからだった。

その大きさに驚愕した。

体長は、七メートルあるこの船とほぼ同じだった。それに見合う胴体は、土管のように太い。背鰭には摩耗した切れ込みがあり、長く生きてきたことを誇る勲章のように、寄生虫のカイアシが並んで付着していた。

ゆっくりと尾鰭を動かしたサメは、盛男の真横へ来ると、体を横たえる。上がチャコールグレーで、下が白に塗り分けられた体――。こめかみに傷痕がある。真っ黒な目は、じっとこちらを見据えていた。

――なんなんだ、こいつは……。

盛男は立ちすくむ。金縛りにあったように、体が動かなかった。

体中の毛穴から、嫌な汗が噴き出す。

――俊を襲ったのはこいつだ……。

三匹いるというが、直感で確信していた。

凪なのに船が揺れる。うねりが出たのかと思ったら、自分の足が震えていた。

紡錘形で膨らんだ腹に目がいく。もしもこれを捌(さば)いたら、俊が出てくるのだろうか……？

呼吸が荒くなり、心臓が早鐘を打つ。気を失いそうだった。

目眩を覚え、頭を振る。

サメは盛男に視線を向け続けた。無言だが、恐ろしいほどの威圧感。それだけで息の根を止められそうな……。

――こいつは一体何がしたいんだ……？

束縛は永遠に続くかと思われた。盛男は絶望する。

別の漁船が近くを通りかかったのは、そのときだった。

身を翻したサメは、尾鰭を大きく振り一気に潜行していく。

縛めから解放され、盛男は甲板に崩れ落ちた。

喉がからからだった。全身が総毛立ち、足はがくがくと震えている。

テレビでも、漁をしていて実際に見たこともあるホホジロザメ。俊があんな襲われ方をしたものの、想像の枠内に収まるものだと考えていた。

しかし、それは大きな間違いだった。途轍もなく巨大だし、普通のサメとは決定的に何かが違う……。

甲板に引っくり返り、呆然と空を見上げる。太陽はさきほどより少し傾いていた。

船尾では、立てたままの釣り竿から、切れた糸が微風にはためいている。あんな貧弱な装備で、あのホホジロザメを仕留められると思っていた自分に呆れた。

完敗だった。手も足も出ない、装備以前の問題。

打ちひしがれ、盛男は呟いた。

「……どうやって、あんな化け物を殺せばいいんだ……？」

＊

鷲羽山の山道が途切れたかと思うと、道路は急な下りに変わった。左手の視界が開け海が広がるとともに、瀬戸大橋の威容が現れる。四国へ続く白い大橋に寄り沿うように霞んだ島なみが連なり、落陽がすべてをピンク色に染め上げて、えもいわれぬ絶景を作り出していた。

海上を何度も行き来している場所にもかかわらず、ワゴン車の車窓から眺めた湊子は、わあと感嘆の声を漏らした。

レベッカや、久しぶりに一緒になったカーラやアントニオも同じ様子で、スマホを窓に向けパシャパシャと写真を撮っている。バックミラー越しに見える運転手のナッシュも、ちらちらと横目で気にしている様子だった。

「もうすぐね。朝からずっと連れ回しちゃってるけど、疲れてない？」

最後列で隣に座ったレベッカに訊ねられ、湊子は首を振る。実のところ少しくたびれていたが、サメを守るために全力で行動しているSMLのみんなの前で、口にするわけにはいかなかった。ただでさえ、渋川に命じられた課題のせいで、これからはボランティアに参加する時間が減りそうなのに。

「ごめんね。本当はずっとみんなと活動したいんだけど」

謝ると、レベッカは緑色の目を優しげに細めた。

「いいのよ。ソウコたちが、サメが出られなくなっている原因を突き止めてくれたら、それがサメの利益になるんだから」

仮説を立てるにしても下調べが必要なため、ゼミ全体での話し合いは明日から本格的に行うことになっている。名残惜しいが、今日はクルーザーを使ったSMLの実証実験に早朝から参加することができたので、本当に良かった。

実験はすべてが驚きの連続だった。夜が明けるかどうかという時間にしまなみ海道へ向かい、オーストラリアの研究者らが使う方法で、まずはホホジロザメをおびき寄せることにした。航行しながらミキサーにかけた魚の血肉を撒き、アザラシの形に切り出したタイヤにロープを括りつけ船で牽引する。

瀬戸内海の一部の海域に閉じ込められているとは言っても、西はしまなみ海道から、東は明石海峡、鳴門海峡まで六県に跨がる広大な範囲だ。最初の三時間は、どれだけ船を流してもさっぱりで、太陽が昇り辺りを明るく照らし出した頃、ようやく一匹の巨大なホホジロザメ——タグの色から雌のヘラだと分かった――が姿を現した。

先日シャチを見たときもそうだったが、生で巨大なホホジロザメを目にした感動は、湊子にとって語り尽くせないものだった。紡錘形の完璧なフォルム。エンジンでもついているのではないかと思うほどの、獲物を長時間追跡する圧倒的なパワー。こんな生き物を造り出した自然に、畏敬の念を抱かずにいられないほどだった。上手く言えないが、あのサメは何か特別な気がする。

「まさか、本当にサメたちが海峡から出られなくなっているなんてなあ」

前列の右側に座ったアントニオが、伸びをしながら会話に参加してきた。ラテン系だけあって、眉毛が太く、目元の印象が濃い。

湊子は頷く。彼が言う通り、結論としてサメは〈出られない〉様子だった。

血肉で興奮させ、アザラシの模型しか目に入らなくなっている状態にしたヘラを、何度も何度もしまなみ海道の西側へ誘導しようとしたが、海峡の手前まで来るとなぜかくるりと向きを変え、戻ってしまったのだ。誘引力が足らないのかと、とっておきの豚肉のブロックで誘ってみたが、結果は同じだった。

どう考えても不可解な行動だった。何か障害になるものがあるのかと海峡付近を調べてみたが、物理的にサメの妨げとなるものは、一切見つからなかった。

「……それにしても、日本の漁師らは頑迷ね。まったく話を聞いてくれない」

通路を挟んでアントニオの反対側に座ったカーラが、こちらを振り返り溜め息をついた。こちらは、褐色の肌のエキゾチックな美人。ＳＭＬのメンバーは本当にバラエティ豊かだ。

彼女の言うことは無理もなかった。実証実験を終えたのち、結果をひっさげ三つの漁協を回ったが、そのうち二つは門前払いだったからだ。あと一つは中に入れてくれはしたものの、一通り聞いたのち、検討すると慇懃に返された。にこにこするだけでイエスともノーとも答えない、いかにも日本的な対応だった。

坂道を下りきると、瀬戸大橋の真下をくぐる。周辺には、たくさんの船が係留されており、港の風情を感じさせた。さらにそこからしばらく進むと、たくさんの漁船を擁する港と、大きな倉庫のような建物が見えてきた。ナビが目的地だと告げているので、ここが次の目的地である上津井港なのだろう。

先日、この港の沖で海保がタイラギ漁師の捜索をしていたのを思い出し、湊子は気持ちを曇らせる。ニュースでサメに襲われる映像が放送されていた播磨灘のイカナゴ漁師もだが、自分と同じ年頃の人が亡くなった事実に、ショックが大きかった。

——だからといって、サメを守る活動はやめないけど……。

特に決められた駐車場はなさそうだったので、ナッシュは適当な場所に車を停めた。ドアを開け外へ出た途端に、夕方の風に乗った潮の香りが鼻孔をくすぐる。嫌がる人もいるが、湊子はこの匂いが大好きだった。

日は暮れかかっていた。護岸された港から見る海は先ほどよりも濃い赤に染まっている。

「結構な時間になったな。もしかしたら誰もいないかもしれない」

一眼レフと、動画を撮影するハンディカメラを首に提げながらアントニオが口を開いた。もともと職業が写真家なのもあり、彼の写真はいつもとてもよく撮れていて、ＳＭＬのホームページにも多用されている。日々の活動を彼が撮影するのはチームの暗黙の了解で、さっそく港や建物の様子をカメラに収めていた。

漁協の事務所を捜しつつ、海に面して開いた大きな建物へ歩いていく。水揚げした魚を卸売りする市場のようだった。さらに向こうに建つ同じ高さの小さなビルの一階に、上津井漁業協同組合と書かれた看板が出ていた。

市場には、まだぽつぽつと人が残っていた。見学してもよさそうな雰囲気だったため、ＳＭＬの面々とともに入っていく。体育館の三分の二ぐらいの大きさで、天井が高かった。床は綺麗に洗われ、端にある水槽にはちらほらと魚が泳いでいる。

売れ残りと思われる発泡スチロールのトロ箱を見つけ、湊子は近づいた。ゲンコやブダイなどの魚と一緒に、ドチザメやホシザメ、サカタザメなどの小型の板鰓類が並んでいる。

サメの軌跡を見せてもらうため、伊予灘へ行った日のことが甦った。――ハロルドに指摘されたこと。サメは五百種類以上いるし、こうやって毎日何千匹ものサメが日本全国で水揚げされている。くやしいが、やはり彼の話は正しかった。現状を知りもしないのに、自分の感情で彼を責めた湊子の負けだ。

「へえ、小さなサメばかりね」

後ろからやってきたカーラが、隣にしゃがみサメを眺める。

「そもそもここは内海で、大きな魚を獲る漁はしてないからな」

アントニオもやってきて、カメラでサメたちを撮り始める。

横たえられたホシザメを、湊子はじっと観察する。一メートルにも満たないサイズで、その名の通り、背に白い斑点が散っていた。口の脇にある突起がヒゲのように見えて愛らしい。

頭では理解したものの、死んでいるのを見るとやはり可哀想だった。手を伸ばし、そっと触れてみる。目が細かいサンドペーパーのような肌は、乾燥していた。

――どうしたら、サメが必要以上に殺されるのを、食い止めることができるんだろう。

体を撫でたのち、考えながら顔の方へ指を這わせていく。違和感を覚えた湊子は、手を止めた。口の脇の突起の奥には、鼻の穴がある。そこが何かによって塞がれていたからだ。

不審に思い、サメを摑んで持ち上げる。突起を指で除けてみると、鼻の中に何かがいた。

つぶらな瞳と目が合う。予期せぬ先客の存在に驚き、思わず日本語で謝った。

「あっ、失礼しました！」

言ってから、恥ずかしくなり頬を赤くする。

「……どうしたの？」

カーラが訊ねた。アントニオもきょとんとしている。

咳払いした湊子は、サメの向きを変え彼らに見せた。――鼻の穴の中にいる、妙な生物たちを。

薄黄色で、極小のダンゴムシのようなその生物たちは、顔の前面についた二つの目で、一斉にこちらを見ていた。これまで見たことがない種類。一匹が一ミリほどの大きさで、五ミリほどある鼻の穴を、埋め尽くしている。

「ファニーフェイスだな。寄生虫の一種かな？」

アントニオが呟く。湊子は頷いた。

「多分そうだと思う……」

「全員こっち向いてて、面白いわね。たくさんの顔が並んでるみたい」

彼女の言う通り、まるっこい体に、つぶらな瞳が点々とついていて、ほのぼのしたキャラクターみたいだった。湊子はウオノエという、少し前に話題になった甲殻類の寄生虫を思い出す。魚の舌に取り付いて壊死させ、跡地に居座るという大胆不敵な生き物だが、出口を向いて当然のように寛いでいる様子が面白くて人気がある。

「変なの。カイアシの一種かしら？」

間近で観察しながら、カーラは首を傾げた。

カイアシも、ウオノエやエビ、カニなどと同じ甲殻類で、サメの体表にもよく付着しているポピュラーな寄生生物だ。そうかもしれないが、湊子は寄生虫に詳しくないため、答えられなかった。

「――学生さん？」

　声をかけられたのは、そのときだった。振り返ると、フリースのブルゾンにナイロンのパンツ、長靴を身につけた、漁師らしき人が立っていた。勝手にサメを触ったため咎められるかと思ったが、一向に構わない様子で彼は笑顔を浮かべた。

「いや、鼻見てたからさ。最近どのサメもこうなんだよ。変だろ？　虫みたいなのが詰まってて」

　湊子らを、魚の観察に来た学生の団体と勘違いしているようだった。魚の研究をしている人は、試料を求めてよく港へ行くからだろう。

「そうなんですか……」

「あんまり多いから、今度どっかの学者さんにでも相談してみようかって、みんなで話してたんだよ」

「へえ……」

　相づちを打つと、遠くからレベッカの声が聞こえてきた。

「みんな、事務所の入り口が分かったから、行くわよ」

　目をやると、市場の外からレベッカとナッシュが手招きしていた。漁師に礼を言ってサメを元に戻し、湊子らは市場をあとにした。

　すでに日はとっぷりと暮れ、空は濃い紺色に包まれていた。海は黒に塗り潰され、対岸にある四国の明かりがはるか向こうに見える。潮風が強く吹き付けてきて心地よかった。

　漁協が入っているという隣のビルの二階は、電気が煌々とついていた。窓際にはたくさんの人影が見える。集会でもしているのだろうか。

　隣に並んだレベッカが、肉厚の指で湊子の手をしっかりと握った。

「ソウコはしばらく別の仕事があるから、ここが最後になるわね。いつもよりも頑張りましょ」

深く頷く。返す返すも、渋川が疎ましかった。彼女が余計なことを言い出さなければ、もっとSMLの活動ができたのに。

気合いを入れ直し、湊子は口を開いた。

「よし、行こう」

＊

沈みかけた夕日が空を濃いピンクに染め上げ、桃色の雲がたなびいている。

港へ戻り船を係留した盛男は、重い足取りで陸に上がった。

ホホジロザメに遭遇したのち、船上で呆然としていたら、知らぬ間にこんな時間になっていた。サメに圧倒されただけで、何もできない馬鹿みたいな一日だった。借金の形に船を取られる日だってそう遠くないというのに、いたずらに燃料費を無駄にしただけだ。

肩を落とし堤防を歩いていると、若いカップルが海を向いて写真を撮っていた。通り抜けて十メートルほど進むと、今度は別の若い女性三人組。みな小綺麗な外出着に身を包んでいるし、知らない顔なので近隣の若者ではなかった。

不審感を覚えながら歩いていると、また別の女性二人に声をかけられた。

「あの――」

盛男が顔を向けると、一人がもう一人を肘で突く。その女性は、恥ずかしそうに言った。

「漁師さんですよね？　今日はサメいました？　わたしたち、岡山市から見に来たんです」

目を見開く。テレビであれだけ放送していれば無理もないのかもしれないが、人が死んでいるのにこの能天気さには呆れるしかなかった。

俊と同じ年頃の女性ということが、さらに盛男を落ち込ませる。俊にも彼女がいたから、遠からず紹介されただろうに……。

「……あのう、大丈夫ですか？」

もう一人の女性が、心配そうに訊いた。考えにふけっていたことに気づき、盛男は首を振る。

「ああ、いや……大丈夫。サメは、いなかったよ」

嘘になるが、詳しく話す義理などない。そそくさとその場を後にする。

市場の横まで来たところで、また観光客を見かけた。今度は、日本人らしき女性がひとり混ざった、外国人のグループだった。人種や年齢、肌や髪の色もまちまちの彼らは、きょろきょろと辺りを見回し、写真を撮ったりしながら市場へ歩いて行く。

——まったく。妙なやつらがうろつくようになったもんだ。

溜め息をつくと同時に、駐車場の方から漁師仲間の井出がタバコを吸いながらやってきた。この辺りの漁師の仕事はだいたい深夜から始まるため、こんな時間にうろうろしているのは珍しい。

「どうしたんだ？」

訊くと、彼はヤニで茶色くなった歯を見せながら快活に笑った。

「お前、電話も出ないし、人の話聞かないから知らないのか。漁ができなくなっただろ。組合長の呼び出しで、これからのことを相談するんだよ」

短くなったタバコの先を近くにあった共用の灰皿で潰すと、分厚く垂れた瞼の下から、彼は痛ましげにこちらを見た。

「……聞いたよ。江美子さん、倉敷行っちゃったんだってな。いろいろあったし……みんな心配してるから、できることがあったら言ってくれよな。会合も出なくてもいいけど、どうする？」

俊のことがあって以来、港の人々は腫れ物に触るように盛男たちへ接していた。気遣ってくれているのは有り難いが、今の自分には、そんな言葉も苛立つだけだった。

「行くよ」

ぶっきらぼうに答える。

市場を通り過ぎ、漁協の事務所の二階にある会議スペースへ上がる。蛍光灯の明かりが灯された部屋には、すでにたくさんの漁師が集まっていた。全員を入れるため、テーブルも椅子も取っ払ってあり、みな立ち話をしている。

盛男が入っていくと、静かにざわめきが起きた。みな驚いた顔でこちらを見る。

気まずい視線、憐れみの視線――。またか、とうんざりする。もうどうでもよかった。命より大切な息子を失ったのだ。守るほどの体裁もない。

井出とは出入り口で別れ、腕を組んで待っていると、壁の時計が十七時半を指した。漁協の組合長が階段を上ってくるとともに、集会は始まった。

最初に説明されたのは、サメの被害についてだった。今日も播磨灘で刺し網漁船が襲われ、へりに乗り上げたサメに転覆させられかけたという。

みな黙り込み、室内に暗い空気が漂った。

自粛要請が続けば、それだけ収入が減る。ローンを抱えているのは盛男だけではないし、そうでなくても金がなくては生きていけない。

「……サメの駆除の対策はどうなってるんだ?」

ベテラン漁師が、組合長に訊いた。中堅の漁師が追従する。

「そうだよ。自粛しろって言うなら、どうにかしてもらわないと」

夏でもないのに額の汗をハンカチでぬぐいながら、組合長は答えた。

「まだ決まってない。最初は広域連絡会を作って各漁協の輪番で駆除にあたることにしようとしたみたいだけど、あのサメたちは凶暴すぎるから二の足を踏んでるそうだ。被害者が出たら責任問題になるから」

　漁師からは不満の声が漏れたが、盛男はその選択の正しさを実感していた。

　さきほど見たあのホホジロザメの威容——。賢く、飛び跳ねたりもするようだし、このあたりの漁師が乗る船で駆除するのは、命の危険が伴うだろう。

　思い出して、また体が震えた。サメがその気だったなら、自分の船も転覆させられていたに違いない……。

　フラストレーションを溜めた様子の若い漁師が、組合長に向かって声を張り上げた。

「そんな腰抜けばっかじゃないだろ？　みんなでやれば殺せるよ。たかがサメなんだから」

　年かさの漁師が、渋面で遮る。

「……じゃあ、どうやるんだ？　七メートルの化けもんだぞ？　船と同じぐらいだ」

　若い漁師は怯んだが、虚勢を張った。

「そんなのどうにでもなるよ。餌でおびき寄せて、網をかけてみんなで銛（もり）で突き刺すとか」

「養殖筏用のポリエチレン糸を、やすやすと食い破るようなヤツをか？」

　若い漁師は青ざめて黙る。

　心の中で、盛男は年かさの漁師に同意した。若いやつらは甘く見すぎている。あのサメを狩るには、もっと大きな仕掛けが要る。あれは、これまで日本人が見たことがない特別なサメたちだ。想像のはるか上をゆく——。

　三十代前半ぐらいの漁師が、口を開いた。

「……たしかに化け物じみたサメだけど、沖縄とかにもサメ漁があって、すごいでかいイタチザメを殺してるだろ？　それを真似（まね）したらどうなんだ？」

組合長は首を横に振る。

「水産庁も、沖縄の支部から話を聞いて検討したそうなんだが、あれはマグロなんかと共用の延縄（はえなわ）で、深い海でやってるだろ。このあたりの海は一番深くても六十メートルそこそこ。延縄自体は備後灘や芸予（げいよ）諸島でやってるけど、タチウオやハモみたいな魚用だし……」

侃々諤々（かんかんがくがく）の議論が交わされるも、答えは出なかった。

盛男は、ただただ苛立ちを覚えていた。ぐだぐだ話し合ってもらちは明かないのだから、各自で考え、自己の責任において行動すればいいだけのことなのに。

そもそも、あのサメは自分が殺すべきものなので、他のやつらが手を出してこない今の状況は好都合だった。骨に刻んだ誓いだったが、万が一にも口にすることはできない。言ったところで、無謀だと止められるのがオチだから。

息を吐いたそのとき、下の階から騒がしい声が聞こえてきた。

数名が階段を上がってくる気配がする。漁協の事務員の若い女性が止めようとしているが、相手はまったく聞く耳を持っていなかった。

開け放たれた出入り口を注視していると、事務員を押しのけるようにして、珍妙な集団が入ってきた。全身真っ黒な服に身を包み、死人のような化粧をした大学生ぐらいの日本人らしい女と、男女二名ずつの、人種が入り交じった外国人たち――さきほど見かけた観光客だ。

――間違って迷い込んだのだろうか？

盛男は眉を顰めた。

＊

「困ります。外部の人が勝手に入っちゃ――――」

「悪いけど、どうしても大事な用だから」

自分より少し年上の、事務服を着た女性をやんわり押しのけ、湊子らは漁師が集まっているという、二階の部屋の出入り口に立つ。今日はたまたま、この時間に集会が行われているとのことで、ラッキーだった。

「私たちは日本語ができないから、お願いね」

囁いたレベッカが背中に触れる。

先頭に立った湊子は、上津井漁協の会議室を見回し、息を呑んだ。

二十五畳ほどの部屋には、大勢の漁師が中心を開けるようにして集合していた。外は真っ暗なのに窓にはカーテンがかかっていないため、中の様子が鏡のように映っている。勇んで乗り込んだものの、迫力のある漁師らがよりたくさんいるように感じられ、少し怯んだ。

付近にいた、壮年の漁師が声をかけてきた。

「お嬢ちゃんも、友達とサメを見に来たクチか？　ここは見学する場所じゃないし、みんなで大事な話し合いしているから、出てってくれ」

湊子は首を振る。

「見学で来たんじゃないよ。会合をしてるって聞いたから来たんだ。話を聞いて欲しくて」

緊張で声が強ばる。

「話って……。あんたたちなんなんだ？」

引き下がるわけにはいかないし、警戒されるのもよくない。努めて柔和な表情を浮かべながら、研修で教わった通り胸へ手を添えた。真心を伝えるのが第一だ。本来は丁寧語を使うのも嫌いだが、これも我慢だ。

「私たちは、サイレント・マリン・ライフという海洋生物の保護をしている団体です。三匹のホホジロザメの駆除を待ってもらうよう、お願いに来ました」

沈黙と困惑が広がる——。同時に、漁師らの視線が一気に険しくなるのを肌で感じた。

「保護団体ね……外国の」

苦虫を嚙み潰した顔で、若い漁師が呟く。他の漁師らも、一様に忌々しげな様子だった。どこの漁協でも同じだ。日本人にとって保護団体というと、南極海において調査捕鯨船への無軌道な妨害を繰り返した、DOの印象が強すぎるから。湊子だって彼らに対しての憤りは同じだから、理解はできる。

……でも、それで終わってはいけない。自分たちは彼らとは違うのだから。

「私たちは、科学的なエビデンスを重要視し、話し合いによる穏やかな解決を目的としている誠実な団体です」

「誠実って、自分で言うか？　それ」

ＳＭＬのマニュアルにある言葉だが、自分の信念でもある。

若い漁師がニヤニヤと揶揄する。他の漁師がどっと笑った。カチンときたが、気にせず先へ進める。

「三匹のホホジロザメが、オーストラリアの研究対象となっていることは、ニュースなどでご存じだと思いますが、その研究からあることが判明したんです。それをぜひ知って欲しくて」

懐疑的ではあるものの、話は聞いてくれるようなので続行した。レベッカから渡されたタブレットを漁師らに向ける。

「これは、オーストラリアの研究者から提供された、三匹のサメの人工衛星タグの軌跡です。約半年前、はるか南のオーストラリア東海岸付近を出発した彼らは、長い長い旅をして瀬戸内海へやってきました」

多くの人に見えるように、湊子は右から左へゆっくりとタブレットを動かす。笑っていた漁師らも、興味を抑えきれない様子で覗き込んだ。

次に、瀬戸内海の部分だけを拡大して示す。

「これは、二月の下旬に彼らが瀬戸内海へ侵入したあとのものです。見てください。彼らは芸予諸島や反対の明石海峡、鳴門海峡から何度も外へ出ようと試みていますが、その度になぜか戻り、内側に留まっているんです——まるで、出られないみたいに」

漁師らは、食い入るようにタブレットを見つめていた。

湊子は再度画面を操作し、動画を再生する。

「今朝、私たちが検証実験を行った映像です。サメをおびき寄せてアザラシの模型を船で引っ張り、芸予諸島の外側へ誘導できないか実験しました」

クルーザーから撮った映像は、短く編集してあった。アザラシの模型を流しながら航行していると、すぐに海面から背鰭を出したホホジロザメ——ヘラが追って来る。

みなの視線は釘付けで、本当にしまなみ海道付近で撮影したものか、目を凝らしてチェックしている様子だった。映像トリックなどは一切使っていないし、遠景で尾道や橋が映っているから、疑う余地はないだろう。

彼らは、サメの大きさにも驚愕していた。表情を強ばらせ、「思ってたよりでかい」などと囁き合っている。

ヘラは水面から顔を出し、何度もアザラシの模型に食いつこうとする。その度、ナッシュが操縦するクルーザーは速度を増して躱（かわ）した。

一旦画像を止め、湊子はサメの背鰭を拡大してみせる。

「分かりますか？　サメの背鰭に、オーストラリアの研究チームが取り付けた人工衛星タグがあります。この個体は、『ヘラ』という雌です」

動画を再開させると、クルーザーはヘラを誘導し、しまなみ海道にかかる因島大橋へ向かった。

異変が現れたのは、橋の手前付近だった。模型は目前にあるのに、それまで貪欲に追っていたヘラは急旋回し、背鰭が元来た方へ戻り始めたのだ。同じことを試みた映像が何回も流れるが、結果はどれも変わらなかった。見えない檻（おり）に閉じ込められて出られないかのように、ヘラは頑として海峡を抜けようとしなかった。

映像が終了すると、部屋はシンと静まり返った。

気難しそうに腕を組んでいた高齢の漁師が、部屋の奥で口を開いた。

「……サメが特定の範囲から出ようとしないってのは分かったよ。けど、だから何だってんだ？　それが駆除をしないことと、どう関係あるんだ？」

待っていましたとばかりに、湊子は答える。

「サメが出られない原因があるんです。原因があるということは、それを取り除けばサメは出て行くということです。私たちがそれを特定するので、それまで待って欲しいんです」

呆然として、漁師らはこちらを見ていた。それまで黙っていた別の漁師らが、さまざまな方向から声を上げる。

「原因を特定？　そんなことあんたたちにできるわけないだろ」

「駆除を止めるなんて無理だ。あのサメはもう二人も漁師を殺してるし、甚大な漁業被害が出てるんだから」

「そうだ、そうだ！」

収拾がつかなくなる前に手で制しながら、湊子は説明する。

「落ち着いてください。まず第一に、あなたたちにとって大切なのは、この海からサメの脅威がなくなることでしょう？　選択肢は殺すことだけではありません。幸いなことに、彼らには衛星タグがついているので、座標が外海に出れば、瀬戸内海の安全の証明になります。さらに、原因の特定についても、不可能ではありません。ＳＭＬをサポートしているメンバーには海洋生物学者もいますし、私自身も久州大学理学部で海洋生物を学ぶ学生です。大学の協力も得ることができるので、必ず究明してサメを外へ誘導します。だから猶予をいただきたいと言っているんです」

大学の協力を得られるというのは大げさだし、一介の学生である湊子にできることは少ない。だが、皮肉なことに渋川の課題のおかげで大学として調査していると言えないこともないので、嘘も方便だ。

具体的な大学名を出したせいか、漁師らはざわついた。

一人だけシャツとスラックス姿の、漁協の職員と思われる初老の男性が、こめかみの汗を拭きながら口を開く。

「久州大学が調査してくれるなら心強いけど……そうは言っても、漁師のみんなは生活がかかってるしね。水産庁と県が駆除の方針を打ち出したら、我々は従わざるを得ない。研究するのを悠長に待てと言われても無理だよ……」

中年の漁師が追随した。

「そうだ。サメで混乱してる間にタイラギの漁期は終わっちまったし、底引き網や刺し網なんかも、自粛しろって言われてみんな困ってんだ。俺たちは生活に直結してるんだよ。毎月の給料が保証されてる学者さんの研究を、のんびり待ってられるわけないだろ！」

風向きが怪しくなってきた。不安になって振り返ると、情勢を察したレベッカが、ファイティングポーズを取ってみせた。頷いて向き直り、湊子は声を張り上げる。

「狭い視野で考えず、地球全体の規模で考えてみてください。魚たちは食物連鎖の中で生きています。太古から存在するサメという種族も、その中で一定の役割を果たして生きてきました。それに、ホホジロザメは油断したら絶滅しかねない〈危急種〉です。人間の手でこれ以上数を減らすわけには……」

「ごちゃごちゃうるさいんだよ。たった三匹だろ。そのぐらいいなくなっても、ただの誤差だ。誰も困りゃしねえよ」

一人が野次を飛ばすと、他のものも続いた。

「それとも、あんたたちが俺らの生活を保障してくれるのか？　サメは守るのに、同じ人間のことは考えないのかよ。おかしいだろ」

だんだんと腹が立ってきた。これだけ丁寧に話しているのに、なんて分からず屋な人たちだろう。今日明日食べるのに困っている訳でもないだろうし、少しは譲歩してくれればいいのに。

「サメは、生きるために餌だと判断したものを食べているだけです。悪意を持って人間や漁船を襲っている訳ではありません。そこを理解してください。彼らは食物連鎖の上部にいて、一度に生まれる子供の数も少ないから、一度減ったものをすぐに戻すことはとても難しいんです。サメを殺すなんて人間の横暴です。みなさんが少し我慢してくれるだけで、サメと人間の共存が――」

「……少しの我慢だと？　本気で言ってるのか？」

唐突に低くドスの利いた声が差し込まれ、湊子はびくりとする。会議室は水を打ったように静まり返り、声の主に視線が集中した。

湊子らのすぐ近くで、ずっと鋭い眼差し(まなざし)を向けていた大柄の中年漁師だった。

灼(や)けた無骨な顔は、やつれて白い無精髭が伸びており、身なりに構っていないのか、服はよれよれで髪には盛大な寝癖がついている。下瞼のたるみには濃いクマが陣取り、生気がないくせに瞳だけはギラギラして、異様な感じだった。

男からは、目に見えるのではないかというほどの怒気が発せられていた。

怒りの正体が分からず、湊子はごくりと唾を呑んだ。

＊

盛男は、またあの感覚が体中に滾るのを感じた。

ある日突然息子を奪われた、やり場のない怒りの黒い炎。

ゆっくりと前に出て、闖入者の若い女の前に立つ。女は小柄なため、頭二つ上から見下ろす恰好となった。

「……少しの我慢？　それは何のことだ？　息子をサメに殺された俺にも、我慢して黙ってろって言うのか？」

濃いアイラインで囲まれた、女の目が見開かれる。少し離れた場所にいた井出が、腕を組みながら女に話しかけた。

「お嬢さんよ、その盛男は、大事な跡取り息子をサメに食われたんだぞ？　それでもまだ綺麗ごとぬかすのか？」

「あのタイラギ漁師の……あなたが……」

ハッとした表情で、女の顔はみるみる青ざめる。

何かを察したのか、外国人の赤毛の女が、彼女をつついて「ソウコ」と呼びかけた。ソウコという女は、盛男の方を見ながら外国人らとしばらく何事かを話し合う。

そのまま諦めて帰るかと思ったが、彼らはまだ引き下がらなかった。

こちらへ向き直ると、女は続けた。

「……それは、本当にお気の毒で、とても残念だと思っています。私もあの日、あの海域を船で通って、後からニュースで何が起こったのか知ったから……」

俯いていた顔を上げ、彼女はまっすぐに盛男を見た。

「でも、彼が亡くなったことと、サメを保護することは別でしょう？　人が殺されたからって、報復でサメを殺すの？　それじゃいつまで経っても終わらない。許すって選択肢はないの？　理性のある人間のすることじゃない」

「何言ってんだ……あんた。人間の命の方が大事だろ。危険なサメは駆除しないと」

呆れ返った井出が顔を顰める。

拳が飛び出しそうになるのを、盛男は必死で留めた。何ひとつ分かっていないこの小娘はなんなのだ？　息子を失った自分に、どうしてこんな無神経なことが言えるのだ？

身の内を駆け回る炎を感じながら、盛男は口を開く。

「……あんたが何を言おうが、漁師の気持ちを変えるのは無理だ。駆除はやめない。どうにかしてサメを殺して、自分たちの海を取り戻す」

ソウコの顔に、カッと血が上るのが分かった。唇を引き結び、人差し指を盛男の胸に突きつける。

「海はあんたらだけのものじゃないよ！　この分からず屋。そんな風だから、日本は海洋生物の保護で遅れをとってるって言われるんだよ！」

ほら、本性を現した。心の中で盛男は嘲笑（ちょうしょう）する。この手合いにとっては、害を被（こうむ）っている者のことは他人事（ひとごと）で、自分たちが描いた絵空事の方が大事なのだ。

「ほっほう！　威勢がいいな。さっきまでのしおらしい態度は演技か？　どっちが分からず屋だ。海洋生物の保護？　俺たちは人間なんだから、困ってる人間を助けるのが先だろ」

他の漁師が加勢した。

「日本だってやれることはやってるぞ。あんたらは日本ばかり槍玉に上げるが、他の国は一切非がなく完璧なのか？　責めやすい日本を標的にしてるだけじゃないのか？」

そうだそうだとみな同調し、室内は一体感に包まれる。

どんなに気が強くても所詮は若い女だった。漁師らの熱気に呑まれ、顔から表情が消えていく。

盛男は、彼女の後ろにいたラテン系の男が、ハンディカメラを回していることに気づいた。いつからかは分からないが、今のやりとりも撮影していたに違いない。

睨みつけながら歩を進め、レンズに手をかざした。

「何を勝手に撮ってんだ。やめろ」

男は首を振り、笑って誤魔化そうとする。彼の前に、リーダーらしき茶色の髪の白人男性が立ちはだかった。彼もまた、偽善者っぽい笑みを浮かべつつ、やんわりと盛男を押し戻そうとする。

「どけよ。カメラを止めろって言ってるんだよ！」

そばにいた漁師らも参戦して、室内は騒然となった。漁師らが彼らを取り囲む格好となる。ラテン系の男は撮影をやめようとはせず、荒ぶる漁師たちを冷静に撮り続けた。

「お、おい、ちょっと、みんな。物騒なことはやめてくれよ……」

遠くから、組合長の声が弱々しく響く。

ここに至っても、ソウコは主張をやめなかった。

「ちゃんとあたしたちの話を聞いて。やれることはたくさんあるのに、手が付けられていないのが現状だよ。そうやって耳を貸さないから――」

――こいつらは宇宙人だ。盛男は思った。話がまったく通じないし、人の事情などおかまいなしで我を通そうとする。理解し合える日など、永遠に来ないに違いない。

「いいかげんにしろ！　押し売りみたいに呼ばれもしないのに来て、ご高説ぶちやがって」

　声を荒らげると、ソウコは食って掛かった。

「あたしたちは正しい知識を広めるために、こういう活動をしてるんだよ！　特にあんたらみたいな無知蒙昧な人のために」

「ハッ、宣教師か何かか？　いい迷惑だ」

「盛男の言うとおりだ。さっさと帰れ！　ここはお前らの来る場所じゃないぞ！」

　周囲の漁師らも巻き込んで口論となり、収拾がつかなくなる。

　互いに手こそ出さないものの、室内は騒乱状態だった。言葉が通じない外国人らも加わり、罵詈雑言をぶつけあう。ラテン系の男は、淡々とその光景を撮影し続けた。

　しばらくすると、窓の外に赤色灯が回転しながらやってきた。漁協の事務員に先導された交番の警官が、部屋に踏み込んでくる。組合長が呼んだらしい。

「何を騒いでんだ！　みんな、今日のところはとにかく解散して！」

　室内の荒れ模様を見た警官は、手で拡声器を作って声を張り上げた。

「こいつらが勝手に居座ってたんだから、出て行けばいい！」

　漁師らがソウコと外国人らを指さして訴える。人波をかきわけてソウコの前にやってきた警官は、しぶしぶ話をした。警官の姿にしおらしくなった彼らは、素直に立ち去ることを約束した。

　出口までの道を開けた漁師らは、警官とともに退場していく彼らを、睨みつけながら見送る。

　大人しく最後尾を歩いていたソウコは、出口の前で急に立ち止まった。

　振り返ると、鋭い瞳で盛男を直視しながら啖呵を切った。

「あんたたちがなんと言おうが、私は絶対にサメを守る！」

　やれるもんならやってみろと、漁師らの間に嘲笑が広がる。

盛男はにやりと口の端を上げた。根性だけはありそうな女だ。

こちらを見ている彼女に、声を張り上げた。

「なら、俺は絶対にサメを殺す！」

＊

タコは、海底を滑るように移動していた。

日射しが海中を明るく照らし出し、砂地に光の文様を作り出している。岩が転がり、稚魚たちのゆりかごとなるアマモが、ところどころで揺らめいていた。時折、イカナゴの群れが、体を煌めかせながら通り過ぎて行く。

漏斗から水を思い切り吐き出し、タコは速度を上げた。

巨大なサメが現れた日から、ずっと安全な住処（すみか）を求め彷徨（さまよ）い続けていたが、未だに落ち着くことはできていなかった。

よい岩場を見つけても、たいがい先住者がいる。タコは縄張り意識が強く、相手が異性であっても交配期以外は敵だ。先ほども、手頃な岩の窪みに身を隠そうとしたところ、気性の荒そうな雌に追い出されてしまった。

住処もないし、この海は獲物が減っているせいか、しばらく餌にもありつけていない。なんでもいいからとにかく口にしたかった。

するすると泳いでいたタコは、妙なゴカイが塊になっているのを見つけた。最近よく目にする黄色いやつで、これまでこの海にいたのとは違う種類だ。普通のゴカイならば食べられないことはないが、この黄色いのは安全かどうかわからないので、食指が動かなかった。

足先の嗅覚が餌の臭いを感じ取り、タコはそちらへ吸い寄せられる。

ホンダワラの群生地が現れた。アマモと同じく稚魚たちが大きくなるまで身を隠す場所だが、ここはやけに賑やか――というより、不気味だった。イシガニ、アナゴ、エビなどの生き物が、辺りを埋め尽くすほどたくさん集まり、何かにたかって黙々とついばんでいる。大きめの魚たちもやってきては、相伴に与（あず）かっていた。

ものすごい腐臭が漂っているので、魚の死骸でもあるのだろう。

俯瞰しながら近づき、タコは食べられる肉かどうか確かめる――。

隙間から見えたのは、魚ではなく別の生き物だった。

カブトガニの甲羅のような、丸い受け皿で覆われた何かの肉――。

さらに近づいて、ようやく分かった。おそらくニンゲンの頭部だ。

顔は上を向いていて、頭の後ろに隙間が空いた甲羅（こうら）をかぶり、顎紐で固定している。手足や胴体などはなく、少し離れた場所にナマコがたくさん入った網と、先が三股になった槍が転がっていた。何日海水に浸かっていたのか、腐敗して肌が爆（は）ぜている。

海底の生き物たちは見た目によらず貪欲なので、一番美味い眼球はすでに食べられ、眼窩（がんか）は空っぽになっていた。鼻も齧られ、ただの三角形の穴になっている。

タコは腐肉を食べないが、たかっているカニやエビは魅力的だった。

警戒されないよう、興味がないふりをしてその場をやりすごし、近くの藻の根元へ身を隠す。みな肉を漁るのに夢中で、タコのことなど気にも留めていない様子だった。

これならばいける。体色を砂地と同じに調整し、タコはひたひたと這い寄る。

ニンゲンの頭部のそばに来たところで、一気に水を吐いて浮上し、頬の上で肉を食べている大きめのイシガニを狙った。

カニはこちらに気づいていない。あとは足で包み込んで捕縛し、口に放り込んでガリガリと嚙み砕くだけだ――。

不意に何かの攻撃を受けたのは、足を広げる直前だった。何が起こったかすら分からない。体が弾き飛ばされ、離れた砂地へ落下していた。

瞳孔が横たわった目で、タコは見回す。打撃の主は、カニではないようだった。タコの方を見ることもなく、先ほどと同様にハサミで肉をついばんでいる。

――では、一体何が……?

動揺してきょろきょろしていると、カニの横にある死体の眼窩から、ゆっくりとせり上がってくるものがあった。

最初に見えたのは、頭頂についた二本の触角。次に、顔の外に突出した小さく丸い眼。カマキリのような鎌に、平べったくしたエビみたいな体軀――。

シャコだった。

小さい眼がいくつも集合した気味の悪い瞳で、シャコはこちらを睨みつけている。

もしかしたら、先ほどの攻撃はシャコだったのだろうか……? しかし、この海に住む彼らの武器は、鎌の内側にある小さな棘だ。さきほどタコが受けたような痛みを、彼らが与えられる訳がない……。

疑問は解けなかったが、タコは闘争心が燃え上がるのを感じた。足の嗅覚は、シャコが放つ芳醇な肉の匂いをびんびん感じ取っている。

本能が、これを食べたいと感じた。

思い切り水を吐き出し突進すると、六本しかない足を傘のように開き、シャコに覆い被さる――。

だが、すでにシャコの姿はなかった。腹に並んだヒレのような複数の脚を器用に動かし、木の葉のごとくひらりひらりと泳ぐと、すぐそばの砂地に舞い降りた。

再び目が合う。刹那、シャコはヒレ状の脚を一斉に動かして飛翔し、ものすごい速さで迫ってきた――。

逃げようとするも、漏斗から水を吐き出すのが一瞬遅れた。

目前にシャコが現れたかと思うと、格納されていた両の鎌をタコに向けて繰り出す。視認できないほどの速度。閃光が走り目が眩む――。

見間違いではない。シャコの打撃の速さで、海水が沸騰し光ったのだ。

目と目の間に、頭が割れるほどの衝撃が走った。体ごと弾き飛ばされ、足をなびかせながら放物線を描き、タコは離れた砂の上に落下する。

顔を上げたタコは、恨めしくシャコを見た。彼らがこんな技を使うのを見るのは、初めてだった。

ヒレのような脚で水を掻き、ひらひらとニンゲンの顔へ戻ったシャコは、タコを凝視しつつ、空の眼窩に尻側から収まる。上半身だけ出した状態で、二度と襲うなとでも言わんばかりに、鎌をシュッシュッと交互に繰り出してみせた。

屈辱だったが、空腹のせいで再戦する気力はなかった。頭もズキズキと痛む。

シャコやカニ、小魚たちが肉を貪るのを、タコは離れた場所から足をくわえて眺めるしかなかった。

遠くからトットットッと規則的な音が聞こえてくる。音はだんだん大きくなり、何かが近づいてくるのが分かった。この海で暮らしているタコは知っている。ニンゲンが乗って海面を移動する、浮かぶ箱だ。

音はさらに大きく響き、ついにそれは姿を現した。浮かぶ箱だけではなく、水底を浚う巨大な網が牽引されている。網を広げるために渡された棒が、ガリガリと海底を削りながら、向かってきた。

タコは水を吐き出したが、またも逃げ遅れた。横から被さってきた網に捕えられてしまう。

ニンゲンの頭や、それを食べる生き物たち、海藻や石――。周辺にあるものを手当たり次第に呑み込んだのち、網は海面に向け上昇し始めた――。

規則正しいリズムを刻みながら、ネットローラーが底引き網のロープを巻き取って行く。二本のロープがものすごい速さで甲板の中心を走っていくため、巻き込まれないよう気をつけながら、小西新二は船尾へ向かった。

海はわずかにうねっており、千切れた雲がたくさん浮かぶ青空には、漁のおこぼれに与かろうと海鳥たちが群がっている。

海底を浚って満載になった網が、水面近くに上がってきた。まずは網を広げている張り竿を船に揚げなくてはならないため、振り返った新二は、ネットローラーの脇に立っている兄の恭一へ声をかけた。

「止めてくれ」

煙草を吹かしていた恭一は、灰皿に吸い殻をこすりつけたのち、大儀そうに大きなレバーを下ろす。ローラーはぴたりと回転を止め、ロープも停止した。

水面に浮かぶ底引き網の中には、海産物や海藻が一杯だった。強化プラスチック製の張り竿を引き揚げた新二は、辺りを見回す。サメがいる気配はまったくなかった。

恭一がやってきて隣に並ぶ。

「食いつかねえな」

「うん」新二は頷いた。

この備後灘でも、底引き網や、刺し網漁船が何度も襲われているのに……。きっとこういうもので、こちらから出向いたときに限って来ないのだろう。

「ちょっと走ってみるか」

「ああ」

そろそろ六十にもなろうかという恭一は、太鼓腹の体をサッと翻し操舵室へ向かった。エンジンがかかり、船はゆっくりと走り出す。先ほどから網の中の小魚を掠めようとしている海鳥たちも、追従してきた。

でたらめな軌道を描きながら、船は海面を走り回る。沖へ出るつもりはないため、海に突出した荘内(しょうない)半島と、反対側にある伊吹(いぶき)島を何度も見るはめになった。

三十分ほど走ってみたが、やはり網に食いつく巨大ザメは現れなかった。つまんねえと呟き、新二は足元に立てかけた鉈(なた)を軽く蹴る。昨日購入したばかりのそれは、刃が酸化していないためピカピカと輝いていた。隣には、家の農作業で使う柄の長い鎌が転がっている。どちらも、六〜七メートルあるというサメを殺すために用意したものだ。

あのサメたちが暴れ回ったせいで、新二らが所属する漁港にも自粛要請が出た。みなは大人しく従ったが、新二はそのつもりはなかった。この海は、自分たちのものだ。いくら大きく凶暴だからといって、サメが出たぐらいで漁を止めるのは、男が廃(すた)る。今はそれぞれの船で漁をしている恭一もまったく同じ意見で、二人で協力してサメを狩ろうということになったのだ。水産庁や県のお役所仕事など、待っていられない。

策は新二が練った。サメは、漁の収穫を横取りするために漁船を襲う。ならばそれを逆手に取ればよいのだ。獲物でいっぱいの網を流し、サメが食いついて夢中になっているところで、長い刃物をぶすりと突き立て殺す――。

しかし、さすがに海は広かった。サメは現れず、このままでは燃料代の無駄になるだけだ。

エンジンを止めた恭一が、やってきて息を吐いた。

「今日は諦めるか。この辺りにいないんだ。網を揚げよう」

仕方ない。新二は首を縦に振った。

恭一がレバーを上げると、ネットローラーが回転し始める。甲板上を再びロープが走り始めた。網が水面から上がってくる。漁獲量が多かったため、ブームで吊るして船に揚げた。網を浮かせたまま、縛ってあった尻の部分を開け、中身を船尾の床に落下させる。

この中から売れるものを仕分けて市場に出すのも、底引き網漁の重要な仕事だ。

「ふう。ゴミが多いな」

バケツとカゴを準備しながら顔を顰めると、恭一は笑った。

「少しでも獲れればいい値がつくから、文句言うな」

兄の言うとおりだった。漁の自粛でほとんど船が出ていないのだ。地物の生鮮海産物の値は、かなり上がっている。凶暴なサメがいると言ったって、今日の新二たちのように襲われる可能性はほぼないのだ。漁に出ないなんて本当に馬鹿馬鹿しい。

商品にならない小魚を上機嫌で海鳥に投げてやりながら、恭一は嘯(うそぶ)いた。

「サメのおかげで他のやつらを出し抜けた。人間万事塞翁(さいおう)が馬ってな。何が幸いするかわからん」

新二は苦笑する。最近ことあるごとに故事成語を持ち出す兄。年を取ったものだ。

ヒトデやゴミを避けながら収獲物を漁って行くと、大振りのヒラメ、ニベやクロゲタ、ハモがいた。それらをプラスチックのカゴに選り分けたのち、さらに下の方を探ると、イシガニが現れた。なかなかの大漁だ。

妙なものを見つけたのは、選別があらかた終わり、下の方に溜まっていたプラスチックや、金属製品、腐った木材などの海洋ゴミを掻き分けたときだった。強烈な腐臭が鼻を突いたかと思うと、サイクリング用のグレーのヘルメットが現れた。

「……？」

足先で触れてみると、妙に重かった。髪の毛らしきものも、はみ出ている。

「おいおい、まさか……」

独特の臭いに嫌な予感を増大させつつ、ヘルメットにつま先を引っ掛け裏返す――。

予感は的中した。目も鼻もなくなり灰色と化したミイラのような顔が現れ、背筋が凍り付く。それだけならまだ耐えられたが、空の眼窩からシャコがしゅるりと這い出てきて、堪らず絶叫した。

「うわあああっ！」

バランスを崩し、後ろへ倒れそうになった新二は、体勢を立て直そうと右足を前に踏み出す。ぐにゃりという感触がし、全身が怖気立った。シャコの下半身を踏みつけたのだ。まだ生きている上半身は、腹から下に何が起こったのか理解できていない様子で、鎌のような捕脚を使って懸命に前進しようとしていたものの、やがて息絶え動かなくなった。

「どうしたんだ？」

こちらを向いた恭一に、震える指で人間の頭を示す。日に焼けたなめし革のような肌に皺を寄せ、彼は大きく目を見開いた。

「人じゃないか……」

「本物だよな？」

新二は呟く。漫画のように口を歪めながら、恭一は応えた。

「ああ、面倒なもんがかかったなあ……。他の部分はなかったのか？」

手足や胴体もあるかもしれないと、二人でゴミを漁ってみるが、他に人体らしきものは見当たらなかった。

すぐにでも海保や警察に届けるのが規則だが、面倒なことになるのは必至だった。

帰港するまで船に乗せておいたら臭いがとれなくなるし、港についてからも聴取だのなんだので、膨大な時間を取られる。

「……捨てちゃうか？」

さすが兄弟というべきか、恭一も同じことを考えていた。周囲を見回し、他に漁船などがいないことを確認するや、軽い口調で提案する。

「だな」

拒む理由はないため、新二は同意した。仏さんには気の毒だが、こちらにも事情や予定がある。海に戻してしまえば、最初からなかったのと同じだ。

通気穴がいくつも開いたサイクリング用のヘルメットには、結束バンドでライトが括りつけてあった。他に遺留品はないかと収獲物のゴミの中を漁ってみると、ダイビング用の腰につける錘や、三叉の銛先がついた水中銃、ナマコが入った網が見つかった。この人物はおそらく密漁者だろう。

「やっぱり人間万事塞翁が馬だねえ……。ナマコを盗んでがっぽり儲けるつもりが、死んじまったのか」

「でもさ、なんでこんな死に方したんだ？　頭だけになるなんて」

一瞬、黙った恭一は、渋い表情で答えた。

「頭だけもげて潮に流されたとか……？　サメかもしんねえなあ。スクリューなら、体も残ってないとおかしいし」

あり得る話だった。六メートル以上のサメなら、造作もない。急に恐ろしくなり、新二は兄に言った。

「早く捨てて、仕分け終わらせて帰ろう」

手袋をした手で、新二はヘルメットごと頭を持ち上げる。思ったよりもずっと重かった。ボウリングの球のようだ。

「すまないな。成仏してくれ」

右舷の船べりから海へ伸ばした手を離すと、ぼちゃんと音を立て頭は落水した。重さがあるため、すぐに青い海へ沈んでいく。

まとめて遺品を投げ込もうとした新二に、恭一は声をかけた。

「ナマコはもらっとけ。もともと漁師のものだし」

密漁者が死んでから何日経っているのか知らないが、網の中に入っていた赤ナマコたちはまだ生きていた。たしかに捨てるにはもったいない代物(しろもの)なので、脇によけておく。

網と錘を次々捨てた新二は、最後に水中銃を取ろうとして、手を止めた。ある生物が引き金のあたりに絡まっていたからだった。

この辺りにはありふれている、眠そうな目をしたマダコ。何か変だなと思ったら、足が二本なく、肉の再生途中なのか、付け根が盛り上がっていた。

「そいつは売り物にはならんな。持って帰って、からあげにでもしよう」

恭一は笑った。

銃身を摑んだ新二は、ゆっくりと持ち上げる。逃げ出すかと思ったが、タコは離れなかった。仕方なく引き金の方へ持ち替え、タコの足の付け根を摑み引っ張る。引き剝がされたら、捕獲され食われると分かっているのだろう。足の吸盤でしっかりと吸い付き、梃(てこ)でも動かなかった。

「おい、離れろよ。めんどくさいヤツだなあ」

文句を言うと、見かねた恭一が、長靴で足元のゴミを搔き分け近づいてきた。

「二人で引っ張ろう」

手を伸ばした彼は、銛先の方から銃身を持ち引き寄せる。反対側にいる新二は、柄を持ちつつタコを剝がそうとした。

　恐ろしく強情なタコだった。決して吸盤の力を弱めない。

「面倒かけやがって、このやろう――」

　叫んだ恭一が、渾身の力で銃身を引き寄せたときだった。巻き付く力を強めたタコの足が、引き金に引っかかった。足の筋肉が収縮し、強く締め付ける――。

　発射装置が作動し、三叉の銛が飛び出す。あっという間の出来事だった。

　まっすぐに飛んだそれは、ボスッという鈍い音を立て、前方にいた恭一のみぞおちに深く突き刺さる。

「兄貴！」

　新二は叫んだ。

　目を見開き、腹に刺さった銛を眺めた恭一は、よろめきながら後退し、左舷のへりに腰を下ろす。痛みに耐えかねた彼は、体を傾け横たわると、自らの手で銛を抜いてしまった。傷口から鮮血がトロトロと溢れ出し、船べりに流れる。広がった血は行き場をなくし、へりの外へと滴り落ちた。

「大丈夫か⁉」

　我に返った新二は、水中銃とタコを放り出し駆け寄る。真っ赤な手で傷口を押さえた恭一は、苦しげに声を絞り出した。

「……触るな。いいから港へ戻れ……とにかく医者に……」

「お、おう！　分かった」

　慌てて操舵室へと向かう。

　エンジンをかけようとした新二は、先に一一九番通報し救急車を港へ差し向けてもらおうと、置いてあった恭一のスマホを取る。様子を窺おうと彼の方を振り返ったときだった。

体勢を変えようと上体を持ち上げた恭一の背後から、巨大なサメが飛び出し、大きな口腔で彼をくわえ海へ引き込んだ。

「な……」

呆然とし、新二はスマホを取り落とす。駆けつけると、海面に微細な気泡が沸き上がり、赤い色が広がっていた。

気が変になりそうだった。両手で頭をかきむしり、雄叫びを上げる。

「わあああ、あああああああ、兄貴――！」

すぐにでも逃げたかったが、このまま兄を置いて行く訳にはいかない。

ぶるぶると全身を震わせつつ、ポケットに入れていた自分のスマホを取り出した。とにかく今は、海保に連絡しなくては。

画面をタップしようとしたとき、今度は船尾で何かが飛び上がった。

またサメだった。兄を引き込んだのと同じものかどうかは分からないが、これもまた大きかった。水面からジャンプしたそれは、ブームに吊るしっぱなしにしてあった網に食らいつき掠め取る。水柱を立て器用に海へ戻ると、網をくわえたまま、どんどん船から遠ざかっていった。はずみでネットローラーのレバーが落ち、網に繋がった二本のロープが、甲板を通って海へ出て行く。

網を持って行かれてしまうばかりか、このままではロープの長さが尽きたところで船自体が引っ張られ、バランスを崩して転覆しかねない。

焦った新二はネットローラーを操作し網を巻き戻そうとするが、巨大なサメの力はそれを上回っていた。ロープは恐ろしい速さで甲板を走り、海原へ去っていく。

「どうしたらいいんだよ！」

半分泣きながら、再度スマホを持ち上げる。

一一八をダイヤルしようとするが、指が震えてうまくいかなかった。挙げ句の果てに手が笑い始め、スマホを取り落としてしまう。甲板で跳ねたスマホは、高速で引っ張られる二本のロープの間に落下した。

「ああ、もう！」

動くロープに触れるのは命取りだ。普段ならば、ネットローラーが確実に停止してからでないと近づいたりしない。

だが、今は悠長なことを言っている場合ではなかった。腰を屈め、落ちたスマホに手を伸ばす。

「ぐぐぐ……」

すんでのところで、届かなかった。あと、たった指先一つ分なのに――。

唐突に、ロープが停止した。

あっ、と思ったときには遅かった。サメが網を引っ張るのをやめたため、ローラーは巻く方向へ逆回転し始める。力の向きの変化で、ロープは一旦撓(たわ)んだ。輪を作ったそれは、真下にあった新二の手を絡め取って絞り上げたかと思うと、ネットローラーへ向かっていく。

「うあああああ――！」

ネットローラーのドラムに巻き込まれた新二は、円周に沿って背負い投げされるように半回転し、床へ叩き付けられた。腕と肩の骨が折れる嫌な音が響く。目の前に緊急停止装置のボタンを見つけ、手を伸ばし死にものぐるいで押した。

非情な機械は、がくんと静止する。

「なんで、こんな酷い目に……」

涙と鼻水、よだれを垂れ流しながら、新二は呟いた。

――人間万事塞翁が馬なんだよ。

兄の言葉を思い出し、しゃくり上げる。

悪いことが良いことになることもあれば、その逆もある。自分たちが馬鹿だったのだ。みなが自粛しているのをよいことに、サメ駆除を口実に人の漁場まで漁って。

腕はロープでネットローラーに固く縛められており、抜き出すのは難しそうだった。先ほどと同じ場所に落ちているスマホへ目を向ける。激痛に耐えて体の向きを変え、足を伸ばしてみるが、あと少しというところで届かなかった。

絶望しかけたとき、スマホの向こうからあるものがやってきた。新二は目を見張る。

先ほどのタコだった。水中銃に飽きたのか、六本の足を放射状に広げ、眠そうな目でのろのろと移動している。こちらの視線に感づくと、体を強ばらせスマホの横で停止した。

新二とタコは、無言で見つめ合う――。

閃いた新二は語りかけた。

「……なあ、ちょっとでいいから、それをこっちへ押してくれないか？」

馬鹿なことを言っているのは分かっていた。でもこの状態で頼れる相手は、これしかいないのだ。

横たわった瞳孔で、タコはじっとこちらを眺めていた。すでにかなりの時間海上にいるが、体表はぬらぬらと輝いている。

ふいに一本の足を動かしたタコは、それをスマホに乗せた。吸盤をディスプレイに吸い付かせ、何か確かめている。

「そうだ……！　そうだよ。そのままこっちに押してくれ！」

新二は快哉の声を上げる。

再びこちらを見たタコが、足に力を込めるのが分かった。こいつは人間の言葉が分かるのかもしれない。

「よし、その調子だ。こちらへ押すんだ！」

同時に、新二は自分の足も伸ばした。タコが押してくれれば、つま先が届く。あと少し――。

急に力を抜いたタコは、ディスプレイから足を離した。面倒くさそうに体の向きを変えると、元来た方へ戻っていく。

「なんだよ、お前！　おい、行くなよ！」

タコは、しょせんタコだった。新二は絶望の淵に突き落とされる。

「そんな……」

停止していたロープが、静かに海の方へ引っ張られ始めた。

血走った目をぎょろりと動かした新二は、恐怖に身を竦める。緊急停止装置を押したため、ネットローラーが動くことはなく、船全体が後ろへ移動し始めた。

どれだけのパワーで牽引しているのか、だんだんと速度が上がる。同時に、ロープが船尾のへりを押し下げる力も強くなってきた。サメは潜行したのだ。後方が沈み、反対に船首は浮いてくる。

水がなだれ込み船がひっくり返るのは、時間の問題だった。

「どうしたらいいんだ……」

傾斜のせいでスマホは滑り落ち、もう届く範囲にはなかった。

船尾はさらに沈み、へりを乗り越えた海水が浸入し始める――。

「わあああああ――！」

抵抗で一気に船首が浮き上がり、船は直立した。ネットローラーに腕を巻き込まれている新二は、空中にぶら下がる。三メートルの高さから海を見下ろし震えた。死んだ方がましなほどの痛みが肩を襲う。

「痛えよお……！　誰か、助けてくれ……」

呻（うめ）いたとき、海面に出ているサメの背鰭に気づいた。全身から血の気が引く。

一メートルほどある巨大な背鰭の数は一つではなく、三つだった。

ゆっくりと船首は後ろへ傾いていく――。あるところでバランスを崩した船は、底を上にして海面に強く叩き付けられた。

一足先に逃げ出していたタコは、ニンゲンの浮かぶ箱がひっくり返る様子を海中から見上げていた。たくさんの気泡が海面付近に広がったのち、後ろに積まれていた他の生物や海藻、ゴミなどが散らばり、ゆっくりと沈降してくる。

周囲をぐるぐる回っていた三匹の大きな魚影が、箱に近づいた。縄に手を挟まれたまま、裏返しになった箱の下敷きになり、息ができずもがいているニンゲンのもとへ向かう。

足をうねらせながら、タコはニンゲンを見つめた。

これからきっとサメに食われるのだろう。ニンゲンの事は好きではないし、どうでもよかった。

サメたちは、ニンゲンに襲いかかる。一匹が顎をせり出して腰にかぶりつくと、もう一匹が腕ごと胸から腹を食いちぎった。さらに、もう一匹が足をもぎ取る。あっという間にニンゲンはバラバラになって、辺りに血が広がる。食べこぼしの指がゆらゆらと落ちてきたので、タコは素早く六本の足で包み込み、相伴に与かった。

食事を終えたあとサメたちがやってきたら厄介なので、早めに撤退しようと潜行する。

揺れながら何かが落ちてきたので目をやると、さきほどタコを完膚なきまでに叩きのめしたシャコだった。腹から下を無惨に潰され死んでいるシャコは、木の葉のように海底へ舞い落ちていく。

――あんなにも強かったのに。この世界は何が幸いするか分からない。

沈んでいくシャコを、タコはじっと見送った。

海面に向かって強く張りつめていたワイヤーが、いきなり軽くなった。摑んでいた盛男は仰向けに転がり、甲板へしたたか背中を打ちつけ、痛みに声を上げる。

「――くそっ!」

寝転んだままワイヤーを引き寄せると、太さ十一ミリのそれは、繊維を少しだけ乱しぶっつりと切れていた。金属製でウィンチで巻くのに使われるものなのに、一体どんな歯をしていたら食い千切れるのだ。

「ああ――もうっ!」

投げやりに叫んだ盛男は、ワイヤーを放り出し、大の字になって空を見上げる。

薄曇りで、今にも雨が落ちてきそうだった。わずかにうねりがあるため、背中で小刻みな揺れを感じる。天気予報で、南西から前線が近づいていると言っていたので、その影響だろう。

失敗はしたものの、すこしずつサメに近づいている実感はあった。

サメをおびき寄せる方法を教えてくれたのは、皮肉にも先日漁協に現れた迷惑な海洋生物保護団体だった。映像の中で彼らが使っていた、オーストラリアの学者直伝のホホジロザメをおびき寄せる方法――。あれを元に試行錯誤し、捨てられる魚をミキサーにかけて撒き、ゴム板を切って作ったアザラシの模型を流すことにした。今のところ、何回かに一回の割合で、サメをおびき寄せられている。

問題はそこから先だ。

呼び寄せても、ダメージを与えることは一切できなかった。

オーストラリアに棲んでいたというサメたちは、人間のやり方を学習しているのだろう。盛男がワイヤーを引き寄せる前に、模型を放すかワイヤーを食い千切るかして、逃げてしまう。

このサメたちは特別に凶悪だ。先日も、香川県の底引き網漁船が備後灘から帰港しないため、海上保安庁が捜索したところ、沖で転覆しているのが見つかった。ネットローラーに巻き込まれた一人の腕だけが見つかり、鋭い歯で切断されていたことから、サメによるものと断定された。もう一人は行方不明のままだ。転覆の原因は分かっていないものの、これまでのサメたちの行状から、盛男は彼らの狡智によるものだと考えていた。

「どうしたら、殺せるんだ……」

溜め息をつく。ソウコという小娘にサメを殺すと啖呵を切ったが、映画のように銃や高圧電線を使う訳にもいかないし、このままでは到底不可能だ。

雲が速く流れて行くのを、盛男はぼんやりと見つめる。

ソウコは、サメが瀬戸内海の一部の区域から出られなくなっていると言っていた。彼らの言うことだから半信半疑だったものの、ニュースでもオーストラリアから入手したサメの軌跡を元に専門家が解説していたから、嘘ではないと分かった。先日遭遇した、俊を食ったと思われるサメの名前がトールだということも。

――閉じ込められるなんて、本当にあり得るのか？

真相は分からないが、今の盛男にとって原因などどうでも良かった。むしろ出られなくなっている方が好都合だ。そのうちに、サメを仕留めればいい。

ぐうと腹が鳴った。節約のため朝から何も食べていないので当然だ。胃が気持ち悪く、ごろりと横向きになる。

昨夜、江美子が電話をかけてきた。給料を前借りできそうなの覚えることが多く仕事は大変だが、上手くやっているとのことだった。

で送金しようかと言われたが、断った。向こうだってカツカツだろうし、何より男のプライドが邪魔をする。

誰にも頼らず好き勝手しているはずなのに、辛く、苦しかった。サメを殺そうとしているのに、自分が網に絡めとられ、窒息させられるようだ。

通帳の残高を思い出し、さらに溜め息が出る。もう最低限の燃料代しか残っていない。

サメに復讐するのを止めて普通に底引き網漁をすれば、金銭的にも精神的にも楽になるだろう。だが、それではだめだ。俊を襲ったあのサメを殺さないことには、どうしても区切りがつかない。人生の歯車が止まったままなのだ……。

サメを仕留める策を考えなくてはならないが、空腹で考えがまとまらなかった。

のろのろと起き上がった盛男は、家の水道からペットボトルに汲んできた水を飲んで誤魔化す。予備でつくってあったアザラシの模型をワイヤーに括りつけ、海へ落とした。上げ潮のため、模型は勝手に遠ざかって行く。

数日前、再び姿を見かけたトールを思い出す。躍起になって捕らえようとする盛男を尻目に、ひなたぼっこでもするかのように、船と並んで悠々と泳いでいた。

——こっちは、食うものすらままならないのに。

腹が立つ。閉じ込められたところで、あのサメたちは何も困っていない。漁師や養殖者のものを奪ってのうのうと生きている。ソウコは、まるで彼らが被害者かのように言っていたが、それは大きな間違いだ。

いくら巨大で凶悪だとはいえ、魚一匹捕まえて殺せない自分の不甲斐(ふがい)なさが悔しかった。

思い立った盛男は、船底に転がしてある銛を取り上げ、イメージトレーニングを始める。手鉤や鉈では長さが足らないことが分かったため、知り合いの漁師に頼んで譲ってもらったものだ。家にあった包丁用の砥石で研いできたので、切れ味は鋭い。

模型でおびき寄せ、トールが浮上して来たら、銛を思い切り突き刺す――。

「――ふっ！　ふっ！」

空腹を振り払うように、何度も銛を振り下ろす。あの大物だ。一度刺しただけではダメだろう。滅多突きにしなくては――。

――そうしてサメが死んだとき、自分は何を思うのだろう？

手を止めて考える。自問したくせに、分からなかった。

流してあった模型に何かが食いついたのは、そのときだった。繋いであったブイが大きく沈み込む。慌てて船尾へ移動した盛男は、手でワイヤーを引っ張った。強い手応え。渾身の力を込め、引き寄せていく。

三分の二ほどワイヤーを回収すると、魚影が見えてきて舌打ちした。ホホジロザメよりも三回りほど小さいハナザメだった。海獣を食べる種類でもないだろうに、こんなものに食いつくなんて見境がない。

それでも力は強かった。右へ左へ暴れるそれを、後ろ足に体重をかけながら制御する。

一向に弱らないためどうしたものかと思っていると、ハナザメはこちらへ向かってきて、船底に潜り込んだ。船尾のへりに当たったワイヤーも、下へ屈曲し船底へ延びている。本命ではないのに、厄介なやつだ。

「出てこい、こらっ！」

引きずり出そうとするが、ワイヤーはぴくりとも動かなかった。

「どうなってんだ？」

もしかしたら、底についているスクリューに引っかかったのかもしれない。だとすると、航行できなくなる。大問題だ。

ワイヤーを手放した盛男は、しゃがんで船尾から身を乗り出した。海面にくっつかんばかりに顔を近づける。紺青の海は波打ち、薄く濁っているため、中がよく見えない——。

船底の方からぼんやりとした黒い影がこちらへやってきた。ハナザメが戻ってきたのかと、さらに目を凝らす——。

「——親父」

背後から、はっきりと俊の声がした。ハッとして身を起こした盛男は、減圧室の方へ顔を向ける。

後ろで大きな水しぶきが上がったのは、同時だった。

振り返ると、口を開いた巨大なホホジロザメが海面から躍り出て、盛男がいた場所に食らいついていた。コンマ一秒差で獲物を捕らえ損ねたサメは、どんな感情も読み取れない真円の瞳でこちらを見つめながら、ゆっくりと海中へ戻っていく……。

「な……」

膝の力が抜け、船べりから離れるように船底へ倒れ込む。全身が寒気に包まれ、歯の根が合わずガチガチと鳴った。

——俊の声がしなかったら、今頃……。

サメに頭をくわえられ、海へ引きずり込まれていただろう。

動悸が治まるのを待ち、盛男は起き上がる。ワイヤーが浮き上がってきたため、屈んで体をへりの外に出さないよう注意しながら、慎重に手繰り寄せる。ワイヤーの先には、千切れたアザラシの模型と、鉤針にかかったハナザメの頭部だけが残っていた。さきほどのホホジロザメに食われたのだろう。

背筋が怖気立つ。盛男はハナザメを釣り上げようとしていたが、途中から狩るものと狩られるものが入れ替わっていたのだ。狡猾なホホジロザメは、ハナザメという餌を使って盛男を船外におびき寄せ、食おうとした……。

ワイドショーで流れていた、オーストラリアの専門家の解説を思い出す。三匹のホホジロザメのうちの一匹、雌のヘラはとても頭がいいとのことだった。

「とんでもねえやつらだ……」

減圧室へ目が引き寄せられる。命拾いした俊の声。確かにあちらから聞こえた。

空耳なのか、親孝行の息子があの世から報せてくれたのか……。

「俊……」

繊細で、江美子に似て心配性だった息子。がさつな盛男がたまに体調不良を訴えると、こまごま気遣ってくれた。きっと今も、盛男を見守りながらハラハラしていることだろう。

死んでしまった息子にまで心配をかけていると思うと、親として情けなかった。涙が溢れ出し、指でぬぐう。

だが、サメ狩りを止めようとは思わなかった。

洟(はな)をすすり、海を眺める。

——サメを殺すことは、自分が生きるために必要だから。

夕方には風がぬるまり、暗い色の雲が空を覆って、今にも雨が降り出しそうだった。

港へ戻った盛男は、クーラーボックスを肩にかけ堤防を歩く。

腹が減ってふらふらだった。早く家に帰り、残っている食パンにありつきたい。

天気など関係ないのか、今日も港には観光客がちらほらいた。三人組の白人男性が声をかけてくる。

「——アナタは、キョウ、サメヲ、ツリマシタカ?」

若い青年が胡散(うさん)臭い笑顔で訊ねた。妙な感じがして、盛男は首を振る。満面の笑みを浮かべた彼らはハイタッチをし、こちらへ向かって親指を立ててみせた。

「グッド！」

三人とも、上着の下に同じトレーナーを着ているのに気づいた盛男は納得する。彼らも保護団体だろう。マークが違うからソウコの仲間ではないようだが……。

まだ何か話したそうな彼らを振り切り、盛男は家路についた。

食パンを食べ、すぐに床についたが空腹で眠れない。

サメを殺す前に、盛男が動けなくなりそうだった。

雨は夜半に降り出した。翌朝、盛男は豪雨が屋根を叩く音で目を覚ました。

起き出したところで、食べるものはない。江美子が保存していた食糧でもないかと漁るが、賞味期限切れの豆の缶詰しかなかった。

何か食べたかった。

こたつに入って座り、ぼんやりと考える。やはり江美子に連絡して、金を送ってもらおうか。それとも、遥か漁師仲間に食い物をくれるよう頼むか……。

ぶるぶると首を横に振る。考えるだけで嫌気がさした。恥だ。そんなことを頼むぐらいだったら、空腹に耐えた方がいい。

ぐう、と腹が鳴った。鳴ったところで、どうしようもない。

居間の掃き出し窓から外を見ると、強い雨が景色を滲ませていた。スマホで天気予報を確認する。強風と波の高さで、とても海には出られなかった。今日は一日、家にいるしかないだろう。それはそれで拷問だ。家だと空腹を紛らわすことができないから。

仕方なく、こたつに入ってテレビをつける。

また地元局制作のワイドショーがやっていた。今日も、サメの話題。

趣向が変わり、スタジオを真ん中で二つに分け、向かい合わせに専門家やタレントが座らされていた。世間には、生物保護の観点からサメを助けるべきという声と、早々に駆除すべきという声の二つがあるそうで、これから両派が討論をするらしい。

盛男は吐き捨てる。

「――馬鹿馬鹿しい」

しばらく我慢して眺めていたが、印象が変わることはなかった。保護しろと言う専門家は、ソウコそっくりだ。絵空事ばかりで、被害にあった人間のことや、漁師の生活のことなど微塵も考えていない。

当事者でもないものたちが、安全な場所で机上の空論を闘わせて、いったい何になるというのだ。

これ以上見ていると、怒りで余計に腹が減りそうだったため、リモコンを手に取った。苛つかずに見られる番組はないか、次々にボタンを押していく。

手が止まったのは、どのチャンネルかもよく分からない、ケーブルテレビの番組だった。

何かの大会の録画らしい。ゴール付近のヴィクトリーロードが映し出され、盛男とそう変わらない年齢の、スポーツ用車椅子に乗った白人の男がゴールゲートをくぐった。大きな歓声が聞こえてくる。

両手を挙げ観衆に応えている彼に、息子と思われる若い青年と、その恋人らしい女性が駆け寄った。修行僧のような厳しい顔つきだった男は、二人に祝福され初めて表情をほころばせた。スタッフや、友人らしき日本人の家族も合流し、彼の周囲はいっそうにぎやかになる。

それまで黙っていた実況アナウンサーが、感無量といった様子で興奮気味に言葉を紡いだ。

『アメリカのジャック・ベイリー選手、初出場で完走、四位入賞です！　篠原さん、すごいですね。静岡県での不幸な事故から一年と半年。トライアスロンからパラトライアスロンに転向して、戻ってきました。コナでの連勝を知っている往年のファンは、感慨深いでしょうねえ』

よく見ると、その選手は太もも二十センチほどを残して両脚がなかった。おおかた交通事故にでも遭ったのだろう。

『あのニュースが世界を駆け巡ったとき、誰もが選手生命は終わったと思いましたからねえ。すぐに気持ちを切り替えてリハビリを重ね、パラトライアスリートとして帰ってくるなんて……いやあ、本当に鉄人中の鉄人です』

屈んだ息子と肩を組み、男は満たされた顔でインタビューに答えていた。

リモコンを手に固まった盛男は、彼の澄んだ青い瞳を見つめる。

理解できなかった。なぜ、あの男はこうも前向きでいられるのだろう。

何の事故かは知らないが、なぜ自分なのだと毎夜、体をかきむしるほど苦悶(くもん)したりしないのだろうか？　脚を奪った相手が憎いと思わないのだろうか？　復讐してやりたいと考えないのだろうか？

テレビラック横の小さな鏡に映った自分と目が合い、盛男はハッとする。白髪(しらが)が増えた頭はぼさぼさで、無精髭に覆われた顔は痩せこけ、目の下にはどす黒いクマが陣取っていた。悪鬼に取り憑(つ)かれたようだ。誰がどう見たって、自分よりもこの白人選手の方がまともだと感じるだろう。

——俺がおかしいのか？

どろりとした目で自分の像を眺め、首を傾げる。

もうやめたらどうだと、誘惑が手を引く。遥の言う通り船を売って職を得て、ゆっくりと孫の成長を見守ればいいではないか……。

我に返り、盛男は仏壇にある倹の写真へ視線を向けた。

「だめだ……。この男は俺と違って、息子を殺された訳じゃない。俺と同じだったら、こんな風にしていられなかったはずだ……」

画面に目を戻し、男につきそい誇らしげに周囲を見まわす息子を見て、奥歯を食いしばる。自分にだって、いつもこうしてそばに寄り添ってくれる息子がいたのだ……。

テレビを消した盛男は、妙に落ち込んでしまい、こたつに寝転がった。

起床したばかりだというのに、足が温(ぬく)まるとともに睡魔が襲ってくる。寝てしまった方が、空腹を感じなくて済むから、よいのかもしれなかった。まどろみに身を任せる。

内海とはいえ、今日の海は低気圧のせいで時化(しけ)に見舞われているに違いなかった。

ぼんやりと考える。こんな日、サメたちは海中でどうしているのだろう？　うねりに呑まれないよう底の方で耐えているのか、荒いうねりの中を血気盛んに泳ぎ回っているのか……。

未だに、サメ一匹殺せないのが情けなかった。瞼を閉じたまま、洟をすする。

食べるものはなく、燃料費が尽きれば狩りに行くことすらかなわなくなるだろう。そうなったら終わりだ。サメに対する恨みを抱え、腐りながら残りの人生を送るのだ……。

いつのまにか寝てしまっていた。スマホの音で覚醒し、目を開く。どうせ借金がらみの電話だろう。出るつもりもないため放っておいたが、いつまでも鳴り続ける。

「ああ、もううるさい！」

電源を切ってやろうと、手さぐりで探し当て画面を見たところ、かけていたのは漁師仲間の井出だった。

井出から用件を聞いた盛男は、通帳と財布をブルゾンに突っ込み、着の身着のまま家を飛び出した。外は車軸を流すような雨だったが、傘をさしたり、カッパを着たりということすら、思い浮かばなかった。

鈍色(にびいろ)の雲が空を覆い隠し、雨が景色を滲ませる通りを、ずぶ濡れで駆け抜ける。風待ち・潮待ちの港として知られたこの上津井は、江戸時代には北前船(きたまえぶね)の寄港地、金比羅(こんぴら)参りの発着点として、かなり賑やかだったという。今もあちらこちらに名残の町並みが見られるが、今日は人っ子一人いなかった。いつもなら、はるか向こうにくっきりと見えている瀬戸大橋も、霧で霞んでいる。

　びしょぬれになり港へたどり着くと、思った通り海は荒れていた。暗い海。うねりが押し寄せては、岸壁に当たり、波の花を散らせる。

　市場と漁協の前を通り過ぎた盛男は、建物の脇にある小さなコンクリート造のＡＴＭの前に立った。電気が煌々とついた中へ足を踏み入れる。

　記帳された通帳を見ると、ほとんど空だった口座に、まとまった金が入っていた。

――岡山県漁業特例給付金。

　サメの被害で漁に出られなくなった瀬戸内海一部地域の、タイラギ漁、素潜り漁師向けに、他の漁種に先んじて、国が配ることを決定したものだ。盛男が知らぬ間に、組合長から話を聞いた江美子が代理で申請していたらしい。

――これで、飯が食える。船の燃料代も出せる。

　すべて引き出した盛男は、封筒に入れた金をポケットに突っ込み、建物から出る。

　先ほどより少し弛んだ雨の中、数歩進んだところで、はたと立ち止まった。

「特例給付金……」

　通帳に印字された文言を思い出しながら、ポケットから封筒を取り出す。

「……サメが恵んでくれた金……」

　どう言い繕(つくろ)っても事実だった。サメがこの海に来て俊を襲わなければ、給付されることはなかったのだから。

急に汚らしいものに思え、封筒を睨みつけた盛男は、コンクリートに叩き付けた。飛び出した札は水たまりに散らばり、雨粒がぽたぽたと落ちる。

「馬鹿野郎！　この野郎！」

叫んだ盛男は、札を踏みにじった。

「くそっ！　くそおおっ！　俺を馬鹿にするなあっ！」

雨は、あとからあとから降ってくる。気が済むまで盛男は踏み続けた。札には水が染み込み、足跡でぐちゃぐちゃになっている。

立ち尽くした盛男は、濡れそぼりながら、じっとそれを見つめた。

このまま立ち去ってしまいたかったが、できなかった。これがなければ食料を買って力をつけることはできないし、船も出せなくなる。なければ生きていけないから……。

唇を噛みながら、しゃがんで拾うと、ボロボロの封筒に入れ直す。

屈辱に震える手で、ブルゾンのポケットにねじ込んだ。

家に向かって歩き出す。

これ以上、みじめなことはなかった。

＊

「――このゼミのみんななら知ってると思うけど、サメは鼻先にあるロレンチニ瓶で電場・磁場を感知して、方向を知ったり獲物を見つけたりしてる。渋川先生の電磁波によるゴール・シャークの誘引の研究も、これの応用だ」

座敷に立てられたホワイトボードを背に、鳥羽はみなを見回しながら笑顔で説明した。

食事時と同じようにちゃぶ台についたゼミの面々は、彼がホワイトボードに描いた仮説の絵を、じっと眺めている。

「サメが出られなくなってる海峡には、物理的な遮蔽物がある訳でもないから、原因があるとすれば、目に見えない電磁波じゃないかと思う。実際に、サメを忌避するために電磁波を出す、シャークシールドなんて商品もあるしね。地図を見てもらえば分かるけど、サメが通れない海峡の上には、もれなく本州と四国を結ぶ巨大な橋が架かってる。そこから何らかの電磁波が出ている可能性もあるし……」

鳥羽は、こほんと咳払いした。

「……まとめると、俺は、サメが出られなくなっている原因を、電磁波によるものだと仮定して調べていきたいと思ってます。賛同する人は、ぜひ手伝ってください。以上」

ぺこりと頭を下げたのち、彼は悠然と自分の席へ戻っていく。入れ代わりで司会の佐野が出てきて、湊子を見た。

「じゃあ、次は水内ね。水内の発表が終わったら、どちらの仮説につくか、みんなに決めてもらうから」

下がる佐野に頷いてみせると、湊子は立ち上がりホワイトボードの前に移動する。鳥羽の書いたものが残っていたので、裏返してまっさらな面を出した。

振り返ると、みなの視線が自分に集中していた。ＳＭＬの活動では、耳を澄ませて積極的に聞いてもらえる機会なんてほとんどないため、張り切って湊子は第一声を出した。

「三匹のホホジロザメが、瀬戸内海の一部の区間から出られなくなっている原因について、私は寄生生物によるものだと仮説を立てました」

みな一様に「？」という顔をする。この程度のことは想定の範囲内だったため、湊子は自信を持って続けた。アントニオから送ってもらい拡大したサメの顔の画像を、ホワイトボードにマグネットで貼り付ける。

「これ、見てください。先日、上津井港で撮ったホシザメです。鼻の穴の中に何かいるでしょ？」

全員がプリントされたカラー画像をじっと眺める。助川が言った。

「確かにいるね。ウオノエとかタイノエみたいなのが……めっちゃこっち見てる……」

「でも寄生してるのは口じゃないし、サイズも全然違うよね。ホシザメの鼻にたくさん詰まってるなら、一ミリもないいんじゃないの？」

みかの質問に、湊子は頷いた。

「同定はできてないけど、何らかの寄生生物であることは間違いないでしょ？　数日前にたまたまこれを見つけて、漁師の人もなぜか今年は鼻が詰まったサメが多いって言ってたから、これじゃないかと思ったんだ」

――なぜ、瀬戸内海からサメは出られなくなっているのか？

渋川が課題にしなくても自力で調査するつもりだったが、いざ仮説を立てるとなると、雲を掴むような話だった。

水産庁と県は、危険性を理由に未だサメ駆除方法を検討中だが、早晩なんらかの方針を出してくるに違いなかった。それに、先日訪れた上津井港で、湊子にサメを殺すと宣言した漁師――。彼のような漁師はたくさんいる。そんな人たちに、サメたちが殺されないようにしなければならない。

一刻を争う問題だからこそ、頭が擦り切れそうになるほど考えに考えたが、まだ二回生の湊子には難しかった。研究室に所属はしているものの、独自に仮説を立て証明していくなんて、したことがないのだから。

こうなることが分かっていて丸投げし、その後は連絡すらしてこない渋川に殺意が湧いた。しかし、いずれすべて自分でやらねばならなくなるのだ。ここで折れてしまうのは甘えでしかない。仕方ないので、気になることをノートに書き連ねながら、すこしずつ考えをまとめていった。

サメたちは、海峡から外へ抜けようとすると、不自然に身を翻し元の方へ戻ってしまう。

このことから、まず二つのことが考えられた。

海域に留まりたい理由があるか、もしくは出られない理由があるか。

前者については、どれだけ考察しても見つけることはできなかった。外海に比べて浅く、餌が少ない海域に、巨大ザメを引きつけておく魅力はないだろう。

次に、後者の出られない理由を探した。湊子も電磁波説を思いつきはしたものの、ブイの確認に行った際などに、電磁波が出るようなものがないことは確認済みだったし、食事時に聞き耳を立てていたところ、鳥羽が扱うと言っていたので却下した。

何か他に理由となるものはないか——。資料を漁り夜を徹したが、なかなか原因になりそうなものは見つからなかった。二日ほど苦しんだ末、インターネット上でようやくヒントとなりそうな記事を見つけた。

カリフォルニアドチザメが、離れた場所からどのように生息地へ戻るのか、海外の学者が実験したものだ。通常のサメのグループは一直線に帰ることができたが、鼻に綿を詰めたサメたちは、そうでないサメたちに比べゆっくりと泳ぎ、まっすぐに帰路をたどることができなかったという。異論もあるようだが、湊子は嗅覚がサメの方向感覚に寄与している可能性は高いと感じた。

そこで天啓が降りてきた。上津井港で見た、寄生虫が鼻に詰まったホシザメ。

もしも、あのホホジロザメたちも、同様に寄生虫によって鼻が詰まっていたら、そのせいで方向感覚が狂い、海峡を抜けられないのではないか——？

一度仮説を立ててみると、どんどん乗ってきて、これしかないような気がした。

「あたしが立てた論は、この変な寄生虫で鼻が詰まることによって、サメが方向感覚を失って、出られなくなっているんじゃないかってものなんだ。実際に、人為的にサメの鼻を詰まらせたら、生活してる場所に戻るのに苦労してたって論文もあるし。寄生虫が、海洋生物の方向感覚を狂わせる例は、クジラが寄生虫のせいでエコーロケーションできず海岸に打ち上げられる、ストランディングとかもあるよね」

「……ちょっといい？」

鳥羽が手を挙げた。忌々しいがスルーする訳にもいかず、湊子は頷く。

「鼻が詰まって方向が分からなくなったから外に出られないって言うけど、サメは海峡を越えようとするとUターンする訳だよね？　そこはどう考えてるの？」

その突っ込みが入るだろうことも、予想済みだった。心の中でほくそ笑む。

「そもそもサメって、基本的にはロレンチニ瓶で地球の磁場を感じ取って、地磁気で方向を知る訳だよね？」

ロレンチニ瓶は、サメの鼻の辺りにたくさん開いている角栓のような穴だ。穴の底には感覚細胞があり、隙間はゼリー状の物質で満たされている。サメはこれによって電場や磁場を感じる。

「……うん？　それが？」

「方向が分かるだけじゃ不完全で、それに嗅覚がプラスされることで、サメは進むべき方向の情報を完全に得るんじゃないかなって思ったの。どちらが欠けてもだめってこと。今回サメが通れないのは、いわゆる瀬戸や海峡――島と島、土地と島の間の、きゅっと狭くなってるところだよね。潮の満ち引きで大量の海水が出入りするから、当然、海流で電気が起こって地磁気が乱れる。鼻を塞がれたサメは嗅覚が使えず、ロレンチニ瓶の感覚だけでそこを通り過ぎなきゃいけないから、情報不足で方向が分からなくなって、パニックを起こしUターンするんだと思う」

自信満々で言い終えると、みな呆気にとられた様子でこちらを見ていた。

「正否は分からないけど、言いたいことは理解できたよ……ありがとう」

耳の下を掻きながら、鳥羽は小刻みに頷く。

満足した湊子は、座敷を見回した。

「――あたしの説明は、以上」

結局、仮説を発表したのは、鳥羽と湊子だけだった。単位取得が有利になると喜んではいたものの、みな、そこまでやる気はないのだ。誰かが出した論に乗っかった方が効率がいい。湊子だってサメのことでなければ、そうしていただろう。

これから二チームに分かれて、仮説を検証していくことになる。佐野が仕切り、入りたい方へ手を挙げることになった。

ちゃぶ台に座ったゼミ生らは、そわそわして、どちらにつくか考えている。

湊子は、鳥羽よりも自分にたくさん手が挙がると思っていた。鳥羽の仮説は誰でも思いつくし、常識的ではあるけれど、海峡周辺に電磁波を発生させるものがないという決定的な瑕疵があるから。その点、自分の説は練りに練って理論武装したから完璧だ。さっきは、しつこい鳥羽ですら白旗を揚げていたし。

「鳥羽の〈電磁波説〉につく人――」

佐野が声を張り上げる。まだ誰も意思表示せず、きょろきょろと他の人の動向を窺っていた。湊子は余裕で眺める。こうも差がついたら鳥羽が気の毒だが、仕方のないことだ。

しかし、ファーストペンギンの助川が恐る恐る手を挙げると、待っていましたとばかりに続々と手が挙がった。

湊子はぽかんと口を開ける。男子は当人の鳥羽を除く二人、そして、女子は湊子を除く三人――最終的に、全員が挙手した。

思っていたのと真逆の結果に、心臓を握りつぶされるほどのショックを受ける。

――なんで、そうなるわけ？

怒りと惨めな気持ちとがないまぜになり、口を引き結び足元を睨みつける。

泣きそうになっていると勘違いした里絵子が、気を遣って手を下ろした。

「あー……私やっぱり、もう一つの方にする」

里絵子に目配せされ、みかと葵も同調する。

「……じゃあ、私たちも……」

腹が立って、湊子は抗議した。

「何それ。小学生のトイレじゃあるまいし、ぞろぞろついてこなくてもいいよ。あたし一人でも調査はできるから」

苦笑した里絵子は、湊子の腕に触れる。

「意地張らないで。渋川先生が提案したただの企画なんだから、みんなでやった方が効率がいいでしょ。実際一人じゃ大変なんだから」

ただの企画という言葉に再度落胆し、それ以上何も言う気が失せる。

チーム分けは終了し、男子と女子で分かれて検証していくことで決定した。

女子チーム内でまずは相談し、調査は翌日から行うことになった。

夕食後、部屋に引きこもった湊子は、机に突っ伏していた。

何時間経とうが、ショックは収まらない。どうして自分の仮説は支持されなかったのだろう。サメに妙な寄生虫がついているのは事実だし、うまく論を構築できたと思ったのに。

お情けで女子たちが自分についたのも、居心地が悪かった。彼女たちの優しさだというのは分かっている。でも、これでは余計惨めではないか。

机に頬をつけると、木の良い香りがして、うとうとした。頭が勝手に記憶を再生する。上津井港で、盛男と呼ばれる漁師と対峙したときのものだ。

湊子に話しかけてきたときの血走った目。怒りに支配されているようでいて、とても悲しそうだった。彼の息子だというタイラギ漁師の写真をニュースで見た。湊子と同じぐらいの年頃で、優しげな瞳をした細面の青年だった。

大切な息子をサメが突然奪ったなら怒るのは当然だ。勢いに任せて無神経なことを言ってしまった……。

後悔の波が押し寄せる。今日のチーム分けの件といい、最近は自信をなくすことばかりだ。

──それでも、あたしはサメを守らないと……。

寝息を立て始めたとき、脇にあったスマホからメッセージの着信音がした。

飛び起きて確認する。レベッカからだった。ＳＭＬのホームページで、瀬戸内海のサメのコーナーを拡大し湊子のことも載せたので、ぜひ見て欲しいと書かれていた。

「えっ」

沈んでいた気持ちが一気に高揚し、胸が高鳴る。湊子は正式な会員ではなく、一介のボランティアだ。まさか本当にホームページで紹介してもらえるなんて……。

主宰であるテイラーが、インスタグラムに書いていたメッセージを思い出す。どんな立場でも、ＳＭＬの活動に手を貸してくれる人は家族だと。それは嘘ではなかった。

すぐに見てみるとレベッカに返信し、さっそくタブレットを開く。見慣れたＳＭＬのロゴが現れ、サイトが表示された。

トップに英語で『瀬戸内海のサメ』と書かれた画像が表示されており、タップすると、ホホジロザメやタイラギ漁の資料写真とともに、瀬戸内海でサメ駆除が行われるかもしれない現状が、この前よりも詳しく書き記されていた。情報量の豊富さと正確さ、アントニオの撮った写真の美しさに、舌を巻く。

「さすが……」

クラウドファンディングの金額も、現在は四百五十万ドルを超えていた。メンバーの滞在費やクルーザーのレンタル料などを考えたらこれでも足らないだろうが、十分にすごい金額だ。

ページの左側には、フェイスブックとリンクした、テイラーの最新情報が嵌め込まれていた。美しい笑顔で、アメリカのロックシンガーと握手を交わす画像。現在もたまに女優の仕事をしており交遊関係が広い彼女は、こうしてセレブに呼びかけることで、世界中から幅広い寄付を募っているのだ。

派手な印象の彼女だが、普段のインスタグラムは、飾り気のないTシャツにスッピン姿で、愛犬と遊ぶ写真がほとんどだ。湊子は、そちらの真実の彼女の方が好きだった。聡明な人だから、ドレスアップしてセレブと写真を撮るのは、寄付のためだと割り切っているのだろう。

スクロールして画面を下げて行くと、「SOKO〈ソウコ〉」と書かれた項目が出てきた。感動と緊張が入り交じり、思わず手を止める。そこにあるのは、紛れもない自分の画像だった。

「うわ、本当だ。すごい……」

日本の久州大学で海洋生物を学ぶ学生で、ボランティアスタッフとしてサメを守るため精力的に活動している。と、紹介文が添えられている。

こんなにも期待してくれているという誇らしさと、世界に向けて発信されたという気恥ずかしさがないまぜになり、タブレットを持つ手が小さく震えた。

「どうしよう……マジでやばい」

将来進む道をまだ具体的には決めていなかったが、レベッカたちのように海洋生物の保護に役立ちたいと思っていた。こうして記事にしてもらうことで、その気持ちがさらに強まる。自分もテイラーのような保護活動家になりたい……。

興奮覚めやらず何度も見直したのち、ページを下へ読み進める。

項目の真下に、動画が埋め込まれていた。見覚えがある日本の漁港の景色が映っており、『Battle at KAMITSUI Fishing Port』とキャプションがつけられている。

「バトル……？」

ただならぬ単語に、湊子は眉を顰めた。ついさっき思い出していた盛男や、他の漁師と言い合いになった場所。確かにお互い感情的にはなったものの、バトルという単語はふさわしくない気がした。SMLの信条は穏やかな解決だし、レベッカやナッシュはいつも口を酸っぱくして戒めているのだ。そういう意味でもそぐわない。

半信半疑で動画を再生する。

やはり、上津井漁協の集会室で、アントニオが撮影していたものだった。

みな日本語で話しているため、英語の字幕がつけてある。湊子は必死で駆除の猶予期間を主張し、取り囲んだ漁師らが胡乱な目でそれを見ている構図――。撮影者のアントニオや、カーラ、レベッカ、ナッシュの姿は一切出てこない。まるで、小柄な湊子が一人でたくさんの漁師らに立ち向かっているようだ。

「……………」

口論になり、場がヒートアップするにつれ、その傾向はさらに強まった。湊子は漁師や盛男らに怒鳴りつけられ、虐待されているかのようだ。

恣意的な編集をしている訳でもないし、字幕だって意図的にねじ曲げられたりはしていない。レベッカたちは湊子の奮闘の記録として、これを載せてくれたのだろう。

だが、内容の是非より、漁師たちがか弱い湊子をいじめているという印象しか残らないのが、どうしても引っかかる。

――違和感。何かが違う。けれど、上手く言い表せない。

レベッカに動画を取り下げて欲しいというのは憚られた。せっかく湊子のために時間を割いて立派なコーナーを作ってくれたのだ。言えるはずがない。

何度も動画を見返して悩んだのち、湊子はブラウザを閉じた。自分たちの目的は、サメを守ることだ。些末なことに拘泥している場合ではない……。

＊

夜が明けた。

起床した盛男は、大量に買い置きしておいた菓子パンの一つを取り、牛乳とともに胃へ流し込むと、港へ向かう。

快晴の空の下、いつものように瀬戸大橋を頭上に仰ぎ、古い町並みを見ながら表通りへ出る。港の前の道路を横断しようとしたところ、不思議な現象が起こっていた。

普段は混雑と無縁の道が、渋滞している。不審に思って見回すと、市場や向かいの昔話資料館の駐車場には、ウェルカムと書かれたのぼりが立ち、たくさん県外ナンバーの車が停まっていた。観光客と思われる大勢の人が、港と駐車場を行き来している。

――朝市が立つ日でもないのに……。

駐車場の空きを待つ車列の隙間を抜け、道を渡った盛男は、何事かと思いながら人ごみへ分け入り市場の前に出る。

あっと声が出た。波止場と市場の間の広いスペースに、朝市で使用する漁協のテントがいくつも並び、顔なじみの漁師やその妻子らが、たこ焼きやお好み焼き、焼きそばなどを販売していたからだった。軽食を購入した老若男女の観光客らは、波止場から海を見たり港に並んだ漁船を眺めたりして、楽しそうに過ごしている。伝染病が流行る前は年に一回行われていた、港祭りのようだった。

「……なんだこりゃ？」

ちょうど井出がいたので、彼を捕まえ盛男は訊ねる。妻に命じられ補充用の割り箸を取りに行く途中だという彼は、観光客らを見回し、にやにやしながら答えた。

「この前、また集まりがあっただろ？　お前は漁に出て来なかったけど。そのとき決まったんだよ。このまま漁に出られないなら、みんなでサメ見物に来た観光客相手に商売しようって。組合長が苦肉の策で提案したんだ。ウィズ・シャーク、いや、ウィズ・シャークだってさ」

「……ウィズ・シャーク……？」

何を考えているのだ。怒りで腹が熱くなる。察した井出は、労しげに息を吐いた。

「気持ちは分かるよ。俊や他の漁師が犠牲になったんだから。けど、みんな金がないんだよ。給付金だけじゃ焼け石に水だからな。ローンだの子供の学費だの払わなきゃいけないし。世の中、金、金、金。地獄の沙汰も金次第なんだよ」

黙っていると、彼は盛男の肩に手を回しポンポンと叩いた。

「お前も困ってんだろ？　俊の船を売りたくないだろうし。若いやつらが言い出した話に乗らないか？」

「はあ？」

「観光客相手に、ちょっとそこら辺を回るクルーズ船を出そうかって話してるんだ。ご覧の通り、テレビが毎日宣伝してくれるから、サメを一目見ようと全国から観光客がたくさん押し寄せてる。近くで見られるかもしれないって誘えば、最低でも一人二千円は取れる」

「な――」

絶句して、盛男は井出を見た。真剣な表情で彼は続ける。

「いいか？　釣りをしたり、網で魚を獲ったりしてるから、獲物を奪おうとサメが襲ってくるんだ。大きめの船で沖を少し回るぐらいなら大丈夫。前にクルージング事業をしようとして申請を済ませてたやつがいるから、そいつを経営者にすれば法的にも問題ない」

信じられなかった。サメを殺すならまだしも、金儲けの手段にするなんて――。

反応が芳しくないことを見て取り、井出は肩から手を離す。

「ま、考えが変わったら言ってくれ。お前ならいつでも歓迎するから」

人ごみに消えて行く彼の背を凝視しながら、盛男は呟いた。

「どいつもこいつも、イカレてやがる……」

憤懣やるかたない気持ちで、サメ狩りに出た。

漁の自粛のせいで捨てる魚も出ないため、自前で獲るしかなかった。底引き網を三十分ほど引くと、かかった魚をぶつ切りにして海に撒き、ワイヤーでアザラシの模型を引いてサメを待つ。

賢いサメたちだけあって、姿を見せる頻度はどんどん減っていた。ハリボテの模型を襲ったところで、腹は膨らまないのだから当然だろう。

「……だめか」

しばらく船を流したが、背鰭一つ見えなかった。

息をつく。給付金により助かったのは事実だが、井出の言う通り焼け石に水程度でしかなかった。このままサメを殺すことができなければ、同じことの繰り返しになる。かといって、これといった打開法もなかった。サメをおびき寄せて殺すやり方を、他に思いつかない。試行錯誤したところで、結局立ち戻ってしまうのだ。

盛男の焦りと対照的に、空は穏やかに晴れ、すじ雲がたくさん浮かんでいた。凪いだ海も、美しく太陽を照り返している。

気を取り直して再度魚を撒こうとしていると、一隻のボートがこちらへ向かって走ってきた。外国人男性二名を乗せた、小型の船外機ボート。白波を立てながらやってくると、十メートルほど間隔を開け、盛男の船と並ぶ。一人が立ち上がり、こちらへ向かって手を挙げた。

「ハイ！」

座っているもう一人が、ビデオカメラを回しているのに気づき、盛男は身構える。

また保護団体だ。始めは港で抗議するだけだった彼らだが、最近ではボートを出し、漁船に付きまとっていた。ワイドショーでやっていたが、瀬戸内海のサメの問題は、日本だけでなく世界でも大きな関心を呼んでいるのだという。ソウコたちだけでなく、さまざまな団体が続々と参戦しているとのことだった。

苦虫を嚙み潰した盛男は、ワイヤーを手繰り模型を回収する。操舵室へ戻ると、河岸を変えるためエンジンをかけた。

横を通り過ぎようとしたところ、自分たちの登場によりサメ漁を諦めたと思ったのか、彼らは馬鹿にしたような気味の悪い笑みを浮かべ、手を振った。

「バイバイ！」

一度もサメに出会うことができず、日暮れとともに漁は終了した。

夕焼けに染まった空を赤い雲がたなびいている。春の訪れを感じさせる温い風が吹いていた。船を栈橋に着け市場の方へ歩いて行くと、観光客らはすでに引き上げ、屋台も閉まっていた。昼間の喧噪が嘘のようだ。

ひっそりとした波止場に、組合長と数名の漁師が佇んでいるのを見つけ、盛男は近づく。

「どうしたんだ？」

電話している組合長を横目に顔見知りの漁師に質問すると、半信半疑といった様子で彼は答えた。

「俺は呼ばれたんだよ、組合長に。一緒に出迎えしてくれって。せっかく来てくれるのに、出迎えが一人じゃ悪いとかで……」

「出迎え？」

彼自身もよく分かっていない様子なので、組合長の通話が終わるのを待って訊ねる。スマホをポケットにしまった彼は、うんざりといった様子で顔を顰めた。

「沖縄の漁師が来るんだよ。サメを狩りに」

「はあ？」

「水産庁が、沖縄の漁師にサメを狩る方法を問い合わせたって言ってただろ。瀬戸内海の漁師が困ってるならって、先方が気を利かせて漁師を派遣してくれたんだよ。もう引退してるけど、沖縄でイタチザメを狩らせたら、右に出る者はいないって人らしい。船ごと来て、ホホジロザメを駆除してくれるんだってさ。まったく、タイミングが悪いというか。滞在費や燃料代はこちら持ちだし……。せっかく屋台やらなんやらで、収入のアテができたところなのに」

歓迎しているようではなさそうだった。半分呆れながら、盛男は相づちを打つ。

表向き平静を装ってはいたものの、内心焦りが突き上げていた。ヤッケの胸部分を掴む。

サメ狩りのプロ――。

漁業被害を減らすため、沖縄では毎年ある時期一斉に、イタチザメを狩る。ニュースか何かで見たことがあった。延縄にかかった大型のイタチザメを、漁師らが銛で突き刺して殺す――。

――あのサメは俺の獲物なのに。

叫びそうになるのを堪える。その元漁師にホホジロザメを狩られてしまったら、自分の手で殺すことができず、恨みが行き場をなくしてしまう……。

「あっ来た！」

顔見知りの漁師が指さすと同時に、防波堤の向こうから警笛が聞こえてきた。港では出航する船が優先なのは常識なのに、無視して強引に港へ進入しようとした船がいたためだった。

沈みかけた夕日をバックに防波堤の中へ乗り込んできたのは、この辺りでは見ない形の漁船だった。底引き網漁船よりもふたまわり大きく、吃水が高い。設備もまったく違う。さらにかなりの年代物の様子で、船体のあちこちに錆（さび）が浮いていた。

「あれだな……」組合長が呟く。

盛男は目を丸くした。沖縄からここまで、あのボロ船でやってきたのか。

「照屋（てるや）さーん、おー、こっちこっち」

岸壁に近づいた組合長が手を振る。左右にふらふらとぶれながら滑り込んできた船は、漁師らの誘導で共用の桟橋に接舷した。

サメ殺しでは右に出る者がいない男――。引退したとはいえ、どんな屈強な男が操舵室から出てくるか、みな固唾を呑んで見守る。

予想に反し、現れたのは小柄な老人だった。日に焼けた褐色の肌。丸い顔で、目尻に皺が刻まれた垂れ目。横に広がった獅子のような鼻。紺色のジャージの上下に、ほつれた麦わら帽で、使い古したタオルを肩にかけている。

肩すかしを食ったみながぽかんとしていると、片手を上げた彼は前歯のない口を開け、恵比寿さまのように笑った。

「はいさい。こっちは寒いねー」


漁協の事務所で話を聞いたり手続きをしたりしたのち、組合長のポケットマネーで、彼の歓迎会をすることになった。居合わせた盛男も誘われたため、行くと答えた。食費が浮くし、ずっと我慢していた酒が飲める。何より、サメ殺しのプロだという彼に興味があった。

港の男が行きつけにしている小料理屋で、二十時から歓迎会は始まった。

みなは座敷に集まっていたが、まだ盛り上がる気分になれない盛男はカウンターに一人座り、ちびちびと酒を舐めていた。

照屋という男は、沖縄の人間らしいおおらかさで、誰とでもすぐに打ち解けるという特技があるようだった。同じ漁師という気安さもあるのだろうが、笑顔と冗談で組合長や漁師らとすぐに馴染み、強い酒をぐいぐい飲み交わす。やがて上機嫌になると、持参していた三線を弾き始めた。店の中だけ沖縄になったように賑やかで、高齢の女性店主までも踊るふりをして楽しんでいる。

「盛男、なんだよ一人で。こっちこいよ」

知り合いの漁師に座敷へ呼ばれたが、盛男は微笑して首を振った。嫌だったのではなく、自分に驚いていたからだ。俊がいなくなり、人生に楽しいことなどないと厭世的に思い詰めていたが、意外にもこの空間は居心地がよかった。こうして時間が経つごとに、だんだんと傷が癒えていくものかもしれない。その前にどうしてもサメを殺さなくてはならないが……。

当初は二時間の予定だったが、宴会は続いた。強い酒ばかり競って飲んでいたため、日付が変わる頃には、組合長を含めほとんどの漁師が、でろでろに酔いつぶれて座敷に寝転がっていた。久しぶりに酒を飲んだため知らぬ間に寝てしまっていた盛男は、カウンターで覚醒しぶるぶると頭を振る。店主は奥へ引っ込み、洗い物や翌日の仕込みをしている様子だった。

一人だけケロリとしている照屋は三線を壁に立てかけ、隣でうとうとしている漁師に、真剣な表情で話していた。

「……ホホジロもだけど、イタチも凶暴なのさあ。沖縄は海が豊かだから、大きなマグロがいる。だから、それを食べに大きなサメも来る」

盛男は居住まいを正す。イタチというのはイタチザメのことだろう。温度が高い海にしかいないらしいが、英名がタイガーシャークで、ホホジロザメに次ぐといわれる凶暴なサメだ。

水を飲むようにグラスの酒を飲み干したのち、彼は続けた。

「十年ぐらい前に、可哀想な事故があったのねえ……。本島よりも、ちょっと北にある奄美大島(あまみおおしま)の北西沖だったんだけど。キンメダイを獲りに行った延縄の船が、高波を被って転覆してしまったのさあ……。あの辺には、予測できない風が吹くのねえ。船が浸水して傾いて救難信号を出したのが、十五時すぎ。救命筏に乗り移ったんだけど、運が悪いことに空気が抜けちゃって、船長とあと一人は浮き輪や木につかまり、残りの四人はロープなんかで互いに体を縛って、はぐれないようにして救助を待つしかなかったのねえ……」

ごくりと唾を呑む。板子一枚下は地獄という言葉通り、漁師にとって転覆は死に直結するものだ。この内海でも重大な事故はいくつも起きているし、深く寄る辺ない外海ではさらに恐ろしいだろう。

「……波が高くて、船長たちと四人は、別れ別れになって漂流することになったでしょう。四人の方は、十キロ近く流されたのねえ。不運は重なって、そこはイタチやオオメジロなんかの、サメがたくさんいる海域だったのさあ……あんた、起きてる?」

照屋は、傍らの漁師の顔を覗き込む。頬杖をついた漁師は眠ってしまっていたが、苦笑した彼は手酌で酒を注いで呷り、止めることなく話し続けた。まるで、誰かに対する義務のように。

「四人は、何度もサメの襲撃にあったのねえ。足を齧られ、肉を千切られ。それでも脚でサメを締め殺したり、励ましあったりしたのさあ。あたりはどんどん暗くなっていくし、黒い海に浮かんでいるのは、どれほどの恐さだったか……」

いつのまにか話に呑まれた盛男は、身を凍らせていた。暗闇の中、荒れた海に心許なく浮かび、下からいつサメが襲ってくるか分からない恐怖に怯える――。恐ろしい……ただただ恐ろしい。

結末を聞くのも怖かった。そんな状況で助かるなど、至難の業だろう。

情景を思い浮かべているのか、どこか遠くを眺めながら照屋は言葉を紡いだ。

「そのあとも不運は続いたのさあ。嵐で目測を誤ったせいで海保の救助ボートの定員が足らなかったり、そのボートが転覆したり……。二人の漁師と、救助に来た海上保安官はなんとか助かったけど、残りの二人は無理だったのねえ……。数日後、一人の遺体は見つかったけど、もう一人は行方不明のまま。その人は、震災で被災して出稼ぎで来てたのさあ。神様は酷いことをするのねえ……」

声が途切れると、店内はシンと静まり返った。

再度グラスに酒を注ぐと、照屋は溢れた分を舌で舐め取る。唐突にこちらを見ると、盛男に語りかけてきた。

「漂流してるとき、サメにたくさん襲われた漁師と、そうでない漁師がいたのさあ……。あんた、話聞いてたんだろ？　なんでか分かる？」

「……分からない」

戸惑った盛男は、ただ首を振ることしかできなかった。照屋はにやりと笑う。

「〈体を服で覆ってるかどうか〉なのさあ。一部の人は海に落ちたとき、濡れたズボンや靴下を脱いでしまったのねえ……。サメは犬よりも鼻が利く。柔らかくて千切りやすい肌を感じ取って、食らいつくのさあ。水に落ちたら服を脱げって言われるけど、サメに対しては靴下でも穿いていた方がましなのねえ……」

傍にあったグラスを取り、盛男は残っていた焼酎を飲み干した。

潜水服に身を包んでいたにもかかわらず、襲われた俊……。サメの種類や大きさが違うから何とも言えないが、やはり瀬戸内海にいるあの三匹は異常なのだ。

グラスをぎゅっと握る。

――なぜ、この世界にサメなんて魚が存在するのだろう？　大型で人を襲う種類のサメさえいなければ、人間は怯えず、もっと自由に海と関われるのに。

――やっぱり、駆除されるべきなんだ。あの三匹は……。

憎しみを滾らせている盛男を不思議そうに眺めたのち、照屋は小料理屋の磨りガラスの扉へ目をやった。深夜のため外は真っ暗だ。

「……夜が明けたらさっそくサメ狩りに行くのさあ。組合長さんが助手を一人つけてくれることになったけど、延縄をやるにはあとひとりいると便利なのねえ。あんた手伝いに来ない？」

未だ別の場所を眺めているような瞳で、彼は薄く微笑む。

「――行くよ」

即答した。照屋という男に興味が湧いたし、沖縄の漁師がどうやってサメを狩るのか、間近で見学したかったからだ。

「それは、よかったでしょう」

彼は、にんまりと口角を上げた。

夜が明けると同時に漁協が用意してくれた大量の餌を積み、照屋と盛男、若い助手の漁師――酒巻を乗せた船は出航した。

分水嶺で水深の浅い上津井沖周辺は延縄に適さないため、燧灘でサメ狩りをさせてもらえるよう、組合長が話をつけてくれていた。

朝焼けの空の下、オレンジ色に燃える海を、風を切って進む。

飲み過ぎた上、寝不足の盛男は頭がガンガンしていたが、ひとまわり年上の照屋はまったく酒の影響を受けず、ぴんぴんしていた。

昨日、入港したときから片鱗を見せていたが、照屋という男はとにかくマイペースで、ルールというものにまったくもって無頓着だった。複雑な輻輳海域での航行について予め口を酸っぱくして言ってあったにもかかわらず、聞いていなかった様子で無軌道に船を進める。海苔の養殖棚や刺し網が仕掛けてある印のブイすれすれを通ったばかりか、大型船優先の航路を横切ろうとして、タンカーに警笛を鳴らされる始末だった。

「ちょ、ちょ、ちょ、爺さん。ここの航路はダメだって言ってるだろ」

大型船が間近に来ているにもかかわらず、再び航路を横切ろうと入ったため、焦った助手の酒巻が注意する。舵を握った照屋は、朝食の食パンを齧って笑った。

「こんなに離れてるでしょう、なんくるないさー」

「ダメだっつうの！」

泣きそうな顔で酒巻は叫ぶ。見かねた盛男が照屋から舵を奪い、強引に針路を変えた。

操舵室の中は乱雑で、魚群探知機も旧式、自動運転装置もついていない古い船だった。他人事ながら、よくこれで沖縄から上津井までたどり着けたものだと盛男は驚く。

燧灘の一角へ到着するや、照屋はてきぱきと指示を出した。

「針に餌つけて」

これから行う延縄漁は、まず幹縄という長い縄を海面に延ばし、そこに枝縄という餌と針がついた糸を等間隔でぶら下げ、たくさんの魚を一気に食いつかせるという漁法だ。今回は五キロメートル幹縄を流すというから、枝縄も百を超える。

「……これぜんぶ？」

顔を引き攣らせながら、酒巻は用意してあった枝縄のカゴを指さした。枝縄は綺麗に丸めて格納され、釣り針だけがカゴのへりに並べてひっかけてある。

「今日はあんまり長さ出せないから、少ない方ねえ」

彼の表情を楽しむように、照屋はにやりと笑った。

幹縄はナイロン製だが、枝縄の先の方は細く丈夫そうなワイヤーだった。ぐん、と引っ張ってもびくともしない。盛男が使っていたワイヤーはサメに食い千切られてしまったが、これは大丈夫なのだろうか？

一時間ほどかかって餌をつけ終えると、今度はブイのついた縄を海に落とし、走りながら幹縄を張って行った。することなすこと、とにかく規模が大きい。さすが本来は近海でマグロを獲っていただけのことはある。

朝一番に出航したのに、すべてを終える頃には十一時を回っていた。慣れない作業に、盛男も酒巻もくたくたになっていた。

昇った太陽の下、額に手をかざし等間隔に並んだブイを確認すると、照屋は満足げに頷いた。

「獲物がかかるまで、休憩しましょうね」

甲板で、それぞれ持参してきた昼食をとる。盛男は自分で作った握り飯で、照屋は朝食と同じ食パンだった。盛男や俊と同じ高校の水産科を昨年出たばかりという酒巻は、母親が作った豪華な弁当を恥ずかしそうに広げた。

「おいしそうね。一つもらうのさあ」

興味津々で見ていた照屋が手を伸ばし、タコの形になったウインナーとつくね団子をサッと取る。

「あっ、爺さん、やるから素手はやめろよ」

食後は、それぞれ適当に過ごした。照屋は温まった甲板で顔に麦わら帽子をかけて昼寝し、酒巻は操舵室にもたれて一心にスマホをいじっている。特にすることもない盛男は、眠気に襲われながらぼんやりと海を眺めた。

作業を再開したのは十四時頃だった。黄色っぽくなった太陽は、少し傾きかけている。

上機嫌で鼻歌を歌いながら、照屋はラインホーラーという機械を動かし、かかった魚をどう引き揚げるか説明した。

末端のブイを柄の長い手鉤で引っ掛けて船に揚げ、幹縄をラインホーラーで巻き上げていく。この作業は熟練の手さばきが要求されるため照屋が担当し、盛男と酒巻は交代しながら枝縄を巻いていくことになった。

同じ漁師なのに、こうも漁法が違うとこれまでの経験がまったく役に立たない。若い酒巻の方が呑み込みが早く、盛男はもたついて叱られるばかりだった。

「――ここから本番ね、真剣にやるように」

一旦機械を止めて操舵室へ向かった照屋は、取っ手がついた大きな瓶を提げ戻ってきた。中には琥珀色の液体と、口を開いたハブがとぐろを巻いた状態で入っている。

「気つけでしょう、気つけ」

嬉しそうに頬を緩めると、彼は引っ掛けてあったレードルで酒を掬い、一気に呷った。

「うちのオバアお手製のハブ酒ね。裏の藪にいたやつを捕まえてきたのさあ。なあに、中身はちゃんと洗ってあるでしょう。……あんたらも、いる？」

「無理！　俺、十九だし！」顔を強ばらせた酒巻は、全力で拒絶する。

「——俺はもらう」

盛男は答えた。これから照屋がどんな漁をするのか、気持ちが昂って仕方がなかったからだ。渡されたレードルに口を付け、傾けて飲み干す。最初に感じたのは生臭さ。前に土産用の市販のハブ酒をもらったことがあるが、それとはまったく違う野性味あふれる味だった。続けて喉がカッと熱くなる。炎が食道を駆け抜けていったようだった。

「さあて、やりますかね」

両頬をぴしゃりと叩き、照屋は手をこすり合わせる。

ゆっくりと幹縄を巻き揚げていく。最初の方の針には、何もかかっていなかった。盛男と酒巻が視線で問いかけると、照屋は応えた。

「こんなもんねえ。よほどじゃない限り」

しばらくすると、枝縄に二メートルほどの魚がかかっているのが見えた。枝縄を引き寄せてみる。ヤジブカだった。この海では大きい方のサメだ。

「小さいなあ。イタチだったら子供サイズさあ……」

落胆する照屋の声に、えっと目を見張る。彼が纏う空気や顔つきが変化しており、さらに驚いた。先ほどまでのんびりとした恵比寿顔だったのが、不動明王のような鋭い顔つきに変貌している。

魚を揚げるため、ラインホーラーを止め右舷のへりのない場所へ移動した照屋は、足元に転がしてあった銛を取った。銛と言っても、先は両刃で鋭い短剣のようなものだ。

「——危ないから、下がってろ」

凄みのある口調に、盛男と酒巻は横に移動して見守る。

グローブのような皮の厚い手で枝縄を握った彼は、左右に首を振って動き回るサメをじっと見据えた。次の瞬間、電光石火で銛を取り回し、サメの脳天を正確に一突きした。急所を刺されたサメは、水面に血の花を咲かせながら痙攣し絶命する。

鮮烈な技に、盛男は言葉を失った。恐ろしいほどの手際の良さと、サメを殺すことへの躊躇のなさ。普段の仙人のような様子からは想像がつかない。別人かと思うほどだった。

——この男は、これまでどれだけのサメを殺してきたのだろう……。

「イタチはもっと暴れるけど、これは手応えがないね」

いつものふやけた笑顔に戻ると、照屋は枝縄をたぐり寄せてサメを持ち上げ、針から外し甲板へ滑らせる。すかさずサメの尾を摑んだ酒巻が、氷を張ったフィッシュハッチに落とし、蓋をした。

この間、盛男は一切動くことができなかった。指先が細かく震えている。

猛烈な焦りと、恐怖。照屋ならば、あの三匹のホホジロザメを、いとも簡単に殺してしまうかもしれない。……自分が殺すべきサメを。

「何してるのさあ。サメ一匹釣ったぐらいで。続けて縄巻くから、船ちょっと進めて欲しいのねえ」

引き揚げた枝縄を巻き取りながら、照屋は声を張り上げた。盛男と同様に圧倒されていた酒巻は、慌てて操舵室へ向かう。

照屋は枝縄を丁寧にカゴへしまった。なおもその背を凝視していると、彼はぽつりと呟いた。

「さっきからずっと、血走った目で睨まれて恐ろしいのさあ……」

歯を食いしばり、盛男は声を絞り出す。

「あんたがすごいのは、今ので分かった。でも……俺はこの手であのサメを殺したいんだ……」

「なんで？」

向こうを向いたまま、彼は不思議そうに首を傾げる。

「あいつが……あの、トールってサメが、俺の息子を殺して食ったから……」

しばらくの間、沈黙があった。波が船に当たる音だけが響く。

ゆっくりとこちらを振り返った彼は、半分に細めた目で盛男を見た。

「……なら、あんたも『ぬち』を賭けねば」

「ぬち？」

「〈命〉のことさあ。俺たちは毎年毎年、たくさんサメを殺してる。だからいつかサメに殺されてもしょうがないし、それはお互い様なのさあ……」

「お互い様？　何を言ってるんだ？　あんたらはどうか知らないが、俊はタイラギ漁師で、サメに危害を加えたことなんかないんだぞ？　なのに、サメはいきなり襲って殺したんだ」

目頭に熱いものが溜まっていく。馬鹿なことを言っているのは自分でも分かっていた。照屋が話しているのは彼らの覚悟のことだし、サメに理由などない。けれど、誰かに吐き出さなければ、やり場のない怒りでどうにかなってしまいそうだったのだ。

船が前進し始めた。照屋はラインホーラーの前へ移動し、幹縄を回収し始める。

魚がかかっていないか船の下を確認しつつ、彼は大きく息を吐いた。

「あんたは怒りに取り憑かれて、右も左も分からなくなっているのねえ。……そんな人には、サメとぬちを賭けて闘うなんて無理なのさあ」

「なんだと……？」

盛男は気色ばむ。

彼の手にある幹縄が、ぐん、と張ったのはそのときだった。縄を浮かべている延縄で根がかりはないはずなので、かなり重い獲物がかかっている証拠だった。

「ぬーやが（なんだ）……？」

照屋は魚を揚げる場所まで移動し、ピンとしている枝縄をたぐっていく。盛男も確認しようと船から身を乗り出した。

あまり透明ではない青い海。対象は、深い場所からだんだんと近づいてくる。

途轍もない大きさに、盛男は声を上げた。操舵室から戻ってきた酒巻も、それを目にして叫ぶ。

「ホホジロザメだ！　例のやつ！」

三匹のうちの一匹であることは間違いないものの、トールではなかった。

いつのまにかトールを見分けることができている自分に、盛男は驚いた。実際、背鰭の切れ込みと、ついているタグの色が違う。

トールではなくとも、最大級のホホジロザメだ。口の端に引っかかった針が取れず暴れ回るたび、枝縄が左右に持っていかれ、船全体が揺れる。さすがの照屋も驚いている様子だった。

「すごい大きさなのねえ……」

彼は酒巻に枝縄を摑んでいるよう命じ、船底から柄の長い手鉤を持ち上げる。

「ちょっ、重い！　盛男さん、手伝って！」

悲鳴を上げる酒巻に手を貸し、枝縄を一緒に持つ。途端に、海に引きずり込もうとする、ものすごい力が伝わってきた。指に回した糸が食い込んで痛い。引っ張られるたび、手が切れてしまいそうだった。

いつでも取れるよう銛を手元に置いた照屋は、手鉤で枝縄をたぐり寄せる。

サメは水面近くへやって来ていた。体を横に倒し胸鰭や口を動かしたりして、疲れてきているように見える。

体長が盛男の三倍以上ある、ツートンカラーの巨大なサメ。あらためて、化け物だと思った。

だが、この状況なら、照屋なら、仕留められる。盛男は息を吞んだ。

めいっぱい引き寄せると、照屋は先ほど同様素早く銛を取り、一メートル以上ある顔の脳天を狙う——。

驚くべきことが起こった。

尾鰭を激しく動かし短く助走したサメが、強靭で厚い筋肉をしならせ、渾身の力で空中へ飛び上がったのだ。

大量の水を滴らせ、六メートルほどの高さに到達する——。

時が止まったようだった。

白い腹を見せつけ、風車のごとく体を回転させたかと思うと、頭から海へと飛び込む。

飛沫が上から降り掛かってきた。盛男は、手にしていた枝縄が一気に軽くなったのを感じる。あのサメは、回転しながらワイヤーを嚙み切ったのだ。

長い間、全員が固まったまま海を見ていた。

荒海のように波打っていた水面は、時間をかけて穏やかさを取り戻していく。目印のブイだけが寄る辺なく漂っていた。

「しかまちゃー（驚かせやがって）……。まぶやーまぶやー」

何度も胸を撫で下ろすような仕草をしながら、照屋は呟いた。

＊

朝日が真横から射し、古びた商店や家が建ち並ぶ通りをオレンジ色に染めていた。春が近づき、すこしだけ空気は弛んできたが、やはりまだ朝はちょっと冷える。

「あー、眠い。道、ちゃんとこっちで合ってるの？」

前を歩いている里絵子が、振り返ってこちらを見る。湊子は頷いた。

「うん。もうすぐのはず」

湊子率いるゼミの女子チームは、尾道からしまなみ海道を渡った四国側、タオルで有名な今治市へとやってきていた。

湊子は周囲の景色とナビを見比べる。今治駅から歩くこと十分。そろそろ見えてくるはずだが――。

「あ、あった。あれだ」

里絵子の隣にいたみかが、右手に見えてきた建物を指さす。五階建てぐらいの、この周辺では大きい部類に入るビル――。ビルと言っても、外壁のみの倉庫のような構造で、外に発泡スチロールやプラスチックのトロ箱が積まれている。

色めき立った湊子らは、顔を見合わせ足を早めた。しかし、近づいて覗き込むなり、いつもと同じ落胆に襲われる。

その建物――水揚げされた魚を売る市場に人や魚の姿はなく、これまで回った他の市場と同じく閑散としていた。

「やっぱりそうだよね……。漁自体出てないんだから」

寒そうに手を擦りながら葵が言った。全員で息を吐く。

三日前、湊子と鳥羽が案を発表し、女子と男子に分かれて仮説を検証することになった。

仮説自体には自信があるものの、証明するとなると、二回生の湊子らには難しすぎる問題だった。

――鼻に詰まった寄生虫のせいで、サメが海峡から出られなくなっていることを実証する。

しかも、渋川が戻ってくるまでの短期間に、実験をして結果をまとめなくてはならない。

だが、やらない訳にはいかないし、ものにはやりようがある。学生らが経験不足で時間も足らないことは渋川も織り込み済みなわけだし、多少の拙さは許容されるはずだ。とにかく核心的な実験を行い、自分たちの論が鳥羽たちよりも信憑性が高いと思わせれば勝てるはずだ。

そうなると、やることはおのずと見えてきた。

――同じ条件を作り出してサメを放ち、出て行かないことを証明できればいい。

どう実験を進めるか話し合った女子チームは、尾道と迎島に隣接し、キュッとすぼまった海峡を有する小さな湾に目を付けた。そこに鼻を塞いで発信器をつけたサメを放ち、外側へ出て行くかどうかを検証するのだ。

実験を行うには専門の機材が必要だった。大学に連絡して送ってもらえることになったものの、二、三日かかるとのことで、待つ間に漁港を巡り、どれだけのサメの鼻の穴に寄生虫がいるのか、データを取ることにしたのだ。

特に労はないだろうと湊子は考えていたが、大間違いだった。どこの漁港へ行っても、魚がぽつぽつとしか揚がっていない。必然的にサメもいない。漁業の自粛や給付金のことがニュースでさかんに取沙汰されていたが、実際に目の当たりにして初めて、ことの深刻さが理解できた。

市場の向こう側には、港と堤防があった。朝日が照らし出す堤防の中には、漁船が整然と並んで係留されている。本来ならばこの時間には出払っていなくてはならないので、異常と言える光景だ。

「それにしても、梅垣教授、よく機材送ってくれたね」

ダッフルコートのポケットに手を突っ込んだみかが、あくびをしながら言った。里絵子と葵は顔を見合わせ含み笑いする。

「電話で渋川先生の名前出したら、一発ＯＫだったよ。やっぱ怯えてるって話本当なんだ」

研究室の長である梅垣教授はこの分野の重鎮で、有名企業の研究職へのパイプがあるため、彼の元で学びたい学生はたくさんいる。良く言えば、教授らしく威厳があるものの――悪く言えば、権威主義的で細かく、下にいる者を服従させたいタイプだった。

そもそも三年前、准教授のポストに空きが出たのは、前任者が彼の元にいることに耐えられなかったせいだと、先輩から聞いている。

渋川が着任した際、彼はアメリカから来た若い女性准教授を配下とし、都合のよい使い走りに仕立てようとしたが、その夢は一瞬で砕けた。

教授よりも頭一つ背が高く、目つきが鋭い軍人のような女――。媚びることはなく、もちろん愛想笑いもしない。学内の誰もが驚いたように、彼の想定からも大幅に逸脱している人物像だったに違いない。

目撃者の院生の話によると、一旦は怯んだものの、彼はめげずに小さなことでいちゃもんをつけ続け、ついには服従させるため、みなの前で怒鳴りつけたのだという。

下を向いていた渋川は、今度こそ屈服するかと思われたが、それも大誤算だった。

――ちょっと、二人だけで話をしましょうか。

顔を上げた彼女は、さして気に病んでいる様子もなく、呆れた瞳で教授を見ていたという。

謎の威圧感に戦（おのの）くも、引き下がることができなかった教授は、渋川によって誰もいない会議室へと連行された。そこで何かよほど恐ろしい目にあったらしい。らしい、というのは、密室で誰も見ていなかったからだ。

以後、彼は渋川にすっかり怯えてへりくだるようになり、今ではどちらが教授か分からないほどだ。

「それで――、ここも空振りだったけど、どうする？」

葵がこちらを窺った。湊子は苦笑する。

「これまで集めたデータだけでやるしかないね。少ないけど……」

意気込みを削（そ）がれ全員で海を見ていたところ、沖から一隻の底引き網漁船が戻ってきた。市場の前に船を着けて魚を下ろし始めたため、湊子は指さした。

「ねえ、行ってみよ」

カゴを運んでいる高齢の漁師に、サメは獲れなかったか話しかける。驚いた顔の彼は「いた」と答え、すでに陸へ置いてあるトロ箱を指した。ホシザメとサカタザメが並んでいる。

「ホシザメだけ、見せてもらっていいですか？」

サカタザメは鰓孔（さいこう）が体の下にあり、サメと名がついているもののエイであるため、データは取っていなかった。訊ねると、日に焼けた老漁師は目尻に皺を寄せて笑った。

「そんなので良かったら、あげるよ。どうせ時期じゃないし、市場もやってないから」

みなで検討し、もらうことにした。解剖好きのみかが、寄生虫が鼻の中でどのように取り付いているか、解剖してみたいと言っていたからだった。ホシザメの旬は夏だが、民宿の主人の話では美味しいから、残りは持ち帰って料理してもらえばいい。

ホシザメと持ち帰り用の氷と袋を譲ってもらうと、がらんどうの市場へ移動する。

ニトリル手袋をはめた湊子は、持参したポリ袋の上にサメを仰向けで寝かせる。ペンライトを持った里絵子が、横から鼻の穴を照らした。

「いるね。いっぱいこっち見てる……」

みかが苦笑いする。やはり、あの寄生虫だ。湊子は頷く。これまで見てきたサメたちも、三分の二の割合で鼻にウオノエに似た寄生虫が詰まっていた。サンプルが少ないので確実ではないが、かなり多い数だ。

「びっしり。何匹ぐらいいるんだろ」

鼻の穴に先が尖ったピンセットを突っ込もうとしていたところ、先ほどの高齢の漁師がやって来た。彼は物珍しそうに湊子らを眺める。

「何かの研究かね？」

「私たち、久州大学の学生で、三匹のホホジロザメが早くこの海から出て行くように、サメのことを調べてるんです」

里絵子が快活に答えると、彼は金歯を見せて微笑んだ。

「最近はまったく漁にならなくてね。網を引いていても、サメが来るんじゃないかと気が気じゃなくって。ほら、香川の底引き網漁の兄弟がサメに殺されたし、他にもたくさん漁師が襲われたから……」

湊子らが相づちを打つと、彼は海へ目をやった。

「収入もないし、みんな困り果ててるよ。漁師は年寄りが多いから……。俺なんかは、いつ死んでもいいと思ってるから漁に出てるけど、これを機にやめるのもいるし」

寂しげな瞳で語ると、じゃあ、と手を振り彼は船に戻って行った。

上津井港でのことを思い出し、湊子はまた気を重くする。

今でも自分が言ったことは正しいし、サメを守らなくてはと思っている。けれど、漁師らが苦しんでいる姿を目の当たりにすると、気持ちが揺らいだ。

——サメのために、人が去って行く海……。

人と巨大なホホジロザメが沿岸において共存できないことぐらい、湊子も分かっている。ならば、人間が譲歩しさえすればよいのだと考えていたが、そう簡単ではなかった。

サメが悪い訳ではない。悪いのは、サメが出られなくなっていることだ。だから、早く原因を確かめて助けないと——。

ふと見下ろすと、いつのまにかトートバッグから解剖セットを取り出したみかが、サメに手をかけようとしていた。

「ここでやんの?!」

民宿に持ち帰って解剖するのだと思っていた湊子は、驚いて声を上げる。心外だと言わんばかりに、彼女はこちらを見上げた。

「電車や高速バスで尾道まで帰ると、時間かかるでしょ。新鮮なうちの方がいいし、アンモニアで臭くなるじゃん。寄生虫も死んじゃうし」

サメは血漿内に尿素を蓄えていて、死ぬとそれが分解されてアンモニアになり強烈な臭いを発する。このホシザメは死んで間もないのか、まだ臭いはしなかった。

仕方なく、市場の人に事情を話して許可を取り、片隅で解剖をさせてもらうことにする。当然と言うべきか、このゼミの学生はこういうことが嫌いではない。研究室の先輩から魚の目の研究を引き継ぐため手伝いをしているみかは、特に張り切っていた。

「先に眼球出してみていい？」

メスをちらつかせながら瞳を輝かせ、渋面の里絵子に即刻却下される。

「だめ、あとにして」

つまらなさそうに頰を膨らませ、彼女はメスを下ろした。

「あ、ちょっと待って。先に写真撮るから」

パシャとスマホのシャッター音がして、葵が仰向けになっているサメの写真を撮り始める。里絵子が裏返し、表側も撮影していった。元に戻すと、今度はヒゲにも見えるぺらぺらの突起がついた、鼻の穴を写した。

「スマホを通しても、気持ち悪いよこれ」

葵は顔を顰める。ウオノエを極小にしたような寄生虫は、まだ同定できていなかった。だが、とりあえず大事なのは、サメの鼻が詰まっているという事実なので、今のところ問題はない。

プリントしてきたドチザメの鼻の解剖図を見ながら、湊子は説明する。

「サメの鼻腔の中には、嗅囊っていうのがあって、その表面にある臭細胞が海水の臭いを感じ取るんだって」

「へえ……」

「鼻のどの辺まで、寄生虫は詰まってんだろうね」

　里絵子は首を傾げる。

　メスで鼻の部分を切ろうとしたみかは、上手くいかずやり直す。軟骨と言えど、小さなメスの刃では難しいのだろう。それでもなんとか鼻の部分を開いた。一センチほどの深さの鼻腔は、奥までびっしり寄生虫が取り付いている。取り出してみたそれは、ダンゴムシやグソクムシをふやけさせたような白い体で、裏側が台所に現れるアレを彷彿とさせた。

　葵が悲鳴を上げる。

「ひぇー。気持ち悪い。サメの表皮から体液を吸って生きてるんだよね？　いくらなんでも密度高すぎるよ」

「頭蓋骨の方、開けてみるね」

　軟骨を切ったみかは、頭を開く。脳が現れた。湊子が持っている紙を確認したのち、彼女はメスで部位を示していく。

「ここが嗅嚢に接してる嗅球だね。そこから嗅索っていうこの道を通って、臭いが終脳に到達すると」

「さすがに寄生虫は、脳内にまでは入ってきてないね……」

　角度を変えて何枚も撮影しながら、葵は呟く。みかは首を縦に振った。

「そうだね。鼻の穴の中だけ。まあサイズ的に入りようがないけど……。なんにせよ、寄生虫が臭細胞にべったり接してるから、サメは完全に鼻が詰まった状態で、ほとんど臭いを感じないだろうね」

「臭いがしないのに、餌はどうやって獲ってるんだろう？」

　さらに葵が疑問を口にすると、里絵子が応えた。

「狩りに必要なのは、嗅覚だけじゃないからね。視覚や側線器やロレンチニ瓶で補ってるんでしょ」

居住まいを正すと、あらためて里絵子は湊子を見た。

「ごめん湊子。正直、半信半疑だったんだけど、これはマジであり得るかもね」

「私も、そんな気がしてきたかも」みかも加わる。

湊子は黙って頷いた。複雑な気持ちではあるものの、みなが仮説を信じてくれたのは嬉しかった。

寄生虫を数えた方がいいだろうということで、湊子と里絵子はサメについていた寄生虫を、一匹一匹つまみ出してコピー用紙へ並べていく。

里絵子から解剖の許しを得たみかは、サメの目を取り出すため、うきうきした様子で頭蓋全体の軟骨を外し始めた。

「……ねえ、これなんだろ」

しばらくしてから、彼女はぽつりと口にした。湊子らが目を向けると、サメの頭の中にある、クリーム色のヒヨコ豆のような物体をメスで指す。

「これ大脳半球なんだけど、こんなの初めて見た」

メスの先が示しているのは、厳密には、ヒヨコ豆の表面にあるカビのような小さな白い点だった。水玉模様のように、いくつか付いている。

「私はサメの脳見るの初めてだから。……もともと、そういうものじゃないの？」

写真に収めながら、葵が訊ねる。みかは大仰に首を振った。

「サメの頭は何回も解剖したことがあるけど、脳に点々があるなんて初めてだよ。他の魚では見たことあるけど……。粘液胞子虫とかのシストかなあ……」

シストとは、魚の体表や口から体内に侵入した粘液胞子虫が最終的に作り出す、粘液胞子の嚢のことだ。宿主由来の結合組織に包まれて発育した場合、目で見る事ができるほどの大きさになる。

「そうかもね。サメにつくのもいるだろうし」

湊子は相づちを打つ。粘液胞子虫にかぎらず、サメの鰭や鰓には別の寄生虫がいることも多いし、いちいち気にしていたらキリがない。

鼻の中の寄生虫を数え終わったのち、持って帰り民宿で調理してもらうため、サメの内臓と鰓を取り出し、氷の入った袋に二重にして入れる。口を縛って密封したが、帰るまで臭わない保証はなかった。

市場の事務所に挨拶して帰ろうとしたところ、堤防の方から大きな声がした。

髪がピンク色の若い男性が、もう一人の男性が構えるスマホに向かって喋っている。立ち止まって聞いていると、どうやらサメ騒動に乗じて海を見に来たユーチューバーのようだった。

「……そりゃ、テレビであれだけやってればね」

呆れ顔で、里絵子が顔を顰める。

湊子は恨めしい思いで彼らを見た。早朝、宿を出る前にやっていたテレビのエンタメニュースで、中年の有名芸能人が、いつまで経っても方針を打ち出さない水産庁に痺れを切らし、サメ駆除に名乗りを上げたと報じていた。

三匹のホホジロザメが現れてから二週間以上。駆除すべきという声が多かったが、映画に出てくるような規格外のサメのため、漁師の安全に配慮しながら駆除する方法は見つからなかった。管轄となる水産庁や各県の水産課は頭を抱え、該当海域に接する沿岸六県で広域鮫害検討委員会を設置し、さらなる協議をしていくこととなったという。

駆除ができないこと自体は湊子にとって好都合だが、サメがエンターテインメントとしてメディアに取り扱われるのには違和感があった。あのホホジロザメたちが駆除されたとしても、テレビを見ている人間は何も感じないだろう。現実感など皆無で、どこか遠くの世界のことだと思っているのだろうから。

「——ウザ」

本音が漏れる。サメたちは、人々の好奇心を満足させるための見世物じゃない……。


電車や高速バスを乗り継いで、しまなみ海道を戻り渦やへ帰りつくと、十五時を回っていた。調理してもらうホシザメを民宿の奥さんに渡した湊子らは、疲れがどっと出たため食堂の座敷で雑魚寝(ざこね)する。男子らは、渦やの主人とともに調査に出かけているので、民宿内は静かだった。

「サメはあまり見られなかったけど、収穫だったよね。戻ったら朗報もあったし」

木目の天井を見上げながら、里絵子が言った。

帰宅して玄関を開けたところ、大学から実験用の機材一式が届いていた。民宿の生け簀には、主人に頼んでおいた生体のサメも泳いでいたので、明日からようやく本格的に実験ができる。

みかも嬉しそうに口を開いた。

「この分なら、あっちのチームに勝てる気がするよ」

「うん、確実に」葵は、おっとりと笑う。

思った以上に順調にことが進み、湊子も気持ちが弾んでいた。鳥羽の鼻を明かせるばかりか、渋川に進言させてサメの駆除を中止させることができれば最高だ。ＳＭＬの仲間にも褒めてもらえるだろうし、これ以上望むものはないぐらいだ。

玄関の扉がカラカラと開き、いくつもの足音と話し声が聞こえた。

男子チームが調査から帰ってきたらしい。さすがに寝転がっているのも何なので、湊子らはよろよろと起き出した。

閉じていた襖を開け、助川が中を覗き込む。

「あ、もう戻ってたんだ」

「うん。一足先にね」里絵子が応えた。

後ろから佐野もやってくる。彼らがやけに浮き足立っているのを見て、みかが訊ねた。

「どうかしたの？　なんか嬉しそうだけど」

興奮気味に、佐野は話し始める。

「ご主人に船を出してもらって、サメが引き返しちゃう海峡の電磁波を測定してきたんだ。そしたら、たまたまホホジロザメが現れたんだ。すげー、でかいのな。かっこ良くて、めちゃくちゃ写真撮りまくったよ。遠いから写りはいまいちだけど」

スマホを取り出して、彼は湊子らに見せた。たしかに遠景で鮮明ではないが、サメの鰭が写っている。湊子は前にヘラを見ていたから驚かなかったが、初めて実在の対象としてサメを目にした他の面々は、瞳を輝かせていた。

「――すごい！　グッドタイミングだったね。私も生で見てみたい」

みかが羨ましがる。佐野は助川と顔を見合わせ、含み笑いをした。

「それだけじゃなくて、これまでなかった電磁波も測定できたんだ。サメが来たときに捕捉したから、確実にこれのせいだよなってチームで話してたんだ」

「……」

湊子らは、黙る。

別の動画を再生し、佐野はこちらへスマホを向けた。たしかに、サメの鰭が海峡へ向かっている最中に、電磁波計が謎の電磁波を捉えていた。

「絶対これだよな！　悪いけど、この勝負、俺らの勝ち！」

これみよがしに、佐野と助川はハイタッチしてみせる。

女子チームは呆然としていた。

苦虫を嚙み潰しながら、湊子は冷静でいようと努める。たまたまサメが来て、彼らが単に不審な電磁波を拾っただけの話だ。因果関係を証明するには至っていない――。

「一回しか観測できていないし、まだ分からないけどね」

こちらの心を読んだように、後から入ってきた鳥羽が謙遜した。いつもながらの余裕の笑み。勝利を確信しているように思えて、最高に苛つく。

――いつもいつも自分の前に立ちはだかって、本当に憎たらしい。

拳を握り、湊子は自分という荒馬をなだめる。

焦ってはいけない。勝負はまだこれからだ。

＊

船尾に取り付けた電動ウィンチがキュルキュルと苦しそうな唸りを上げた。獲物の力が強すぎて、ワイヤーを巻くことができないのだ。海面に向かってピンと張りつめたワイヤーは、まったく弛まる気配がなかった。

曇った空と、少しうねっている海。大型船の航路に挟まれているため、遠くをタンカーやコンテナ船がのんびりと進んでいく。

船上で腕を組んだ盛男は、ヒヤヒヤとしながら見守った。

一昨日、江美子が給料からいくばくかを送金してくれた。そこで、知り合いの漁師へ三万円を払い、譲り受けたのがこの電動ウィンチだった。

照屋の漁についてゆき、何トンもある巨大ザメを手動で引き寄せるのは無理だと悟った。だから、ラインホーラーに代わるものとして、電動ウィンチを導入することにしたのだ。見よう見まねで船べりにＤＩＹで固定し、サメ狩りに使えるようにした。

しかし、それだけではだめだ。照屋のような反射神経と素早い手つきが必要なので、家で座布団を簀巻きにし、彼の漁をイメージしながら銛で突き刺す練習を繰り返した。

なんとかして、照屋がやる前にサメを殺さなくてはならない。

彼は、命を賭すことが必要だと言った。たしかに、自分があの巨大ザメと互角に渡り合うのは不可能だ。ならば命を捨てるつもりでぶつかるしかない。怒りで我を忘れている盛男には無理だとも言われたが、そんなのは勝手な決めつけだ。死ぬ気になれば、きっとなんでもできる。

気合い充分で出航したものの、やはり一筋縄ではいかなかった。

早朝に港を出て、魚の血肉を撒きアザラシの模型を流したが、サメは一向に現れず、いたずらに燃料を無駄にするばかりだった。今日は諦めようかと思った十四時頃、ようやく背鰭に白いタグがついた、雌のヘラが食いついた。

――トールでないのは残念だが、こいつから血祭りに上げてやる。

盛男は臨戦態勢をとったが、問題はそこで発生した。

ワイヤーの先に括り付けられたアザラシを飲み込んだヘラは、深い場所へ潜行してしまったのだ。

さっそくウィンチの出番だとスイッチを入れワイヤーを巻こうとしたが、サメの力の方が強く、頑として動かない。それどころか、サメの力に負け、じわじわとワイヤーが出ていった。もともと大きな魚を船に引き揚げる際に使うものだが、照屋の船についているラインホーラーほどのパワーはないので仕方ない。

ウィンチは、金属同士が擦れる断末魔のような悲鳴を上げた。用意していた銛を足元に置き、盛男は頭を抱える。命を賭ける以前に作戦は失敗だった。こんなものでは、巨大ザメを引き寄せられない。

すでに三十分ほど、この状態が続いていた。巻けない以上、ワイヤーを切ってしまうのが一番だが、こんなことになるとは想定しておらず、切る道具を用意していなかった。

不吉な音をさせ、ウィンチの駆動音が停止した。どうやら力尽きたらしい。ワイヤーは、先ほどと同じく、海面に向け張りつめている。

どうすべきか考えを巡らせていると、船尾に白波が立ち始め、船が後ろに動いていることに気づいた。サメに引かれるまま、海原を南へ進んで行く。

「……まずいぞ」

わずかに靄がかかった、しまなみ。一キロほど先は、西の門司方面へ向かう大型船の航路となっていた。ちょうど、巨大なばら積み船が向こうから航行してきている。

操舵室に駆け込み、慌ててエンジンをかける。クラッチを前に倒し、ゆっくりとアクセルを押す――。これで前進するはずだったが、船は微動だにしなかった。

「嘘だろう⁈　どうなってんだ！」

どれだけエンジンの回転数を上げても、船は進まなかった。それどころか後退が早まる。サメとの綱引きで船が負けているのだ。

「おい！　動いてくれよ！」

全身から冷や汗を噴き出しながら操作するが、船が動くことはなかった。

恐ろしいパワーで、サメは船を牽引していく。

振り返ると、大型船の航路まで、あとわずかだった。

エンジンをそのままにし、操舵席から出て船尾へ移動する。

ばら積み船が迫っていた。向こうのワッチ係もこちらに気づいた様子で、警笛を鳴らされる。

サメは、わざとばら積み船に進んでいるように見えた。あれに踏みつぶさせて盛男を殺そうとしているとしか思えない。

背筋に冷たいものが走った。やはり、ワイヤーを切るしかない。道具はないかと盛男は船上を見回す。形状的に銛では無理なので、俊の形見の手鉤を手に取った。

ウィンチの前に立ち、直径八ミリはあるワイヤーに手鉤を当てて擦る。

また、警笛が聞こえた。構造上、大型船はすぐには止まれない。船影はどんどん迫ってくる。

――急ぐんだ、急げ――！

縒り合わされたワイヤーが一本だけ切れた。しかし、まだ大部分が残っている。

「くそっ！」

必死で手鉤を押し引きする。

今度は、長い警笛が耳をつんざいた。

「分かってるけど、どうにもならないんだよ！」

顔を上げる。もう間近だった。ばら積み船の影が、船全体に覆い被さってくる。

手鉤を取り落とし、十階以上あるビルの高さの船を見上げた。

――こんな馬鹿な死に方をするなんて……。

情けなさがこみ上げる。怒りのあまり、あのサメたちの能力を読み違えていた。しょせんはサメだと侮っていたのだ。照屋の言った通り、命を賭ける以前の話だった……。

鼓膜が破れそうなほどの、大きな警笛が響き渡る。大型船の舳先が作り出す大波が押し寄せてきた。こちらの船は大きく揺れる。大型船に押された空気も風となって吹き付け、盛男の体を包んだ。

――もうだめだ。

覚悟を決め、目を閉じた。

頭上をずっと覆っていた雲はどこかへ掃き出されてゆき、薄い青空が広がっていた。傾きかけた日が少し褪せた光で海を照らし出す。うねりも消え、海は穏やかに輝いていた。

帰港するために操舵しながら、口元を手で押さえた盛男は、全身に残る震えを感じていた。

未だに、生きているのが信じられなかった。

目を閉じて死を覚悟したとき、船べりで何かが裂ける音がした。瞼を開くと同時に、エンジンが唸りを上げ、船は大波に乗り上げるようにして前進し始めたのだ。激しい揺れに甲板を転がった盛男は、必死でへりにしがみついた。

飛沫や波が降り掛かる中、ぶつかる寸前だったばら積み船が遠ざかって行く――。

安全な場所に出てから船を停め確認すると、ネジで頑丈に取り付けた電動ウィンチが、船尾のへりごと割れて抉り取られていた。あのサメは、船の素材である強固なＦＲＰを引き千切ったのだ。そのおかげで盛男は命拾いした。

人間には、とても真似できないパワー……。絶望しかなかった。自分は何をしてもあのサメたちに敵(かな)わないのではないだろうか。

未だに生きた心地がしなかった。右手前方に聳(そび)える瀬戸大橋と鷲羽山を横目に、呆然としながら船を走らせる。

ようやく港の堤防が近づいてきてホッとしたとき、向こうから改造した屋形船のような客船がやってきた。

盛男は眉を顰める。

客席は老若男女で八割方埋まっていて、知り合いの漁師がマイクで何かを話しながら操船していた。以前、井出が誘ってきたサメクルーズ事業の船だろう。そういえば、今日が初運航だと誰かが言っていた気がする。

儲け話に賛同した漁師らは、恐ろしいほどの手際のよさで実現にこぎ着け、毎日、一時間に二便を運航するという。発着点である上津井市場前へ顔を巡らせると、波止場にサメクルーズののぼりが立ち、次の便を待つ客らが大勢詰めかけていた。

口の中に苦いものが広がり、盛男は睨みつける。たった今、自分は恐ろしいほど知恵が回るサメに殺されそうになり、九死に一生を得たばかりだ。それなのに、軽い気持ちでクルーズに出るなんて……。

顔を背け、目に入れないようにしてサメクルーズ船とすれ違い、港へ入った。

市場に向かって桟橋を歩いていると、並んだ漁船の一角に、観光客の人だかりができていた。

今度は何だとうんざりしていると、照屋の船だった。ニュースかなにかのテレビ取材を受けている様子で、夕刻の薄暗さを打ち消すため、イカ釣り船のようにライトで煌々と照らされている。船の前の桟橋には、ライトに背の高いマイク、肩に大仰なカメラを担いだカメラマンなど、たくさんのスタッフが並んでいた。俊が行方不明になり捜索が行われた際も、彼らのような者たちが、この辺りをうろうろしていたのを思い出す。

照屋は、若い女性のレポーターとともに船の舳先付近に立っていた。隣には、自分と同じぐらいの背丈のアカシュモクザメを持ち上げた酒巻が、照れくさそうな顔で並んでいる。

「沖縄からホホジロザメ駆除の助っ人としてやってきた、サメ狩り名人の照屋さんです――。照屋さん、こちらが今日捕まえたサメですか。すごいですねえ」

レポーターが語りかけると、いつもと同じジャージに首からタオルというでたちの照屋は、ふにゃふにゃと笑いながら、頬を掻いた。

「こんな小さなサメじゃ、沖縄の仲間に笑われちゃうのさあ。恥ずかしいのねえ……」

「えー、十分大きいですよお。でも、三匹のホホジロザメは、もっと大きいんですよね」

「あれは、この四倍以上あるでしょう。イタチですら、これよりは大きいからねえ」

「イタチ……？　沖縄って、そんな大きなイタチがいるんですか？　マングースじゃなくて？」

頭を振って、照屋は答える。

「ううん、イタチねえ。たくさんいるのさあ」

不思議そうに首を傾げつつ、レポーターは仕切り直した。

「照屋さんは、どうやってサメを獲っていらっしゃるんですか？」

「マグロと同じ延縄なのさあ。枝縄の針にサメがかかってるのを、こう、たぐり寄せてね、銛をくるっとして、しゅっとね」

手つきを再現した照屋を、レポーターは半信半疑で真似る。

「……くるっとして、しゅっと？」

これ以上聞いていると頭が痛くなりそうだったため、盛男はその場を離れる。

帰り道、観光客らが物珍しそうにうろついている裏通りを歩いていると、虚しさが押し寄せた。

この港町の人々は、俊のことや漁の自粛のせいで、自分と同じくサメを憎んでいたはずだ。それなのに、金が儲かると分かった途端、サメを利用して観光客相手に商売を始めた。さきほど取材を受けていた照屋だってそうだ。ちやほやされて嬉しそうだった。所詮、自分の海ではないし、漁師は引退しているから、半分遊びなのだろう……。

どれだけ孤独になろうが、盛男にとってサメを殺すという誓いは不変だ。それでも、だんだんと気力が削がれるのを、感じずにはいられなかった。

まだ開いていた知り合いの商店でパンと冷凍食品を買って帰宅したところ、後ろから訪ねてくる人物があった。遥と、彼女と手を繋いだ美緒だった。

玄関を開け土間のライトをつけると、遥はずかずかと入ってきて中を見回す。

江美子が出て行ってから掃除なんて一度もしていないし、サメを殺すための道具を工作していたりしたので、玄関内や廊下には作業で出たゴミが散乱し、酷い状態だった。

顔を顰めながら、遥は吐き捨てる。

「……なにこれ汚い。母さんがいないからって、どんな生活してるのよ」

黙っていると、彼女は勝手に続けた。

「友達の家で不幸があって手伝いに行くから、朝までこの子見てくれない？ 陽介も出張でいないから」

口に人差し指を入れ、美緒は子鹿のような瞳でじっとこちらを見上げていた。孫は可愛いが、サメのことで手一杯で、とても相手をする気にはなれなかった。

「陽介の親に頼めばいいだろう。俺はいそがし——」

こちらの話など聞かず、遥は美緒の手をずいと突き出す。

「ほら、美緒。今日はじいじといてね。……ちゃんと見ててよ。怖がらせたり、怪我させたりしたら承知しないから」

だったら自分で面倒見ろと言おうとしたが、盛男に無理矢理美緒の手を取らせ、遥はさっさと出て行ってしまった。

引き違い戸がぴしゃりと閉じられ、中はしんとする。美緒が不安そうな顔をしたため、あわてて笑顔を作った。

「よく来たな。じいじと待とうか」

そんな気分ではないが仕方ない。とにかく彼女を家に上げると、居間のこたつでテレビを見せておき、部屋にちらばった危険なものを片付ける。サメ狩りの練習用に置いてある銛も、慌てて二階へ持って上った。

ついでに美緒が遊ぶものはないか探し回る。ふと俊の部屋に入り込んだ盛男は、呆然と立ち尽くした。

「――――」

あの日からそのままの部屋。机に置かれたノートパソコンやプリンターと、その奥にあるフォトフレームの家族写真。棚に並べられた水泳部の大会のトロフィーや楯。遥とともに身長を刻んでいった柱。友達とブルース・リーの真似事をしてへこませた壁――。あちこちに生々しい俊の思い出が残っていた。

足を踏み入れたことを後悔する。当然だ。彼がいなくなって一月も経っていないのだから。

目が潤み、喉の奥から熱いものがこみ上げる。これ以上ここにいたら崩れ落ちてしまいそうなので、無心で引き出しを開け、カラーペンのセットと画用紙を見つけて外へ出た。

孫と二人で過ごすことなど、これまでほとんどなかった。戸惑っていたものの、ペンと画用紙を渡したところ、美緒は片付けたこたつの上で大人しく絵を描き始めた。

砂糖を入れた紅茶を出してやり、自分も同じものを飲みながら、小さな手で何かを表現しようとする彼女を眺める。遥や俊が小さかったときにもこんな時間があったはずなのに、不思議と初めてのような新鮮な感じだった。

大判の画用紙には、青い海が広がっていた。その向こうには、白い巨大な橋。橋の上には、縮尺を無視した人間がたくさん描かれている。

「瀬戸大橋か?」

訊ねると、彼女はにっこりと笑った。

「うん。美緒ちゃんが、すんでるところ」

「この人たちは?」

「これは、じいじとばあば、美緒ちゃん、パパ、ママ、あと――、俊兄ちゃん」

ぎゅっと心臓を摑まれ、盛男は笑顔で手を振る俊の絵を見た。遥がどう伝えているのか分からないが、幼い彼女は俊が死んだことをまだ認識していない様子だった。

小さな手で画用紙をめくった美緒は、次に生け簀から魚を掬っている人たちを描いた。形と添えられた黄色から、魚はハマチらしい。人は筏に乗っているので、養殖業をしている父親の仕事場のようだ。子供はよく見ている。筏の端には、ハマチの額に針金を刺し、神経締めしている人がいた。

盛男は感心する。

「美緒は詳しいなあ」

「でもね、美緒ちゃん、これはきらいなの。おさかな痛い痛いって言ってるみたいだから」

力説する彼女に苦笑して、おかっぱの頭を撫でてやる。

ペンを置くと、美緒は不思議そうに顔を上げこちらに目を向けた。

「……どうしておさかなは、ころしたり、たべたりしていいの？」

「え……？」

虚(きょ)を衝(つ)かれ、固まる。生まれてからずっと魚を食べてきたし、日本人には当然のことだから、理由なんて考えたこともなかった。

「それは……、魚よりも人間の方が強くて大きいからだ。美緒には難しいかもしれないが、弱肉強食って言って、体が大きくて強い生き物が、弱いものを食べて生きてるんだ」

さらさらの髪を揺らし、彼女は首を傾げた。

「じゃあ、にんげんよりつよくて大きなおさかながいたら、にんげんを食べるんだ？」

あのサメたちのことを思い出し、腹がカッと熱くなる。自分が言い始めたことなのに、子供相手にムキになって否定した。

「ダメだ。ダメだ、ダメだ。絶対にダメだ。人間は魚を食べてもいいけど、魚が人間を食べるのは、許されないことなんだ」

「……どうして？」

黒目がちな瞳で、美緒はまっすぐこちらを見据える。

「人間の方が尊いからだ。人間が食べられたら、美緒は悲しいだろう？ 友達とか、パパやママとか」

想像したのか、美緒は寂しそうな表情を浮かべる。しかし、めげずに続けた。

「かなしいよ。でも、魚だってかなしいでしょう？ 美緒ちゃんハマチとなかよしだから、ハマチが食べられたらかなしいよ」

イライラが募る。まだ子供で常識を知らないから、人間と魚が根本的に違うことを理解できていないのだ。

「ちがうんだ、美緒。人間は生き物の中で一番偉いんだ。だから魚と一緒にするなんて、許されないんだ」

小さな眉根を一生懸命に寄せて考えたのち、彼女は訊いた。

「いちばんえらいって、だれが決めたの？ だれがゆるさないの？」

「そりゃあ……人間だ」

口にした途端、大きな矛盾を感じ、盛男は足元がぐらつくのを感じた。

——すべて人間が勝手に決め、それを魚に押し付けているということになる。それは正しいのか……？

混乱して訳が分からなかった。頭を押さえ瞼を閉じると、ぐるぐる回転している。早朝からサメ狩りに出ていたし、疲れが頂点に達しているのだろう。

「今日のところは、じいじの負けだ。美緒は、いろんなことを考えるんだな」

白旗を揚げると、彼女は頬にえくぼを作って笑った。

愛らしく純粋な笑顔にハッとする。

この間テレビで見た、脚のないトライアスロン選手のことが浮かんだ。

サメに復讐することばかりで、これまで周りの人に目をやっていなかったことに思い至る。美緒も遥も、ずっと近くにいたのに。倉敷から気にかけてくれている江美子だって——。

新しい絵を描き始めた美緒の髪を撫でながら、胸が一杯になった。

——俺を不幸にしていたのは、俺自身なのかもしれない……。

*

「それじゃあ行くよ。いち、にの、さん！」

西の方から茜がかった青い空の下、渦やのボートの上で里絵子が声をかけると、湊子、みか、葵は頷いた。

四人掛かりでプラスチックの桶を持ち上げ、海に向かって傾ける。入っていた海水とともに、小型のホシザメとドチザメ二匹ずつが尾鰭を振りながら元気に泳ぎ出して行った。彼らの鼻は綿で栓がされており、体の中にはピンガーという超音波を発する円筒形の小さな機械が埋め込まれている。

サメが潜行していくのを見送った湊子たちは、とにかく第一段階をクリアできたことに安堵した。

——寄生虫説を証明するには、同じような条件の場所にサメを閉じ込め、出ていかないことを証明すればいい。

実験の場として湊子らが目を付けたのは、尾道市と福山市に囲まれた松永湾という場所だった。尾道水道と迎島の東に広がる、直径約四キロほどの小さな湾。北は工業地帯で、南側には本州と迎島に挟まれた戸崎瀬戸という、すぼまった海峡がある。他の出入り口は、尾道水道だけだ。

戸崎瀬戸の幅は三～四百メートルと狭く、受信機が超音波を拾える範囲なので、サメが通過すれば確実に分かる。尾道水道は海峡ではないが、同じような幅でサメの動向を捕捉できるため、こちらから出た分は除外すれば問題ない。自分たちが寝泊まりしている迎島に接している湾だし、条件的にこよりも良い場所はないと思われた。

発信器と受信機のしくみは単純だし、実験方法も簡単だ。受信機を海峡の外側にある適切な位置に沈めて待つだけ。受信機が超音波を受信していたら、サメが海峡を通ったということになる。

受信機は、迎島の東と尾道水道の西端出口付近に、船などの邪魔にならないようすでに設置してある。これから毎日、水中から引き揚げ、ログのデータをパソコンで取り込み、サメが通過していないことを確認するのだ。

「上手くいくといいねえ」

なだらかな水面を見つめながら、葵がのんびりと呟いた。

頷いた湊子は、湾全体をぐるりと見回す。――賽は投げられた。

成功を確信しているにもかかわらず、不安が胸をよぎる。大丈夫だろうか。本当に上手くいくのだろうか……。

頭を振って、払いのけた。心を強く持たなければ。仮説が正しいことを早く証明して、渋川に行政を説得させないといけないのだから……。

渦やへ戻ると、すでに夕闇が降り始めていた。

みなとともに夕食を摂ったのち、湊子は二階の自室へ上がり、日課であるＳＭＬのホームページのチェックをする。

他の大手保護団体らも続々と参入し、瀬戸内海におけるホホジロザメ保護のムーブメントは日に日に加熱していた。ついにはトップで大々的に扱われるまでになっている。国内のメディアでも、サメの報道はエスカレートしているが、世界でもこれほど注目されていることを、日本人は知らないに違いない。

レベッカたちは、相変わらず精力的に活動し、記事も情報の密度がすごかった。

感心しながら読み込んでいった湊子は、メッセージコーナーで自分の名前が書かれているコメントを見つけ、目を瞬かせる。

ソウコに、早くサメが出られなくなっている原因を解明して欲しいというものだった。

レベッカが紹介文を書き足し、ゼミで原因を突き止めようとしていることまで、記してくれたからだろう。

しんとした部屋の中。手を止めた湊子は、複雑な気持ちでそれを見つめる。前と違って心は高揚しなかった。

仮説を立て、女子たちと綿密な計画を立てた上で実験を開始した。ここまで改めて思い知らされたのは、自分は渋川と違う、ただの学生だということだった。知識も経験も足らない。みなの手前自信満々に見せているが、寄生虫説が絶対に正しいかと言われると、確信までは持てなかった。

さきほど船上で感じた不安が甦る。本当に自分にできるのだろうか？　実験の手順は間違っていないだろうか、仮説は正しいのだろうか？

サメが出られない原因をつきとめられなかったら、みな湊子に失望し、手のひらを返したように無関心になるだろう。そのときのことを想像すると、恐ろしくて心臓がぎゅっとなった。

「……………」

息を吐き、×ボタンをタップして、ブラウザを閉じる。

今のところすべて順調なのに、見えない何かに押しつぶされそうだった。

これが責任の重さ――。

学生の湊子が、それまで負うことはなかったもの。自ら首を突っ込んだせいではあるものの、サメを助けるための全責任が、自分の肩にのしかかっている。今更ながら、その事実に恐怖を覚えずにいられなかった。

ぐるぐると同じことを考えてしまい、その夜はあまり眠れなかった。

翌朝、渦やのボートで超音波受信機を確認に行った湊子らが目にしたのは、驚くべきデータだった。

戸崎瀬戸の外に沈めてあった受信機。迎島東岸の手すりに吊り下げてあったのを引き揚げ、パソコンに繋ぎデータを吸い上げた。実験が上手くいっているか、湊子の心臓はばくばくした。

操作している里絵子をみなで取り囲み、時系列のログを見始める。「あ」というつぶやきとともに、彼女がスクロールする手を止めたのは、すぐのことだった。

脇からかぶりついて眺めていた湊子は、信じられない内容に、穴が開くほど画面を凝視する。昨日サメを放してから三十分も経っていない時刻に、受信機は超音波を捉えていた。

「嘘でしょ……? 放流してすぐじゃん」

みかが呟く。葵が応えた。

「でも、まだ一匹分だけだし……って、一匹でもだめかあ」

「とりあえず、残りのデータ見よう」

こちらも動揺が隠せない様子で、里絵子は手を動かす。黙ったまま、湊子は画面に集中した。一匹だけなら、鼻の詰め物が取れたなどのアクシデントの可能性もある。

画面がどんどん送られてゆき、三時間過ぎたところで、再び反応があった。湊子の背筋は凍りつく。これで二匹目――。さらに確認すると、その二時間後にもう一匹も出て行っていた。

全員が言葉を失う。すべて見終わったのち、みかがおそるおそる口を開いた。

「……もしかして、鼻の詰め物、ぜんぜん効いてない？」

あまりの内容に衝撃を受け、湊子は棒立ちになっていた。不安はあったものの、想定外もいいところだ。こんなすぐに否定されるなんて……。

「理由は分からないけど、実験としては大失敗だね……」

里絵子が息を吐いた。

尾道水道側のデータも回収したのち、渦や〜戻る。男子らが入れ替わりで主人とともに海へ出ていったため、湊子らは一階の座敷でデータを元に話し合いをすることにした。

「最初のサメが戸崎瀬戸から備後灘に出たのが、放流してからたった三十分後か……。思いっきりすぐだよね。他二匹もその日のうちにだし」

ノートパソコンのパットを操作してデータを見返しながら、里絵子が言った。

「これって、仮説が間違ってたってこと……？」

みかが、ずばりと口にする。顔面蒼白（そうはく）の湊子を慮（おもんぱか）ったのか、里絵子と葵は困ったように顔を見合わせた。葵がおっとりと答える。

「うーん、確実にそうとは言いきれないけど。やっぱり鼻に詰めた綿に問題があったのかもしれないし……」

苦笑しながら、里絵子も続いた。

「詰め物はともかく、サメの選定自体は間違ってなかったでしょ？　底性のサメだから、浅い湾に放すと、深いところに行きたがるんだよ。まだ一回目だし、とりあえずもう一回トライしてみよう」

みなの視線が湊子へ集中する。

心は折れかけていたが、空元気を出しながら湊子は口を開いた。

「そうだよね。綿の詰め方が甘かったのかもしれないし、もう一回やってみよう」

実験に使えるサメは、まだ渦やの生け簀に数匹残っている。受信機の方は設置したままなので、明日、やり直しをしようということになった。新しいサメの体にピンガーを埋め込み、今度は鼻により固めの詰め物をして、放流するのだ。

翌日に備え湊子は早々に布団へ入ったが、昨夜以上に眠ることができなかった。

やはり自分の仮説は間違っていたのではないだろうか？　だとしたらどうしよう――。

考えが、頭を回り続ける。

話し合いの際、みかがもの問いたげにこちらを見ていたのも気になっていた。そもそも、みな鳥羽の電磁波説についていていたのだ。一旦やる気にはなってくれたものの、もうこの仮説を信じていないかもしれない……。

焦りで気が変になりそうだった。実験の結果と、湊子がこんな状態であることを知ったら、レベッカたちは落胆するだろう。サメの救助を待っている人たちも。

――あんな大口叩かなければよかった。

後悔しても、後の祭りだった。

翌朝、前回よりもしっかりとサメの鼻に綿を詰め、同じ松永湾の中心から放した。

――お願いだから、海峡から出て行かないで……。

船上の湊子は、潜って行くサメの尾鰭と、左右から岬に挟まれた戸崎瀬戸を、祈るような気持ちで見比べる。

次の日データを回収してみると、祈りも虚しく、最悪の結果が待ち受けていた。

里絵子が表示したパソコンのデータを、みな無言で眺める。四匹放ったうちの三匹が、海峡を通過していた。

サメの鼻の綿が取れないよう何度も確認したし、言い逃れできない結果だった。

「鼻が利かなくても、行きたい方向に行けるってことだよね。サメたちは、嗅覚なしでも海峡を越え、棲処である深い海域にまっすぐ戻ったと」

渦やの座敷で、里絵子はデータを見返しながら呟いた。

設置した超音波受信機を回収し、早々に切り上げて戻ったのは、この実験には意味がないことが明らかになったからだった。一旦考え直すことになったものの、みなの空気は暗かった。

「そうみたい……」湊子は頷く。

「てことは、この仮説は間違ってたってことになる、よね……?」

葵は恐る恐るこちらを窺う。何も言えず、湊子はただ俯いていた。

「まあ、仮説は仮説だし。違ってることもあるよ」

里絵子がフォローしてくれるが、庇いようがないことは自分が一番よく分かっていた。

みかは大きな溜め息をつく。

「しょうがないっちゃ、しょうがないけどね……。そもそも、この前湊子に見せてもらった映像じゃ、ホホジロザメたちはくるりと方向を変えてたわけだし、何か外海へ出るのを忌避するような原因があるんだよ」

これみよがしな態度と言葉に棘を感じ、湊子は顔を上げる。こちらを見ていたみかは、わざとらしく視線を外した。カチンとくる。

「それって、鳥羽の電磁波説のこと？　ホシザメの鼻の中に寄生虫が詰まってるの見たときは、これだとか言ってたくせに」

　強い口調で訊ねると、彼女は悪びれずに肩を竦めた。

「女子同士のつき合いもあるし。リップサービスだよ。本音を言える訳ないじゃん？」

　睨みつけると、彼女はおどけた。

「ほら、そうやって怒る。湊子は感情分かりやすすぎ」

　不穏な空気をほぐそうと、里絵子が割って入る。

「二人とも、そんなことで揉めないの。今更どうしようもないんだから。それより、これからどうするか考えよう」

「どうしようね。また仮説を考え直すか……」

　争いごとが苦手な葵がおろおろと口にする。スマホに表示した瀬戸内海の地図を見せながら、みかが応えた。

「やっぱり電磁波しかないよ。しまなみ海道、明石海峡大橋、鳴門海峡。全部橋がかかってるし、そこからなんらかの電磁波が発生してるとしか思えないでしょ」

　鳥羽の仮説そのものだった。湊子は反論する。

「でも、その海域の真ん中に瀬戸大橋があるけど、これはどう説明するの？　サメたちは、ここの下はすいすい通れてるんだよ？　違いは何？」

「さあ？　鳥羽たちが調べてるから、これから分かるんじゃない？」

　険悪なムードが流れる。スマホをポケットにしまったのち、みかは宣言した。

「私は抜けるね。鳥羽たちに合流させてもらうわ」

　はらわたが煮えくり返りそうになりながら、湊子は口を引き結ぶ。悪びれることもなく、彼女は続けた。

「せっかく渋川が単位考慮してくれるっていうんだから、そうした方がいいでしょ？　湊子の寄生虫説は、完全に違ってたことが分かったんだし」

「じゃあ行けば？　どうぞ。あたしはもう一回、寄生虫説を考え直してみるから」

「湊子……」

気の毒そうな視線を向けながら、里絵子が諭すように語りかけてくる。

「私たちまだ二年だけど、これから研究に携わろうとしてるわけでしょ？　違ってたことは違ってたって認めて、方向転換しないと」

「……私もそう思う」

葵までもが同調した。

亀裂は決定的だった。怒りが頂点に達した湊子は、鋭い瞳で三人を見つめる。

「実験が上手くいかなかっただけで、まだ完全に間違ってたって決まった訳じゃない。再考の余地はある」

心底呆れた様子のみかは、肩を竦めた。

「……そういうとこ直しなよ。みんな大人だから我慢してるのに。どうせ鳥羽に反発して寄生虫説に拘(こだわ)ってるんでしょ？　分かってるよ。相手にされてないのに、一人でライバル視してカッカしちゃって、バカみたい。つき合わされる方の身にもなってよ」

辛辣な一言は、ナイフのように胸を抉った。湊子は絶句する。友達だと思ってたのに、そんな風に思ってたなんて……。

「つき合わせて悪かったね。もう関わらないようにするよ。これからは、一人でやるから」

泣きそうになるのを堪えながら、歯を食いしばり声を絞り出す。

「そんなこと言ってるんじゃゃ……」

諫めようとした里絵子を、首を振ったみかが引き止める。諦めた里絵子はみかや葵と相談したのち、申し訳なさそうに告げた。

「私たち、やっぱり鳥羽の方に合流するね。湊子も気が済んだら来ればいいから……」

民宿を飛び出した湊子は、水道に向かうと渡し船で尾道へ移動し、あてもなくぶらぶらと一日を過ごした。日が暮れて夕食の時間になっても、女子たちと顔を合わせなくてはならないと思うと、帰る気にはならなかった。

さすがに腹が空いたため、コンビニで適当にサンドイッチを買い、水道沿いのプロムナードで防波堤にもたれながら食べる。

頭も心も、ぐちゃぐちゃだった。仮説のことも、友人らのことも混乱し、どうしたらいいのか分からない。ひとり絶海で漂流しているかのようだった。

レベッカたちに助けを求める訳にもいかなかった。こんなことをどう説明すればよいのだ。あんなにも期待してくれていたのに。

頭上では、夜の紺色と落日の濃いピンクがグラデーションでせめぎ合い、迎島と尾道の間を流れる水道を美しく染め上げていた。両岸で灯り始めた電灯がラメのように光って綺麗だ。二つの岸の間を、渡し船が行っては帰り、絶え間なく結び続けている。

こぼれ落ちた涙を指でぬぐった。洟もすする。ついこの前まで、なんでもできると思っていたのに、たった数日で無力な子供になってしまったようだった。

「私じゃサメを守れない……何もできない……」

夜が深まり星が瞬き始めるまで、湊子はずっと水道を眺めていた。

深夜に民宿へ帰り二階の自室へ直行すると、着替えもせず真っ暗な部屋で膝を抱えて眠った。

＊

「それじゃあ、今日の『渉&りりあチャンネル』はここまで。ご覧の通り、ついに！　サメで話題沸騰の上津井にやってきましたー！　明日からは、なんと海に出て生配信するよ！　みんな見てね——！」

背後の岸壁の向こうには、夕日に照らされる海と、遠くに霞む島々が見えている。

テンションを上げて話した渉は、生配信しているスマホのカメラを、隣に立つりりあへ向けた。

まだ寒い三月中旬にもかかわらず、首の後ろでリボンを縛るタイプの黒いビキニに、ヒールのサンダル。足首まであるベンチコートを羽織った彼女は、ポーズを取り笑顔で手を振る。

「またねえー」

配信を終えスマホのカメラを止めるなり、渉は張り付いた笑顔を引っ込めた。もの珍しそうに取り巻いていた観光客を、シッシッと追い払う。

「はいはい、もう終わったからね。散った散った。おい、そこのお前、勝手に写真撮んじゃねえぞ！」

今、サメで一番盛り上がっているだけあって、上津井の港は盛況だった。

十七時だというのに、漁協がやっている屋台やサメクルーズの発着場には、人だかりができている。マスコミの取材もたくさん来ていた。最初は漁師が殺された悲劇の港として報じられたのに、今では毎日イベントが開催されているとしか思えない。観光客の財布の口はゆるく、どんどん金を落として行くから、商売している人々は笑いが止まらないだろう。

「もう行こう。人ごみ嫌い」

頷くと、渉はりりあの手を引き、駐車場に向かって歩き始めた。コートの前をぎゅっと合わせた彼女は、「寒ーい」と震える。

「……無理に水着にならなくてもいいって、言ってるのに」

「ううん、いいの。わたし使命を感じてるし。それに……」

言わんとしていることを察して、渉は黙った。渉&りりあチャンネルは、いわゆる水着チャンネルだ。さまざまな企画を行ってはいるものの、りりあがずっと服を着ている回は、再生回数がほとんど上がらない。

人波を押しのけながら市場の駐車場までやってくると、ぐうと腹が鳴った。

「……何か食べようか」

提案するも、やっとのことでとった民宿の宿代と、この企画に使う経費を先に支払ってしまったため、ほとんど金がなかった。りりあは金を持っているが、払ってもらうのは気が引ける。

きょろきょろと辺りを見回した彼女は、道沿いに張り出している小さな看板を指さした。

「あそこの小料理屋行こう。適当におじさん捕まえるから」

「……またあれやるの?」

「土地土地の、美味しいものを食べた方がいいでしょう?」

ピンク色の唇を引き延ばし、彼女はふわりと笑った。

小料理屋は、カウンター数席に座敷十席ほどの、こぢんまりした古い店だった。高齢の女性店主が切り盛りしていて、常連と思われる男たちが景気良さそうに飲んでいる。

二人が入店するなり、全員の目が自然とりりあに集まる。当然だ。年季の入った男らの中に、ひとり若くて麗しい女が交ざってきたのだから。

店内を確認した彼女は、座敷で豪勢に料理を注文している、小柄でよく日に焼けた男に目をつけた。

六十代半ばぐらいだろうか。シーサーに似ていて、とにかくお人好しそうな顔をしている。

すっと座敷に上がり、りりあは彼の横へ座った。流れるような所作は、前職のなせる技だ。

「お爺ちゃん、一緒にご飯食べていい？　わたし、すごくお腹空いてるの」

甘えた声で言うと、飛び出さんほど目を丸くしている男に、ごく自然に肩をくっつける。

顔を真っ赤にした男は、目尻を下げつつも、少し距離を置いた。

「困ったのさあ。こんな綺麗なおねえちゃんと一緒にいるところ見られたら、沖縄のオバアがやきもち焼くでしょう。でも、ご飯が食べたいなら、いいのさあ。テレビの取材でもらった金があるから、全部奢ってあげるのねえ」

「やった、ありがとー」

すかさず渉も座敷に上がると、りりあと男の間に割って入り腰を下ろす。

「悪いね。爺ちゃん。俺も腹減ってんだ」

男は目を丸くしたが、後頭部に手を回し快活に笑った。どうやら底なしの好人物しらしい。

「一本取られたでしょう。彼氏もいたのねえ。あんたも好きに食べるのさあ」

いつもと同じパターン。りりあの選球眼は侮れない。照屋と名乗った男は気前がよく、りりあと渉が一緒に食事をしてくれるのが嬉しかったようで、船盛りや焼き魚、煮魚など、二日間は食べなくてもいいぐらい御馳走してくれた。

翌朝、渉は頭痛で目が覚めた。照屋につき合わされさんざん飲んだあとの記憶がないが、ちゃんと二人で民宿に帰り着いたことにホッとする。

カーテンの隙間から、朝日が射し込んでいた。時計を見るともう八時だ。隣の布団で、ベンチコートを着たまま寝ているりりあに声をかける。

「りりあ、もう起きろよ。出かけるぞ。配信しないと」

「うーん……。頭痛い」

酒に強いくせに、彼女は珍しく頭を押さえていた。

「爺さんに乗せられて、焼酎がぶがぶ飲むからだよ」

「あのお爺ちゃんすごい。わたしお店では負けたことないのに……」

目を閉じてしまった彼女を再度呼ぶ。

「りりあ」

「……」

「とみ子」

「――その名前で呼ばないで」

源氏名ではない方の名前で呼ぶと、彼女はむくりと起き上がり、軽くこちらを睨んだ。のろのろ起床すると、シャワーを浴びに部屋を出て行く。

彼女が化粧や支度をするのに、ゆうに一時間はかかるため、渉は一仕事しておくことにした。布団を畳んで部屋の片隅に押しやると、ちゃぶ台を引っ張ってきてノートパソコンを開き、ユーチューブのアカウントを開く。

ユーチューバー。それが、現在の渉の職業だった。

昨日の夕方、上津井港で撮影し、りりあが照屋と飲んでいる間に編集してアップした動画の反応を確認する。再生回数五千二百回。旬のサメの話題に乗っかったこともあり、まあまあだった。コメント欄は代わり映えせず、男性視聴者からの、りりあの水着姿への賛辞ばかりだったが。

渉&りりあチャンネルの現在の登録者数は、二万八千百四十五人。動画数は百七十三で、平均再生数は一万回前後。一番多いもので十二万回。かろうじて収益化はできているものの、その中では底辺に近い零細チャンネルだ。

渉がどんなに知恵を絞った企画をやっても再生回数は振るわず、売りになるのは、りりあの水着だけ。それすらもカップルである渉の存在が邪魔になり、敬遠されることもあった。

必然的に、渉には金がなかった。もともとない金が、ユーチューバーという職業に拘っているせいでどんどん減っていく。このままでは、りりあの貯金をあてにすることになりかねないため、最近は一発当てて再生数を獲得することばかり考えていた。

そんなとき、降って湧いたのが瀬戸内海のサメ騒動だ。テレビや新聞、その他のメディアは、どこもサメ一色。日常生活やユーチューブでも、誰も彼もがサメの話をしている。映画のジョーズみたいなのが、三匹もいるのだから当然だ。

現地へ行き、巨大ホホジロザメの映像を撮ることができたら、とんでもない再生数を得られるに違いない――。そう考えて、同棲(どうせい)している東京下町のアパートから、電車を乗り継ぎこの港町へやってきたのだ。

りりあがシャワーから戻ってきた。無言でパソコンを持ち上げ、渉はちゃぶ台を引き渡す。当然のようにメイク道具やらヘアアイロン一式やらを並べ、彼女は支度を始めた。

どうしてこんなにも時間がかかるのだろうと思いながら、窓際に移動した渉は壁にもたれ、スマホで昨日のニュースをチェックする。

播磨灘で、二匹のサメが魚の養殖場を襲っていた。さらに他の一匹が、自粛要請を無視して釣りに出ていた小型ボートに乗り上げて転覆させ、乗っていた釣り人二人を食べたという。

ぼんやりと画面を見つめる。自分もサメ目当てで来ているにもかかわらず、こんなことを考えるのも野暮だが、社会全体が何か麻痺している気がした。

毎日毎日、被害は出続けているのに、行政は未だサメ駆除に対する施策を打ち出せていない。上津丼を含めた漁港はサメを狩るのを諦め、観光客相手の商売に転じているし、一般人はテレビを通してエンターテインメントとして面白がっている。

芸能ニュースをタップすると、サメ駆除に名乗りを上げた中年芸能人が、インターネット上で「売名行為」「無謀だ」などとバッシングされたため断念したというニュースが上がっていた。

「あほらし……」

もう少しましな話題はないかと画面を眺めていると、青い海を白い大型船が航行しているバナーが目に入りタップする。

『こうじん海洋資源技術研究所』の広告だった。長く外洋へ調査に出ていた〈碧洋号〉という船が十日後に帰港し、子供たちに無料で見学させるイベントを行うらしい。場所を確認すると、アートで有名な直島の隣で、サメが出る海域のまっただ中だった。大型の調査船ならば襲われることはないだろうが、この世情でよく中止にしないものだ。

気楽なものだと呆れていると、準備を終えたりりあが声をかけてきた。

「お待たせ。行こう?」

顔を上げた渉は、支度し終えたばかりの彼女に見蕩れる。夜のライトの下でなくても、やっぱり彼女は綺麗だった。

渉より一つ年上で二十二歳のりりあは、六本木の名の知れたクラブの嬢だった。

色白な顔は人形のように小さくて顎が細く、瞳はくっきりとして色素が薄い。すっと通った鼻筋や、ゆるく巻いたベージュ系の髪もあいまって、どこかハーフめいた雰囲気を醸し出していた。細い体は手足が長いモデル系で、背が高いだけでごく普通の男である渉は、いつも別人種のようだと思ってしまう。

見た目を裏切らない不思議系で会話の機転が利く方ではなかったが、いつもふわりと微笑んでいる彼女はいるだけで癒されるため、常に人気で売り上げは上位だった。

　そんな輝いていた彼女を、当時一介のアルバイトのボーイだった渉は、遠くから見ていることしかできなかった。

「どうしたの？」

　首を振る。なぜ彼女が自分と一緒にいるのか、未だによく分からなかった。


　民宿を出ると、青い空の下、瀬戸大橋を見晴らしながら上津井港へ向かう。

　平日の朝にもかかわらず、サメを見ようとやって来た観光客で、港や市場周辺はごったがえしていた。人波を押しのけつつ、漁船が並んでいる場所よりさらに離れたボートの係留場を目指す。

　サメのいる海域では、貸しボート業もまた自粛要請がされている。しかし、あくまでも要請なので、金を積めば貸してくれる業者もあった。

　準備されている釣り用の船外機ボートを見下ろし、渉はほくそ笑む。

　港近辺を取材しているユーチューバーはこれまでにもたくさんいたが、海に出てサメの姿を捉えることができているものは、未だ一人もいない。零細ユーチューバーの渉は、そこに勝機を見出していた。

　三重県志摩（しま）市で刺し網漁師の家に生まれた渉は、地元の水産高校を出たのち、しばらく漁師をしていた。だが、もともと漁が性に合わず、父親との折り合いも悪かったため、ある日喧嘩して家を飛び出した。その後、流れ流れて東京にたどり着き、りりあがいたクラブのボーイに収まった。

　他のユーチューバーは陸に足止めされているが、渉はボートを操船して自由に海を行き来できる。サメを映像に収めれば、一躍人気動画になるだろう。

「この船なんだね……。わたし不忍池（しのばずのいけ）のボートしか乗ったことない」

今日も水着の上にベンチコートを着込んだりりあは、物珍しそうにボートを眺める。

渉は瀬戸大橋の横に広がる海へ目をやった。雲はなく晴れているし、海面は穏やかだ。浮かぶ島々や四国もはっきり見えている。天気予報もチェックしてきたから問題ない。

しかし、その広さに少し不安になった。ニュースになっているサメは、どれも六メートル以上あり、ジャンプしたり船に乗りかかったりしていた。もしも襲われたら、りりあも危険に晒(さら)すことになりかねない。

「やっぱり、俺一人で行く。りりあはここで待ってろよ。サメだけ撮ってくるから」

寒そうに手を擦りながら、彼女は頬を膨らませる。

「置いていかれるのは嫌。ここで時間潰すなんて退屈だし。せっかく新品の水着着てきたのに……。絶対行く」

「でもさ……」

こうと決めたら、梃でも動かないのが彼女だった。

どう説得しようと思っていると、にわかに背後が騒がしくなり、後ろから男四人の団体がドスドスと足音を立てながらやってきた。全員が、いかにもサロンで焼いていますといった感じの小麦色の肌で、そのうちの背恰好がよく似た二人は、真っ黒と言っていいほどだ。ツーブロックの短い髪をオールバックで固め、高そうなアウトドアウェアに身を包みサングラスをしている黒い男二人に、渉は見覚えがあった。

黒須(くろす)兄弟――。登録者数二百万人の超人気アウトドア・アクティビティ系ユーチューバーだ。

同じ桟橋の、反対側に停めてある豪華なクルーザーの前に立った彼らは、呆然と立ち尽くしている渉に気づいた。兄の方――黒須龍也(たつや)が、サングラスを上げ目を見開く。

「おやおやおやおや、誰かと思えば、ルクラのりりあじゃん。おい数也(かずや)、お前のお気に入りだった、りりあだよ」

肩にかけていたスポーツバッグを下ろした弟の数也が、驚いたように近づいて来た。

「うわ、マジだ。こんなところで会うなんて……嘘だろ？　いきなり店辞めていなくなったから、びっくりしたんだよ」

トップクラスのユーチューバーで羽振りのいい彼らは、頻繁に六本木のクラブを訪れていた。弟の数也は、いつもりりあを指名しては、アフターに連れ出そうと躍起になっていたのを覚えている。

「たしか、下っ端のバイトのボーイと駆け落ちしたって聞いたけど……」

視線が向けられ、固まる。彼らは、上から下まで値踏みするように渉を観察した。

客引きのときに使っていた黒いベンチコートに、灰色のスウェットの上下、クロックスで来たことを後悔するが、そもそも彼らに対抗できる高価な服など持っていない。

「うっすら覚えがあるような気がするけど、まさか……、こいつ？」

数也が呟く。龍也は不可解そうに、顎髭に触れた。

「元ボーイだろ？　こんなひょろひょろのチンピラのどこがいいんだ？」

顔が引き攣る。りりあを窺うと、彼女は正体不明のふわりとした笑みを浮かべていた。店で困った客をあしらうとき、よくしていた顔だ。

「なあ、りりあ。俺たちの方に来ない？　キャビンもあるし、ゆったり寛げるぞ。ケータリングの食い物も揃えてきたし。そんな小さい船じゃ、揺れるし危ないぞ？」

数也の言葉に、りりあは愛らしく考える風を装う。

船を見比べた渉は、みじめになった。リゾートのカタログに出てくるような大型クルーザーと、レンタル料を値切りに値切った釣り用の小型船外機ボート。財力の違いは歴然だ。

びくびくしながら答えを待っていると、彼女はにっこり微笑んだ。

「わたしの水着を待ってる人がいるから、また今度。……知ってた？　わたしたちも、ユーチューバーなのよ？」

ベンチコートのポケットから、渉&りりあチャンネルの名刺を取り出し、彼女は二人に手渡す。

怪訝な顔で名刺を眺めている黒須兄弟を桟橋に残し、特に準備の必要がない渉たちのボートは、一足先に出航した。

「またねー」

りりあは彼らへ手を振る。操船する渉は焦っていた。

――まさか、超大型アカウントの彼らも同じことを考えていたなんて……。

考えが甘かったと思いながら桟橋を振り返る。彼らのクルーザーは大型魚用のオフショアフィッシング仕様で、甲板の後ろにファイティングチェアが陣取り、船尾には立派な竿が何本も立てられていた。とにかく金がなければできないことだ。高価な餌も潤沢に用意できるだろうし、彼らならばサメを撮影するのも余裕だろう。

自分のボートに視線を戻すと、しょぼさに溜め息が出た。古いボート、港へ来る途中に開いていた魚屋で買った餌のアジ数匹。一応用意してみただけの釣り竿……。海に出られることで、他のユーチューバーに感じていた優越感は一気に吹っ飛んだ。

「なんであいつらと行かなかったの？　行けば良かったのに」

ボートの操作をしながら、八つ当たり気味に訊く。

きょとんとしたりりあは、ネイルアートをした綺麗な手で胸元を押さえた。

「水着は何より大事なのよ。……わたしは配信することに、誇りと使命を感じているの」

めずらしくきりりとした表情で、言い切ったとばかりにこちらを見る。

「……そう」

相変わらず、彼女の考えていることはよく分からなかった。

色々引っかかることはあったものの、久しぶりにボートで出た海は爽快だった。昔とった杵柄だ。沖に出るなり、渉は自由に走り回らせる。

これだけサメによる事故のニュースが多いのだし、数時間もボートを走らせれば出会えるだろうと考えていたが、どれだけ待っても一向にサメは現れなかった。結局、無駄に燃料代を使っただけで、この日の配信は失敗に終わった。

悪いことは重なる。傾きかけた日を背後に、消沈しながら上津井港へ戻ろうとしていたところ、ガガガという嫌な音がし、ボートの船外機エンジンが止まったのだ。

辺りには、たくさん木の竿が立てられており、竿と竿の間には目の粗い網が張られていた。網には海藻が付着していて、どうやら海苔の養殖棚のようだ。渉の船は、その一角に乗り上げていた。

エンジンをかけ直そうと試みるが、うんともすんとも言わない。

「絶体絶命ね……」

言葉と裏腹にまったく動揺していない様子で、頬杖をついたりりあは口にした。

「くそっ！」

何度やってもかからないエンジンを叩き、渉は頭を抱える。

——何をやってもだめだ。

先ほど、海上から配信をしたときのことが甦る。

釣り竿にアジをつけて海に落とし、何時間もボートを流したが、サメはかすりもしなかった。これっぽっちも。

サメを生配信すると大言壮語したため、期待していた視聴者が少なからずいたようで、コメント欄には失望の言葉が溢れた。「ただのボートクルーズを楽しむカップルの映像にしか見えない」、「つまんない。こいつら本当に上津井にいるのか?」、「こんな釣り竿でサメが食いつくと思ってる渉はアホ」――など。

間を持たせるほどの話術もないため、りりあが水着でポーズを取る姿を映し続けたのも良くなかった。サメ待ちの視聴者と、常連のりりあファンが喧嘩を始め、もうこのチャンネルは見ないと出て行ってしまう者まで現れた。

不穏な雰囲気の中配信を終えると、視聴者は開始時の五分の一に減っていた。せっかく有り金をはたいて上津井まで来たのに、最悪の滑り出しだ。

黒須兄弟の方が好調なのも、渉の落ち込みに拍車をかけた。気になってチェックしたところ、彼らが釣りの餌にしているマグロの身の塊に巨大なホホジロザメが食らいつき、奪って行くところが撮られていた。専属の助手兼カメラマンを雇っているから、映像も格段に迫力がある。渉が確認した時点で、再生回数は三十万回を超えていた。

「はあ……」

溜め息が漏れる。こんな状況でも、りりあが楽しそうにしているのが救いだった。

「ねえ、何か来たよ」

彼女が指す方に目をやると、一隻の船が瀬戸大橋の方からまっすぐにこちらへ向かってきた。

渉はチッと舌打ちする。一見普通のプレジャーボートだが、サイドに小さめに書かれた海上保安庁の文字が目に入ったからだった。小型の監視取締艇――海上のパトカーのようなものだ。良くも悪くも、彼らは海の警察だから。

操舵室から、二人の男女が前方のデッキへ出て来た。両方とも二十代後半ぐらい。眼鏡をかけた男の方は、やけに愛想の良い笑顔を浮かべており、小柄で小太りの地味な女の方は、対照的に無表情だった。丸っこいショートヘアも相まって、渉は地蔵に似ていると思った。

「あー、派手に乗り上げちゃいましたねー。怪我はないですか？　この船で牽引しますから、縄を船に固定してください」

男の方が馴れ馴れしく話しかけてきた。ぶすっとしたまま渉が頷くと、彼は縄を準備すると言って船尾へ消えた。今度は残された女の方が口を開く。

「養殖棚の持ち主には、こちらからも伝えますから。……ボートの長さが三メートルを超えてるようですけど、二級の免許ありますか？　見せてください」

にこりともせず一本調子で言われ、イラッとした。疑われたのもむかつく。

「……あるよ」

低い声で答える。自動車と一緒で船舶免許も不携帯は罰金となるため、ちゃんと持ってきていた。財布から免許を出し、女に向かって提示する。

「本物か確認しますので、網に入れてください」

女は、手にしていた柄の長い虫取り網をこちらへ延ばした。どうやらこれに免許を入れて渡せということらしい。そこまで疑うのかと、渉は声を荒らげる。

「俺を密漁者かなんかだと思ってんの？　見りゃ分かるだろ。こんな釣り道具しかないし」

「すみません。規則ですので」

まったく申し訳なさを感じさせない態度で言うと、彼女は虫取り網を引き寄せ、渉が入れた免許証を取り出し検（あらた）める。

「サメ被害のことはご存じですよね？　そもそも、この一帯は貸しボートの営業を自粛しているはずですけど……、ボートはご自身のものですか？」

「誰のものでもいいだろ。うるせえな。尋問かよ」

「救命胴衣も……着けてませんね」

呆れた顔で渉たちを見回す。ボートを借りる際、絶対に装着するよう言われたが、動きにくいし邪魔なので船の端に転がしてあった。

たいして年齢も変わらないのに、いちいち偉そうに話す女が癪に障る。

ロープを手に戻ってきた男が、慇懃な笑顔で付け加えた。

「ちゃんとつけてくださいね。装着していれば、もしもの時も浮いていられますから。スマホも防水ケースに入れておいてください。いざというとき使えないと困るので。海で何かあった時は、一一八。瀬戸内海ならどこでも繋がりますから」

大嫌いだった学校の教師みたいだった。さらに苛立ちが募る。女が戻した網から、渉は引ったくるように免許を取り出した。サービスのつもりなのか、一緒にポケットティッシュが入っていた。

「よかったらどうぞ」仏頂面で女は付け足した。

ティッシュの裏には、広告紙が差し込まれていた。海上保安官の制服を着たアザラシみたいなキャラクターが印刷されていて、吹き出しで男が言ったのと同じ内容が書かれている。

「アザラシかわいい」横から覗き込んだりりあが呟いた。

「今いるホホジロザメたちはかなり凶暴で危険ですから、本当に気をつけてください。できれば海には出ない方がいいです」

表情一つ動かさず、女は忠告する。

言外で命令されているように思えて、渉はわざと聞こえるよう、盛大に舌打ちした。

「指示すんなよな。あくまでも要請で、強制はできないんだろ？」

「……そうです」

じとっとこちらを見る目は、挑発しているかのようだった。

「あんた、すっげえ感じ悪いよなあ。名前は？」

「――鶴岡、です」

区切った言い方が、より神経を逆撫でする。

よほど一触即発の雰囲気に見えたのか、男の方が会話に割って入った。

「あ、僕は志賀ですーって、聞いてないですよね。とにかく、船を棚からどかしましょう！」

彼は、持っていたロープをこちらへ投げて寄越す。

言われた方法で、渉は船尾の金具に巻き付け縛った。監視取締艇はバックし、渉のボートはすぐに網から抜け出すことができた。

ロープを外して志賀に返した渉は、エンジンをかけ直す。乗り上げて空回りしていただけのようで、今度は問題なく前進した。養殖網への損傷も、ほとんどなかった。

もろもろ事務処理のことなど聞かされたのち、やっとすべてが完了した。

また渉と鶴岡が険悪な空気にならないよう、年長の志賀が仕切って終わらせようとする。

「それじゃ、おつかれさまでした。よそ見しないで、安全運転をよろしくお願いしますー」

「ありがとー」

去って行く彼らに、りりあは笑顔で手を振った。ボートの上で仁王立ちになった渉は、腕を組み彼らの船を睨みつける。

配信が上手くいかなかったことも、あの女も、何もかも気に入らなかった。

＊

机の前のカーテンから射し込んだ日射しが、頬をくすぐる。

目を覚ました湊子は、机からのろのろと体を起こした。目の前には、スリープ状態になったノートパソコンと、ノートが広げっぱなしになっている。深夜まで調べものをしていて、いつのまにか眠ってしまったようだ。

耳を澄ますと、民宿内はシンとしていた。時計を見るともう九時だし、他のみなは調査のため外に出ていったのだろう。

重い体を引きずってだらだらと一階へ降りてゆき、座敷に主人が残しておいてくれた朝食を、ひとりで食べる。

女子たちと袂(たもと)を分かってから、二日目。湊子はずっと彼女らを避けていて、食事も別で摂っていた。一人でやらなければならなくなったため、なんとか寄生虫説を補強しようと自室に籠(こも)って調べたり考えたりしているが、まったく進んでいなかった。

座敷にかかった月めくりのカレンダーを見上げる。三月になってからすでに二週間以上過ぎていた。渋川が戻ってくるまであと九日。何かを思いついたとしても、これから一人で実験の準備をして実行するとなると、遅すぎるだろう。もう完全に負けだ。

諦めてSMLの活動を手伝おうかと思ったが、それもできなかった。研究を投げ出した湊子に、誰もが失望するに違いない。それを肌で感じるのが恐ろしかった。

大きく息をつく。食が進まず、せっかく用意してくれた豪勢な朝食もほとんど手つかずだった。このままではだめなのは分かっている。でも、どうすればいいのか分からない……。

うだうだとわだかまっていると、民宿の奥さんが顔を出した。これからすべての部屋の掃除をするという。仕方ないので、支度をした湊子は外へ出た。

あてもないので、島の水路に沿ってぶらぶらと歩く。

そろそろ空気は春めいてきて、空は広くて青かった。水路からは潮の匂いがして気持ちがいい。

尾道水道まで出ると、尾道の町や背後に迫る山、ロープウェイが綺麗に見渡せた。渡し船は、今日も休むことなく、迎島と尾道の間を行き来している。

ふっと気持ちがほぐれるとともに、根を詰めすぎていたことに気づき、胸一杯空気を吸い込んだ。

――考え続けたって、だめなときはだめだ。今日一日だけ、自分のために使おう。

決心すると、湊子はある場所へ向かった。

いつもと違う小旅行気分で在来線とフェリーを乗り継ぎ、二時間以上かけて到着したのは、巧神島マリンパークだった。ＳＭＬの活動があるときは、ナッシュがクルーザーで送り迎えしてくれるため、岡山県の近くにある巧神島と広島県の迎島を行き来するのに、そこまで時間はかからない。改めて、毎回そこまでしてくれているＳＭＬに感謝した。

ここにもサメの影響が出ているのか、マリンパークの人影はまばらだった。

ぽつぽついるカップルや親子連れのそばを通り抜け、湊子はシャチの生け簀へ近づく。ショーの合間のようだが、シャチのルナは懸命にジャンプの練習をしていた。またあとで見に来ることにして、本来の目的であるイルカの生け簀の前に行く。

すいすいと泳いでいるのは、バンドウイルカだった。どこの水族館にもいて、イルカと言えばこれを思い浮かべる人がほとんどなぐらい、ポピュラーな種だ。

狭い生け簀にいるのは可哀想だが、彼らの姿を見るなり、ホッとして心の荷が下りた。

もともと、湊子が海洋生物の保護をしたいと考えるようになったのは、イルカという生き物が好きだったからだ。ＳＭＬ主宰のテイラーに共鳴したのも、イルカに助けられたという経験が共通しているためだ。

小学生の頃、両親が離婚した。もともと快活な子供だった湊子は、大好きな父親がいなくなったことで、同級生をいきなり罵ったり叩いたりするなど、精神的に不安定になってしまった。病院に連れて行かれたが治るどころか悪化し、藁にも縋る思いで母が申し込んだのが、イルカと触れ合えるキッズプログラムだった。

　不思議な生き物だった。おそるおそる撫でるとつるつるしていて、目が合った途端、すべて分かっているとでもいうように、そっと寄り添ってくれた。青く透明な海をイルカと泳ぐと気持ちが穏やかになって、もう苦しまなくてもいいんだと分かった。

　そのときから、湊子にとってイルカは特別になった。彼らは、人間と同じ感受性を備えた大事なパートナーだ。虐げたりしてはならない。彼らを守ることが、人間を守ることにも繋がるのだ。

　海洋生物について学ぶようになり、海洋性ほ乳類以外に対しても、同じことを思うようになった。すべての生命の始まりは海だ。未知の領域であると同時に、人間にとって故郷でもある。いくら他の生物より進化できたからといって、人間の力で変容させてはならない――。

「……あれ、君」

　声がして振り返ると、以前シャチの件で問いつめたトレーナーの男性が立っていた。掃除の時間なのか、デッキブラシを手にしている。一瞬身構えたものの、彼は湊子の暗い表情を見て首を傾げた。

「どうかしたの？　この前と随分違うけど」

　何を言う気力もなく、湊子は俯く。

「……別に」

　すぐに立ち去ったものの、彼はしばらくして戻って来た。湊子にパック飲料のコーヒーを差し出す。

「どう？　ここは飲食禁止だから、あっちでしか飲めないけど」

　手を伸ばし受け取った。民宿ではゼミ生らを避けているし、レベッカたちにも自分からは連絡を取ることができないため、人恋しかったせいだろう。

「……なんでこんなことしてくれんの？　前はうざったそうだったのに」

パーク内の一角にあるベンチに移動して訊ねると、彼は苦笑した。

「弱ってる人は、すぐ分かるじゃない。それに、そういう人はだいたい一人で来て、イルカをぼーっと眺めてるから」

「いちいち客を観察してるんだ？」

皮肉っぽく訊ねると、彼は肩を竦めた。

「まあね」

甘いコーヒーを飲みながら、しばらくふたりとも無言で座っていた。

昼時の空は澄み切っていて、太陽の光が心地よい。

いつのまにか、湊子は子供の頃出会ったイルカの話をし始めていた。誰にも言ったことはないけれど、なぜか彼に話してみたくなったからだ。

聞き終えると、彼は大きく頷いた。

「……すごくよく分かるよ。イルカやシャチは、遠い昔に海へ帰ってしまった種だけど、人間とは深いところで繋がってる気がする」

少し前まで、シャチの先祖は犬に似た生き物というのが通説だった。だが現在では、遺伝子学的にカバに近い偶蹄目（ぐうていもく）の生物だったのではないかと考えられている。

――なぜ地上のほ乳類だった彼らは、海へ戻る選択をしたのだろう？

彼らのことをよく知るようになってから、ずっと湊子には疑問だった。地上は面倒なことばかりで、嫌気がさしたのだろうか？

「同じほ乳類として、きっと少しは仲間意識を持ってくれてるんだよ。シャチの訓練をしてても分かるんだ。彼らと心が通じてるときがあるって……」

自分よりも年上の彼が、熱く語っているのが面白かった。湊子は手元に視線を落とす。

——漁師だって、水族館の人だって、悪い人たちじゃない……。

改めて、海の生き物を守りたいあまり、必要以上に彼らを敵視していたことを反省した。

客たちが歓声を上げたのは、そのときだった。

顔を向けると、シャチのルナが連続で豪快なジャンプを決めていた。驚くほど大きな跳躍に、湊子は目を見張る。あと少しで、マリンパークの外周に巡らされたフェンスを飛び越してしまいそうな勢いだ。

伊予灘で見た野生のシャチたちを思い出し、複雑な気分になる。人間が間近でシャチやイルカの姿を見られるのは、こういった施設があるからだ。だからこそ、湊子だってイルカに助けてもらうことができた。しかし、それが彼らの幸せを妨げてしまうことになる……。

トレーナーの男性は、目を細めてジャンプの練習を繰り返すルナを眺めていた。湊子の気持ちを読んだように話し出す。

「たしかに、僕も可哀想だと感じる。でも、彼らについて調べて、できるだけ快適に暮らせるよう配慮してるし、君みたいに彼らに救われる人がいると、この仕事をしていて本当に良かったと思うんだ……」

「————」

言い返したりはせず、湊子はただ頷いた。

帰りの電車に揺られながら、ずっと考え続けた。

いったいどうしたら、この解けない矛盾を解消して、全員が幸せになれるのだろう？　そもそも、そんなことは先人が考え尽くしていて、拘ること自体が子供っぽいのだろうか……？

自分の無力さがもどかしかった。サメも守れないし、本当にちっぽけだ。

長時間かけて民宿の最寄りである尾道駅へ到着すると、すでに日は暮れかけていた。

夕闇が迫る中、駅から水道まで歩き、渡し船に乗ろうとした湊子は、立て看板に気づいて立ち止まる。

尾道でも、明日から観光客向けサメクルーズが開始されるという告知だった。

上津井ではサメクルーズが大当たりして、巨大なホホジロザメを一目見ようと訪れる人が後を絶たず、旅館や民宿は連日満室。町はサメフィーバーに沸(わ)いているのだという。他の漁協も観光客を呼び寄せようと、上津井に追随している話はニュースで見ていた。

最近の世の中の空気はどこかおかしい。いくら沿岸を少し航行するだけとはいえ、あのサメたちが危険でないはずがないのに。経済的に困窮する漁師らのため、見て見ぬ振りをしている行政も、無責任だ。

サメが無事なのは良かったが、この風潮にはさすがに違和感を覚えずにいられなかった。

＊

備讃瀬戸　上津井沖付近

14：21

海上を備後灘方面から戻ると、くっきりとした白い大橋が見えてきた。朝には小雨が降ったのが嘘のように晴れ渡り、点在する島々の緑は茜がかった日を浴びて輝いている。

クルーザーのデッキチェアに腰掛けていた黒須龍也は、サングラスを上げて天然色の風景を瞳に映した。

船尾に四本立てた竿の仕掛けに、反応はない。何度かサメをおびき寄せることに成功したものの、400lbにも耐えられるナイロン製リーダーを噛み切られてしまったため、より強いワイヤー製に取り替えた。餌には鳥一羽丸ごと使っているので、血と脂の臭いにつられたサメがきっと食いつくに違いない。

愛用の時計を見ると、まだ14:30を回ったところだった。先ほどは、とんだ邪魔が入ったが、あと一勝負はできるはずだ。時計がわずかに曇っているのを見つけ、ハンカチで丁寧に磨く。中型のクルーザー一隻ぐらい買えるそれは、数年前、ユーチューバーとして年収が億を超えた記念に、数也と購入したものだった。

動画配信の世界も飽和し斜陽に向かっているが、織り込んだ上で、次にどう繋げていくかは考えてあるし、不安はなかった。資本も人脈も得た今、すべてが盤石だ。それでもあと数年は、こうやって大衆の求めるものに応えていく必要はあるだろうが——。

キャビンから弟の数也とスタッフの石井（いしい）が出てきた。スポーツフィッシング経験者で、フロリダのコーディーネーターだったのを引き抜かれた石井は有能で、今回のサメ狩りの準備や進行、撮影はすべて彼に任せていた。船の操縦を務めるスタッフの川野（かわの）も、石井の同僚だった男だ。

「龍也さん、夕方からまた崩れてくるみたいです」

彼は、天気図と風向きが表示されたタブレットを差し出した。龍也は頷く。

「あと一回ぐらいは、ファイトできるんだろ？」

「その件で……」石井は、心配そうな顔で数也を見た。

「兄貴、今日のうちにアレ、試してみないか？」

数也は、ファイティングチェアの脇に置かれている、ティッシュ箱ぐらいの大きさの装置を顎で示した。装置から出た黒いコードは巻かれており、先端に金属製の吊り輪のような輪っかがついている。

今回のサメ狩りの企画のためにわざわざ用意した、大型魚用の電気ショッカーだった。マグロ漁師に密着したテレビ番組などでおなじみの、電気ショックで気絶させる装置だ。そこまで目新しいものでもないが、まだあのサメたちに対して誰も使用していないようだし、サメを気絶させて殺すことができれば、大きな話題となるのは必至だ。

「これは目玉だろ？　もう使っちゃうのか？」

数也は肩を竦める。

「明日から数日、低気圧のせいで海に出られないかもしれないんだってさ。春からの企画にも取りからなきゃいけないし、あんまり時間かけてられないだろ？」

顎に指で触れながら、龍也は考える。数也の言う通りだった。自分たちにとってサメ狩りは臨時で、四月からは長い間温めてきた野外自給自足キャンプの企画を始動させなくてはならない。

「仕方ないな……やるか」

笑顔を見せたのち、数也は悔しそうに歯ぎしりした。

「午前中を無駄にしてなけりゃなあ。――あの下っ端くそボーイ、ほんとムカつく。性根が腐りきってるよ、あいつ」

今日の獲れ高が芳しくなかったのは、同じ桟橋から船を出している、りりあと一緒の男のせいだった。

早朝、龍也らが出航しようとしたとき、彼らはすでに船にいて、嘘くさい笑顔で挨拶をしてきた。特に気にせずクルーザーを出し、漁場にした備後灘でトローリングしていたところ、彼らの船が少し離れた場所に停まっていることに気づいたのだ。

こともあろうに、あの渉とかいう男は、望遠レンズをつけたスマホで龍也たちの様子を盗み撮りして配信していた。自分で何かをするよりも、龍也たちにくっついていた方が確実にサメを撮れるため、戦法を変更したのだろう。あとから彼らの配信アカウントを確認したところ、サメが餌に食い付くシーンが映っていて、再生回数も彼らにしては悪くない数字だった。

こういう輩は珍しくない。これまでも『黒須兄弟』の番組を盗み撮りしてユーチューブに上げ、再生数を稼ごうとするものは後を絶たなかった。

彼らに対して龍也が感じるのは、哀れみだ。才能のない者たちは、そうやって生きるしかない。大魚に庇護されながら生活しようと、眷属（けんぞく）のように付き従い一生を送る小魚のようなものだ。

ボートに近づいて警告をしたが、彼は知らぬ存ぜぬを通して逃げていった。りりあは彼に対して不満げな表情をしていたので、やり方をめぐって喧嘩をしたのかもしれない。

消えたと思った彼らのボートは、再び現れクルーザーをどこまでも追跡してきた。そのせいで撮影を諦めざるを得ず、上津井に戻ってきたのだ。

「りりあも、あんな男のどこがいいんだか……。係留する港を替えるしかないな。いっそ四国側とか」

数也は石井に目をやる。石井は苦しそうな笑顔を作った。

「急には難しいので、少し時間をください」

船尾の竿に、まだあたりはないようだった。数也はしゃがんで電気ショッカーの準備をし始める。

瀬戸大橋に向かってしばらく進むと、石井が再度キャビンからやってきた。

「上津井に近づいたんで、沖で始めたいんですけど、サメクルーズの船がいるんですよねえ……。どうします？」

立ち上がり左舷から双眼鏡を覗くと、遠くに船影が見えた。屋形船のような庶民的な船で、観光客がたくさん乗っている。上津井港発着のサメクルーズで間違いないだろう。

「結構沖まで来てんだな。どうする兄貴？　またスマホで撮られたら厄介じゃん」

横に立っていた数也が訊く。双眼鏡を下ろし、龍也は応えた。

「さすがに生配信してるユーチューバーはいないだろうし、そこまで近づかなきゃいいだろ」

背後にある釣り竿がしなったのは、そのときだった。

沈黙し、三人でじっと眺める。

一旦撓んでいた糸は、次の瞬間ものすごい勢いで出ていき始めた——獲物がかかった。

「よし、やろう！　撮影開始！」

ファイティングチェアに飛び乗り、竿を摑んでリールをフックする。数也のサポートで、ハーネスも装着した。石井は操舵室の川野にヒットを伝えたのち、慌ててカメラを回し始める。いつでも使えるよう数也は電気ショッカーの側に移動した。

獲物がいる方へ常に船尾を向ける川野の操船は、的確だった。チェアの後ろに体重をかけて倒しては、龍也は反動で弛んだ糸をリールで巻いていく。ポリエステルの糸は弾力がないため、相手の力がもろに伝わってきた。

「ふうっ！　ふうっ！」

肩と腕の筋肉が唸る。チャンネルの企画で世界中のさまざまな巨大魚と闘ってきたが、そのどれよりも重かった。瀬戸内海にいる三匹のホホジロザメは、まさに化け物だ。

サメとの距離はおよそ二百メートル。なかなか縮まらなかった。

電気ショッカーを使用するためには、獲物を二十メートルまで引き寄せなくてはならない。カジキならまだしも、あのサメ相手には無謀だった。

こう着状態が続く。

弱らせるしかないと考え、龍也は操舵室に叫んだ。

「走らせろ！」

進行方向を振り返った龍也は舌打ちする。サメクルーズ船がいる方だった。しかし、今更止められない。

サメクルーズ船から、七十メートルほど離れた場所でクルーザーは減速し、石井が言った。

「龍也さん、もう無理です！　これ以上は前進できません！」

「──あっ！」数也が叫んだ。

それまで船尾方向にまっすぐ延びていた糸が、一直線にこちらへ向かってきたからだった。

弛んだ糸を一気に巻き取るが、間に合わないほどの速さ。サメはクルーザーの真下に潜り込み、前方へ進んだ。糸は船尾のへりに引っかかり船底へと続いている。強度はある糸だが、摩擦には弱い。

このままでは不味い。

川野の操作で、サメがいる方に船尾を向けるべくクルーザーは回転する。糸はへりから外れたが、サメが強く引くため海面に向かって緊張していた。

また糸が出て行こうとする。これ以上サメクルーズ船の方へ行かせる訳にはいかないため、ドラグを締めた。

「ふぐぐぐ……」

先ほどサメが来たとき巻いたのが幸いし、距離は五十メートルほどに縮まっていた。サメは、やけにサメクルーズ船に近づきたがっている。もしかしたら、サメを引き寄せるため何かを撒いたのかもしれない。

サメクルーズ船との距離も近いため、数也が声を上げた。

「おい、兄貴、どうする!?」

船を走らせこの場から離れようという気持ちと、せっかくあと少しのところまで来たのだから、ここで勝負を決めたいという気持ちがせめぎ合う。龍也は空を見上げた。薄い雲がかかり始めている。

海も先ほどよりわずかにうねりが出ていた。もう時間がない。

「船バックさせろ。ここでやる。お前も準備するんだ」

数也は頷いた。

ゆっくりと後退し始めたので、龍也は先ほどと同様にポンピングを行う。

さっさとサメクルーズ船が離れていくよう願っていたが、乗客らが自分たちに気づいた様子で、船は左舷方向から回り込み、なんとこちらへやってきた。三十メートルほど離れた場所で停まる。

「マジかよ……。操船してるやつは何考えてるんだ」

トローリング船の背後には近づかないという不文律を知らないのだろう。

若い女性の二人組が、大きく手を振りながら呼びかけてきた。

「龍也さーん、数也さーん、いつもチャンネル見てます。撮影ですかー？」

見て分からないのかと怒鳴りつけたくなるが、ファンに悪い顔はできないため、数也とともに笑顔で手を振り返した。数也が両手を合わせ、やんわりと牽制する。

「だからスマホで撮らないでね。ごめんねー」

出ている糸は、ついにあと三十メートルとなった。電気ショッカーが使える距離まであと十メートル。数也はリングとスイッチを持ってスタンバイしている。

「ゆっくり下がれ！」

川野に指示する。

サメクルーズ船に目を走らせる。老若男女が十名ほど乗ったそれは、龍也から見て十時の方向に停船し、こちらを観察していた。すべてが済むまで戻るつもりはないのだろう。鬱陶（うっとう）しいが仕方ない。

龍也は撮影し続けている石井に、頷いて見せた。

気合いを入れると、ポンピングして少しずつ距離を詰めていく。

二十五メートルまできたところで、巨大なサメは海面に急浮上した。サメクルーズ船の乗客たちは歓喜の声を上げ、スマホを取り出して撮り始める。

苦々しく思いながら、龍也は糸を巻いた。

距離はさらに縮まった。二十二メートル、二十一メートル。

二十になろうというところで、サメは潜行しようとする。龍也は叫んだ。

「数也、落とせ！」

彼は電極のリングを糸に通し、落下させる。確実にサメに触れさせなくては気絶させられないため、数秒待たなければならなかった。

「……いいか？」数也はこちらを窺う。

コードも延びきっていたため、大丈夫だろうと思った龍也は頷いた。

「やれ――っ！」

スイッチが押され、ジリリリとけたたましく警告音が鳴った。

サメが突如方向を変えたのはそのときだった。サメクルーズ船の方へ、猛烈な勢いで泳ぎ出す。サメが暴れながら近づいてきたクルーズの客たちは、歓声を上げた。数也が目で問うてくるが、龍也は首を振る。電気が流れて悪あがきをしているだけだろう。

マグロを釣る際は、魚の身へのダメージも考慮して、電流を流す時間は十秒以内と決められているが、今回はマグロより大きなサメのため、二十秒ほど流すことに決めていた。

永遠にも感じられる時間が過ぎる。

暴れていたサメは大人しくなり、水の中へ沈んでいく――。

ごくりと、龍也は息を呑んだ。

数也がスイッチを切り、辺りを静寂が包む。

溶けたチョコレートのようにとろりとした水面は、重たげにうねっている。

気絶したサメが浮かんでくるのを、龍也は今か今かと待った。

だが、数秒経ってもサメは現れず、代わりにサメクルーズ船から女性の悲痛な声が響き渡った。

「――お爺ちゃん！　お爺ちゃん！　どうしたの！　お爺ちゃん!!」

龍也は、目を見開く。

船べりから身を乗り出した白髪の老人が、水に指先を入れた状態で、ぐったりとうつぶせに倒れていた。騒然として周りの人が老人を抱え上げる。

何が起こっているのか分からなかった。釣竿に向き直った龍也は、無意識にリールで糸をたぐる。

サメはもはやそこにおらず、ワイヤー製のリーダーはすっぱりと切れていた。

サメクルーズ船からは、心臓が止まっているなどの声が聞こえてきた。家族が心配そうに見守り、娘らしい女性は、操舵室からやってきた船長に必死で訴える。

「早く上津井に戻って！　病院に連れてってください！　お爺ちゃん心臓にペースメーカー入れてるんです！」

隣に立っている数也に目をやると、電気ショッカーのコードを持ったまま石像のように固まっていた。

全身に震えが走る。電気ショックを与えられたサメは、クルーズ船に接近した。老人はそのとき水に手を触れていた……？

「兄貴……」今にも泣きそうな声で、数也が呼んだ。

応える余裕がなく、龍也はただ呆然と立ちつくす。

向こうの船では、船長が海保に通報し、乗客が懸命に心肺蘇生（そせい）を行っていた。

――俺たちのせいなのか……？

ふと視線を感じて見ると、他の乗客らがじっとこちらを見ていた。

先ほどまでの好奇の視線ではなく、尋問するような厳しい瞳。その中の一人、三十代ぐらいの男が、スマホで龍也らを淡々と撮影していた。

——なんてこった……。

吐き気と目眩を覚え、龍也は口元を押さえる。ファイティングチェアに、力なく背を預けた。

播磨灘　鷹松沖

同日
15：09

頭上を覆った薄い雲が、早く流れていく。空模様が怪しくなってきた。

香川県鷹松市の漁港から発着している特別遊覧船『シャーク・ドリーム号』の船長根岸は、操舵室から無線で港のスタッフに連絡した。

「——うねりが出てきたぞ。後の回は中止にした方がいい」

なんとかもう一回運航した方が儲かるが、大事を取った方がいいだろう。生活に必要な航行ならともかく、ただの遊びなのだから。

『……困ったなあ。客がたくさん待ってるのに。とりあえず、相談してみるわ』

無線を切って、根岸は海に目を向けた。靄が立ち、いつもなら直島や巧神島までくっきり見えるのに、間近にある女木島すら霞んでしまっている。

「せっかくの景色がなあ」

呟くと、船の前方二階部分にある船橋から振り返り、客がいる甲板を見下ろした。

『シャーク・ドリーム号』は、上津井のサメクルーズが大当たりしているのを目の当たりにした経営者が、自分たちもと奮起し、退役して間もない渡し船を調達して始めたものだった。根岸が勤める会社は、もとから遊覧船事業を行っていたため、旅客用の許可にも問題はなかった。

渡し船と言っても、普通の人が想像する小船ではなく、尾道〜迎島間で使用されているのと同じ、屋根のない小型フェリーのようなものだ。全長二十二メートルで、バイクや車なども搭載できるよう、船の前後にはフラップ式のランプウェイがついている。現在は遊覧船のため車両は積まずたくさんの人を乗せられるが、最初の頃に詰め込みすぎて海が見えないとクレームが入ったため、定員は二十名としていた。

甲板では、春休みと思われる男子大学生のグループ、家族連れ、恋人同士などさまざまな人々が両舷に張り付き、今にもサメが現れないかと海を眺めている。

前に向き直った根岸は、大きくあくびをした。サメクルーズを始めて五日ほど経つが、一度もサメが出たことはない。鷹松沖をゆっくりと一周するだけだから仕方ないだろう。撒き餌もしていないし、タンカーやコンテナ船と同じカテゴリで、サメの興味の対象外に違いない。

薄曇りの寂しげな海を航行した船は、クルーズの中間地点にさしかかった。

視界に背鰭が飛び込んできたのは、そろそろ旋回を始めようかというときだった。見間違いかと高い船橋から目を凝らすが、確かにサメの背鰭だった。うねりの合間に、固そうな三角の鰭がくっきりと浮かんでいる。背鰭は直島の方からこちらに近づいてきた。とにかく大きい。

ある程度傍まで来ると、水面の下の体も見えた。まるで潜水艇のようだ。

「でけえ……本当にいたんだ……」

サメを見つけたらすぐさま、乗客にアナウンスをするというマニュアルだったが、何もできずじっと凝視する。二十メートルほどの距離まで来た頃、乗客らも気づいた。

「――サメだ！」

左舷前方の乗客が叫ぶと、船上に歓声が上がった。みな船首へ集まってくる。老いも若きも躍起になり、サメの背鰭へスマホのカメラを向けた。

「おーすごい、すごい、こっち来る」

「めっちゃ、でけー！　ジョーズだぁ！」

船の正面までやってくると、サメは周囲をぐるぐると泳ぎ始めた。サービス精神旺盛なやつだと苦笑する。

〈えー、幸運なことにサメが出ましたので、しばらく停船します〉

アナウンスするとエンジンを止め、根岸も船橋からサメを眺めた。

体長は六メートルほどあったが、さすがにこの渡し船と比べると三分の一ぐらいだった。だが、ゾウのように大きいし、生で見る迫力は何にも代え難い。

男子大学生らが船べりから身を乗り出し映像を撮っていたため、根岸はアナウンスで注意した。サメクルーズは行政のお目こぼしで運航できているようなものだ。転落でもされたら中止に追い込まれる。

やがてサメは、船の外周をなぞるように後方へ向かった。船尾にたどり着くと、船の後ろを行ったり来たりし始める。

乗客らも船上をぞろぞろと移動し、再びサメを観察した。それまで背鰭を出し普通に泳いでいたサメは、なぜか体を横に向ける。二色に塗り分けられた体側と、歯が並ぶ大きな口が露になり、乗客らは大盛り上がりで撮影する。

根岸は、ふと嫌な予感に襲われた。

サメの顔が気になったのだ。どうといった表情を浮かべているわけでもないが、なぜわざわざ人間に見せるのだろう。必要もないのに体を横倒しにして――。

凝視し続け、違和感の正体に気づいた。

顔の側面に嵌め込まれた真っ黒なサメの目。それは、乗客らを監視しているように思えた。

ぞくり、と首筋が粟立つ。

中学生の頃、友達に恰好を付けるため覚えた言葉を思い出した。

――深淵を覗くとき、深淵もまたこちらを覗いている……。

「でかい口！　イエーイ！」

大学生が大声で叫ぶ。彼らのうちの一人が、桟橋に架けて車両を乗降させる、ランプウェイに足を乗せていた。総重量十九トンの船だし、バランスが偏ったところでたいしたことはないが、落ちやしないかヒヤヒヤする。

嫌な予感が胸に蟠っているのを感じながら、根岸はアナウンスした。

〈危険ですから、船尾に近づきすぎないでください〉

一分間ほど体を横たえていたサメは体勢を元に戻し、海中へついと潜行してしまった。曇り空でうねりもあるため、姿はすぐに見えなくなる。

「あー、行っちゃったあ……」

乗客らは嘆息したが、根岸はホッとした。何かが嫌だった。何十年も船に乗っている男の直感だ。早く港に戻ってこのクルーズを終わらせたい。

〈これから港に戻ります〉

放送するも、まだ未練があるのか、男子大学生を始めとする何名かの乗客が、船尾付近に留まっていた。

前方に向き直った根岸は、船のエンジンをかける――。

「――おい、また上がって来たぞ！」

背後から、男子大学生の声がした。

え、と思い振り返ったとき、それは起こった。

大きな水飛沫（しぶき）とともに、船の後方でサメが飛び上がったのだ。ダイナミックなジャンプに乗客らは歓声を上げるが、すぐに恐怖の絶叫へと変わった。

二トンはあろうかという超巨体をしならせたサメは、五メートルほどの高さまで浮上すると、空中でひねりを加え船へ軌道を向けたのだ。

あんぐりと口を開けている根岸をよそに、スローモーションでランプウェイを飛び越え、大量の海水をまき散らしながら船尾へ落ちてきた。

立ちすくむ男子大学生二人の真上から、ダン！　という大きな音とともに着地する。

ものすごい音と、衝撃――。

船尾が深く沈み込んだかと思うと、バウンドして元へ戻る。

「わああああっ」

「きゃあ――！」

乗客の悲鳴が響いた。余韻で船は揺れ続ける。

衝撃で舵輪に倒れ込んだ根岸は、上体を起こし甲板を見下ろした――。

信じられない光景が広がっていた。乗客らは船首に向かって逃げ惑っている。船尾に乗り込んできたサメは身をよじらせながら大きく口を開け、うずくまっていた面前の大学生に齧りついた。腰の部分をくわえられた大学生は、倒されて口から血を吐く。サメは首を振って彼の体を食い千切り、胸から上と下半身がおびただしい血とともに甲板に転がった。

「いやあああああ――！」

「わあああああ！」

サメの巨体の下からは、下敷きになった別の大学生二人の手足が出ていた。まだ生きているのか分からないが、一本の足がビクビクと痙攣している。

サメの重みで、船は後ろに向かって十度ほど傾いていた。飛び散った飛沫で濡れた甲板は、つるつると滑りやすい。案の定、夫婦で来ていた女性が転んでしまった。手足で踏ん張ろうとするも、傾斜のせいで船尾へ滑落してゆく。

「きゃああ、あなたああ！」

「裕美子(ゆみこ)！」

他の乗客に足を摑まれた夫がダイブして手を伸ばすが、間に合わなかった。女性はサメに引き寄せられていく。

「助けて！　助けて――――！」

大学生を胃に収めたのち鰓をひくひくさせていたサメは、女性が落ちてくるのを見るや、身を乗り出して大きく口を開き腿(もも)から下にかぶりついた。

「痛い、痛い――――！　助けて――――！」

もがきながら、女性は手を伸ばし続ける。喉の筋肉を猛(たけ)らせたサメは、メキメキと音を立て臀部(でんぶ)を嚙み砕き、女性の体を喉の奥へ押しやった。胸の上まですっぽりとサメの口に収まった女性は、口から血を吐き出すと同時に目を見開いて絶命した。

「わあああああ、わあああああ、わああああああああ！」

船の上で行われる凄惨(せいさん)な光景に、だれもが錯乱していた。

女性を食べ終えたサメは、満足したとでもいわんばかりにゆっくり尾を振る。

いったいどうするのか注視していると、器用に筋肉をしならせ、船尾に向けて軽くジャンプした。上がっているランプウェイに体当たりし、衝撃でフラップが下がる。

みなが固唾を吞んで見守る中、ごろごろと体を回転させたサメは、ランプウェイに乗り上がり、先端から海へ落下した。ぼとん、と鈍い水の音がし、沈んでいた船尾が浮き上がって再度船は揺れる。尾をゆったりと水になびかせたサメは、そのまま海中へ潜行していった。

今見たものを、誰もが信じられない様子だった。しかし、夢ではないと知らしめるかのように、船尾には血の海が広がり、サメに潰され手足が妙な方向を向いた大学生二人の遺体と、もう一人の大学生の胸から上と下半身、さらに内臓をまき散らした女性の胸から上が残されていた。

地獄絵図――。無責任だとは思うが、全身が竦み上がった根岸は、二階の船橋にいたことを心から感謝した。

船上には、生き残った乗客らの叫び声が絶えることなく響き続けた。

＊

低気圧の通過により、朝から激しい雨が降っていた。

上津井漁協の二階にある会議室に集まった漁師らは、薄暗い部屋の奥に設置されたテレビを、固唾を呑み見守っていた。

全国放送の昼のニュース。リアルタイムでレポートしている合羽(かっぱ)姿の記者の上には、鷹松市の港の名前がテロップで出ていた。

『――昨日、サメが乗り上げ乗客四名が死亡したシャーク・ドリーム号を運営する鷹松海運株式会社では、現在も対応に追われています。同日、サメ駆除目的の他の船が使用した電気ショッカーにより、上津井港発着のサメクルーズ船で乗客が死亡するという別の事故もあり、運航の安全性に問題があるとして、国土交通省は、サメを観覧することを目的とした旅客船の運航全面禁止を、瀬戸内海沿岸の六県に通達しました』

港に着けられたシャーク・ドリーム号に警察が乗り込み、現場検証を行う様子が流れている。こちらに船尾を向け、ランプウェイが下ろされた状態で、雨で水浸しの甲板はブルーシートに覆われていた。隙間からどす黒い血がはみ出し、サメの襲撃の悲惨さを物語っている。

仲間に混じって眺めていた盛男は、苦虫を噛み潰す。

――言わんこっちゃない。何がウィズ・シャークだ。被害者を増やしただけじゃねえか。

上津井港も、昨日は大騒ぎだった。

サメクルーズを操船していたのは平井（ひらい）という漁師で、彼は船上から救急車を手配していた。港では救急車と関係者が気を揉みながら待ち受け、船が港へ戻るなり、心停止した高齢男性はすぐさま倉敷の総合病院へ運ばれた。だが、搬送に時間がかかりすぎたことも災いし、男性はそのまま帰らぬ人となった。

現在、平井と電気ショッカーを使用したユーチューバーらは、海保の取り調べを受けている。死亡した男性の遺族は激高しており、海難審判では収まらず民事訴訟も起こす構えだ。ユーチューバーだけでなく、平井にも過失があるのは明白なため、賠償は避けられないだろう。サメクルーズを運営していた漁師らは大分稼いだが、保険には加入していなかったため、売り上げのほとんどが消え去るに違いない。

「サメのせいで、全部ご破算（はさん）だな……。もう、観光も終わりだ」

呟いた組合長に、盛男は鋭い瞳を向ける。

――何言ってんだ。馬鹿なのは人間の方だろ。

何よりも腹立たしいのは、昨日起こった二つの事故は、すべて人間の愚かな行いが原因だということだ。危険なサメがいることは分かっているのだから、不必要なクルーズで海に出なければ誰も死なずに済んだはずなのに。

金に目が眩んだ者たちに吐き気がした。彼らは自分たちの愚行を認めず、サメに罪を押し付けようとしている。盛男はサメを憎んでいるし殺したいと思っているが、皮肉にもこの件に関しては、サメの肩を持たざるを得なかった。

ニュースが終了し、今度は全国放送のワイドショーが始まる。

トップの話題はもちろん、シャーク・ドリーム号の事故だった。乗客がスマホで撮っていた映像が流される。昨日から同じものを何度も見たが、サメの跳躍力には目を見張るばかりだった。背鰭のタグが緑なので、このホホジロザメはロキだ。

上津井の事故も報道され、スタジオのパネルで、ユーチューバーの黒須兄弟が紹介される。若者に大人気で、俊もたまに彼らの動画を見ていたため、盛男も顔だけは知っていた。

彼らは憔悴しており、所属事務所は彼らの無期限謹慎と、チャンネルの無期限閉鎖を発表したと、アナウンサーが読み上げる。コメンテーターらは当然の措置だと、彼らの軽挙を非難した。

批判の矛先は、サメクルーズを運航していたすべての運営主体と、見て見ぬふりをしていた行政にも向けられた。インターネット上のニュースにつけられたコメントでも、関わった者すべてが激しいバッシングに晒されているとアナウンサーは説明した。

当然、サメクルーズの先駆者である上津井漁協もその対象で、今日漁師たちがこの場に集められたのも、それが理由だった。漁協の事務所では、全国からクレームの電話が鳴り止まないという。

肩を落とした組合長がテレビを切ると、漁師の一人が声を荒らげた。親戚が養殖業をしている漁師だ。

「どうすんだよ。日本中から敵みたいに見られちゃって。ネットじゃこの辺りの魚の不買運動をしようって話が出てるそうだし、実際に得意先から養殖魚の取引停止の話をされたところもあるんだぞ」

みなが、サメクルーズに関わっていた漁師らに目をやる。彼らは一様に青ざめ小さくなっていた。

そのうちの一人が反論を試みる。

「でも……俺たちだけのせいじゃないだろ。あのサメたちは異常だ。普通のホホジロザメだったら、あんなことにはなってない……。それに、ユーチューバーだって……。まさか、あんな危険なもん使うなんて思わないし」

壮年のベテラン漁師が、腕を組みながら彼を睨みつけた。

「結果としてこうなってる以上、お前らのしたことは間違ってたんだよ」

反論した漁師は悔しそうに黙る。

ベテラン漁師は、組合長とサメクルーズの漁師らを見回しながら言った。

「俺たちは、コツコツ積み上げていた信頼を一気に失ったんだよ。……サメが持ってくる金に飛びついた一部の奴らのせいで。回復させるのに、どれだけの時間がかかるか……」

異議を唱えるものはなかった。

雨脚はさらに強まり、天井を打つ雨音だけが響いた。

水が伝う窓から見える海は、暗く淀（よど）んでいるように見える。盛男には、港町全体が光の届かない海の底に引きずり込まれたように思えた。

階下から事務の女性が誰かを制止しようとする声が聞こえてきたのは、そのときだった。

前にソウコと海洋生物保護団体が来たことを思い出し、みな身構える。

現れたのが、まさに三十代ぐらいの白人の男だったため、また保護団体かと険呑（けんのん）な空気が広がった。

赤と黒のレインウェアに身を包み、大きなタブレット端末を手にした金髪の男は、中を見回しながらニカッと笑い、白い歯を見せつけた。茶色の髪を後ろで一つで縛った、ピンクのウェアの白人女性も一緒に入ってくる。

男を観察した盛男は、同じ外国人でも何かが違うと気づいた。

保護団体の面々は、身なりにあまり構っておらず、無精髭を生やしたヒッピーのような格好だったが、この男女が身を包んでいるアウトドア用のジャケットは、有名メーカーのもので高価そうだ。髪なども清潔感に気を配っている様子が窺える。さらに、保護団体の人間たちが隠しきれていなかった漁師らに対する敵愾心が、この二人からは感じられなかった。

笑顔全開で男が英語を話し始めると、女が日本語に訳し始めた。意味は通じるものの、流暢とまでは言い難いものだった。

「ミナサン、お集りのところ、ごめんなさい。私たち、昨日のニュース見マシタ。とても心が、痛く悲しいデス。だから、えーと、自己紹介しマス。ワタシは、Australia の海洋生物研究所の研究員で、ハロルド・マッデン。博士号も持っている、正式で立派な研究者デス」

独特の語尾に苦笑しつつ、漁師らは顔を見合わせた。保護団体の相手をしている気分ではないため、そうでなかったのは良かったが、疑問が膨らむ。

組合長がおそるおそる訊ねた。

「……それで、何の用でここへ？」

女に英語へ訳してもらうと、男は部屋の奥へと進み、組合長に名刺を差し出した。目を細めた組合長は、遠く近く距離を変えて眺める。英語で書いてある上、老眼鏡がないから読めないのだろう。

図々しくも組合長とテレビの間に入り込み、彼らは漁師らへ語り始めた。

「私たちの目的を話しマス。私は、伊予灘で Killer whales――えっと、シャチの研究をしていマス。瀬戸内海にいる Great white sharks のせいで、みなサンが、困っていると思って来マシタ。ワタシはお役に立てマス」

水色の瞳で自信満々にこちらを見る彼を、みなぽかんとして眺める。

渋い表情をした若い漁師が、口を開いた。

「なんか胡散臭いんだよなあ。外国人の身元なんて調べようがないし、本当かどうか怪しいもんだ。どうせあんたらも、この辺りをうろうろしてる保護団体と同じなんだろ」

外国人というだけで十把一絡げにしてはいけないだろうが、盛男も同感だった。頼みもしないのに、わざわざ向こうから来るものは疑った方がいい。

他の漁師らも同調し、野次が飛び交う。

「ほんとだ。詐欺師は弱ったところにつけ込むって言うからな」

「また上から目線で、俺たちに命令しようっていうんだろ？　うんざりだ」

「そうだ、用はないから、さっさと出て行け！」

投げられた言葉を女に訳してもらうと、ハロルドという男は首筋を掻いて苦笑した。巻き起こったブーイングにもまったく動じることなく、口角を上げながらタブレットを操作し、みなに向ける。

「私たちは、詐欺師じゃないデス。ちょっと、これを見てくだサイ」

外国のテレビ番組の映像だった。盛男も知っているぐらい有名な、自然や生物を扱った番組。学者たちが、海でシャチの集団を調査している回だった。男は早回ししてゆき、途中で止めると、アップで映っている金髪の研究者を指さした。タブレットを顔の横に持ってきて並べ、親指で自らを示す。

「イッツ、ミー」

全員が目を凝らす――確かに、ハロルド本人だった。

「有名なチャンネルに出てるし、一応本物なのかな……」

先ほどとは別の若い漁師が言うと、傍にいた中年漁師が遮った。

「だから何だってんだ。学者がどう役に立つんだ？」

不敵な笑みを浮かべたハロルドは、再びタブレットを操作し、漁師らへ見せる。今度は画像だった。盛男は目を見張る――。海岸の砂浜を撮ったもので、いくつものホホジロザメの死体が転がっていた。

「これは、南アフリカの西ケープ州、ガンズバイの写真デス。ホホジロザメの死体が何度も打ち上げられたことからＮＰＯ法人が調査し、犯人はこの周辺に生息している二匹のシャチであることが確認されマシタ。彼らはサメを殺し、栄養が豊富な肝臓を食べるのデス」

酷い写真だった。サメは胸びれのすぐ後ろを噛み千切られ、砂にまみれて仰向けに死んでいる。頭だけになっているものや、腐っているものもあった。

ハロルドは、さらに別の資料をタブレットに映し出す。

「こちらは、America の San Francisco で行われた研究の結果デス。サメにタグをつけ位置情報を計測して得られたデータ。サメは、シャチが海域に現れるとすぐに逃げて場所を移動しマス。ホホジロザメでも、より大きな体と丈夫な骨格を持ち、集団で狩りをするシャチには敵わないからデス。だから、シャチの気配を感じたらサッサと逃げていきマス。これを利用して、Australia では、サメを追い払ったりしていマス」

弱肉強食の海――。盛男は唸る。巨大で凶暴なあのホホジロザメたちですら、頂点には立てないのだ。

いつのまにかハロルドのペースに乗せられ、漁師らは真剣に聞き入っていた。

聴衆の反応に満足げなハロルドは、タブレットを下ろすと、急に空気を変える。

「でも、シャチは人間にはフレンドリー。私たちは、今伊予灘にいるシャチと、とても仲良くしていマス。条件づけすることで、彼らはショーに出るシャチのように言うことをきく。だから、困っているあなたたちのために、彼らの力を貸す準備がありマス」

全員が息を呑んだ。室内は静まり返る。

瀬戸内海の一画から出ていくことなく、荒し回っているサメたち。ソウコの話だと出られない理由があるそうだが、ハロルドが言うようにシャチの力を借りれば、強制的に追い出すことができるだろう。去らないならシャチはサメを殺すだろうし、どちらにせよ、また元の海に戻る……。

「……本当にそんなことをしてくれるのか？」

すがるような眼差しで、組合長が訊ねた。

もはや傲岸不遜に見える笑みを浮かべたハロルドは、イエス！　と大きく叫んだ。

「じゃあ頼む。やってくれ！　すぐにでも」

浮き足立つ組合長に、立てた人差し指を向け、彼は窘める。女が言った。

「伊予灘からシャチを動かすには、お金がかかりマス。その他の経費もいるし、私たちの研究と仕事に対する正当な報酬も必要デス」

「い、いったい、いくらなんだ？」

眉を下げ、気弱な表情で組合長は質問する。ハロルドは、両手の指を使って六という数字を作り出した。

「六万円？　六十万円か？　それぐらいなら」

安堵した組合長に、ノーノーと言って、ハロルドは首を振った。強調しながら声を張り上げる。

「シクスティ、サァウザンド、ダァラーズ」

「六万ドルデス」女が訳した。

英語も金の単位もピンと来ない中高年の漁師らがきょとんとしていると、若い漁師がスマホで計算した。

「日本円にすると、今のレートで七百万円だって」

「ななひゃくまん?!」

目玉を飛び出させんばかりに見開いて、組合長は叫ぶ。

「そんな大金、出せる訳ないじゃないか！」

室内に動揺が広がった。

冷めた水色の瞳で漁師らを見回しながら、ハロルドは付け加える。

「すべて、あなた方次第デス。平和な海と仕事を取り戻したくないデスカ？　他の漁協と相談して少しずつ出し合えば、無理な金額ではないはずデスヨ」

漁師らは沈黙する。組合長は俯き、唸りながら脂汗をかいていた。

盛男は冷静にハロルドを観察する。自信過剰で見るからにいけ好かない外国人だ。船で毎日海へ出ている漁師だからこそ、彼の要求が不当なものであることがよく分かる。法外すぎる金額――。なぜこの町に絡んでくる外国人には、まともな人間がいないのだろう？

誰も言葉を継げずにいると、ハロルドは口の両端をにいと上げて笑った。

「今日のところはこれで帰りマス。――気が変わったら、いつでも連絡クダサイ」

受話器のジェスチャーをすると、彼は女とともに、悠々と会議室を後にした。

組合長に向かって、老年の漁師が話しかける。

「もう頼んだ方が良いんじゃないか？　確かに高額だけど、いろんなところに声かけて集めれば無理じゃない金額だし……。シャチでサメを追っ払えるなら、それが一番だろ？」

別の漁師が口を挟む。

「だとしても、大金すぎるよ。伊予灘にいるシャチを誘導するだけで、なんでそんなに金がかかるんだよ。照屋さんだっているし、みんなで駆除すればなんとかなるさ」

老年の漁師は腕を組み、ふん、と鼻を鳴らす。

「けど、あの人来てもうずいぶん経つけど、まだ一匹もホホジロザメを仕留められないじゃないか。獲れてるのは別のサメばっか。テレビに出て喜んでたし、遊びのつもりじゃないのかね」

これには、後ろの方で黙って聞いていた酒巻が反論した。

「間近で見てるけど、あの人サメ狩りは真剣にやってるよ。サメたちの頭が良すぎるんだ。餌だけ器用に抜いていったり、リーダーじゃない部分のナイロン切っていったり……。でも、日に日に抜け道を塞いでいってるから、そのうちに勝てると思う。だいたいみんな、照屋の爺さんの手伝いすらしてないんだから、偉そうに言うのはおかしいだろ」

気迫に押され、老年の漁師はしぶしぶ頷く。

「……分かったよ。なら、照屋さんに任せよう」

組合長がまとめて、集会はお開きになった。

みなが帰っていく中、盛男は複雑な心境で窓の外を眺めていた。

やはり、シャチほどの生物でないと、あの化け物じみたサメたちを殺すのは難しい……。

現状、盛男にはまったくサメを殺せる気配がない。照屋が言うように命を賭けたところで、先日のように翻弄され、無駄死にするのがオチだろう。

認めたくはないが、強力な武器を持っていない盛男は、食物連鎖において彼らの下にいる。ネズミがライオンに立ち向かうようなもので、最初から土台無理だったのだ……。

——諦めるときなのだろうか？

考えただけで、胸がぎゅっと締め付けられる。

盛男の心を映したように、空を覆う雲は鉛のような色で蠢いていた。

＊

「違う……そうじゃない……そうじゃなくて……」

ノートに描いた、サメと寄生虫の相関図をシャープペンシルでぐちゃぐちゃに塗りつぶし、湊子は自分でダメ出しした。

もう何回目か分からない。周囲には、没になったアイデアを書き散らした紙が散乱している。誰もいない座敷のちゃぶ台に突っ伏し、脂っぽくなった髪をかきむしる。

――渋川が戻ってくるまで、あと一週間。

イルカに会ったことで気持ちが晴れ、改めて仮説を考え始めた。だが、そうそう良い案は浮かばず、二日間ずっと考え詰めだった。

鳥羽の案に合流することも考えたが、どうしてもできなかった。寄生虫から頭が離れないせいもあるし、他の案を出す人間もいないとだめだと思ったからだ。

たしかに、現状では鳥羽の案が正解に近いのかもしれないが、彼の論にも穴があるし絶対ではない。もしも間違っていたとき、誰かが他の考えでバックアップできないと、それこそサメのためにならない。それすらも違っていたらゲームオーバーだが、やらないよりはいいだろう。

煮詰まりすぎて、もうどうにもならなかった。今の湊子の頭は、コーヒーを抽出したあとの、豆の粉よりスカスカの絞りかすだ。

「あー、もう、無理！」

叫んで立ち上がった。これ以上続けてもダメだ。リフレッシュするため、辺りを散歩してくることにした。

二日ほど続いた悪天候が去ったため、湊子以外のゼミ生たちは渦やの主人の船で測定に出かけている。シンとした民宿の三和土へ降り、湊子は外へ出た。

雨が綺麗にしてくれたため、外の空気は澄んでおり、いつも以上に心地よかった。空は高く、少しだけ薄い雲が刷かれている。太陽がうららかに降り注ぎ、本当にもう春が来るんだなと思った。

民宿の前で思い切り伸びをすると、湊子は水路沿いにぶらぶらと歩き出した。尾道水道まで出て戻ってくれば、よい運動と気晴らしになるだろう。

二メートルほど下の水路に並んだ船を眺めながら歩く。気分は爽快だったが、ここ数日世間を騒がせているニュースが、どうしても心に引っかかっていた。

三日前、相次いで死者を出した、サメクルーズ船の事故――。

案じていた嫌な予感は、現実となった。

あんな馬鹿なことを考えた関係者はバッシングされて当然だと思うが、世論の矛先はやはりサメに向かってしまった。危険だから早く駆除しなくてはならないという空気が、日本中に醸成されつつある。

これまで駆除に及び腰だった水産庁や沿岸六県にも激しい批判が寄せられたため、今後の広域鮫害検討委員会では、積極的に駆除の方針がまとめられるのではと言われている。

これからどうなるのか不安だった。自分の研究が進まないからなおさらだ。

小さく息を吐くと、水路から前方に視線を移す。妙な男が歩いて来るのに気づいたのは、そのときだった。

まだ寒いにもかかわらず、グレーのパーカーに、アイロンもかけていないぐしゃぐしゃのチノパン、足元は泥だらけの登山靴という、ラフすぎる恰好。近所の人がちょっと買い物にでも出たのかと思ったが、それにしては大きすぎるアウトドア用のバックパックを背負っていた。顔や手、服は全体的に土埃（つちぼこり）を被っていて、ぼさぼさの髪は脂ぎって束になっており、二三日は風呂に入っていないのが見て取れる。女子たちと顔を合わせるのが嫌で、浴場を使うのを二日に一回にしている湊子も似たようなものだが、確実にそれより酷い。

直感で危険を感じた湊子は、目を合わさないよう下を向いてすれ違った。

「――ちょっと」

やり過ごしたと思ったところでふいに呼び止められ、ギクリと立ち止まる。恐る恐る振り返ると、小柄で鼻柱の立派な野性味溢れる男は、まっすぐな瞳でこちらを見ていた。

「渦やってどこか分かる？　この辺のはずなんだけど」

上から下まで男を眺めながら、湊子は眉を顰める。

「……泊まりにきたなら無理だよ。今貸し切りだから」

彼は破顔した。

「なんだ、久州大の学生か。泊まりに来たんじゃない」

「あんた誰？」

思い切り訝しげな視線を向けるが、どこ吹く風といった様子で男は答えた。

「――堤浩介。渋川さんの友達だ。ここにいるって言ってたから、出張のついでに渡したいものがあって来たんだ」


渋川の友人だけあって、堤はかなりの変人だった。

水路に沿って歩いているだけなのに、いちいち何かを見つけては立ち止まる。気になって彼が眺めているものに目をやると、水路の溝にいるコオロギみたいな虫だった。

さっさと渦やに案内して散歩に出直そうとしたが、運悪く奥さんが出かけてしまっていた。仕方なく、湊子は食堂に使っている座敷へ彼を通した。

二階の自室からタブレットを持ってきて渋川を呼び出してみるが、繋がらない。小笠原は離島だし、この時間だと調査で海に出ているのかもしれなかった。

「なんだ、渋川さん小笠原にいるのか。一ヶ月前にもらったメールしか見てなかった。そのあと仕事も兼ねて、山陰の山でずっと虫取りしてたから」

仕事と言っているし、おそらく虫の研究者だろう。だからこんな浮世離れしているのかと納得する。けれど、訪問するまで相手の都合も訊ねないなんて、いくらなんでもいい加減すぎるだろう。

「戻ってくるのは一週間後だよ。無駄足だったね」

堤は、ぽりぽりと頰を掻いた。

「しょうがない。まだ新幹線まで時間あるし、近くの森で採集してから帰るか。ここには来たことないし」

どこまでも虫のことしか考えていないらしい。好きにすればと言おうとしたら、彼はいつの間にかちゃぶ台に置いていた湊子の資料や、あたりに散らばった仮説の没案を眺めていた。

「勝手に何やってんの！」

とても人に見せられるものではないため遮るが、堤は横から覗き込む。

「サメが瀬戸内海の一部海域から出られなくなってる？　へえ……。俺が山に籠ってる間にそんなことになってたのか……。ふうん、寄生虫ね……。でも、なんで君がそんなこと調べてるんだ？」

「渋川が課題にしたからだよ！」

ペースに乗せられ、つい答えてしまう。それが起爆剤となりこれまでのストレスが爆発し、破れかぶれになった湊子はすべてぶちまけた。

「何回考えても上手くいかないの！　鼻にウオノエの小さい版みたいな寄生虫が詰まってたから、最初はそのせいで臭いが分からなくなって、複合的に感知している方向感覚が狂ったのかと思ったんだ。……でも、違って。同じ条件の浅くて小さい湾で、中深層のサメの鼻に綿を詰めて放してみたけど、海峡を抜けてすぐにもとの海域に戻っちゃった」

聞いているのかいないのか、しゃがんだ堤は、湊子が紙に書き散らした仮説のなり損ないを、黙って読んでいる。

「ライバルのグループ……。ゼミの中で二チームに分かれてるんだけど、あたし以外は全員、電磁派のせいじゃないかって仮説に基づいて調べてるんだ……。あたしも、今だって寄生虫説を信じてるけど、もしかしたらそっちの可能性が高いのかな……とか思い始めたりしてて……」

読み終わった紙を集め、ちゃぶ台の上に置いた堤は、立ち上がった。

「――らしくないな。君らしくない」

「……は？　キモ、あんたがあたしの何を知ってんの？」

まっすぐな瞳でこちらを見ながら、彼は笑みを浮かべる。

「自信をなくす必要はない。真実は多数決で決めるものじゃないから。それに、俺たちのようなひねくれものが存在する価値は、そこにあるんだ。これこそが、本当の意味での〈生物多様性〉だと思わないか？」

自信満々に言い切ると、彼は腕を組んだ。

「君、友達いないだろ。俺もそうだから分かる」

「……失礼なやつ。いるよ」

いるけれど、いつも意地を張って喧嘩してしまうから、結局孤独なのは同じだ。言わんとしているところは理解できて、腹が立つ。

むくれていると、机の上の紙に視線を落とし、彼は続けた。

「最初に寄生虫説を思いついたってことは、君の中でなにか直感するものがあったってことだろ？　なら、それを突き詰めた方がいい。失うものはないんだし、ドーンと全力で当たって砕けるんだ。間違いを最小限に収めるとか、無駄を避けるとか、小賢(こざか)しいことは考えるな。その方が、同じダメでも清々(すがすが)しく成仏できる」

言い回しは何か変だが、彼の言葉は心に響いた。萎（しお）れていた気持ちが少しだけ頭をもたげる。その通りだ。どうせダメなんだから、全力でぶつかればいい――。

そうだと呟き、堤は大きなバックパックの中から虫の標本を取り出した。

なんのことはない、ありふれたテントウムシ。だが、その姿は妙に新鮮だった。子供の頃は身近だったけれど、大人になるにつれ虫やカタツムリなどに触れる機会は、ほとんどなくなってしまったからだ。

「これが、どうかしたの？」

綿を詰めたシャーレに入れてあるそれを、彼はピンセットでつまみ、裏返す。

「……繭（まゆ）？」

内側に向けて折れ曲がった、テントウムシの黒い六本足。その間に、米粒ぐらいの大きさの繭が挟まれていた。まるで足で大事に守っているようだ。

「何これ……？」

「蛹（さなぎ）だ。テントウハラボソコマユバチの」

「え、どうしてこんな場所に？　テントウムシが死んだ後に差し込んだの？」

「違う。テントウムシが生きてるときに作ったんだ。そもそも、蛹になる前の幼虫の卵は、テントウムシの腹の中に産みつけられてたんだ」

もう片方の手でシャーレを目の高さまで持ち上げ、堤は答えた。

湊子は盛大に顔を歪める。昆虫が他の昆虫の体内に卵を産みつけるという話は聞いたことがあるが、実際目にすると果てしなく気持ち悪かった。

腹の部分をピンセットで指しながら、彼は続ける。

「この中で生まれた幼虫は、テントウムシの体液を啜（すす）って成長する。三週間ぐらいで腹の隙間から外に出て、今度は羽化するため足の間に繭を作る」

「足の間に作らなきゃいけない理由でもあるわけ？」

「テントウムシをボディガード役にするためだ。寄って来た天敵をテントウムシに追い払わせる」

あまりの理不尽さに、湊子は声を上げた。

「なんで寄生虫のためにそこまでしてやんなきゃいけないの。血肉を分けてあげた挙げ句、今度はいいように使われるなんて……逃げればいいじゃん」

彼は首を振った。

「逃げられないんだ。ハチが巣立った後にまだ生きていて、解放されるテントウムシはたまにいるみたいだけど」

「それじゃ奴隷と一緒じゃん」

「そこが寄生虫の怖いところだな。とくに複雑な進化を遂げた種だと……。テントウムシが逃げないのは、卵と一緒に注入された化学物質が、神経細胞に作用しているからだと考えられている」

「そんなことが可能なの……」

ゾッとした。テントウハラボソコマユバチは、進化の過程でそんな恐ろしい能力を身につけたのだ……。

「生物の本体は遺伝子だ。体も脳も遺伝子の乗り物に過ぎない。遺伝子は自己の繁栄を目指し、そのために〈環境〉をよりよく整えようとする。テントウハラボソコマユバチの遺伝子にとって、テントウムシは〈環境〉の一つに過ぎない。人間が赤ん坊にベビーベッドやミルクを用意するのと、テントウハラボソコマユバチが幼虫にテントウムシを与えるのは、環境を整えるという意味では同じことなんだ。だから、彼らはテントウムシを操れるよう、遺伝子を進化させていったんだ。人間から見るとグロテスクに見えるけど、遺伝子には倫理も道徳も通用しない。厳しい自然界で生き残るために、それだけ利己的かつ冷酷でなければならないんだ」

「……………」

黙ったまま、湊子は頷いた。堤はシャーレを机に置く。

「これで話は終わり――と言いたいところだけど、まだ終わらない」

「え？」

「テントウハラボソコマユバチもまた、別のものに操られてる可能性があるんだ」

裏返したテントウムシを元に戻しながら、彼は口を開いた。

「ウイルスだ。テントウハラボソコマユバチは、自身の卵巣の中で増殖するこのウイルスと共生関係にあると考えられていて、そのウイルスがテントウムシを操ってるという証拠も見つかった。入れ子みたいな構造になってるってことだな」

湊子は言葉を失う。自然というのは、どこまで奥が深いのだろう。そんなものに立ち向かおうとしている自分は、無謀なんじゃないかとすら思えてきた。

「……とはいえ、まだまだ分かってないことばかりなんだけど。すこしずつ、すこしずつ解明していくしかない」

元の通りにテントウムシを綿で包み直した堤は、シャーレに蓋をしてバックパックへしまった。腕時計に目をやる。

「すっかり長居しちゃったな。渋川さんには、また改めて会おうとメールしておくか」

玄関まで彼を送って行く。最初の頃に感じていた胡散臭さは、もうすっかり消え去っていた。

上がりがまちに座り、ボロボロで洗ってもいなさそうな登山靴を履きながら、堤は訊いた。

「……一つだけ聞いていいか？　なんで渋川さんのこと嫌ってるんだ？」

「――え？」

意表を突かれ、湊子は驚く。彼は、こちらを見上げた。

「最初に渋川さんの友達だって言ったら、すっごい嫌な顔しただろ。……まあ、それまでも人を不審者のように見てたけど」

顔に出ていたのかと、苦笑する。真摯（しんし）に話をしてくれた堤に嘘で誤魔化すのも失礼だと思い、正直に答えた。

「あいつは、オオメジロザメを殺したから」

「へ？　……あの一年半前のこと？　なんでそれで？」

不可解そうに彼は眉根を寄せる。湊子は、海洋生物の保護団体でボランティア活動していることと、生き物の命に対してどう考えているのかを説明した。

「だから、嫌いなの。サメ自身のためとか人を助けるためとか理由をつけてるけど、結局はあいつ本人が助かりたかったんだよ。そのためにサメを殺したなんて、絶対に許せない」

手を止めて話を聞いていた堤は、俯く。

「俺もあの件には、ほんの少しだけ関わってたけど……。彼女は、殺したくて殺したんじゃない。渋川さん自身も生死の汀（みぎわ）にいたし、すべての状況が許さなかった」

「仕方なくなんかない。あのサメはもっと生きる権利があった！」

ムキになって、湊子は口を尖らせる。研究者として堤を信用しかけていた分、否定されたことに腹が立った。

「言いたいことは分からなくもないけど、実際にサメは長く生きられない状能だったし、それと自分の命を引き換えにしろと言われても、無理ってものだろ。さっきの遺伝子の話じゃないけど、だれだって自己の生存を優先する」

「は。だから渋川は、利己的で冷酷なんだ」

嘲笑すると、堤は神妙な顔つきで黙った。玄関内は静まり返る。

——またやってしまった。

後悔する。どうしていつも、こうやって関係をぶち壊してしまうんだろう……。

怒って帰ってしまうかと思ったが、堤は寂しげな表情で口を開いた。

「……渋川さんは、あの事故でとても大事な人を亡くした。離れてたって一生心が通じ合ってる無二の親友だ。彼は……俺の唯一の友人でもあった」

事故以来見せるようになった、渋川の投げやりな暗い顔。彼女の知人が亡くなったことは知っていたが、そんな大切な人とまでは知らなかった……。

靴ひもを結び終えた堤は、立ち上がる。ふりかえり、まっすぐに湊子を見た。

「あの人だって、できることならサメを守りたかった。それは事実だ。結果だけを見るんじゃなくて、もっと深く考えてみて欲しい」

何も言い返せないでいると、忘れていたと言って、彼はリュックサックからクリアファイルに挟まれた封筒を取り出した。

「これのためにわざわざ来たんだ。戻ってきたら渋川さんに渡してくれ」

受け取った湊子はじっと眺める。薄ピンクで高価な紙が使われた、およそ堤には似つかわしくないものだった。

「もしかして、結婚式の招待状？」

急にソワソワし始めた堤は、いい訳がましく東北っぽい訛りの早口で言った。

「俺は、まったくそんなつもりなかったんだ。Zorro の恩恵で期限付き客員研究員の職にありついただけだし……。なのにお袋が、ようやく就職できたんだからけじめつけろ、おまえがそんな風じゃ、情けなくて村の中歩けないとか言い出して……。協力して外堀を埋められたんだ。向こうの実家は元庄屋だし……」

「何言ってんだか、さっぱり分かんないんだけど」

湊子が顔を顰めると、彼は、いや、いいと手で遮った。

「とにかく、渡してくれればいいから……」

彼が出て行ったのち、封筒に目をやりながら湊子は呟いた。

「……相手はどんな物好きなんだろ」

変な男だったけれど、さすが研究者だけあって堤のアドバイスは効いた。

やる気が湧いてきた湊子は、座敷に戻ってノートや資料を片付けると、渡し船に乗って尾道の図書館へ向かった。

気分は妙に爽快だった。とにかくダメ元でぶつかるのだ。電磁波説が正しいなら、それでいい。それを元に渋川に行政へ掛け合ってもらえばいいのだし、どう転んでもサメの不利益にはならないのだから。


到着すると、参考になりそうな本を何冊か取ってきて、自習用の席に座る。

最初に読み始めたのは、寄生体の本だった。

堤が教えてくれたテントウハラボソコマユバチの話だけでも驚いたのに、それを上回るおぞましい寄生体の例が羅列されている。

寄生した昆虫が魚に食べられるよう、水辺へ誘導するハリガネムシ。

アリに木を登らせ葉に噛みつかせたかと思うと、下顎の筋肉を破壊して口を閉じたままにし、葉に固定したアリの体を利用して地上へ胞子をふりまく、アリタケの仲間。

ヒアリに卵を産み付けて、孵化すると頭部を食い尽くし、首切りのように頭だけを脱落させたあと、その中で蛹を作って羽化するノミバエの仲間。

ゴミグモの仲間に自らのゆりかごとなる特別なクモの巣を張らせ、最後には体液を吸い尽くして殺してしまうクモヒメバチ。

どれも寄生体が宿主を操り、奇怪な行動を起こさせていた。

知られているだけでこれだけ沢山いるならば、未知の寄生体はもっと存在するのだろう。

他にも、マラリア原虫が人間の体内に入り体臭を強めたり、蚊を引きつける匂いを出させたりしている可能性や、猫を宿主とするトキソプラズマが人間の性格を変えている可能性について言及されている。

遺伝子というものが不思議でしょうがなかった。一体どうして、そんな進化が可能なのだろう……。

戦慄しながら読み終えた湊子は、次の本に手をつけた。

魚の寄生虫の図鑑だ。こちらには、カイアシや、ウオノエなどたくさんの種類の寄生虫が載っている。

サメの鼻の中で見つけた寄生虫を同定しようと、インターネットなどで探し続けていたが、未だ見つけることはできていなかった。一縷の望みを抱いてこの図鑑を開いたものの、ここでもやはりダメだった。ウオノエやタイノエの一種なのだろうが、小さすぎるこの種に言及したものはない。もしかしたら、助川が探していたゴカイのように、バラスト水に混じってどこからか運ばれてきた希少種なのかもしれない。そうなると専門家に依頼しないとお手上げだ。

息をついて図鑑を閉じると、今度は魚病学（ぎょびょうがく）の本を取った。

魚の病気は、見た目が著しく損傷するものが多く、表紙からしておどろおどろしい。

ぱらぱらとめくっていくと、『粘液胞子虫性疾病』という項目が目に入り、手を止める。最近耳にした気がして記憶をひっくり返した。まだ女子チームで動いていて、今治港でホシザメを解剖した際のことだ。サメの鼻の穴から嗅覚を司る経路を辿って頭を開いたところ、脳に点々とシストがついていて、それを見たみかが言ったのだ。

病気のように見えるが、粘液胞子虫もまた寄生虫の一種だったことを思い出す。

「あれは何のシストだったんだろ……?」

閃いたのは、そのときだった。

湊子は目を見開きガタリと立ち上がる。周囲にいた人たちが、何事かと振り返った。

これまで見てきた寄生体は、みな宿主の行動に影響を与えていた。ならば、シストを作っている寄生体が、サメを操っている可能性だってあるのではないか……?。

「……そんな馬鹿な」

笑いがこみ上げ、席につきながら首を振る。しかし、頭上に覆い被さるように降りてきた仮説を、振り払うことができなかった。

先ほど読んだ寄生体の本によると、ハリガネムシは寄生した昆虫が魚に食べられるよう水辺へ行かせるし、アリタケの仲間は胞子を振りまくためアリに木を登らせ、葉に噛みつかせるという。

だとしたら、寄生体が一部の海域からサメが出られないようにしていても、おかしくないではないか?

急いで本を棚に戻した湊子は、尾道の町にある鮮魚店へ向かった。漁に出ている数少ない船から揚がったというドチザメを購入し、渡し船で迎島へ帰る。

渦やへ戻るなり、奥さんに頼んで包丁と調理場を借りて解剖し始めた。

まずは鼻の穴を観察する。やはり謎の寄生虫がびっしりと詰まっていて、こちらを見ていた。

みかのように慣れていないため、おそるおそる頭の皮を剝がし、頭蓋軟骨をペティナイフで慎重に削って行く。大脳半球と、視葉、小脳が現れた。サメの小さな大脳半球には、点々とシストがついている。

「……」

ここまで来たら、止めることはできなかった。

自分でも荒唐無稽だと思っているが、後には引けない。スマホを手に取ると研究室に電話して、シストを作っている寄生虫の同定をしてもらえないかと、梅垣教授に直接打診する。渋川の依頼だと早合点したらしい彼が二つ返事で請け負ってくれたため、保冷剤を詰めた箱にサメの脳を入れ、尾道にある宅配の営業所から冷蔵便で送った。

営業所を出て水道のプロムナードへ歩くと、夜の空気は澄んでいて、両岸に輝くライトの明かりが海に映り、とても綺麗だった。その間を渡し船のライトが行ったり来たりしている。

大きく深呼吸して、湊子は夜空を見上げた。

梅垣教授には悪いが、間違っていてもいい。この説に懸ける。

——とにかく当たって砕けよう。

＊

橙色と水色が混ざり合った夕方の空の下、盛男の船は島々をあとにしながら、快音を立てて走っていた。

前回壊れた船尾は知り合いの業者に安く修理してもらい、左舷には廃船から再利用した頑丈な船用ウィンチを取り付けてもらった。そこから伸びたワイヤーが海の中へと繋がっている。

肌寒かったため、盛男は手に息を吐いた。

ほとんど小型船がいないこの海を、朝からずっとアザラシの模型とともに流していたが、サメは食いついてこなかった。前ならば焦りを感じていただろうが、今はそうではなかった。心のどこかでホッとしている。

——無理なものは、無理なんだ。

シャチに殺されたサメの画像を見て、湧き上がった諦観。

空を飛べないように、どんなに努力してもできないことがある。自分は映画の中のプロディやクイントではないのだ。六メートルを超えるサメに立ち向かって殺すなど、ただの無謀でしかない……。

今日もこうして海に出ているが、ほとんど形だけだった。サメを殺せないことは、誰よりも自分が一番よく分かっている。

他の漁師の話によると、酒巻からシャチの話を聞いた照屋は、より奮起してサメ狩りに精を出しているという。さらに、昨日行われた広域鮫害検討委員会の会合では、自衛隊によるサメ駆除が提言されたそうだ。

詳しいことは分からないが、サメを自然災害とみなし、北海道のヒグマなどへの対応を援用して駆除することはできないかというものだったらしい。まだ意見が出ただけだし、魚への兵器使用に水産庁や各県は消極的なため、どうなるかは分からないが……。

小気味良く響くエンジン音を耳にしながら、盛男は景色を眺める。上津井の港と、そのそばに聳える鷲羽山。四国まで長く延びる瀬戸大橋——。

とても十分にやったとは言えないが、限界が来ているのは理解せざるを得なかった。ここから先は、成り行きを見守るぐらいしかできないだろう。

「俊、すまない……」

言葉にすると、感情がこみ上げてきた。垂れてきた洟をすする。悔しい。でも、どうしようもない……。

しばらく泣いたのち、盛男は夕日に輝く海面に目を向けた。一つだけ、気にかかっていることがあった。

最近、トールがまったく目撃されていないのだ。

厳密にいつからかは、分からない。ユーチューバーが電気ショックを与えようとして逃げられたのは雌のヘラだし、シャーク・ドリーム号にジャンプして乗り上げたのはロキだ。ここ数日海面に浮上していない様子で、オーストラリアが現在公開している人工衛星のログも途切れてしまっていた。

考えられるとしたら、瀬戸内海から出て行ったか、タグが外れたか、……もしくは死んでしまったか。

どれもあり得るが、盛男は違うと考えていた。気配を感じるのだ。

人に言ったら笑われるだろうが、俊を食べたトールと自分の間には、不思議な因縁があると盛男は思っている。だから分かるのだ。トールがまだこの海にいると。

港へ帰り着いた盛男は、肩を落として漁船が並ぶ桟橋を歩く。

空はすでに藍色と赤に染まっていた。堤防の方からエンジン音がして顔を向けると、ちょうど照屋の船が戻って来た。手を挙げると、船首に立っていた照屋が気づいて手を振り返す。

桟橋に船を着けた照屋は酒巻とともに手ぶらで降りてきて、恥ずかしそうに笑った。

「今日は、坊主だったのさあ……」

盛男は微笑んで頷く。もはや彼に対する嫉妬は消えていた。自分がダメなら、トールを殺すのが彼であって欲しいとすら思う。

未だにこちらの寒さに慣れないのか、肩にかけていたタオルをマフラーのように巻きながら、彼は透きっ歯を見せた。

「――一杯どう？　こんな日は、飲むしかないのさあ」

友達と約束があるという酒巻とは市場の前で別れ、二人でいつもの小料理屋を訪れる。座敷が一杯だったため、カウンターに並んで座るなり、彼は開口一番言った。

「あんた、ちょっと前から、何か変わったのさあ。どうしたの？」

「変わった？」

「服が洗濯してあるのさあ。頭もすっきり散髪して、髭も剃っているでしょう」

「ああ……」

顎をさすりながら、盛男は相づちを打つ。

美緒を預かった日から、自分の中で何かが変わっているのは感じていた。視野狭窄で復讐のことしか考えていなかったのに、止まっていた時計の針が動き出したのだ。彼女のおかげで、他のものに目を向けることができるようになった。

俊のことだけが頭を占めていたから寂しいことでもあったが、望むと望まないにかかわらず、時間は苦痛を和らげてしまう……そうなってしまうものなのだ。

皮肉なことに、そのとき初めて現実が見えた。不屈の闘志があろうとも、サメを殺すのが無理だということが。

頼んだ料理がカウンター越しに出される。取り寄せてもらったという泡盛を水のように飲みながら、照屋は饒舌に話し始めた。沖縄にいる大家族のこと、生まれたばかりのひ孫のこと、上津井でのサメ狩りが終わったら、とにかく何もせずのんびりしようと思っていること……。

「あんたもこれが済んだら、奥さんと娘さん一家を連れて、沖縄にくるのさあ。うちに泊まればいいのねえ。オバアが腕を振るうから、みんなで夜通し踊ればきっと楽しいでしょう」

想像した盛男は口元がほころんだ。飛行機に乗るのは二十五年前の新婚旅行の北海道以来だ。みんなで南へ行くのも悪くない。親の仕事が忙しくてあまり遠出をしたことがないから、美緒もきっと喜ぶだろう。何より、おおらかな風土と人が、俊を亡くした家族の心を癒してくれる気がした。

夜も深まり酔いが回ると、照屋はこれまで口にしなかったサメのことを語り出した。

「……船に乗るようになって六十年だけど、あんなサメは初めてなのさあ……。どれも、大きくて賢くて……。だけど、楽しいのねえ。狩りのために、こんなに頭を絞ったのは何十年ぶりか……」

強い酒ばかり勧められカウンターに突っ伏していた盛男は、生返事をする。

ふと、美緒が言っていたことを思い出し、顔を上げて呂律(ろれつ)が回らない口を開いた。

「どうして……人間はサメを殺していいのに、サメは人間を殺しちゃだめなんだ……？」

きょとんと目を丸くした照屋は、微笑して泡盛の入ったグラスに視線を落とした。くいっと飲んで答える。

「誰かが勝手にそう言ってるだけなのさあ。……人間もサメも同じ。海の上にそんな決まりはないのねえ。生きるために縄張りを争って、ぬちを賭けて闘うだけでしょう……」

「で、負けた方が死ぬわけか……」

呟くと、寂しそうな声が返って来た。

「……仕方のないことなのねぇ」

「……あのサメは俺が殺したかったんだ……悔しい……」

拳を握り声を絞り出すと、盛男の肩に照屋の手が置かれた。

「絶対に俺が仕留めてやるから。任せるのさあ」

＊

夜が明けるか明けないかのうちに目を覚ました照屋は、漁へ向かった。

小料理屋の座敷で、大の字になり眠り込んでいる盛男を店主に託(たく)したのち、市場で漁協がいつも用意してくれる延縄漁の餌を受け取る。昨夜友人とはしゃぎ過ぎたのか、酒巻が今日は手伝いを休みたいと連絡してきたので、淡々と出航の準備をし、一人で船を出した。彼が手伝ってくれるので、だいぶ楽できていたが、現役時代はいつも一人で沿岸マグロ漁に出ていたのだ。いないからといって、狩りに出ない理由はない。

ルールを覚え始めた航路を疾走し、燧灘へと到着する。

ようやく太陽が顔を出し始めた空は晴れ渡り、綿菓子のような呑気(のんき)な雲が黄金色に照らされていた。沖縄のような苛烈な日差しはなく、肌に当たる光は穏やかで、春の風はぬるい。水面が輝く海に浮かんだ船の上にいると、絶妙な眠気に誘われた。南の方角に見える四国の山並みもまた、平和で眠くなる。

「ふああ……。いい天気なのさあ」

大きくあくびをしたのち、久しぶりに一人で幹縄を張っていく。

縄を張り終えると、日はかなり高度を上げていた。昼寝の誘惑にかられるが、頭を振って我慢する。

麦わら帽子を被り甲板に出た照屋は、漁具やカゴなどが並ぶ間に座り、銛を研ぎ始めた。

あの巨大なサメたちの固い表皮を貫いて殺せるかどうかは、銛次第だ。これ以上ないほど鋭くしておく必要がある。

砥石(といし)に寝かせた銛先に、手でバケツの水を掬ってかける。水はとろとろと落下して砥石の粉を散らし、鋭くなった銛先が光を反射させ輝いた。銛ごと持ち上げて太陽にかざしてみる。満足できる仕上がりになった。

軽く振り回してみたのち、目印のブイが浮かぶ海を眺める。

軽い気持ちでサメ駆除を請け負ったものの、こんなにも長くかかるとは思っていなかった。

この海にいる三匹のホホジロザメは、沖縄の海にいるイタチザメやオオメジロザメたちとは明らかに違う。生き物らしい素直さがないのだ。狡猾で、人間というものをよく分かっていて裏をかく。外国で研究に使われているそうだから、悪い意味で人慣れしているのかもしれない。

三匹とも、この延縄へ餌を食いに来たことがあった。最初のものはジャンプして口にかかった針を外してしまったし、次の一番大きいものは強靭な歯でワイヤーを食い千切った。最後のメスは餌だけ食って器用に針を吐き出し逃げた。以後はどれも慎重になり、延縄にかかること自体が減った。

そんな彼らを出し抜くには、針に工夫が必要だった。サメ漁に使う針は大きく、人間の手のひらほどもある。だがそれだけでは足らないため、工場で針を四つ背合わせに溶接してもらい、四方に返しがついているトレブルフックに似た形状にした。これならば一つを外しても他が引っかかり、引き寄せられる可能性が上がる。餌の解凍カツオのぶつ切りの中に隠すことができたから、サメは食いつくに違いない。

餌を入れてから一時間半ほど経過していた。食パンを齧った照屋は、操舵室が作る日陰で少しだけ休憩する。あと三十分もしたら、縄の巻き上げに入らなくてはならない。

船外機のエンジン音が聞こえたため立ち上がると、四国側から小型のボートがこちらへ向かって来た。五十メートルほど距離を開け、ぴたりと停止する。

乗っているのは、まだ肌寒いのにTシャツに短パンという身なりの、ラテン系の外国人カップルだった。お揃いのTシャツを着ているし、世界中からサメ保護のために集まっている保護団体の者だろう。

港で抗議するだけでは満足できなくなった彼らが、海上でも漁師らの行動を監視するようになり、もう随分経つ。照屋も数日に一回は彼らにまとわりつかれ、並走して映像を撮られたりしていた。日本人の彼らに対する目は厳しいので、過激なことをされないのだけは救いだった。

今回も、ボートに座った男が、ビデオカメラでこちらを撮影していた。

「こんなお爺さんを撮っても、しょうがないのさあ……」

呟きつつ、照屋は笑顔で彼らに手を振った。サングラスをかけ無表情でこちらを見ていた彼らは、薄く唇を引き延ばし、手を振り返してきた。

「さあて、何を考えているのか。サメよりも分からないのねえ……」

時間が来たため、気を取り直し延縄を巻く作業に入る。

酒巻がいないため、ラインホーラーで幹縄を巻きつつ、枝縄が現れるごとに自分で丸めてカゴへ入れるという、非効率的な作業となる。面倒だが、昔取った杵柄だ。縄を捌く手は衰えていない。

「でも、やっぱり、くたびれるでしょう。酒巻君が来てくれないと」

しばらく作業して手を止めると、足元に出してあったハブ酒をレードルで汲み、一気に呷る。眠気が吹っ飛び、火がついたように胃がカッとして、力が湧いてきた。口元がほころぶ。

「これで百人力なのさあ」

作業へ戻った照屋は、次々と縄を巻き上げていった。

ラインホーラーの動きが鈍くなり幹縄がビンと張ったのは、二百メートルも巻き上げたところだった。船から軽く身を乗り出し真下の海を覗き込んだ照屋は、表情を引き締めた。

「――来たね」

獲物がかかっている枝縄が現れると、柄の長い鉤で引っかけ手で摑む。途端に、ずしりとした重みが伝わってきた。まだ姿は見えないが、途轍もない大物だということは分かる。

甲板に足を踏ん張り、滑り止めの軍手をした手で枝縄を引っ張った。

「ふん！」

これまでに出会ったことのない重さ。固くて引っ張れないどころか、逆に縄を持っていかれそうになる。三匹のホホジロザメのどれかであることを確信した。枝縄に繋がった幹縄までも緊張している。ものすごいパワーだ。

水面から出ている縄は、右へ左へ自在に動いた。さらには大回りして船の背後に移動する。かと思えば、再び網のある正面へ戻って潜った。

「――くっ！」

縄を捌きながら、顔を真っ赤にし照屋は堪えた。翻弄されている。どうにかして、銛の届く範囲まで引き寄せなければ……。

辛抱強く、照屋はタイミングを見計らう。あるところで、いきなり縄が弛んだ。サメがこちらへ近づいて来たのだ。この隙に手早く縄を巻き取る。あと五メートルほど。左手で縄を掴みながら右手を伸ばし、研いだばかりの銛を取る。

「上がってこい……。仕留めてやるのさあ」

子供の頃から、サメ狩りの季節がくると、みなで延縄を張り協力して殺した。

彼らだって生きるためなのだから、悪いわけではないことは分かっている。だが、田畑に実った作物をクマやイノシシと分け合うことができないように、せっかく漁獲した魚を獰猛（どうもう）なサメと分け合うことはできないのだ。人間が自覚していないだけで、それは〈傲慢〉という名の罪なのかもしれないが……。

海底から急浮上してくるサメの姿が見えた。水面から顔を出すと、照屋に向かって大きく口を開く。

整然と並んだ歯と肉厚の歯茎、奥に鰓の穴が見える巨大な口腔――。口の端に針が引っかかっているのが見えた。狙いは成功だ。

「まったく、なんていう大きささあ……」

針を外そうと、サメは右へ左へ、俊敏に尾鰭を振って移動する。ひたとこちらへ向けられたボタンのような目は、力を量っているようだった。船の半分ほどの長さもある体軀には、邪魔する者は鋭い歯と強靭な顎の餌食にしてやるという、高次捕食者特有の圧倒的な自信が漲っている。

銛を構えた照屋は、片手にすこしずつ枝縄を巻き付けながら、冷静にサメを捉えた。初めてここまで接近したが、その頭は想像以上に大きい。仕留めるならば、初手で思い切り目に打ち込んだのち、素早く抜いて頭にも数回突き刺さなくてはならないだろう。

いける、と感じた。サメが近づいたタイミングを見計らい、素早く枝縄を引き寄せる。目に向けて一気に銛を突き出した――。

「――わぁ！」

突如猛烈な眩しさを感じ、照屋はよろめきながら目をそむけた。何が起こったのかは分からない。二、三歩その場で足踏みし、バランスを崩す。まずいと思った次の瞬間、手に巻き付けていた枝縄が、恐ろしい勢いで海へと引っ張られた――。

「――うわああっ！」

踏ん張ることができず、上半身が船の外へ飛び出す。咄嗟に反対の手を出して船べりを摑んで堪える。狡猾なサメが、この好機を見逃すはずがなかった。枝縄は強く引っ張られ、照屋の体は船外へ放り出された。

「わああ――」

四国の山並みが上下逆に見えたのち、頭から海面に突っ込む。たくさんの気泡が立ち上がった。水面に出た照屋は、沈まないよう立ち泳ぎをしつつ、手に巻き付いた縄を外して周囲を見回す。十メートルほど先から、激しい勢いでサメが向かって来た。

何も、持っていなかった。

銛は船の上だ。取りに行けたらいいが、サメはそれまでに必ず照屋の下半身を食い千切るだろう。

――困ったのさあ。

一旦、水面から顔を出して息をすると、再度潜る。

――こうなったら、ぬちを賭けて闘うしかないのねえ……。

盛男に言ったことを思い出し、自嘲する。

口の端に針と縄をつけたままのサメは、強く尾を振り、まっすぐに突っ込んでくる。水面から降り注ぐ光に照らされたその姿は、神々（こうごう）しくもあった。

気を引き締め、サメに身構える。目前に到達したサメは、口を開き歯茎と歯をせり出させた。大人一人すっぽり入るほどの、巨大な口腔――。

ホホジロザメは瞬膜を持たないので、獲物に襲いかかる時は瞳を保護するため白目を剝く。このサメも例によって白目だった。

冷静に動きを観察した照屋は、足で水を掻きながら右手を伸ばし、サメの鼻の頂点に手をついた。ぐっと摑み起点にして、流れるような動作でサメの左横へ回り込む。正面には目があった。そこへ立てた親指を思い切り突き立てる――。水中に血の靄が流れ出した。急所を突かれたサメは、頭を激しく振って照屋を弾き飛ばし、一旦その場を離れた。

この間に息継ぎし、照屋は再び潜って周囲を窺う。ダメージを受けたサメがしばらく戻りそうもないなら、そのまま船によじ上るつもりだった。

だが、違った。

大きく旋回したサメは、体中から怒気を発しながら、ものすごい速さで近づいてきた。照屋は構えの形を取る。再び手でいなし、反対側の目を潰すつもりだった。両目を潰しさえすれば、勝機はある。

――さあ、来るのさあ……。

急接近し口を開けたサメの鼻に向け、左手を延ばす。鼻先をしっかりと捉えた。

――いける！

先ほどと同じタイミングで、今度は右の体側へ回り込む――。途端にサメは激しく身をよじった。学習していたのだ。照屋を振り払うと、歯茎を突出させ瞬時に右腕へ食らいつく。

「ぐうっ」

ゴリ、と骨が切れる音がした。激痛が走り、肺に残していた空気が大きく吐き出される。辺りに血の煙幕が広がった。上腕がすっぱりと切れ、サメの口内に咀嚼(そしゃく)されていく。

次の攻撃が来る前に、動かねばならなかった。足をばたつかせて進むと、残った手を使い、サメの鰓に手を差し込みしがみつく。鰓もまた急所だ。サメは悲鳴を上げるがごとく暴れた。

鰓に手をかけたまま、足でサメの巨体を挟み込む。今いるのは、先ほど目を潰した側だった。反対側まで移動し、もう片方の目を潰すことができれば、助かる芽はあるかもしれない。

照屋を引き剝がそうと、サメは体を覆う強靭な筋肉を使い、激しく猛り狂う。

なんとかして反対側へ移動しようと試みるが、摑まっているだけで精一杯だった。右上腕からは、とめどなく血が流れ出している。もともと空気が残り少ないのに、血圧も下がって意識が朦朧(もうろう)としてきた。

――なあに、まだまだ闘えるのさあ……。

船に接近したサメは、張り付いた照屋を船底のスクリューにぶつけた。頭を打った衝撃でサメから手足が外れ、照屋は青い海中へ投げ出される。頭も負傷したらしく、そこからも血が溢れ出していた。

もはや、泳ぐことすらできなかった。

二ヶ所から血をまき散らしながら、照屋はゆっくりと沈んでいく。霞みゆく目に映っているのは、きらきらと明るい水面と、浮かんでいる自分の船の底だった。

――下からだと、こんな風に見えるのねえ……。

横から水流がやってくる気配を感じて顔を向けると、三たびサメがこちらへ向かっていた。

手で庇おうとするも、あるはずの右手はすでになかった。

――なんてことさあ……。

心の中では、納得していた。

長い間、サメと闘い命を奪って生きてきた。

だから、今度は自分の死ぬ番が回ってきただけなのだ。

片目が潰れたホホジロザメは、加速しながら接近し、大きく口を開く。

――しかたないのさあ……。いい人生だったから、悔いはないのねえ……。

観念し、照屋はゆっくりと瞼を閉じた。


照屋の船から距離を置いて浮かんでいたボートの上では、外国人の女が双眼鏡を覗き込み、男は撮影を続けていた。やがて船の近くの海面に血が広がるのを確認すると、二人はにやりと笑って顔を見合わせる。

男はビデオカメラのディスプレイを閉じて撮影を終了し、女は「ソーリー」と呟き、手にしていたレーザーポインターを海へと落とした。

通報をすることもなく船外機のエンジンをかけると、二人のボートは航跡を残して立ち去る。

あとには、主人を亡くした漁船と延縄のブイだけが、寄る辺なく漂っていた。

＊

薄曇りの空の下、ナッシュが操船するSMLのクルーザーは風を切って走る。

低気圧が近づいているせいか、今日の空気は妙に生温かった。海は濁ったカーキ色で、わずかにうねりが立っている。

クルーザーは、いつもとは反対の南東方面へ向かっていた。備讃瀬戸を抜けると、鳴門海峡を通って和歌山湾を南下していく。ここまでが〈瀬戸内海〉の範囲と決められている、紀伊日ノ御埼灯台(きいひのみさきとうだい)と蒲生田岬灯台(かもだみさきとうだい)を結ぶラインからも出ると、さらに南の沖を目指した。

「もうすぐ着くからね」

隣に座っているレベッカが、こちらを見て笑った。いつものような笑顔を返すことができず、湊子は微笑する。

渋川が戻って研究の発表をするまであと二日。梅垣教授に依頼した、サメの脳にあるシストの同定結果は未だ返ってこず、やきもきしながら本やインターネットで寄生体の勉強をして待つしかなかった。

そんな湊子のもとに、寄港した母船へ招待するというSMLのメッセージが届いたのは、昨日のことだ。期待に応えることができていないため、正直なところ気が乗らなかったが、どうしてもと誘われやってきたのだった。

暇つぶしに見ている手元のスマホには、ニュースの動画が流れていた。

日本中に衝撃を与えたサメクルーズ船の事故も記憶に新しい中、今度は沖縄からサメ駆除の手助けに来ていた元漁師が行方不明になったという。

彼の船が港に戻っていないことに気づいた他の漁師が通報し、海上保安庁が漁場を捜索したところ、船と未回収の延縄だけが海上を漂っていたのだという。今日も朝から潜水士による捜索が行われているが、サメを警戒しながらのため、捗っていない様子だった。

現場の状況から、ホホジロザメを駆除しようとした元漁師は、延縄を引き揚げている最中に、なんらかの原因で海へ転落したと見られている。直近の枝縄が針ごと鋭い歯で食い千切られていたが、行方不明に関連しているかは、今のところ不明だ。動画の中では、元漁師の助手をしていたという上津井の若い漁師が、泣きながらインタビューに答えていた。

事態はどんどん悪い方へ進んでいる。もはや、日本中が三匹のホホジロザメを憎んでいると言っても過言ではなかった。人々はヒステリックに駆除を叫び、未だ行動に出ない行政には、大バッシングが浴びせられている。

動画を閉じると、関連ニュースが表示された。経済産業省が瀬戸内海沿岸の水産業、観光業の被害額を試算したというものだ。開いてみると、サメが現れてからの一ヶ月間で、三十億円もの損害が出ているという。

さらに別のニュースをタップする。国会の予算委員会でも取り上げられ、議論が紛糾したという内容と、沿岸六県からなる広域鮫害検討委員会、及び水産庁が協議し、漁師による駆除は困難なことから、災害派遣名目での自衛隊による駆除を本格的に検討し始めたと書かれている。

——どうして、ここまで酷いことになったんだろう。

息を吐き、湊子は遠くに広がる和歌山県の緑へ目をやった。

無力感が胸を支配する。今更、サメが海峡から出られなくなっていることを証明したところで、日本人はサメを許さず三匹の駆除が終了するまでこの騒動は終わらないだろう……。

「くよくよしちゃだめよ。サメはまだ無事なんだから、元気出して」

気持ちを汲み取ったように、レベッカは湊子の背中を擦る。

ＳＭＬが積極的に発信したことでサメの問題はグローバルなものとなり、現在では世界中から海洋生物保護団体が集まっている。彼らは駆除を続ける有志の漁師らに抗議活動をしていて、レベッカらも、負けじと毎日県庁の水産課などに出向いては、サメの駆除反対を訴えていた。

――サメが無事ならそれでいい。

湊子だって、以前はそう考えていた。でも、今は単純に喜ぶ気にはなれない。漁港や漁師らを通して、さまざまなものを見てきたからだ。この気持ちを、ＳＭＬの人たちと共有できないのが歯痒かった。

「――あ、見えてきたわよ」

レベッカの声に顔を上げた湊子は驚く。母船というからには大型のクルーザーのようなものを予想していたのに、陸地の緑を背景に浮かんでいる船――シノーン号は、全長は三十メートルほどの古い中型漁船を、白く塗装しただけのものだったからだ。

全体的に平板で吃水が低く、前へ行くにしたがって船べりがせり上がっている。船首付近には、高い台と、それを貫く物見櫓(やぐら)が立っていた。外板には、ＳＭＬのマークと船名が、紺色で描かれている。

変わった形の漁船。湊子は首を傾げた。これは何の魚を獲っていた船なのだろう。

クルーザーはシノーン号の後ろへ回り込み、筏のようにへりがなく開けた船尾へ接舷する。甲板で待ち構えていたメンバーたちが手を伸ばし、先にレベッカが乗り込んだ。

日本の領海では、資格なく外国船に乗り込むのは違法だと聞いたのを思い出し、湊子はフライブリッジで停船中の旗を掲揚しているナッシュに訊いた。

「これって外国船なの？」

笑みを浮かべ、彼は首を振る。

「違うよ。日本で購入して登録した船だ。日本人船長もいるから、法的にも問題ない」

納得して湊子は頷いた。さすが用意周到だ。

手を貸してもらってシノーン号の甲板へ降り立つと、人種も国籍もバラバラな十名ほどのメンバーが拍手で迎えてくれた。ナッシュとレベッカは馴染みのメンバーがいたようで、彼らとハグを交わしあっている。

みなの前で紹介してもらい挨拶を済ますと、ナッシュが背の高い銀髪の中年男性を連れて来た。

「ソウコ、東アジア方面を統括してる、リーダーのジーンだ」

「よろしく、ソウコ」

「こちらこそ、よろしく」

北欧の人なのか、銀髪のジーンは背が高く色白で、瞳もまたグレーだった。

見下ろされた湊子は、なぜだか怖い印象を持つ。ハロルドと同じで、目が笑っていないような気がしたからだ。ハロルドの瞳の奥に透けているのは傲慢だったが、この人にあるのはそれとは違う、もっと冷たいもののように思えた。

視線を感じて見回すと、数名のメンバーが固まってこちらを見て話していた。他の人たちとは異なる、剣呑な感じ。目が合うと、彼らは慇懃な笑みを返してくる。

気のせいだと、湊子は自分を説得した。崇高な使命を果たすため、憧れのテイラーのもとに集まっているメンバーなのだ。悪い人などいるはずがない。

「よし、まずは船の見学といこう」

ナッシュに背中を叩かれ、湊子は首を縦に振った。

シノーン号は、見れば見るほど不思議な船だった。甲板はだだっ広いだけで、獲った魚をしまうハッチすらない。

不思議に思いながら、ナッシュとジーンのあとに続いて船首方向へ移動し、船室横の階段からデッキに上る。吃水から三メートルほど上にあるこの場所からは、甲板よりずっと遠くまで見渡せた。

船首に近づいた湊子は、妙なものを見つけた。観光地によくあるコイン式の望遠鏡のようなものに、灰色のシートがかけてある。形は似ているが、こちらの方が長細かった。

閃いて振り返る。先ほどまでいた平らな甲板。船尾にだけへりがない特殊な形状。まるで何か大きなものを引きずって乗せるような――。

「もしかして、これって捕鯨船？　てことは……シートの下にあるのは捕鯨砲？」

口に出すと、真後ろからジーンの声が返ってきた。

「そう。よく分かったな」

いつのまにか背後にいた彼に、びくりとする。頭二つ上から凍り付きそうな灰色の瞳で見下ろされるのが恐ろしく、視線を外して船首に向き直った。

「ＳＭＬの手伝いをするようになって、勉強したから……」

近代捕鯨は、ノルウェーから始まった。クジラの頭部に捕鯨砲を撃ち込み爆薬を炸裂させて殺し、ウィンチで引き寄せ船に乗せるという方法だ。シノーン号は、たしかにその様式を備えている。

違和感で湊子の胸はざわついた。ＳＭＬは、海洋生物の保護を謳っている団体だ。なぜ多くのクジラの命を奪ってきた禍々しい船を、今回の活動の母船としたのだろう……。

手が無意識に捕鯨砲を覆うシートに伸びる。

「――触るな」

厳しい声音に飛び上がり、手を引っ込めた。

「ごめん……なさい……」

湊子が怯えていることに気づくと、ジーンは態度を急変させた。柔和な笑顔を作り、自らの胸に手を当て丁寧に謝る。

「驚かせてすまない。火薬は入っていないから危険はないけど、数々のクジラを殺してきた忌むべきものだから、君に触れて欲しくなかったんだ」

未だ萎縮している湊子に、彼は畳みかける。

「日本はもうEEZ（排他的経済水域）外での捕鯨をしてないけど、保護を訴えるために捕鯨のやり方を知っておくことは重要だろう？　だから、あえてこの船を選んだんだ。東北でツチクジラなどを獲っていた船だ」

灰色の瞳にねじ伏せられ、湊子は表情を強ばらせながら首肯する。渋川と対峙したときと同様、ヘビに睨まれたカエルみたいだった。でも、渋川の方がまだましだ。彼女は裏に別の感情を隠し持っていたりはしないから。

デッキへ戻ると、今度は船内をざっと案内してもらった。甲板の小さな操舵室を見学したのち、今度は階下にある機関室や居住スペースを見て回る。壁にベッドが作り付けられ、布で区切られた狭い空間。どこもあまり綺麗ではなかったが、メンバーは男性が多いし、まあこんなものだろう。

どこも包み隠さず見せてくれたが、ある一角だけ見ないよう注意された。船員の部屋の一つだ。他と違い、広そうでちゃんとしたドアがある。

「おっと、ここだけは汚いから見ないでおいてくれ」

やけに拘るし、ジーン自身の部屋なのかもしれなかった。別段見たい訳でもないため、湊子は苦笑して、先へ進んだ。

最後に通されたのは、キッチンと隣り合ったキャビンだった。船内にもかかわらず八畳ほどの広さが確保されており、真ん中に置かれた四角いテーブルを取り囲むように、座席が作り付けられている。湊子とジーン、ナッシュとレベッカが腰掛けると、ラテン系の女性メンバーが紅茶とお菓子を出してくれた。ジーンは笑顔で両手を広げる。

「改めて、ようこそシノーン号へ。我々ＳＭＬ東アジア支部は、ここを拠点として、サメの駆除中止を求める活動をしていくつもりだ」

「具体的に何か方策はあるの？　これまでと違った」

訊ねると、ジーンはナッシュと顔を見合わせ、掌を上に向けた。

「鋭い指摘だが、今のところできることは限られている。何か動きが出るまでは、これまで通り、データを元に行政に訴えたり、漁師の説得に回ったりするぐらいだな」

テーブルの上で拳を握り、ナッシュは悔しさを滲ませる。

「日本人は、俺たちの話をまともに聞こうとしないんだ。保護団体だと名乗っただけで、嫌な顔をして門前払いされる」

沈痛な面持ちで、ジーンは頷いた。

「ＤＯみたいな過激派のせいだな。捕鯨船の妨害は酷かったから。イエスしか言わないあの日本が、ＩＷＣ（国際捕鯨委員会）を脱退したほどだし、抗議活動にも心底うんざりしているんだろう」

「私たちの他にも、訳の分からない保護団体がたくさん来てるけど、まさかＤＯは来てないでしょうね……？」

不安げなレベッカの発言を、ジーンは一蹴した。

「トッド・フラナガンは、南アフリカでの活動にご執心だから、大丈夫だろう。日本に入国すれば逮捕されるから、今回の件には関わってこないと言われているし」

「一応気をつけた方がいいとは思うけどな。あいつらは何をするか分からないから」

ナッシュの言葉に、ジーンは真摯に頷いた。

「とりあえず、君たちは行政への訴えを続けてくれ。俺たちは、この船で随時海上の見回りをして、大掛かりなサメ駆除が行われる兆候があれば、説得に向かうことにする」

「私たちのポリシーである、穏やかな解決ね」

緑色の目を細め、レベッカは微笑む。ジーンは首を縦に振った。

「――しかし、なぜあの三匹は、この海域から出られなくなっているんだろう」

コーヒーに手をつけ、ジーンは呟く。ナッシュとレベッカがこちらを見たため、湊子は身を縮ませた。

「彼らが出られない理由は、まだ分かりそうにないか？」

ナッシュの質問に、曖昧な笑みを浮かべる。

「……電磁波の影響の可能性が高いみたいだけど、まだほとんど捉えられていないから、どこから出ているのか分からなくて……」

鳥羽の案を話してしまったことに、自己嫌悪する。寄生虫説の方は言えなかった。当たって砕けろと思っていても、まだ同定結果も返ってきていない状態だし、心のどこかで自説に無理を感じていたから。

強ばる湊子の手に、レベッカは自分の掌を重ねた。

「萎縮しないでいいのよ。湊子が頑張ってくれてるのは、みんな分かってるから」

場を暗くしてはいけないと思いつつも、俯きがちになってしまう。そんな湊子を慮ったのか、ジーンは彼に似合わず、明るい声を張り上げた。

「さっきはきつい言い方になってしまって、すまなかった。実は、君にサプライズ・プレゼントがある。今日来てもらったのも、このためなんだ」

手元にあったタブレットをタップし、彼はスタンドに立てこちらに向けた。

再生された動画に映っている人物に、湊子は目を見開く。

テイラーだった。輝くばかりのプラチナブロンドを波打たせた彼女は、すっぴんにラフなパーカー姿でこちらへ手を振る。ロサンゼルスにある彼女の自宅ではなく、どこかの殺風景な室内だった。

『――ハイ、ソウコ。ＳＭＬのホームページであなたの記事を見たわ。メンバーからも話を聞いてる。素晴らしい働きをしてくれているそうね』

部屋が狭いのか声が反響しているが、そんなことはどうでもよかった。

落ち込んでいたのも忘れタブレットに齧りつき、湊子は彼女の一挙手一投足を見逃すまいとする。

夢みたいだった。憧れのテイラーが、特別にビデオメッセージを作ってくれたなんて。

『私も、あの三匹のホホジロザメたちを、心から守りたいと思ってるの。セレブたちに働きかけて、続々と支援も取り付けてるわ。これからも力を貸してね。近いうちに会いましょう』

ウインクすると、彼女はこちらへ投げキッスをした。映画のワンシーンみたいだ。

あまりの美しさに見蕩れ、動画が終わってからも呆然としていた。テイラーが、自分の存在を知ってくれた。しかも、会いましょうとまで言ってくれて……。

「この子、テイラーに心酔してるの。よほど嬉しかったみたいね。あとから動画を送ってあげて」

固まっている湊子の肩を後ろから摑んで揉み、レベッカは笑う。サプライズがもたらした想像以上の効果に満足した様子のジーンは、快諾した。

「――ところで、君の指導教官だけど、聞いたところによると、あのマリ・シブカワなんだって？」

急に渋川の名前が飛び出し、現実に引き戻される。

ナッシュらが彼に話したのだろう。

「……そう。オオメジロザメを殺した最低の女」

口の中で苦虫を嚙み潰す。だが、これまでほど彼女への憎しみを滾らせていない自分に、湊子自身が驚いていた。堤の話を聞いたからだろうか……。

「彼女は今、何をしてるんだ？　瀬戸内海の件では一切名前を見ないが」

　コーヒーを啜りながら、ジーンは訊ねる。一年半前の件で有名な彼女が出てこないことを、不思議に思ったのだろう。

「ゴール・シャークの電磁波による誘引の研究が大詰めで、小笠原にいるから。明後日(あさって)、一旦こっちへ戻ってくるけど」

「へえ……」彼は儀礼的に相づちを打った。

　今度は、ナッシュが口を開く。

「本来のキュクロプス計画の方はどうなってるんだ？」

　湊子は首を横に振る。

「……ぜんぜんだめ。まったく進まない。担当者が今度は交通事故に遭って、入院してるって」

「ワオ、この前はパスポートをなくしたって言ってたし、踏んだり蹴ったりね」

　レベッカは目を見開いた。

　碧洋号の帰還が明々後日(しあさって)だったことを、湊子は思い出す。

　帰港するなり、キュクロプス計画についての大々的な記者会見が行われるはずだが、こうなるとやはり、久州大学が管轄するエリアのデータ抜きで集計するのだろう。この一ヶ月、湊子らゼミ生は無為に時間を過ごしたことになる。

　一時間ほど意見交換をしたのち、湊子らはシノーン号をあとにすることになった。

　曇り空のままだが、あたりはすでに薄暗くなりかけている。

「――じゃあ、また」

甲板で握手を求めたジーンに、湊子は手を差し出す。最初は怖いと思ったものの、話をしていくうち苦手意識はなくなっていた。

彼の手首に巻かれたリストバンドに気づき、それとなく目をやる。タトゥーがはみ出ていたので、隠すためだと思われた。そんなこと気にしなくてもいいのにと苦笑する。

他のメンバーらにも手を振りつつ、湊子はナッシュのクルーザーで帰路に就いた。

二時間半ほどかけて渦やへ戻ると、すでにとっぷりと日が暮れていた。周囲の家々にも明かりが灯っている。玄関で靴を脱ぎ座敷を覗くと、みなすでに夕食を済ませていて、誰もいなかった。主人が湊子の分を残してくれていたため、ホッとして中へ入る。気配に感づき調理場から出てきた主人が、声をかけてきた。

「お帰り。夕方、大学の梅垣先生から電話あったよ。渋川先生か、湊子ちゃんにって話だったけど」

「電話で？」

同定の件だろうか。わざわざ電話してくるなんて変だった。

「何時になってもいいから、戻ったら連絡が欲しいって」

半信半疑で頷くと、湊子はスマホを取り出し教授へ連絡する。

三コール目で出た彼は、開口一番まくしたてた。

『送ってもらったあのサメの脳、瀬戸内海で手に入れたんだな？』

「……そうですけど？　同定終わったんですか？」

湊子は首を傾げる。

『昔の教え子で別の大学にいる准教授に同定を頼んだんだが、今日、結果が返ってきたんだよ。オーストラリアのモートン湾で数年前に発見された板鰓類を相互宿主とする種で、これまで日本未侵入だった粘液胞子虫だ』

「日本未侵入の……」

『資料はメールに添付して送るから見てくれ。後の判断は、渋川――さんに委ねる。言われた通り、俺はちゃんとやったと伝えてくれよ！』

怯えた様子で言い終えると、教授は電話を切った。

密室で脅されたという話は、やはり本当らしい。苦笑した湊子は、今日はチェックする暇がなかったスマホのメーラーをタップする。

十八時頃、教授からのメールが届いていた。開くなり、添付されたＰＤＦ形式の資料がずらりと現れる。膨大な量に思わず顔が引き攣った。

「最悪。しかも、ほとんど英語じゃん……」

そそくさと夕食を済ませ食器を調理場へ持っていくと、二階の自室へ駆け上がり、タブレットでメールの内容を確認する。

ＳＭＬの活動のおかげで、英会話やリーディングはそこそこできるようになったが、これだけの量で専門的な内容となると、湊子の手には負えなかった。面倒だし急ぐので、翻訳ソフトに流し込んで読み始めた。

寄生体である粘液胞子虫は、生育ステージによって放線胞子虫というものになったり、宿主が変わったりする。生活環がまったく不明な種もいるが、研究者の熱心な探求によりこの新種の粘液胞子虫の場合は、相互宿主がすでに判明していた。――多毛類のゴカイだ。

段階に応じて形態を変えるため本来はもっと複雑だが、生活環は簡単に言うとこうだ。

ゴカイの口から海水とともに取り込まれた粘液胞子虫は、腸管上皮組織より侵入し増員生殖したのち有性生殖する。その後、産生された放線胞子虫が成熟すると、腸から体外――海へ排出される。

水分を吸収して三本の突起を延ばした放線胞子虫は海中を漂い、今度はサメやエイの鰓や食道から体内へ侵入するのだ。血管や神経系などを通って脳へ定着したそれは、シストを作り出して粘液胞子を産生し、またゴカイへ寄生するため排出される時を待つ――。

生活環までは判明しているものの、サメの脳から粘液胞子がどのように排出されるかと、どんな病害を与えるかまでは、分かっていないと書かれていた。

机に肘をつき、湊子はじっと資料を眺める。生活環自体は、日本にいるクドア類などの粘液胞子虫とそう変わらない。重要なのは、日本未侵入だったはずのこの種が瀬戸内海で繁殖し、ほとんどのサメの脳に取り付いているということだ。せっかくそこから外へ出ても、次の宿主であるゴカイが遠くにいたら生存の確率は低くなる。

「ってことは、相互宿主になるゴカイも瀬戸内海にセットでいないといけない訳か……。でも、どんなゴカイでもいいってもんじゃないよね」

それについて書かれている場所はないか、資料を送っていく。

手が止まったのは、ゴカイの画像が埋め込まれている文章だった。これ以上ないほど、目を見張る。

「え、ちょっと待っ……嘘……」

助川の頼みで笠岡まで獲りに行った黄色いゴカイ――最近瀬戸内海で増殖しており、加川大学の教授が研究しているという……。

しばらくの間、湊子はぼんやりと眺めた。おかしな話ではない。むしろ瀬戸内海のサメの頭にシストがある時点で、このゴカイの近縁種がいない方が不自然なのだから。

だとしても、ここまでピースがすんなりと嵌まったことに、感慨を覚えざるを得なかった。

「……すご……」

このことを助川や加川大学に知らせたら、なかなかの大事(おおごと)になるだろう。だから先ほど梅垣教授は、渋川に委ねると言ったのだ。

脳が痺れるような興奮を感じながら、湊子は残りの資料も順送りにして眺めていく。この粘液胞子虫の生息域が地図に描かれていた。

モートン湾は、オーストラリアの東の都市ブリスベンに位置しており、国内三位の規模を誇るブリスベン港もその中にある。インターネットで確認したところ、成長著しいこの港には、各国からタンカーや大型船が乗り入れ、日本からも直通便が行き来しているという。

いつか助川が言っていたことを思い出した。あの黄色いゴカイは、船のバラスト水に混ざって来たのではないかと。だとすると辻褄(つじつま)は合う。ゴカイから放出された粘液胞子虫が、瀬戸内海のサメに取り付いたのだ。

——遺伝子は利己的で冷酷。

堤の言葉が甦る。前のめりだった体を起こし、椅子に背を預けて湊子は呟いた。

「もしかして、本当に寄生体に操られて、この海域から離れられなくなってる……?」

シストのあるサメが瀬戸内海から外洋に出てしまったら、黄色いゴカイの生活環が途切れ、粘液胞子虫は存続できなくなってしまう。自らの遺伝子を次世代に繋ぐためアリを木に登らせ葉に嚙みつかせたり、テントウムシを逃げられなくさせるという進化が可能なら、それだって理論的には不可能ではないはずだ。

立てた仮説が、どんどん補強されていくのは、これまでにない快感だった。

机に広げてあったコピー用紙に、湊子は猛烈な勢いで考えを書き出していく。

時計を見ると、すでに二十三時を回ろうとしていた。

渋川がこちらへ戻り、研究発表が始まるのが明後日の十時。あと一日と少しあれば、レポートにまとめることができる。

脳内にアドレナリンがどばどば放出されるのを感じる。落ち込んでいた気持ちは高揚し、留まるところを知らなかった。

「マジで、あたしの手で解明できるかもしれない……」

サメを救うのは難しいだろうが、第一歩であることは確かだ。

とにかく、今は前に進むしかない。

＊

ぬるい風が吹いていた。

薄い灰色の雲が空をびっしりと覆い、昼間だというのに薄暗い。近くに停めてある漁船のロープが風に揺れ、ポールに当たる侘(わび)しい音が鳴っていた。

上津井港の市場の前には、港中の漁師や町の人々が集まっていた。子供以外は全員、暗い色の服に身を包んでいる。みな一様に、沈痛な面持ちで岸壁のほうを見ていた。

「……本当に、すいませんでした！　俺がついていってれば……」

涙まじりの酒巻の声が響く。コンクリートに膝をついた彼は、深く体を折り曲げ、岸壁の前に立つ照屋の家族に土下座した。隣では、同様に這いつくばった組合長が、神妙な表情で下を向いている。背後を固めている漁師らも、次々と謝罪の言葉を口にしながら、頭を下げた。盛男もまた、最前列で頭を垂れる。

家族らの背後には、照屋が残した船が着けられていた。海保が上津井港に曳航(えいこう)してきたものだ。

一昨日、照屋が戻って来ないことに気づいたのは、盛男だった。電話をしても繋がらないため海保に連絡し、夜を徹しての捜索となった。

身柄は未だ発見に至らず、照屋の息子と孫が、沖縄から急遽駆けつけてきたのだった。海保や組合長から状況を説明された彼らは、取り乱すでもなくただ噛みしめるように耳を澄ませていた。

よく日に焼けた中年男性――照屋に生き写しの長男は、目に涙を浮かべつつ、しんみりと笑った。

「……みなさん、そんなに謝らないで欲しいのさあ」

隣にいる目元の濃い快活そうな若者――照屋の孫は、酒巻と組合長に歩み寄り、立ち上がるよう促す。

「土下座なんてやめてください。……いいんです。爺ちゃんはサメと闘うのが好きだったから。生きてはいないだろうけど、悔いは無かったと思う」

「でも、申し訳が立ちません……。困っている我々のために、力を貸そうと来てくれたのに……」

なおも謝罪する組合長に近づくと、照屋の息子は肩に手をかけ、首を横に振った。

「運命なのさあ。人の力ではどうにもならなかったでしょう……」

盛男は、ぼんやりと照屋の船を見つめる。

行方不明になる前日、彼と飲み明かした。飲んで、笑って、サメの話をして――おそらく、自分たちは盟友だった。

それなのに、俊と同じく、彼はある日突然姿を消してしまった。

盛男の大切な人を奪うのは、いつもあの白い死神たちだ……。


事務手続きで海保に呼ばれているという照屋の家族を送り出したのち、組合長が緊急招集をかけ、漁師らは漁協の会議室に移動した。

集めた当人の組合長がやってこず、長い間待たされる。当然のことながら、室内は重々しい空気に包まれていた。

「最悪だな。照屋さんまでこんなことになって……」

「自衛隊がどうこうって、水産庁と連絡会が議論してるんだろ？　頼むしかないんじゃないか？」

漁師らが囁き合っていると、四十分ほどして暗い顔をした組合長が入って来た。おぼつかない足取りで部屋の奥へと向かう。

随分と白髪が増えたように見える彼は、部屋の中を見回し、声を絞り出した。

「……みんなもう分かってると思うけど、照屋さんもいなくなって、我々はもう、サメに対してなす術がない」

全員が黙って聞いていた。

ごくりと喉仏を上下させた組合長は、苦渋の表情で続けた。

「だから……だから……。この前ここに来た外国人に金を払って……依頼しようと思ってる」

誰もが目を見開き、ぽかんと口を開ける。

「伊予灘にいるシャチを連れてきて、サメにけしかけるってやつか？　けど、七百万だかするんだろ」

熟年の漁師が声を上げると、組合長は応えた。

「なりふり構ってられないんだ……。沿岸の漁協にも話をつけて、金をかき集める」

憔悴しきった中にも、彼の固い意志が垣間見え、みな息を呑む。

若い漁師が訊いた。

「でも、詐欺師だったらどうすんの……」

組合長が豹変したのは、そのときだった。撫で付けた髪を振り乱し、憤怒の表情で若い漁師に向かって声を荒らげる。

「人間の力じゃ無理なんだ！　俺たちはもう藁にも縋るしかないんだよ。自衛隊が出るとしたら、手続きだのなんだの議論しないといけないから、相当先になる。あの化け物どもを今すぐ追い出さないと、俺たちは終わりなんだよ……！」

室内は、シンと静まり返った。

シャチへの依頼が決定し、会合はお開きになった。

照屋の死に未だ気持ちが収まらない盛男は、堤防を早足で歩き、自分の船を出した。

雲は晴れてきて、太陽が顔を見せ始めていた。凪は生ぬるい。

いつもよりもスピードを上げ、全速力で船を走らせる。いつもなら大型船の前を突っ切ったりしないが、今日はやってしまい警笛を鳴らされた。

たどり着いたのは、照屋の船が見つかったの燧灘の漁場だった。すでにこの場所での捜索は打ち切られたのか、あれだけいた海保は姿を消していた。

エンジンを止めた盛男は、照屋の息子から片見分けにもらったハブ酒の瓶を甲板に持ち出し、レードルで掬う。空に向かって掲げると海に注いだ。琥珀色の液体は、とろとろと落下し海に溶ける。

すぐさまもう一杯汲むと、今度は自分が一気に飲み干した。喉と食道に火が走ったのち、胃がカッと熱くなる。

「どうして死んだんだ……？　何があった？」

彼が船から落下したなんて、信じられなかった。いくら一人だったとはいえ、着古した下着のように馴染んだ船だ。サメと格闘したにしても、縄さばきに熟達している彼がバランスを崩すなんて、あり得なかった。

じっと海面を眺める。弱いうねりが穏やかな光の文様を作り出しては、あとかたもなく消し去った。

話し合いで決まったことに、思いを馳せる。

組合長が、その場で名刺の電話番号に連絡したところ、ハロルドという外国人学者は二つ返事で承諾し、明後日には決行できると豪語した。組合長は金策に走ると言って、さっそくどこかへ出かけて行き、漁師らも一人一万円ずつ払うことになった。

——これでいいのか？

盛男の心の中では、静かな怒りの炎が燃え盛っていた。

自分に対する怒りだった。

圧倒的な強者であるシャチならば、確実にサメを追い出すことができるだろう。それをもって、ここ一ヶ月ほどの狂騒は、あっけなく終わる。

——それでいいのか？　情けなさすぎる。俺がしてきたことは何だったんだ？　照屋は無駄死にじゃないのか……？

もう一杯、ハブ酒をぐいと呷る。また胃の中に火花が散った。

「こんな風に、終わっていい訳がないんだ……」

さらにもう一杯口に流し込むと、遠くへ目をやる。少し霞んだ四国の山並みが美しかった。本来ならば、もっとたくさんの漁船があたりを行き来しているはずなのに、今は盛男の船がぽつんと浮かんでいるだけだ。

強すぎる酒のせいで目眩がし、船べりに手をつき頭を振る。

五十メートルほど先の水面に、巨大な背鰭が出ているのに気づいたのは、そのときだった。右へ左へ泳いだのち、背鰭はこちらへ近づいてくる。

トールでないことは、すぐに分かった。背鰭に入った切れ込みの形が違うし、タグの色が違う。ロキという個体だろう。サメは何かを探すように、うろうろとしている。照屋はいつもここで延縄をしていたから、学習し餌があると思って来たのかもしれない。

――照屋を食ったのは、こいつじゃないのか……？

一番手前にあった枝縄のリーダーが食い千切られていたため、照屋がかかったサメを釣ろうとしていたことは間違いない。トールは見かけないため、ロキかヘラのどちらかの仕業だ。

ゆっくりと尾鰭を振りながら、サメは接近する。シャーク・ドリーム号を襲ったのがロキだったことを思い出し、盛男は身構えた。飛び乗られたら、この船は確実に沈む。

ごくりと息を呑み、船底に転がしてあった銛を取った。

船の前まで来たロキは、水面の二十センチほど下で体を横たえ、右目でこちらを見上げながらたゆたう。シャーク・ドリーム号の乗客の証言とそっくりだ。このサメは水の下から見上げ、獲物を測るのだ。

――このままじゃ、やられる……。

狙われているのは明白だった。背中に嫌な汗が流れる。酒のせいもあり、心臓がどくどくと波打った。思考も鈍くなり、冷静な判断ができない。

――やられる前にやらないと、殺される。

サメがもっとも接近した瞬間、盛男は銛を繰り出す――。

かすりもしなかった。すっと避けて潜行してしまう。浮上して来たのでもう一度やるが、結果は同じだった。

「――くそっ！　くそっ！　くそっ！」

腹立ち紛れに、何度も海面を突き刺す。一メートルほどの深さから、ロキは右目でじっとりと盛男を見つめていた。

足がふらつき、ぐらりと揺れる。酔いが回っているため、踏ん張りがきかなかった。バランスを崩した盛男は、へりを越え海面へ突っ込む――。

「わああ――っ！」

落下した海は冷たかった。気泡が立ち上る。日が射しているため、かなり先まで見通すことができた。

焦った盛男は、きょろきょろとサメを探す。ロキは、十メートルほど離れた場所にいた。口をわずかに開き、無表情でこちらを窺っている。

――俺は、なんて馬鹿なことを……。

後悔すると同時に、投げやりな気持ちも生まれた。

酩酊（めいてい）しているせいだけではない。この一ヶ月で心が疲れきっていたのだ。

俊は死んだし、照屋も死んだ。

ついにトールを殺せなかったし、サメたちは早晩、シャチに追い払われるか、肝臓を食い千切られるかして、無惨な死を遂げるだろう。もういいのだ。すべてが無意味だ。

――俊のところへ行きたい……。

心のどこかで、ずっと燻（くすぶ）っていた願いだった。

美緒のことは見守ってやりたいが、復讐も果たせず抜け殻となって生きる祖父など、いない方がましだろう。

――食われてしまえば楽になる。俊と同じ場所へ行くんだ……。

目標を見定めたロキは、激しく尾鰭を振り、まっすぐこちらへ突進してきた。

盛男は、初めてホホジロザメの顔を正面から見た。

美緒が持っているぬいぐるみの目のような、真っ黒なボタンに似た瞳。口元はふっくらとしたフォルムで、笑っているようにも感じられる。……こんなにも恐ろしい生き物なのに。

肺が苦しくなってきたが、息継ぎをしている暇はなかった。サメに対峙する。

心の中で、江美子と遥に詫びた。

——不甲斐ない俺を許してくれ……。

瞼を閉じようとしたが、恐怖で閉じられなかった。水中だというのに、歯の根がガチガチと震える。ロキはさらに接近する。間近に来て初めて気づいたが、左の目が潰れていた。口の右端には、放射状に溶接された大きな釣り針が深く食い込み、延縄の枝縄が水になびいている。

あと一メートル、五十センチ——。

口を開いたロキは、分厚い歯茎に覆われた顎を突出させた。整然と並んだ鋭い歯が間近に迫る——。

大きな顎に嚙み砕かれるのを覚悟したのに、痛みは訪れなかった。

ロキは直前で歯茎を引っ込め、盛男からついと顔を背けた。六メートルはある大きな体軀は速度を落とし、尾鰭をゆっくりと振りながら、長い時間をかけて眼前を通り抜けていく。まるで、盛男に興味などない、ないと言わんばかりに……。

失禁しているのを感じながら、盛男は信じられない思いでその姿を見送る。気を変えて戻ってくるかと思ったが、それすらもなかった。

もがきながら海面に出ると、大きく息をする。急に命が惜しくなり、慌てて船によじ上った。

水を滴らせながら甲板にへたり込んだ盛男は、ぜえぜえと肩を上下させる。

意味が分からなかった。攻撃態勢でこちらへ向かってきていたのに……。

「俺なんか、食ってもやらないってことか……」

そうとしか思えなかった。あのサメたちは特別なのだ。相手を見ている。生きる気力を失い逃げようともしない盛男を、食う価値もないと一蹴したのだろう。

「馬鹿にしやがって……」

寒さで凍えそうだったため、服を脱いで操舵室に飛び込み、ストーブにあたりながら毛布に包まる。

恐怖と情けなさが入り交じり、涙が溢れた。

「俊……。俊……」

そのまま、声を上げて泣いた。

＊

「――残念。今日もサメには会えなかったね。ま、しょうがない。それじゃ、また明日！」

締めのトークをした渉は、船首付近に横座りするりりあに、スマホのカメラを向けた。ベンチコートを脱ぎ黄色のビキニ姿になった彼女は、腰をひねったポーズでにっこりと手を振る。きっかり五秒数えたのち、渉はこの日の配信を終えた。

遠出した燧灘の海原には、渉たちの他にボートも漁船もおらず、はるか向こうの航路をタンカーやコンテナ船がゆっくりと航行するだけだった。

視聴者数を確認した渉は、溜め息をつく。たった五千人。格段に少ないということはないが、黒須兄弟のトローリング風景を盗み撮りし最高視聴者数をたたき出した日と比べると、やはり寂しいものがあった。

視聴者は移り気だ。一度まぐれで面白いものが撮れたからといって、次も積極的に見てくれる訳ではない。盗み撮りしたその動画も、電気ショッカー事故のサメクルーズ船や、シャーク・ドリーム号の乗客が撮った動画に視聴者をかっさらわれ、すぐに霞んでしまった。

だとしても、今の状況は黒須兄弟よりはましだろう。

電気ショッカー事故のあと、彼らのアカウントは規約違反でユーチューブから削除され、アーカイブすら見ることができなくなった。収益化の道は完全に閉ざされただろう。

莫大(ばくだい)な金を払って被害者の遺族とは示談が成立したようだが、各メディアで壮絶なバッシングにさらされた上、スポンサーも続々撤退を表明し、所属事務所にも解雇されたため、ホームページすら見られない状態になっている。惜しむファンは署名活動などをしたが、過激な撮影のせいで人が死んでしまったという事実の前ではどうにもならなかった。

黒須兄弟の顛末(てんまつ)を見た他のユーチューバーらは震え上がり、瀬戸内海のサメ騒動から続々と撤退していった。まだちらほら残っているものの、海に出ているのは、渉&りりあチャンネルぐらいのものだ。

穏やかな海面を眺めながら、目を眇める。気の毒だと思う部分もあるものの、あからさまに渉を馬鹿にして、弱肉強食の世界だと偉そうに嘯いていたのは、彼ら自身なのだ。致命的なミスを犯して消えるなら、自業自得(じごうじとく)だろう。

ベンチコートを着込んだりりあは、体を横に滑らせ船べりに移動した。ボートから身を乗り出すと、持参した花束を手に取り、海面にそっと置く——。船に乗る前、空き地を見つけて摘んだ、タンポポやスミレ、ホトケノザなどの春の野草だ。すこしの間だけ浮かんでいた花束は、ゆっくりと沈んでいく。

「お爺ちゃんが、天国に行けますように……」

目を閉じた彼女は、海に向け手を合わせる。

二日前、照屋が行方不明になったというニュースが駆け巡った。信じられず地元の漁師を捕まえて訊いたところ、おそらく船から転落し、サメに襲われて死んだのだろうとのことだった。

こう見えて、りりあは義理堅い。小料理屋で奢ってくれたことを覚えていて、何かしてあげたいと言ったのだ。

水面を見つめ洟をすすっているりりあに、渉の胸は疼(うず)く。

――彼女を夜の世界に戻したくない。

どんなに言い繕ったところで、夜の街は金と欲の汚い場所だ。ちゃっかりしている彼女は上手く泳いでいけるタイプだが、もうあんなところで働いて欲しくなかった。

しかし、渉には彼女を養えるほどの金はない。ユーチューバーとして価値ある映像を撮り、起死回生できなければ終わりだ。

「……今日はもう戻ろう?」

振り返って微笑んだりりあに、頷いた。

船外機の規則正しいエンジン音に耳を澄ませながら、しんみりと上津井への帰路をたどる。

感傷的になっているのか、りりあは船べりに頰づえをつき、海を眺めていた。渉も、どんな動画を撮影すれば良いのかずっと考えていたため、船上には沈黙が続く。

空は気持ちよく晴れ、傾きかけた午後の太陽が薄い雲を照らし出していた。ボートが切る風も暖かく、いよいよ春がやってくるのだと感じる。

もう少しで、備讃瀬戸にさしかかろうかというときだった。

船尾で操船していた渉がふと背後を振り返ると、船が作る白波の合間に、大きな背鰭が浮かび上がっていた。

「――え?」

ギクリとしてもう一度見直し、体が強ばる。背鰭は、ボートの十メートルほど後ろにぴたりと張り付いていた。

他のユーチューバーが仕掛けたドッキリか何かかと疑うが、そんなはずはなかった。前に黒須兄弟が引っ掛けた個体と同じ、重厚な質感。鰭の後ろ部分に切れ込みが入っていたり、タグや寄生虫もついていたりして、本物以外の何物でもない。ヘラという雌の個体だ。

三匹の個性については、ワイドショーで嫌というほど予習させられていた。ヘラは頭がよく、アザラシを執念深く追う恐ろしいサメだ。

「まじ……」

全身に鳥肌が立った。いつからこの船をつけていたのだろう……。

焦って周囲を見回す。渉たちは北と南を通る大型船の航路の真ん中にいて、近くに避難できそうな島などはなかった。本州も四国も遠い、絶望的な位置だ。

「まずいぞ……」

あれだけスクープを撮りたいと思っていたのに、撮影のことなどすっかり頭から飛んでいた。船にサメが乗りかかり、食われた人のニュースを何度も見てきた。この小さなボートでやられたら、絶対に助からない。

そうこうしている間にも、サメはスピードを上げ、船との距離を縮めた。

「りりあ！　後ろにサメがいる！　逃げるからしっかり摑まってろ！」

ハッとして振り返った彼女は、船べりを摑んだ。

船外機を操作し、くるりと方向転換すると、渉は速度を上げる。振り切って逃げなければ、確実にサメの餌食だ。

ボートは全速力で風と波を切り進んだ。背後に目をやった渉は、唇を嚙む。速度を増したにもかかわらず、サメの背鰭は間隔を保ち、追尾していた。

「くそっ！」

安さを優先して、古いボートを選んだことを後悔する。このボートでは、せいぜい時速二十キロも出ればいいところだろう。

テレビで専門家が解説しているのを見たが、ホホジロザメはマグロなどと並んで体温が高く、筋肉の活性を高められるため、他の魚よりも高速で泳ぐことが可能なのだという。獲物を追いかけるとき、時速二十五キロを記録したこともあるそうだ。だとすると、この船では逃げ切れない……。

蛇行を繰り返したりしてみるが、サメは正確に距離を守りながらついてくる。

経験したことのない恐怖に、体が震えた。こんなところで死ぬのはごめんだ。

「どうしたらいいんだよ！」

燃料のことを思い出し、さらに肝が冷える。燃料もケチっている渉は、ギリギリしか入れてこなかった。このままではいずれガス欠で動けなくなる……。

自分の馬鹿さ加減に空を仰いだ。

人生は皮肉だ。黒須兄弟が転落していく様をいい気味だと思ったのに、今は自分がサメに食べられようとしている。どちらがいいかと考えたら、明らかに向こうだろう。命あっての物種だ。

サメの様子が変わった。キープしていた距離を破り、一気に突進して来る。

渉はさらに速度を上げた。エンジンが唸りを上げる。背鰭も速さを増した。ぐんぐん差を詰められる。到達するまであと三メートルほど。焦る。逃げ切れない！

ついに船に並ばれた。ボートの二倍長い体長と、太い胴体に戦慄する。

転覆させることなど容易いと思っているのだろう。サメは右舷へ体当たりしてきた。

「わあああっ！」

「きゃっ！」

ボートが激しく揺れる。バランスを崩して転覆しそうになるのを、なんとか立て直した。さらに速度をアップさせる――。

二十メートルほど走ったところで、エンジン音がぷすぷすと途切れ、目に見えて遅くなった。……

燃料が切れたのだ。

「うっそ、早すぎ。マジかよ！」

かけ直そうとするが、エンジンはうんともすんとも言わない。

右舷側から、サメは再び迫って来た。まさに、あの映画そのものの構図。水面下に大きな体躯が見えたと思うと、だんだん水が盛り上がり、口を目一杯広げたホホジロザメが、水面から飛び出してくる。

「――りりあっ！」

彼女だけは守れないかと、渉は後ろへ匿う。今更ながら、こんな危険な仕事に彼女をつき合わせたことを後悔していた。来たいと言っても置いてくるべきだった。

巨大な口腔で、サメは船べりに食らいつく――。

耳をつんざく大きな警笛が響き渡ったのは、そのときだった。

鼓膜が破れそうなほどの、とんでもない爆音。音で攻撃しているかのように、何度も何度も繰り返す。

ぴくりと身を震わせたサメは、驚いて方向転換し水中へ体を引っ込める。よほど嫌なのか、激しく尾を振りながら、音がしたのと反対の方へ逃げていった。

一体何だと首をめぐらせた渉は、顔を顰める。三十メートルほど離れた場所に、こちらへ舳先を向けた海保の監視取締艇がいた。

〈すたあだすと号〉という微妙に縁起の悪そうな船名と、操舵席のガラスの向こうにある顔には、見覚えがある。先日、海苔の養殖棚に乗り上げたときと同じ海上保安官たちだった。背が低くて地蔵のようなフォルムの無愛想な女――鶴岡と、眼鏡をかけた愛想が良すぎる男――志賀のデコボココンビ。

渉たちのボートの間近へやってくると、甲板に出てきた志賀が、にやけた顔で口を開いた。

「いやー、危機一髪でしたねぇ。ガス欠ですか？　遠出をするときは、予備も持っていった方がいいですよ」

曳航され上津井に帰り着くころには、配信を終えてから、たっぷり四時間が経過していた。茜色に包まれた空にはおぼろ雲が浮かんでおり、瀬戸大橋もピンク色に染まっている。

「……災難でしたね。サメに襲われて」

船着き場で手続きを終えたのち、志賀はこちらを見た。

「助かっちゃった。ありがとー。サメ少し怖かったの」

潤んだ瞳のりりあに言われ、頭を掻いた彼はでれでれと相好を崩す。

渉は、ぶすっとしたまま突っ立っていた。礼を言うのが常識だということぐらい分かっているが、あえて言わなかった。サメが現れたのが不運だっただけで、自分は何一つ悪くない。それに、またこの二人に助けられたのが、どうにも癪だった。

黙っていた鶴岡が、呆れた表情を浮かべる。

「さすがに懲りたでしょう？　もう海には出ないでください。たまたま我々が通りかかったからよかったものの、そうじゃなかったら死んでいたかもしれないんですよ？」

相変わらずヘルメットのような髪型で、目つきが悪く、しおらしさの欠片も見当たらない。

ムッとして、渉は彼女を睨みつけた。

「やだね。この前も言ってただろ。強制はできないって。船舶免許だってちゃんとあるし、俺がいつ海に出ようが、あんたらには止められない。俺の自由だ」

無表情のまま、鶴岡はこちらを凝視する。カチンときた渉は、頭一つ背が低い彼女に、すごんでみせた。

「鶴岡サンだっけぇ？　なんか文句あんのか？　――ああ？」

「……いえ、別に」

この前と同じ展開に、愛想笑いしながら志賀が割って入った。

「しかしね、本当に危険ですよ。最近は食べるものが減ったのか、釣り船でないものすら襲われる頻度が増えましたし。それに伴って、我々の負担も大きくなるわけで……」

彼の言葉は、さらに神経を逆撫でする。渉は叫んだ。ずっと気持ちがもやもやとしていて、吐き出さなければおかしくなりそうだったのだ。

「うるせえな！　お前らは黙って救助してればいいいんだよ。そういう仕事なんだから。税金で給料もらってんだろ？　マジふざけんなよ。いちいち指示しやがって」

「渉って税金払ってた？」りりあが首を傾げた。

「りりあは黙ってろ！」

怒鳴りつけられ、彼女は頬をぷうと膨らませる。

「そういう渉、嫌い」

海上保安官の二人へ目をやると、さすがの彼らも頭にきている様子だった。鶴岡はじっとりとした眼差しでこちらを注視し、志賀も苦虫を嚙み潰した表情をしている。

「なんだよ？　文句があるなら言い返せば？　ほらやれよ。生配信してやるから。俺、ユーチューバーだし」

ポケットからスマホを取り出し、彼らにカメラを向け撮影し始める。自分でも最低な振る舞いだと思ったが、止められなかった。

「ほら、早くしろよ！」

黙っていた志賀は、拳を握り、怒りを抑えながら呟いた。

「……文句はないです……」

二人と別れると、夕暮れの港を市場に向かって歩いた。ゆるく心地よい風が吹き、頬や髪を撫でる。だんだんと頭が冷えて落ち着いた渉はりりあに語りかけたが、彼女はずっと不機嫌に黙り込んでいた。

「りりあ、いい加減に何か話してよ」

「――さっきの最低。熊尾(くまお)さんにそっくりだった」

彼女はぷいと顔をそらせる。熊尾は、とある家族経営会社の社長で、店にやって来てはクレームを言い散らかし、店長の堪忍袋(かんにんぶくろ)の緒が切れ出禁となった客のことだ。渉自身もささいなことで接客に難癖を付けられ、揚げ足を取るように問いつめられたことがあり、二度と関わりたくなかった。

「……………」

そんな男に似ていると言われ落ち込む。あとから流れてきた噂では、熊尾は経営が上手くいっておらず、さまざまな店に立ち寄ってはクレームを付けることで、ストレスを解消していたのだという。その後、会社はつぶれたらしい。

立場上、反論できない相手を言葉で虐待していた構図は、さきほどの渉と同じだった。サメの映像が撮れなければ金が入らず、りりあといられなくなるかもしれない。その焦りが気持ちを苛立たせたのだ。

「なあ、りりあ……」

声をかけたものの、彼女は足を早め、すたすたと市場の方へ行ってしまった。

取り残された渉は、ぼんやりと立ち尽くす。

沖に目をやると、落ちかけた夕日が鮮やかに海を染めていた。こちらに船首を向けて係留された漁船たちが、波に揺られキイと音を立てる。

足元に視線を落とす。

もっと根本的な原因があることは自覚していた。

高校を卒業して漁師になった渉は、父親とぶつかりすぐ嫌になってやめた。家出して、流れ流れて東京のクラブのボーイに収まったものの、そこでも下っ端の仕事にうんざりして腐っていた。

ある夜、嬢の送迎をする専属の運転手が急病で出勤できなくなり、他の店員は酒が入っていたため、唯一素面（しらふ）だった渉が代役を仰せつかることになった。

深夜の車が少ない道を、憧れのりりあを乗せて走っていると、このままどこかへ行ってしまえたらいいのにと思った。冗談めかして話したところ、なぜか彼女は承諾してくれて、二人で店を辞め逃げることにしたのだ。追って来た店長とその筋の人にボコボコにされ、最終的に解放されはしたものの、渉は夜の世界で働けなくなった。

逃げた挙げ句、たどり着いたのがユーチューバーだったが、そこでもろくな企画を考えることができず、りりあの水着に頼りっぱなしだった。今日だって、肝を据えていれば間近でサメの迫力映像を撮ることができたはずなのに、助かることに必死でできなかった。

――結局、俺は何もできない半端者（はんぱもの）なんだ……。

自分がダメなことを、誰よりも自覚しているのだ。だからこそ、隠そうとすればするほど、他人をはけ口にしたくなってしまう。

――どうしたらいいんだろう……俺は。

市場へと続く道に視線を向けると、すでにりりあの姿はなかった。一人でさっさと民宿へ帰ってしまったのだろう。

――そもそも、なぜりりあは、俺と一緒にいるんだろう……？

自信がないから不安が膨らむ。もうユーチューバーとしても終わりだし、別れた方がいいのかもしれない。彼女のためにも……。

海の方から風に乗って話し声が聞こえてきたのは、そのときだった。

停泊していた漁船の一つでタバコの火が赤く光り、人がいたことに初めて気づく。夕焼けの逆光で顔までは見えないが、隣り合った船の漁師が雑談しているようだった。

聞くともなしに、会話が耳に入ってくる。

「……馬鹿みたいな話だよな。決行は明後日の昼だってよ。みんなで行くとばれるから、各漁協につき十隻まで。絶対に外部には漏らすなって」

「ふーん。で、金は集まったのか？」

「組合長がかけずり回って、なんとかなるみたいだ。でも、念には念を入れて、シャチが失敗したときのために策を考えるんだと」

「さすがにこれが失敗すると、あとがないもんなあ……」

――金？　シャチ？

気になる内容に、屈んで物陰に姿を隠し、渉は耳を澄ます。

「照屋さんもやられちまったし、あのサメどもは人間の手には負えねえからなあ。シャチがやってくれるならそれが一番だ」

――サメをシャチに襲わせる？

しばらく考え、ようやく話が理解できた。漁師らは金を積んで誰かに依頼し、サメを追い払うつもりなのだ。

閃いた渉は、ばっと顔を上げる。

その様子を独占で生配信すれば、一躍大金持ちだ。

さきほどまでの弱気が一気に吹っ飛び、にやりと口角を上げた。
――まだ、運の女神には見放されてない。ツキが回ってきた。

＊

研究発表の場となった渦やの座敷では、誰もが驚いた表情で湊子の発表に耳を傾けていた。自らクルーザーを駆って、今朝こちらへ戻って来たばかりの渋川も、真剣な眼差しで湊子の背後に貼られたポスターを眺めている。

検証内容をまとめたポスターから、みなの方へ向き直った湊子は、指し棒を縮めて論を結んだ。

「――これまで、骨が曲がって奇妙な泳ぎ方をする旋回病などの異常行動は知られていましたが、粘液胞子虫がサメの行動を操ったことを証明した論文は存在しません。けれど、ここに提示した事実をもって、三匹のホホジロザメたちが、粘液胞子虫の相互宿主となる特別なゴカイと離れないために誘引され続け、瀬戸内海の限られた区域から出られなくなっているのだと私は推測しました。……以上です」

一礼すると、室内はシンと静まり返った。

「質問があれば、どうぞ」

湊子は落ち着いて待つ。やれることはやったのだから、この期に及んで焦ったりビクビクしたりする必要はなかった。状況証拠の机上の空論でしかないので、もっと細かい部分まで検証できたら良かったが、まとめ上げた満足感はあった。

鳥羽たちの発表は、すでに終わっている。電磁波がサメに影響を与えているという一貫した主張で、実際に電磁波を観測した回数こそ少ないものの、湊子が見ても妥当なのではないかと思える内容に仕上がっていた。あとは質疑応答を終え、渋川が結論を出すだけだ。

ゼミ生から質問は出ず、みな渋川を窺う。

鳶色の瞳でじっと資料に目を通していた彼女は、顔を上げた。

「……うん、仮説としては非常に面白い。瀬戸内海のサメにこれほど粘液胞子虫が寄生しているとは知らなかったし、相互宿主の外来種のゴカイとセットになるために、サメが行動制限されているという視点もユニークだ」

渋川は、こういう場面で一切私情を挟まない人だった。

レポートの件では教授会に訴えるとまで言ったし、先日もあれだけ憎まれ口を叩いたのに、厳しくされるどころか、仮説だけを見て素直に讃（たた）えてくれる。居心地が悪いながらも、嫌な気はしなかった。我ながら現金だ。

ゴカイの詳細については、すでに助川へ知らせてあった。かなりの数が瀬戸内海に定着しているため、粘液胞子虫のこともひっくるめて、加川大学の教授が研究をしていくことになるらしい。

双方が配布した資料をもう一度見直したのち、渋川はちゃぶ台から立ち上がって湊子と入れ違いにホワイトボードの前へ出る。湊子はごくりと唾を呑んだ――いよいよ勝者の発表だ。

「みんな、二週間という短い時間でよくやった。君たちはまだ二年生だが、どちらの仮説もよくできていて、いい意味で驚かせてもらった。これなら来年度からも不安はないだろう」

学生らを見回し、彼女は続ける。

「これから、私がより信憑性があると思った方を発表する。勘違いしないで欲しいが、勝ち負けや正誤ではなく、単に私の主観で、現時点において可能性が高いと感じただけのことだ。選ばれなかったからといって、間違っている訳ではないし、落ち込む必要はない」

明鏡止水の心境で、湊子は胸に手を添える。前は、嫌いな鳥羽に勝ちたいという気持ちが大きかった。でも、自分で決めて突き進んだ末に、思いもよらないものが見えてきて、これが研究の楽しさなのだと分かった。やりきったから、選ばれなくても悔いはない。……やっぱり、選ばれた方が嬉しいけれど。

「私が選んだのは、鳥羽チームの電磁波説だ。サメが海峡でUターンするとき、強い電磁波を観測した動画が決め手だ。水内の方も良かったが、本人も言っていたように仮説の段階でしかなく、確証が乏しい。粘液胞子虫がサメの行動を操っていることを証明するのは、大変だろうな。できたとしたら、ものすごい発見になるが……。とにかく、鳥羽たちの論にも細かい穴はあるが、現段階でどちらかを選べというならば、こちらだ」

湊子は微笑する。悔しいが、予想はしていたことだし、渋川に指摘されたことは事実なので、反発する気にはならなかった。喜んで盛り上がっている鳥羽たちに、拍手をする。

騒いでいる男子らを制し、渋川は口を開いた。

「瀬戸内海のサメたちはまだ暴れ回っているそうだな。広域鮫害検討委員会から大学を通して意見を求められているから、一度現場を見て、どう助言するか決めたい。鳥羽たちがサメの姿と電磁波を観測できたのは二回だけか……。明日は天気もいいようだから、みなで見に行ってみよう。——それでいいか?」

全員が首を縦に振る。まだ時間がかかるとはいえ、自衛隊による駆除が検討されているのだ。もし本当にそんなことになったら、サメたちは絶対に助からない……。湊子としては、電磁波説でもなんでもいいから駆除を止めてもらいたい。

スマホの着信音がした。ポケットから取り出し表示を見た渋川は、苦笑する。

「出ないんですか?」

里絵子が訊くと、彼女は肩を竦めた。

「新聞社やテレビ局が、瀬戸内海の三匹のサメについてコメントが欲しいと何度もかけてくるんだ。小笠原の研究にかかりっきりだったから、何も答えられないと言ってるのに」

「先生も大変ですねえ」

みかが同情する。渋川は手を叩いた。

「よし、今日のところはこれで解散だ。明日の予定については、また夕食のときにでも話す」

その場を離れた彼女は、鳴り止まない電話に律儀に対応してやっていた。

＊

自宅の居間にスウェットで寝転がった盛男は、天井から下がった和風照明の紐を、ぼんやりと眺めていた。

外はいい天気で、少し強くなり始めた春の日射しが、掃き出し窓から降り注いでいる。動く気すら起こらない盛男は、微動だにしない紐を見つめながら、屍（しかばね）のように時が過ぎるのを待っていた。

あるのは、虚無だけだ。

――俺はサメを殺すこともできなければ、食われることすらできない……。

せっかく俊のところに行けると思ったのに、それさえも許されないのは拷問だった。

今思えば、あのとき酒を飲んで船から転落したのは、緩慢な自殺だったのだ。それを見抜いたのかどうなのか、ロキは盛男を拒絶した。

声にならない叫びを上げたのち、仰向けになった体の手足を滅茶苦茶に動かす。

何をどうすればいいのか、さっぱり分からなかった。

明日ついに、ハロルドという学者が、伊予灘からシャチをつれてくることになっている。組合長の話では、シャチは群れで二十匹ほどいるそうなので、確実にサメを追い出すか殺すかできるだろう。

三匹のサメは、瀬戸内海から永遠にいなくなるのだ。盛男をこんな抜け殻にしたまま。

無気力ではあるものの、明日はその様子を見に行くことにしていた。あまり集まると目立つので見学は一つの漁港につき十隻までと決まっているが、俊のことがあるため、組合長はその枠に盛男を優先的に入れてくれた。

よろよろと体を起こした盛男は、這って仏壇の前に移動する。線香をつけて立てると、お鈴(りん)を鳴らした。不思議な音色が広がるとともに、涙がこぼれ落ちる。

今日も心配そうにこちらを見つめている俊に、語りかけた。

「……すまない。俺はお前を殺したサメに復讐できなかった」

泣いてばかりの情けない父親に、きっと呆れているだろう。腕で涙を拭う。サメがいなくなったら、まずは俊の葬儀をしようと思っていた。何もできない父親だが、それぐらいは手厚くやってやりたい。

ずっと写真を見つめていると、ぐう、と腹が鳴った。

よく考えたら、昨日ずぶ濡れで帰宅してから、何も食べていなかった。

仕方なく立ち上がって台所へ赴くと、買いだめして冷凍してあった食パンをトースターで焼き、賞味期限があやしい牛乳をコップに入れ、居間へ戻ってくる。

こたつの上には、解約し忘れていたスポーツ紙が山になっていた。郵便受けに入りきらなくなったのを、出してあったものだ。皿を置くため避けようとした盛男は、一番上にある記事に目を留めた。

『あの渋川准教授が、明日尾道入り。ついに瀬戸内海の怪物と対決(か)』

「渋川……?」

記事を読んで、誰だか分かった。一年半前のサメ事故で有名になった人物だ。当時、記者会見で話しているのを見たが、日本人離れした妙に飄々(ひょうひょう)とした女で、とても学者とは思えなかった。

「――本紙は、小笠原から尾道へ出発する直前に電話取材を申し込んだものの、その件で行く訳ではないし、瀬戸内海のサメのことは分からないので答えられない、との回答が返ってきた。しかし、一年半前の因縁もある渋川氏のことなので、今後の動向も要注目である。……なんだこりゃ。記事にする意味あるのか」

サメの話題とはいえ、まったく中身のない内容が一面で大きく取り扱われていることに驚く。

牛乳を飲んだのち、一センチほど生えていた顎髭に触れる。せっかく美緒のおかげでしゃんとしようと思ったのに、照屋の死やロキの件で、また身なりに構わなくなっていた。

詳しい経緯は忘れたが、たしかこの准教授は、とてつもなく大きなサメを駆除した記憶がある。目を皿のようにして、盛男は記事を再読した。

「――渋川准教授は、尾道市の迎島に滞在する予定……」

記事の結びにある一文に、顔を上げる。船なら一時間半ほどで行ける距離だ。

猛烈に、会ってみたくなった。記事には、彼女が一年半前の事故で友人を亡くしたと書かれている。きっと彼女もサメを憎み、復讐をやり遂げたのだ……。盛男ができなかったことを、完遂した女。どうしても、会いたい。会って話したい。

いてもたってもいられず家を飛び出し、盛男は船で迎島を目指した。

薄曇りの空の下、沿岸部のなだらかな海を、風を切って進む。

迎島に到着したのは、午後三時頃だった。

島の人を捕まえて訊ね、漁協のゲスト用係留所に船を停めさせてもらう。ついでに渋川がどこに宿泊しているか聞いたところ、みなすでによく知っている様子で、渦やという民宿に学生とともに滞在しているだろうと話していた。

教えてもらった水路を遡り、南へ歩いてゆく。スマホで検索し、ナビに従い脇道へ入っていくと目当ての民宿があった。チャイムを鳴らし、顔を出した民宿の主人に用件を告げると、彼は前掛けで手を拭きながら言った。

「渋川先生なら、水路のもうちょっと奥に繋いだ自分の船にいるよ。荷物の整理をしなきゃいけないとかで。大きい人だし、見ればすぐ分かるから」

脇道を戻り水路に出た盛男は、その場に縫い留められたように立ち止まる。

先ほど自分が通って来た道を、一人歩いてくる若い女がいた。前に会ったときと同じ、小柄の細い体に黒ずくめファッション。少し伸びた黒いストレートの髪――。盛男は目を見開く。

上津井の漁協で邂逅した、ソウコという海洋生物保護団体の女だった。そういえば久州大の学生だと言っていた気がする。まさか渋川の教え子だったとは……。

俯きがちだったソウコは、十メートルほど手前まで近づくと、盛男の視線に気づき顔を上げた。目を丸くして立ち止まり、まっすぐにこちらを見る――。

あの日のことを思い出した。

どこまで行っても話は平行線で、盛男はサメを殺すと宣言し、彼女はサメを守ると言い放った。

――それから今日まで。

いろいろなことがあった。彼女のことは、ずっと腹に据えかねていたし、生意気で世間知らずな小娘に、言ってやりたいことが山ほどあったはずだった。なのに――。

不思議と言葉が出てこなかった。

借金のこと、照屋のこと、美緒のこと、サメクルーズの事故、トールを殺せなかったこと。ロキに自殺を拒まれたこと……。これまでのことが走馬灯のように頭を巡る。

あのときとはすべてが変わってしまったのだ……。盛男自身も。

不可解なことに、ソウコもまた言葉を発することすらなかった。前はきらきらした強い瞳で挑んできたのに、今は翳って覇気がない。

ハッと我に返り視線を外した彼女は、下を向いて盛男の存在を無視し歩きだした。

盛男もまた彼女を直視はせず、景色の一部としてただ、立ちつくす。

互いに、まるで相手が存在しないかのようにすれ違う――。

ゆっくりと、口内に苦いものが広がる。

今なら理解できた。サメは生きるために食餌しているだけだという彼女は正しかったし、反面、サメは危険だという盛男も正しかった。多面体を別の方向から見ていただけで、争う必要などどこにもなかったのだ……。

振り返ると、彼女の姿はすでに脇道へ消えていた。


水路には、住民が足として使うボートが並べて係留してあった。来た方とは反対の方向へしばらく進むと、他とは明らかに違う全長九メートルほどの白いクルーザーが目に入った。真新しく外洋にも出られるタイプで速度が出そうだ。値が張るものだし、どんな人物が所有しているのだろうと観察していると、キャビンに繋がる扉から人が出て来た。背が高く、短い髪。アウトドア用のカーキのレインウェアと黒いカーゴパンツで、しなやかな体を包んでいる。テレビで見たことがあったため、すぐに渋川だと分かった。

水路の上から眺めている盛男に気づき、彼女は視線を上げた。

「……何か用かな？」

切れ長の目をひたと向けられ、どう自己紹介していいのか戸惑う。

「俺は、俺は……。磐井といって、上津井の漁師だ。……タイラギ漁をしていた息子を、サメに殺された」

細い眉が顰められる。やはり妙な女だった。自信に満ち、一見何ものにも動じないように見えるのに、ポーカーフェイスの裏には修復不可能な暗い陰が落ちている。鏡に映る自分の表情に似ている、と盛男は思った。

見透かされていることに気づいたのか、足元にあるバケツに手を伸ばしながら、彼女は苦笑した。

「小笠原からこちらへ戻ってきたばかりで、まだ船の中がぐちゃぐちゃなんだ。作業しながらでいいなら、話を聞こう」


渋川の言う通り、甲板も、開け放されたガラス扉の向こうに広がっているキャビンも、物で溢れ返っていた。彼女はてきぱきと動き回り、それらを片付けていく。

背後霊のように彼女の背中に張り付いた盛男は、これまでのことを訥々（とつとつ）と話した。始めに俊が襲われたこと。自分なりにサメを狩ろうとしてきたが、賢いサメたちに翻弄されてできなかったこと、照屋のこと。死のうとして、ロキに拒絶されたこと――。普段は口下手（くちべた）なのに、するすると言葉が出てきた。彼女が遮ったりせず、時折頷いて真摯に聞く姿勢を見せていたからだろう。

話を終えたあとに返ってきたのは、まったく予期しない言葉だった。

振り返ってこちらを見た彼女は、首を傾げた。

「……それで？　私に話して一体どうして欲しいんだ？」

「どうって……」

息を吐いた彼女は、抱えていた英語の本の束を、キャビンのテーブルに置く。

「私に言えるのは、息子さんは残念だったということだけだ」

苛立った盛男は、拳を握りしめる。ここへ来たのは、同じようにサメによって大切な人を亡くした彼女と、気持ちを分かち合えると思ったからなのに。

「……サメが憎くないのか？　俺と同じように大事な人を食われたんだろ？」

こちらに向けられた瞳の色が、影を帯びる。

「なにか勘違いをしているようだな。私は別にサメを憎んだりしていない。友人が死んだのは、ただの不運な事故だ」

「そんなの詭弁だ。サメがいなかったら、あんたの大事な人は生きてたんだぞ？」

彼女は表情を固くした。

「あんたは何も知らない。彼がなぜ、あのタイミングであの土地にいたのか。彼を向かわせる原因を作ったのは、誰なのか……」

顔よりも、声に苦悶が現れていた。盛男は、初めて彼女の生の感情を見た気がした。事情はよく分からないが、渋川は自分自身を深く責めているのだ……。

「私がサメを殺したのは、長く生きられないのが分かったのと、あれ以上被害を出さないためだった。人間と、それを襲う危険があるサメは同じ場所で生活できない。私は社会的動物であるヒトだ。無辜の同類が襲われていたら、同類を助ける……たとえサメを殺すことになっても」

盛男は驚く。保護団体やソウコは、サメやイルカを人間と同等かそれ以上と位置づけ、異論を絶対に認めず一心不乱に守ろうとしていた。しかし渋川は、同類を助けるためなら殺すと、いとも簡単に言ってのける。

急にテーブルへ手をついた渋川は、苦しそうに襟元を摑んだ。

「くそ……せっかく、最近は発作が出なくなったのに」

「どうしたんだ？　大丈夫か？」

手を貸そうとすると、彼女は遮って首を振った。ポケットに手を突っ込み何かを取り出すと、お守りのようにぎゅっと握りしめる。何かのエンブレムがついた、折りたたみのナイフだった。

「神経が乱れただけだ。前は頻繁にぶっ倒れていたが、今は問題ない」

外の空気を吸いたいという彼女について、デッキへ移動する。右舷側に設えられたシートに腰掛けたのち、彼女は眉間を押さえ目を閉じた。船尾にある椅子に座り、盛男は様子を見守る。

未だ片付いていないデッキの床には、蓋の開いたジュラルミンケースに入った計器や、何かのコード、バケツなどの日用品など、たくさんの物が散乱していた。左舷側シートの足元に、銛のようなものが何本もまとめて転がっていることに気づき、盛男は凝視する。

先に金属製の注射器のようなものがついていて、ゴムで封がされている。注射器には窓があり、透明な液体が見えた。彼女はゴール・シャークの研究をしているとスポーツ新聞に書いてあったし、中身はおそらく麻酔か何かだろう。

目が離せなくなる。クジラと同じぐらい大きなゴール・シャークを、麻痺させられる薬。ならば、一応常識の範囲内のサイズであるホホジロザメたちを麻痺させることなど、訳ないのではないか……？

いつのまにか、空は茜色かがっていた。船が浮かぶ水面も同じ色を照り返す。水路の脇の道路を、原付バイクが通り過ぎていった。

しばらくして回復した渋川は、ゆっくりと立ち上がった。盛男も腰を上げる。

「……急に訪ねて来て悪かった。もう帰るよ」

彼女は頷く。

「小笠原からここまでぶっ通しで操船してきたせいで、疲れが溜まっていたらしい。少し寝た方が良さそうだな。何の助けにもならなかったが……。じゃあ」

心許ない足取りでキャビンへ入っていくと、渋川はガラス扉を閉じた。スモークが貼られているため、中は見えない。

立ち去ろうとした盛男は、振り返り無造作に置かれた銛へ視線をやった。忘れかけていた復讐心が、首をもたげる。

――あの銛があれば、麻痺させてトールを殺せる……。

組合長によると、明日はまず瀬戸内海中で餌をつけた船を走らせ、三匹のサメを集める予定だという。

シャチが登場する前ならば、盛男にもトールを殺すチャンスがあるかもしれない……。

ガラス扉の向こうを窺うが、何の音もしなかった。目眩がしていたようだし、渋川は早々に眠ってしまったに違いない。

足音を立てないよう、ゆっくり左舷に近づくと、手を伸ばし麻酔が装填された銛を持ち上げた。カーボン製だろうか、思っていたよりも軽い。手に馴染んで、まるで自分のために誂えたようだった。

――これがあれば、サメを殺せる。

魔が差したのは、まさにこの瞬間だった。

銛をぐっと握った盛男は、もう一度扉の向こうの気配を探ったのち、クルーザーから立ち去った。

＊

民宿の扉を後ろ手で閉じた瞬間、湊子は大きく息を吸った。

ぜいぜいと肩が細かく上下し、ずっと息を止めていたことに気づく。

「なんであんなところに、あの人が……」

さきほどすれ違った男――盛男のことを思い出し、ジャケットの胸元をぎゅっと摑んだ。

上津井港で会ったあの日――。湊子に向かってサメを殺すと宣言した、天敵ともいえる漁師。今度顔を合わせたら、サメを殺すのをやめるよう、首根っこを摑んででも説得しようと思っていたのに……。

自分から目をそらし、何ひとつ口にせず通り過ぎたことに、湊子自身が一番愕然(がくぜん)としていた。

「……まさかこんなところで会うなんて、思わなかっただけだし……」

いい訳が口を突く。

彼がなぜ、迎島の、渦やのそばにいたのか疑問だった。いくらなんでも、湊子の滞在先を突き止めて、文句を付けに来たなんてことはないだろうし……。

――どうして、彼の目を見られなかったんだろう。なぜ、何も言ってやれなかったんだろう。

喉が詰まって苦しかった。ハイネックのプルオーバーの首元を摑んで広げる。

先日会ったときは、自分の理想がすべてで、それが遂行されるべきだと思っていたから、駆除を望む漁師らは湊子にとって悪の存在だった。今だってサメが保護されるべきという考え自体は同じだが、この二十日ほどで根本が変質していた。

――私だけが正しい訳じゃない。色々な人にとっての正解がある……。

盛男という男もまた、変わった気がした。先ほど湊子を見たときの、魂が抜けたような顔――。前と同じだったら、話しかけてきて上から見下し、また湊子を小馬鹿にしただろう。それなのに、揶揄するどころか、湊子とばったり遭遇したことに困惑しているようだった。

サッシに嵌め込まれたガラスから光が射し込み、広い土間に並べられた学生たちの靴を照らし出していた。

――なんにせよ、あたしは、あたしのすべきことをしないと……。

大きく深呼吸し、息を整える。

明日、みなで電磁波説の確認にゆき、渋川が納得したら行政に提言してもらえる。可能性は低いが、サメの駆除を猶予してもらえるかもしれない。

それに賭けよう――。

＊

それは、夜の暗い海底をゆったりと泳いでいた。

前に閉じ込められていた場所よりも、深く、広い場所。

尾鰭と体を速く動かし、ぐんぐん前進する。

このあたりの生き物は、やけに小さかった。

魚も、サンゴも、クラゲも――。妙な海だ。

せり出した岩と岩の隙間を通りぬけようとして、思い切り体をこすってしまった。これまでこんなことはなかったが、どうやら目測を誤ったようだ。

側線器が獲物の動きを感じたため、先へ急ぐ。深い海溝が広がる、流れが速い場所に出た。

少し先に魚影がある。

近づくと、マグロにそっくりな小魚だった。子供だろうか？

最近は、どれだけ食べても腹が減ってしかたないため、加速して一口で飲み込む。小さいので、当然食べごたえはない。

他にもいないか探し、別の方向にも同じ魚の群れを見つけた。

やはりマグロに似ている――しかし、比べ物にならないほど小ぶりだ。速度を上げて突っ込み、たくさんのそれを胃の中に収める。それでも、満腹にはほど遠かった。

別の魚はいないかと周囲に注意を配るが、いくら泳いでも先ほどのものより大きな魚はいなかった。

――どうしたことだろう。

困惑しながら、それは海の中を徘徊し続けた。

＊

前の日から準備と体調を万全にしていたため、その朝はぱっちりと目が覚めた。

寝床から起きだした盛男は、両手で頰を叩き気合いを入れる。

今日ですべてのカタがつく。

自分がサメを殺して悲願を成就させるか、それともサメがシャチにやられるか――。

いずれにせよ、俊が行方不明になったときから続いていた苦しみの日々は、今日で確実に終わりを迎えるのだ。

一階へ降りると、食パンと牛乳を用意し、朝食をとる。

海の情報を得るためテレビをつけると、ワイドショーで討論が行われていた。現在マスコミが争点にしているのは、自衛隊によるサメ駆除の是非だった。

『サメとはいえ、国内において演習以外で武器を使用するのはダメでしょ』

どこかの大学の法学者が言うと、コメンテーターの弁護士が異論を唱えた。

『前から言われてますけど、自然災害への対応を援用するということなら、いいと思いますけどね。現に、一年半前の来常湖(きつねこ)のときも自衛隊は派遣されてるわけですし』

『あのときは、静岡県知事から要請された正式な災害救助名目でしょ。まったく話が違うよ。あなた、何を言ってるんだ！』

『そんなことないですよ。もしも先にサメが死んでなかったら、なんらかの武器を使用することになったでしょうし』

睨み合って白熱する二人に、アナウンサーが割って入る。

『ここでちょっと視点を変えて、仮に駆除ということになると、一体どんな武器を使うことになるのでしょうか？　水中では銃は使えないと思いますが』

軍事評論家とテロップが付けられた男が、苦笑しながら答えた。

『たかが六メートルか七メートルのホホジロザメでしょう？　魚雷やミサイルを持ち出すほどじゃないし、話になりませんよ。餌で釣って浮上して来たところを、発砲なり発破するなりして駆除するんじゃないですか？』

画面の中で行われるショーにうんざりして、盛男はリモコンに手を伸ばす。

電源ボタンを押そうとしたとき、ＣＭに切り替わった。青い空と海をバックに、フェリーに似た白く大きな船が航行する姿が映し出される。

港に立った子供たちが、笑顔で手を振っていた。最近よく流れている、こうじん海洋資源技術研究所の宣伝だ。

『世界中の海を回った碧洋号が、本日帰港します！』

アナウンスが流れる。どうやら今日帰ってきて、明日から子供向けに見学開放するらしい。

引っかかることがあり、盛男はスマホで地図を出した。

今日の昼過ぎから行われることになっている、サメ駆除。

ハロルドという学者がサメを集めておけと指定した場所は、この研究所がある巧神島の、南東七百メートルの場所だった。組合長と話し合って、大型船の航路から外れており、養殖棚などがない場所ということで選定したらしいが……。

「組合長も、今日戻るって知らなかったのか」

肝心なところが抜けている。だが、碧洋号は豊後（ぶんご）水道から瀬戸内海に入り、西側から来るようだし、これだけ沖ならまあ問題はないだろう。

スマホを置きテレビを切った盛男は、洗面所で髭を剃って身支度を整える。

居間へ戻ると仏壇の前に座り、憂いの眼差しを向ける俊の写真に、手を合わせた。

――決着をつけてくるから、見守っていてくれ。

立ち上がり、こたつの上に置きっぱなしだったスマホに目をやる。逡巡（しゅんじゅん）した挙げ句、手に取って倉敷にいる江美子へ電話をした。

離れて暮らすようになって以来、盛男からかけるのは初めてだった。

仕事が朝早いし出ないかもしれないと思っていたが、五コール目で彼女は応答した。

『どうしたの⁉　何かあったの？』

開口一番、心配する声に、これまでどれだけ彼女に心労をかけていたのか気づいた。

喉を摑まれるような痛みを覚えながら、盛男は声を絞り出した。

「そうじゃない。話したいことがあって……」

『どうしたの……？』

スマホをぐっと握りしめる。

「……これまですまなかった。もう今日で終わりにするから」

息を呑む音がした。何を、とは言わなかったが、通じたようだった。

『ええ、分かった……』

「こっちに戻って来てくれるか……？　俊の葬式もしなきゃいけないし……。船は売るから、盛大に見送ってやろう」

『そうね……』

か細い声が返ってくる。電話の向こうで、江美子は声を殺し泣いていた。

＊

ゼミのみなとともに迎島を出たのは、朝の八時頃だった。

渋川のクルーザーへ乗り込み、尾道水道を通って島の東側へ回り込むと、すでに顔を出しきっている太陽に背を向け、しまなみ海道へ向かう。

空は薄曇りで、すこしひんやりした朝の空気が心地よかった。

初めて渋川所有のボートに乗った湊子は、少なからず驚いた。真新しく、キャビンは居住できるようになっていて、ハロルドやＳＭＬのクルーザーほどではないものの、かなり高価そうなものだったからだ。細身の形状からして、速度もかなり出るだろう。万年同じような服にボロボロのリュックサックで身なりにお金をかけない分、実用的な部分には散財を惜しまないタイプなのかもしれない。沿海でゴール・シャークの追跡をするには、このぐらいの船は必須だろうし。

太陽で徐々に温められていく空気を切り裂きながら、クルーザーは白波を立て快調に進む。

久しぶりに早起きをしたためか、ゼミの面々はあくびをしたりしてまだ眠そうにしていた。向かいの左舷のシートに座った鳥羽だけがしゃんとして、近づいてくる白い大橋を見ている。

ふいにこちらへ目を向けた彼は、視線が合うと懲りずに笑いかけてきた。いつもならば睨みつけるところだが、湊子は瞼を伏せて逸らす。みかに大人になれと言われたことが、ずっと心に燻り続けていた。

他の女子三人とは、研究発表会後の夕食でこちらから声をかけたのをきっかけに、また会話を交わすようになっていた。まだ少し蟠りはあるものの、時間とともに解消されていくだろう。

「——元気ないね。どうしたの？」

気配がして顔を上げると、鳥羽が目の前に立っていた。

「——は？　何？」

盛大に顔を顰める。彼は不思議そうにこちらを見つめた。

「水内らしくないじゃん。目が合ったのにガン飛ばしてこないなんて。これじゃ普通の人みたい」

「あたしが普通じゃないとでも言うわけ？」

食って掛かると、彼はわざとらしく驚いてみせる。

「自分が普通だと思ってたの？」

絶句する。鳥羽に指を突きつけた。

「やっぱりむかつく。あんたなんて大っ嫌い」

珍しく大きな声を上げ、彼は腹を抱えて笑う。みなの視線が集中した。

「それでこそ水内だよ。安心した。悪いものでも食べたのかと思った」

湊子が口元を引き攣らせていると、目尻をぬぐった彼は、急に真面目な表情になる。

「水内の仮説、悪くないと思ったよ。俺が考えたんじゃないのが悔しいぐらい。助川が調べてたゴカイと結びつくなんて思いもしなかったし……。渋川先生もそうだけど、普通じゃないから、普通じゃない発想ができるんだよ。それって結構アドバンテージなんだぞ？」

困惑していると、彼は湊子の肩をぽんと叩いた。

「ま、そういうことだから、がんばって」

言い返す隙を与えず、鳥羽は元の席へ戻っていった。

——偉そうに。

通り過ぎる景色を見ながら、湊子は心の中で呟く。腹は立ちつつも、悪い気はしなかった。渋川のときもだが、我ながら単純だ。

電磁波説の確認は、しまなみ海道の下の海峡で行うことになっていた。

減速したクルーザーは、島と島にかかる橋から、二十メートルほど離れた場所に停止する。操舵室から出て来た渋川は、停船していることを示す旗を船尾に立てたのち、ゼミ生たちに告げた。

「サメたちは、この辺りまで来ると方向転換してしまうんだったな。さっそく計測してみよう」

鳥羽たちは二度、強い電磁波の測定に成功していたが、そのうちの一回がこの橋の下で、もう一回は明石海峡大橋の下だった。

正確にどこから発せられたのかまでは分からなかったが、どちらも海上に橋が渡されている場所のため、付随した設備の配線などが原因ではないかと、鳥羽は推測していた。

渋川は、高い橋桁を仰ぎ見る。

「橋を通っている配線、もしくは配管の影響、か……」

強力な電磁波を生むとしたら、やはり電線ではないかと湊子は考える。そうなると、前にも指摘したことがある瀬戸大橋の存在がネックだった。

瀬戸大橋は、島と島を繋ぐ六つの橋の総称で、西のしまなみ海道と、東の明石海峡大橋、鳴門海峡大橋の中間地点に位置する。東西の端にある橋の下を絶対にくぐることができないサメたちは、なぜか同じような橋である瀬戸大橋の下だけは、フリーパスで行き来できているのだ。

強い電磁波が常時発生しているわけではないのも、不可解だった。サメが出て行っていないということは、サメが通ろうとするときだけ都合良く発生していることになる。

甲板に置いてあった古いボストンバッグから、スマホと同じサイズの電磁波測定器を取り出し、渋川は測定を始めた。鳥羽も持参した測定器で測り始める。みなで二人を取り囲み、固唾を呑んで見守った。

白く美しい吊り橋の連なりが、青い空によく映えていた。太陽の光で水面はきらきらと輝いている。磁界の強さを表すデジタル目盛りはリアルタイムで変動するが、それほど高い値ではなかった。十分ほど待っても、ほとんど誤差の範囲内で変化はない。

首を傾げ、渋川は鳥羽に訊ねた。

「発表で動画は見たが、計測に成功したときはどんな感じだったんだ？」

「朝からずっと計測していて、昼頃に望遠鏡を覗いてた佐野が、燧灘の方からホホジロザメの背鰭が近づいて来るのに気づいたんです。橋から五百メートルぐらい離れてたと思います」

「そのときはまだ計測値に異常はなかったと。測定器の値が上がり始めたのはどの辺からだ？」

上を見ながら鳥羽は回想する。

「目測ですけど、百メートルぐらいじゃないかと……」

佐野が割って入った。

「急に値が跳ね上がって、そこからずっと高いままだったんです。そしたら、こっちに向かってたサメの背鰭がびくりと転回して、来た方へ戻って行きました」

眉根を寄せ、渋川は考え込む。

スマホをいじっていた助川が、何かを表示し渋川に差し出した。

「前と同じやつですけど、動画どうぞ」

昨日は自分の発表のため緊張し、ちゃんと見られなかったため、湊子は脇から覗き込む。

サメは、男子チームが説明した通りの動きをしていた。痺れたように背鰭がびくりと揺れたのち、身を翻し元来た方へ帰って行く――。

目を細めた渋川は、何度も動画を再生した。薄い唇を開き、誰にともなく呟く。

「サメがいないときは、電磁波は発生しない。サメが近づくと、強力な電磁波が発生する……?」

湊子にも、そうとしか思えなかった。同時に、そんな馬鹿なことがあるかと首をひねる。セルフのガソリンスタンドのように、誰かがどこかから監視していて、サメの姿を認めるや電磁波を発生させているとでもいうのか? それだって、サメが潜行していたら分からないので成立しない。

難しい顔をしつつ、渋川はさらに動画を見続けた。サメを拡大したりして何度も何度も観察する。

みなが飽き飽きし始めた頃、彼女は何かに感づいた様子で顔を上げた。

「誰か、三匹のサメの背鰭が拡大された動画か画像を持ってないか? ないなら、ネットで探してみてくれ」

キツネにつままれたような表情で、ゼミ生たちは各々探し始める。

ＳＭＬと一緒にサメを誘導しようとしたときの動画や画像がスマホに残っているのを思い出し、湊子は映りのいい物を選び出して渋川に差し出した。

「これ見て。三月の初めに、クルーザーから撮った映像」

アザラシの模型を牽引するクルーザーと、その後ろにぴたりとついてくるサメの背鰭が映し出される。雌のヘラだ。白波から半分だけ出ていた背鰭はだんだんと浮上し、全貌が明らかになる。カイアシがたくさんついた、切れ込みがある立派な背鰭と、その付け根につけられた白い衛星タグ――。

じっと眺めていた渋川の目が見開かれたのは、まさにその瞬間だった。画面に触れ、彼女は再生をストップさせる。大きな背鰭は動きを止めた。

何に驚いたのだろうと、湊子は目を凝らす――。

数秒後、気づいた。人工衛星のタグ。ＳＭＬの仲間やハロルドから追跡していることは聞いたし、それ自体に疑問を持ったことはなかった。だが――。

人工衛星タグではない、別のものが付属していた。透明なプラスチックの円筒形の機器。中に何かの回路がある。それは、タグをつけるために開けられた穴に、強固なバンドで留められていた。松永湾でのサメの実験にも用いた、バイオテレメトリ（電波や音波を使い、生物の位置情報などを得る手法）で使用するピンガーのように見えるから、全く気にしていなかった。しかし、よくよく考えたら変だ。

「先生、これ……」

渋川は頷く。

「ピンガーに見えるが、あんなもので深海に潜るサメの位置を調べるはずはないし、中身は別の何かだろうな」

スマホの画面に触れ、彼女は動画の再生を続ける。カメラはずっとヘラの背中を映し続けていた。橋がどんどん近づいてくる。百メートルほどの距離になると、ヘラは電気ショックでも受けたように身をよじらせ、方向転換していった。渋川は、異常が現れる直前の背鰭を拡大する——。ピンガーのような機械に、赤色のランプが灯っていた。

「なぜ、こんなものが付いているんだ……」

低い声で渋川は言った。戸惑いの表情を浮かべながら、鳥羽が訊ねる。

「どういうことですか……？」

体全体から憤怒の空気を発しながら、彼女は吐き捨てた。

「これは人為的なサメの閉じ込めだ。誰かが、サメの背に信号を発する装置を取り付けて、決められた距離に近づくと、受信した別の装置から電磁波が発生するようにしていたんだ。だから、サメは海峡から出ることができなかった」

「え……」

愕然として、湊子は目を見開く。とても信じられない話だった。人の手でそんなことをするなんて、いくらなんでも無理がある。

湊子と同様に、怪訝そうな顔をしたみかが口を開いた。

「さすがに、ちょっと壮大すぎませんか？　それだと、しまなみ海道のすべての海峡と、明石海峡、鳴門海峡を、受信装置がカバーしてることになりますよ？　そんなの不可能です。そんな装置があるなら、これまで一つも見つかってないのはおかしいし……」

肩を竦め、渋川は苦笑する。

「危険なホホジロザメの背に装置を取り付けられるほどの知識と資金、行動力がある人間ならば、技術力でその程度のことはやってのけるはずだ。まずは私の説を証明するため、装置を探してみようか。船を出すから、座ってくれ」

無駄のない所作で、彼女はキャビンの操舵席へ向かう。みなが席につくかつかないかというタイミングで、クルーザーは急発進した。

抜けるような青空の下、太陽はどんどん高度を上げていく。流れていく景色を眺めながら、湊子は渋川の言葉を反芻（はんすう）し続けていた。

——これだけの知識と資金、行動力のある人間……。

ハロルドの存在が頭にちらつく。なんとかして打ち消そうとするが、だめだった。

資金と行動力があって、オーストラリアの研究者なのに、たまたま近くの伊予灘にいた彼。渋川の説が正しいとしたら、彼以外に該当する人物が存在するだろうか？

湊子の心配をよそにクルーザーは進んだ。しまなみ海道に架かる橋の下を重点的に巡り、装置らしき物がないか確認していく。尾道と迎島にかかる尾道大橋、迎島と因島にかかる因島大橋、生口橋（いくちばし）、多々羅大橋（たたらおおはし）……。

真下に入って橋桁や橋脚の周辺を目視し、ときには渋川が島に上陸して探したりもする。けれど、電磁波を発生させるような装置らしきものは、どこにも見あたらなかった。

「サメが来たら、海峡から百メートル先に届くほどの、強力な電磁波を発生させる訳ですよね。それだと電源が必要ですし、そんなものを橋のたもとなんかに置いておくことは、不可能じゃないですか？　橋の管理者や海保だって、随時見回りしてるでしょうし」

島陰にクルーザーを停め、苦い表情で橋を見上げている渋川に、鳥羽は言った。

たしかにその通りだ。点在する島と島の間をサメが通り抜けないようにするのに、電源は一つでは足りないだろう。そんなものを見つからないよう設置するなんて、非現実的にもほどがある——。

引っかかるものを感じ、湊子はハッと顔を上げた。

——自分は知っているのではないか？　この海域の島と島の間に設置された、電源を有するものを。

——まさか……そんなことあるはずない……。

苦笑して首を振るが、指先が震えていた。

キャビンからタブレットを持ってきた渋川は、地図を開く。協同研究で使っていたものだから、湊子が危惧しているものの位置に、印が付けられていた。

全身に嫌な汗が滲むのを感じる。渋川は絶対に気づくだろう。彼女は勘がいいから——。

案の定、肩をぴくりと動かした彼女は、口の端に笑みを上らせた。

「なるほど……そういうことだったのか……」

地図を拡大したり縮小したりしながら、彼女はそれと陸地の距離の確認作業を繰り返す。

「すべては繋がっていたんだ。私たちが思っていたより、ずっと大きな策謀が張り巡らされていたらしい」

鳶色の目を細めた渋川に、里絵子が訊ねた。

「どういうことですか？」

「これから分かる。さっそく、確かめにいこう」

言いおいて操舵室へ戻ると、渋川はクルーザーを再発進させる。

みなが首を傾げながら会話する中、湊子は焦り、パニックに陥る寸前だった。編み上げブーツを履いた足をイライラと動かす。もしも、考えていることが事実ならば、犯人は……。

大三島（おおみしま）側に近い多々羅大橋のたもとで、クルーザーは停止した。

湊子以外の全員が目を丸くし、船の隣に浮いているものを眺める。

キャビン内にいる渋川に、佐野が呼びかけた。

「先生、これって観測用ブイじゃないですか……」

甲板へ出てきた渋川は、にやりと笑った。

「――そうだ。実験前から原因不明の故障を起こし、米国出張中の担当者が、何度も不自然に帰国できなくなった、『こう研』所有の海洋型観測ブイだ。これの存在をすっかり忘れていた」

みな、驚いた顔でブイに視線を向ける。葵が、おっとりと口を開いた。

「たしかに、これなら島と島の間に設置してある上に、誰も不審に思わないですね……」

こめかみに浮き出した脂汗をカットソーの袖でぬぐい、湊子は成り行きを見守る。

「……さて、みんな少し手伝ってくれるかな？」

クルーザーにあったロープを使い、全員でひとかかえほどもあるブイを引き揚げ、船尾付近へ載せる。海中にアンカーで留められているものだが、ワイヤーの長さにあそびがあったため問題なかった。

一月ほど放っておかれたブイは、フジツボやカメノテ、二枚貝、海藻など、前に見回ったときよりもたくさんの付着生物で覆われている。

船内から工具箱を持ち出して来た渋川は、マイナスドライバーで付着生物をこそげ落としたのち、鼻歌をうたいながら、楽しそうにブイを分解し始めた。

「一之瀬さんの話じゃ、このブイはひとつ二百五十万円だったかな。……もしも間違っていたら全額弁償だ。クルーザーを買ったばかりで金がないから、矢代にでも借りるか」

宝箱を開ける子供のように顔を輝かせた渋川は、ブイの継ぎ目にドライバーをあて、思い切りハンマーを打ち込んだ。一回では開かず、何度も何度も繰り返す。

八回目でブイを覆っていた外殻が剝がれると同時に、船上からあっという声が漏れた。

産学協同実験が始まる前、湊子らは、こう研の一之瀬からブイの構造のレクチャーを受けていた。ワイヤーに沿って海中を自動で昇降するこのブイは、中に衛星アンテナ、観測装置、モーター、エアポンプ、油圧ポンプなどを備えているが、それらを動かす電力はすべて同梱されたリチウムバッテリーから供給されている。電池の寿命は五年で、数百回の観測に耐えうる電力だ。アメリカの会社が海中の温度差を利用した発電方法を開発しているため、ゆくゆくはそれを実装することになるが、それまではこのままだと一之瀬は話していた。

渋川は、バッテリーの配線を選んで持ち上げる。接続先が変更され、あとから取り付けたと思われる別の機械へ繋げられていた。

「電磁波の発振器か。こっちは、超音波の受信機。背鰭の機器から発信された信号で作動するんだろう。いずれにせよシャークシールドから着想を得たしかけだな」

シャークシールドは、ダイバーなどがサメ避けのために使用する機器だ。電源からサメの嫌う周波数のパルス信号を発生させ、近づかせないようにする。

体から血の気が引く。心臓がばくばくと早鐘を打ち、湊子はもはや倒れる寸前だった。

——ハロルドだけならまだよかったのに……。

「俺らの知らない間に、誰かがブイの中身をいじったってことですよね？　でも、普通の人はこれが何かすら分からないだろうし、今は使われてないのをどうして知ってたんだろ……？」

助川は腕を組む。

我知らず後ずさった湊子は、足元の荷物に踵が当たり、ビクリとして飛び上がった。

わざとこちらを見ないようにして、渋川は溜め息をつく。

「それは後で調べよう。まずはこう研に連絡して許可をもらい、ブイに取り付けられた不正な装置をすべて取り除くんだ。……そうすれば、私たちが何もしなくても、サメは勝手に出て行くはずだ」

サメが外に出る方法が分かりホッとするものの、湊子は死刑執行を待つ囚人のような気分だった。

――資金と知識、行動力があり、なおかつ、このブイが現在使われていないことを知っていた犯人。

当てはまるのが誰か、湊子はよく知っている。

スマホを取りにキャビンへ入っていった渋川を、湊子はふらふらと追った。

彼女は、操舵室で電話をかけている最中だった。こちらに向けて人差し指を立て、待つようジェスチャーをすると、電話の相手に一から経緯を説明し始める。

落ち着かない湊子は、キャビンの中を見回した。生活用品や研究に使う資材と計器、無線の類が積まれており、あまり片付いているとは言い難い。

目眩がしたため、少しだけ隙間のあったシートに腰を下ろさせてもらった。呼吸も苦しく、着ているカットソーの喉元を引き伸ばす。

――どうしよう。あたしのせいでこんなことになったんだ……。

吐き気がこみ上げる。

ブイに細工をした犯人は、ＳＭＬしかいなかった。

なぜなら、今年一月の時点で、湊子は彼らに産学協同実験のことを話していたからだ。

よく考えれば怪しかった。ＳＭＬのボランティアに数回参加したことがあるだけの湊子に、ＳＮＳ

でレベッカやナッシュが急接近してきて、ミーティングと称し天神で何度も会ったのだ。海洋生物保護の話ができる友人がいなかった湊子は、その都度喜んで参加し、SMLの仲間たちに囲まれ、初めて自分の居場所を得た気がした。

彼らは久州大学で勉強している湊子のことを褒めてくれたため、プライドをくすぐられ、得意になって渋川のことや産学協同実験のことを話してしまったのだ……。

彼らはすべて知った上で、計画のもと湊子に近づいたのだろう。渋川の教え子で、こう研の実験パートナーの学生。こんなに利用価値があるカモは他にいない……。

——なんて愚かだったんだろう。

俯いて頭を抱える。両の拳で頭を叩いた。

「馬鹿、馬鹿、馬鹿……」

昨年の秋、何者かが大学のサーバーに侵入した直後、スパイ行為をするものに注意する旨の張り紙が、研究棟の目立つ場所に張られていた。鼻で笑った湊子は、自分はまったく関係ないと思っていた。それなのに……。

ナッシュやレベッカたちに騙されていたということを、信じたくなかった。しかし、すべての証拠は彼らが犯人であることを示している。ハロルドもグルなのだろう。全部が、湊子を騙し、リアルタイムで情報を得るための茶番だったのだ。

腹の底からマグマのように怒りが湧き上がる。

——騙すなんて許せない。それに、たくさんの人を苦しめて……。ブチ殺してやる！

視線を彷徨わせる。テーブルの上に、渋川が食べ残した断面が茶色いリンゴと、小さなナイフが置かれていた。振り返って窺うと、彼女はまだ電話している。手を伸ばしてナイフを取ると、ハンカチで包み、着ているフライトジャケットのポケットに忍ばせた。

反対のポケットからスマホを取り出し、これから会うことはできないかとレベッカへメッセージを送る。

すぐに返信が来たが、今日は県庁へ陳情に出かけるため忙しいとのことだった。最短でいつならいか訊いたところ、確認してまた連絡すると答えてメッセージは途絶えた。

「なんなの。前はいつでもすぐに迎えに来て会えたのに……」

彼らはまだ正体がバレたことに気づいていないはずだし、なぜだろう。

苛ついていると、通話を終えた渋川が近づいて来た。

「細工されたブイの内部の画像を送ったら、すぐに撤去の許可が下りた。ただ、今日は碧洋号の帰港で出せる人員がいないから、ブイの回収は早くても明日になるそうだ」

湊子は頷く。勇気を振り絞って声を出した。

「……渋川……先生、話さないといけないことが……」

すでに察しがついている顔で、彼女は言った。

「犯人に、心当たりがあるようだな」

すべてを打ち明けようと口を開きかけたとき、テーブルの上にある無線から大きなノイズが流れた。漁業無線で使用する27㎒無線機だ。渋川が持っていていいものなのか知らないが、研究で漁師と連携を取ることも多いから積んでいるのだろう。

誰かが喋っているようだが、周波数が合っていないため、もごもごとして聞き取れない。渋川は無線機の前に移動し、慎重につまみを回す。あるところで突然クリアな声が流れた。

『――巧神島沖、一三〇〇（ヒトサンマルマル）開始で変更なし。サメ駆除の見届けは、各漁協につき十隻までのルールを守られたし』

渋川は眉を顰める。

「サメ駆除の見届け？　何かやるつもりなのか？」

奇妙な話だった。沖縄の漁師が行方不明になって以降、漁船による駆除はお手上げ状態だったのに……。

漁船が近くを通りかかったのは、そのときだった。自粛で海にはほとんど船がいないため不自然なばかりか、船尾にオットセイ型の模型を括りつけて流している。今の無線と関係があるに違いなかった。

「……追うぞ。話はあとだ。あの船に訊いてみる。外でみんなに摑まるよう知らせてくれ」

操舵室へ飛び込んだ渋川は、クルーザーのエンジンをかける。

慌ててデッキへ戻った湊子が、みなに座るよう告げると同時に、クルーザーは急発進した。

空に薄く刷かれた灰色の雲の向こうに、太陽があった。靄が少し立ち、しまなみもいつもより精彩を欠いている。

大きな白波を立てながら速度を上げ、クルーザーは東へ向かう底引き網漁船を追いかけた。

浮かぶ島々を追い越しながらぐんぐん前進し、やがて漁船と並走する。

前を見ていた壮年の漁師は、こちらに気づくとびくりと肩を震わせた。操舵席の横窓を開けた渋川が、停まるよう声を張り上げる。目を丸くした漁師は、おそるおそる船を減速させた。

一・五メートルほどの間隔を開け、二つの船は海原に並んで停止する。

「さっきの無線を聞いた。巧神島沖で何かあるのか？」

学生らが見守る中、甲板に出た渋川が訊ねると、右舷の船べりに出てきた男は、苦虫を嚙み潰したような表情をした。何かに気づき、ハッとして渋川を指さす。

「あ、あんたニュースで見たことあるぞ。久州大学の先生だろ。サメの……」

面倒そうに、渋川は首を縦に振る。

「そうだ。だから、今この海で何が起こっているのか知りたい。十三時から巧神島沖で何があるんだ？」

目に見えて動揺した彼は、視線を泳がせる。明らかに、何かを隠していた。

「別に何もないよ……漁師で、ちょっと集まろうかって」

「危険なサメのいる海でか？　漁は自粛しているのに」

彼は唇を尖らせた。

「いちいち話す必要なんかないだろ……俺たちの勝手だ」

吐き捨てるとこちらに背を向け、彼は操舵室へ戻ろうとする。

次の瞬間、湊子らは驚くべきものを目の当たりにした。波で二メートルほどに開いていた船と船の間を長いリーチで軽々と飛び越え、渋川が向こうの船へ乗り込んだのだ。

「うわ、すげ」佐野が呟いた。

操舵室へ逃げ込もうとした漁師のジャンパーをひっ摑んで捕らえた渋川は、後ろ手をひねり上げ、操舵室の外壁に彼の上体を押し付けた。漁師は悲鳴を上げる。

「いいの？　これ……」

表情を強ばらせ、助川が言った。里絵子も呆れ顔を浮かべる。

「あの人、よく日本で教育者になれたよね……」

湊子を含め、全員が頷いた。

やけに手慣れた様子で尋問し、答えを聞き出した渋川は、再び船を飛び越えボートへ戻ってきた。

解放された漁師は操舵室へ駆け込み、何度も振り返りながら逃げるように去っていく。

「何だったんですか？」

みかが訊ねる。渋川の全身からは、目に見えるほどの怒気が発せられていた。

「沿岸の漁協が、オーストラリアの研究者に金を払って、シャチをサメにけしかけるよう依頼したらしい。巧神島沖にサメをおびき寄せ、十三時から開始するそうだ」

「シャチを……？」

絶句すると同時に、湊子は腑(ふ)に落ちた。漁協関係者が依頼した研究者はハロルドで、シャチは伊予灘にいたポッドのことだろう。シャチたち——とくに、ネロの残虐性を思い出してゾッとする。彼が率いるシャチたちが、サメを追い出すだけで済ますとは思えない。六メートル超のホホジロザメたちだろうと、チームワークで追いつめ、肝臓を食い荒らし、むごたらしく殺すに違いない。

足元に視線を彷徨わせる。理解できなかった。ＳＭＬはこの状況を作るために、サメを閉じ込め続けたのだろうか？　海洋生物の保護を謳う彼らがなぜ……？

学生たちを迎島に降ろしてから巧神島へ行くと告げ、渋川はクルーザーを発進させた。

湊子はスマホで時間を確認する。あと一時間もない。

「早く止めないと……。サメが殺されちゃう……」

迎島の船着き場に到着すると、渋川の手を借りながら、みな次々と桟橋へ降りていった。

最後になった湊子は、甲板に留まり彼女に懇願する。

「あたしも連れてって。多分ＳＭＬも来てるから、何でこんなことをしたのか、あいつらに直接問い質(ただ)す」

今日は会えないと伝えてきたレベッカ。理由は、彼らがこのイベントに関与するためとしか考えられなかった。……だったら、現場を取り押さえてやる。

断られるかと思ったが、目を細めた渋川は薄く笑った。

「——いいだろう。自分で決着をつけてこい」

＊

絶好の撮影日和とまでは言えないものの、薄曇りの空は明るく視界は良好だった。

昼前に上津井を出た渉は、巧神島へ向かう。空気は冴えていて、ボートが切る風が気持ち良い。両側の陸地や島々には靄の紗がかかり、上から控えめな日が当たって幻想的な光景を作り出していた。右手にある大型船の航路を、タンカーやばら積み船が、距離を開けながらゆっくりと航行している。

やがて、巧神島と、その向こうにある大きな直島が見えてきた。速度をゆるめた渉は、双眼鏡を取り出し海を観察する。倍率を上げ下げしてしばらく探すと、巧神島の南東約七百メートル沖付近に、漁船が集結しているのを発見した。

「すげー数だな。二百隻以上いんじゃないの」

船首の方に座っているりりあが、不思議そうに首を傾ける。

再びボートの速度を上げると、渉は一旦、直島方向へ進路を変えた。南へ大きく回り込み、輪になっている船団から百メートルほど外れた場所に停船する。しれっと漁船に混ざることも考えたが、渉たちはどう見ても漁師ではないため、追い出されてしまうのがオチだろう。遠くから様子を窺うよりほかない。

手をかざしながら、りりあは漁船を見晴らす。

「わあ。すごくたくさん」

「……さて、準備するか」

船底に転がしてあった段ボール箱を開け、渉はカメラのついたドローンを取り出す。

遠くにしか停められないボートから配信するのは難しいと考え、急遽購入したものだった。一万円もしない怪しげなメーカー製だが、宿泊している民宿の空き地でテストしたところ、性能には問題なく、なかなか鮮明な映像が撮れた。

最終確認をするため、スマホの設定をしたのち、ドローンを操作する。大きな羽音を立てて四隅についたプロペラを回転させると、カメラのついた黒い躯体はすっと浮き上がった。

スマホの画面に、ドローンのカメラを通したりりあが映る。彼女はにっこりと笑って手を振った。ドローンは上昇し、縦横無尽に空を飛び回る。今気づかれると不味いので、わざと船団とは違う方向へ飛ばした。鈍く輝く海原や、航路を行くタンカー、直島の景色などが次々と映し出される。

背後から、パシャと水音がした。ギクリとし、渉は振り返る。ボートに波があたった音だと分かり、胸を撫で下ろした。二日前にサメに襲われた恐怖はまだ体に染み付いていたが、今日ばかりはどうしても出ない訳にはいかなかった。漁協の船が餌でサメたちを引きつけているらしいし、近くにはこれだけの漁船がいるのだから大丈夫だろうと、自分に言い聞かせる。

ユーチューバーの渉にとって、これから行う配信は一世一代の晴れ舞台だ。

視聴者が集まらなければ意味がないので、昨夜「サメに関するすごいものを配信する、見ないと絶対に後悔する」と告知してあった。これまでもさんざん肩すかしを食わされたため、視聴者にはあまり期待されていないようだが、他に海から配信をしているチャンネルはないため、現在の時点で待機だけでも一万人を超えていた。配信が始まれば、ネット上で口コミが口コミを呼び、恐ろしい数になるはずだ。

試運転を終えドローンをボートに戻すと、りりあがぱちぱちと拍手した。

「すごーい、優秀」

憂いのない笑顔に、渉は苦笑する。りりあは怒っても、次の日には忘れてけろりとしている。一昨日も同じで、起きたらいつも通りの彼女に戻っていた。ありがたい反面、サメに襲われた恐怖も忘れてしまっていることには困る。危険だから今日は民宿に置いてくるつもりだったのに、どうしても一緒に行くとついて来てしまった。

いつものベンチコートを羽織ったまま、彼女は上を向いて腰をひねりポーズの練習をしている。

「上から撮るときは、こんな感じがいいよね」

「……水着になるの？」

配信は水着はなしでいくつもりだったが、彼女は真剣に頷いた。

「あたりまえでしょう。渉&りりあチャンネルの緊急特番なんだから」

エンジン音がして視線を向けると、南から見覚えのあるボートが、こちらへ接近して来た。

盛大に顔を歪め、渉は舌打ちする。また海保の監視取締艇〈すたあだすと号〉だった。乗っているのも、いつもの二人組。

前方のデッキへ出てくると、まったく代わり映えしない地蔵スタイルの鶴岡が、息を吐いた。

「まだ海に出てるんですか……。二日前、あんな目に遭ったばかりなのに」

「法を破ってる訳じゃないし、俺の自由だからな」

腕を組んだ渉は、目を細める。彼女が呆れた視線を向けてきたため、高校時代に鍛えたガン飛ばしで応戦した。どうしても、鶴岡（こいつ）の態度だけは気に入らない。

りりあと違って一晩経っても忘れないタイプなのか、軽薄な笑い顔がトレードマークの志賀さえも、今日は厳しい表情をしていた。船底に放り出された救命胴衣や、ケースに入れていないスマホに目をやったのち、心底失望した様子で口を開く。

「我々が伝えられることは、もう伝えましたから……。あとはあなた次第です」

「わたしたち、見捨てられるのね……？」

目を潤ませ、りりあは彼を見つめる。彼は困ったように微笑した。

「……それじゃ、僕たちは別の仕事があるので」

漁船が集まっている海域へ視線をやり、こちらへ背を向ける。これから集結している異様な漁船団を解散させに行くのだろう。

志賀に続いた鶴岡が、振り返り無表情で告げた。

「すぐに救助がこられない海で一番重要なのは、事前の備えです。それだけは覚えておいてください」

操舵室へ戻ると、彼らのボートは白波を立てながら船団の方へ進んでいった。

「こんな日まであいつらかよ。……邪魔しないといいけど」

海保がすぐに嗅(か)ぎ付けることなど、漁師らは織り込み済みだろうから、大丈夫だろうが。

小さくなっていく監視取締艇を見ながら、渉は海にペッと唾を吐き捨てた。

スマホの時計を確認すると、12：50だった。

「やべ、そろそろだ」

急いで配信のスタンバイをする。もう隠す必要はないので、本日の配信タイトルを変更した。

『瀬戸内海のサメ騒動ついに終わる！　シャチ軍団 vs. 三匹の巨大ホホジロザメ　独占生配信！』

＊

渋川のクルーザーは、猛スピードで巧神島沖を目指した。

波に乗り上げてはバウンドし、その度に体を放り出されそうになった湊子は、船べりのバーを握りしめる。陸地や点在する島々、タンカーがぐんぐん近づいては遠ざかって行った。

荒い運転も気にならないほど、湊子のはらわたは煮えくり返っていた。

自分を騙して利用していた、ＳＭＬのメンバーたち……。

思い返すと、引っかかることは他にもあった。ホームページに掲載された湊子と上津井の漁師の対決動画や、ジーンの冷たい瞳、好意的でない視線を向けていたシノーン号のメンバーたち……。信じたいあまり、見て見ぬふりをしていた自分にも情けなくなる。

不気味なのは、彼らの目的が分からないことだった。なぜ、ここまで大掛かりなことをして、サメを閉じ込める必要があったのか……。

――全部吐かせてやる。何をしてでも。

ポケットに忍ばせたナイフを、ジャケットの上からぎゅっと摑む。

瀬戸大橋をくぐり抜けると、正面に巧神島と直島が近づいてきた。クルーザーは南東に舵を切る。数百メートル離れた場所に浮かぶ異様な船団に、湊子は目を見張った。

たくさんの漁船らが、中心部を空けて大きな円を描き停泊している。円の中がどうなっているかは窺い知れなかった。いずれにせよ、あそこがサメ駆除の会場であることは間違いないだろう。

船団に近づいた渋川は、確認するように外側から大きく周囲を巡る。湊子は必死で目を凝らした。必ずどこかに、シノーン号か、ＳＭＬのクルーザーがあるはずだ。

半分以上過ぎたところで、船団から離れた沖に、白い船が浮かんでいるのを見つけた。

酷い揺れの中、よろけながら操舵室に到達した湊子は、渋川に向かってシノーン号を指さし叫んだ。

「あそこに行って！」

シノーン号は、船団の南東、約三百メートルの位置に錨（いかり）を下ろしていた。

速度を落としながら近づくと、甲板にいたレベッカやナッシュ、カーラ、アントニオがこちらに気づいて集まってくる。渋川とともに操舵室にいる湊子に、目を丸くしていた。

「あれが君の素敵な仲間たちか」

彼らを眺めながら、渋川は揶揄する。

「引き止めても無駄だよ。あたしは行く。やると言ったら、やるんだから」

鼻息荒く宣言すると、彼女は微笑し肩を竦めた。

「止めるつもりなど端からない。死なない程度に暴れてこい」


主催者を探してシャチを止めさせると言い残し、渋川は全速力で船団の方へ向かっていった。

船尾からシノーン号の甲板に降り立った湊子は、甲板にいるメンバーらを見回す。

「ソウコ……。よく来たわね。どうしてここが分かったの？」

強ばった笑顔で、レベッカが声をかけてきた。

彼女やナッシュ、カーラ、アントニオ。これまで仲間だと思っていた者たちを凝視しながら、湊子はわざとらしく答えた。

「サメが漁師に駆除されるって聞いたから、助けないとと思って渋川と来たんだ。みんなもサメの命を守るために、ここにいるんだよね？　早く漁師らのところに行って止めようよ」

この質問は、彼らに与えた最後のチャンスだった。

サメを閉じ込めたにしても、何か事情があったからで、海洋生物の保護という至上命令だけは忘れていないのかもしれない。心のどこかで、まだ信じたい思いがあった……。

困惑の表情を浮かべるのみで、いつまで経っても彼らは湊子の呼びかけに応えない。

「どうしたの？　ＳＭＬは保護団体でしょ？　なんで何もしないの！　知ってるんでしょ？　ハロルドがシャチをけしかけるって！」

苦悶している様子で、彼らは黙っていた。湊子は、彼らの背後に目をやる。シノーン号のメンバーたちは、湊子のことに構っている暇などないという感じで、船室からたくさんの機材を運び出し準備をしていた。彼らの傍には、五台のドローンが待機している。

「一体何をするつもりなの？」

ナッシュが、重い口を開いた。

「……記録に残すんだ」

「記録？　何の……」

訊きかけたとき、船内からジーンが現れた。どこかから見ていたのか、驚きもせずやってくると、湊子に語りかける。

「ソウコ！　よくここが分かったな。さすが、シブカワの教え子。今日はとても忙しいが、君なら歓迎しよう」

ナイフが入った右のポケットをまさぐりつつ、湊子は叫んだ。

「だから、何をしようとしてんの！　もう全部分かってんだからね！　あんたらがあたしを騙して、海峡のブイに細工したことも！」

息を呑んだレベッカとナッシュは、顔を見合わせる。レベッカは困惑した様子で言った。

「騙した訳じゃないのよ。ただ必要なことだったから……。出会い方は良くなかったかもしれないけれど、私たちはあなたのことを本当の仲間だと思ってるわ。それだけは嘘じゃない……」

潤んだグリーンの瞳は、嘘をついているようには見えなかった。だが、もう信じることはできない。視線をそらし、ジーンに顔を向ける。

「答えて。何をしようとしてんの？」

彼は苦笑した。

「もう全部知っているのか。じゃあしょうがない。……君も知っての通り、俺たちは海の生物を保護するヒーローだ。世界中を飛び回り、スーパーマンのごとく戦い、敵を打ち負かし、輝かしい功績を打ち立てる」

似合わないジェスチャーをしながら彼は説明する。

「――さて、そこで問題だ。ヒーローが輝くために必要なのは？」

「え……？」

考えを巡らせた湊子は、一瞬で頭に血が上るのを感じた。

「まさか悪役？　最低！　日本の漁師がシャチにサメを駆除させるところを撮影して、批判の種にするつもりなの?!」

シャチをけしかけるのはハロルドだが、漁船が取り囲んでいる中で行われれば、日本の漁師がやったと世界中の人々に印象づけられるだろう。上津井で湊子と盛男が言い争いをした動画のように、彼らはハロルドの姿を一コマも出さないに違いない。

「儲かっているように見えるだろうが、この業界も苦しいんだよ。日本は南極海での捕鯨を止めてEEZ内に引きこもってしまったし、他に世界を巻き込めるほどの議題は見つからないし。新しい悪役スターが必要なんだ。ジョーカーのような極悪のね」

汚れた氷のような灰色の瞳で、ジーンは微笑む。

申し訳なさげに肩を落としたナッシュが、声を絞り出した。

「仕方なかったんだ。海洋生物の保護をしたいけど、俺たちは無力だ。金が要るし、それには世界の注目を集めなくちゃいけない……」

「そんなことのために、こんな大掛かりで馬鹿げたことを……？」

怒りが沸騰し、くらりと目眩がした。トールに襲われ息子を亡くした盛男や、犠牲になった他の人々、生活に困窮していた漁師ら、日本に戻れないようアメリカで交通事故に遭わされた一之瀬……。被害にあった人々のことを思うと、はらわたが煮えくり返る。とても仕方ないで済まされることではない。

小さくなっているナッシュやレベッカを睨みつけた。

彼らの口からは、いつも理想を絵に描いたような美しい言葉しか出てこなかった。それを真(ま)に受けて素晴らしいと感激し、自分は行動をともにしていた……。こんな、目的のためなら人を殺したり傷つけたりするのも平気なやつらに。世間知らずの、とんだ馬鹿だ。

「全部嘘だったんだね。全部……」

感情が暴れ、気がつくと両の目から涙が流れ出ていた。ジャケットの袖でぬぐう。

一斉に騒がしい羽音がし始めた。着々と準備していたシノーン号のメンバーが、パソコンを操作しドローンを作動させたのだ。五台のドローンは、等間隔を保ちながら空に舞い上がる。パソコンのディスプレイには、辺りの景色が高画質で映し出されていた。

「……残念だが、君には止められないんだ」

ジーンは微笑する。再度、ポケットの中のナイフを握り、湊子は周囲に目を走らせた。船上には十名ほどがいる。どうすれば作戦を止められるのか……。

頭をフル回転させた湊子は、目を細めてディスプレイを眺めているジーンに目をつけた。彼はナッシュよりも格上の東アジア地域リーダーだ。人質に取れば、言うことを聞かせることができるかもしれない。

背が高く、細身だが筋肉質のジーンは、どう見ても小柄な湊子の敵う相手ではなかった。仲間が加勢したら、さらに勝ち目はない。

――でも、やらないと。サメのために。……あたし自身のために。

なぜか、盛男の顔が浮かんだ。息子を殺された男――。これが、彼に対して自分ができる唯一の贖罪(しょくざい)の気がした。

ナイフの柄をぐっと掴み、タイミングを計る。彼の視線が漁師らの船団へ向かうドローンに移動した瞬間、飛び出そうとつま先が動く。

彼の背後にある船室の出入り口から人が出てきたのは、そのときだった。

反射的に目が吸い寄せられた湊子は、動きを止め立ちつくす。

光沢のある白いシンプルなワンピースに身を包み、プラチナブロンドの髪をなびかせた美女——。見間違えるはずもない、テイラーだった。

ぎゅっと唇を嚙む。彼女だけは信じたかったのに……。すべてジーンたちが勝手にやったことで、彼女は知らないのかもしれないという希望は見事に打ち砕かれた。

打ちひしがれた湊子に、彼女は手を挙げ笑いかける。湊子の好きだったスッピンではなく、舞台に立つような濃い化粧を施した顔で。

「ハイ、ソウコ。この前のメッセージ気に入ってくれたんですってね。あなたが来るって言うから、こんな狭くるしい船で撮影したのよ」

目を見開く。言われてみれば、たしかに狭い小部屋で撮ったものだった。船内を紹介するとき、ジーンが一部屋だけ入るなと言っていたのを思い出す。

「あのときからここにいたの……」

いくらそれほど大きくない団体とはいえ、彼女はＳＭＬのトップで、望めばアメリカのセレブにも会えるような人だ。彼女が日本にいるということは、この作戦が彼らにとっていかに重要なものか分かる。

「なんで？　こんなことがそこまで大事なの？」

「あなたはまだ分かってないの。今日誕生する悪役が、私たちにどれほどの富と権力をもたらしてくれるか」

彼女は上空に待機しているドローンを見上げた。

「これからあれが、私たちの活動の象徴となる素晴らしい映像を収めるの。ドキュメンタリー番組に、映画……私はそのスポークスマンとして世界を飛び回る。それと引き換えに得るお金があれば、私たちは世界中の海洋生物を救うことができる」

「そのためには、あのホホジロザメたちが死んでもいいって言うわけ？」

「一匹の羊のために、九十九匹の羊を残して捜しに行くなんてナンセンスよ。それに、あのホホジロザメたちは、これまで高次捕食者としてたくさんの命を奪ってきた。だから今度は自分たちが狩られる運命を受け入れるべきよ」

美しい唇から紡ぎ出される欺瞞に、反吐が出そうだった。こんな人に心酔していたことを心底後悔する。

ポケットの中でナイフをぐっと掴んだまま、湊子は訊いた。

「一つだけ教えて。イルカに助けられたから保護を始めたって話も嘘だったの……？」

これだけは本当であってほしかった。……他がすべて嘘だったとしても。

テイラーは妖艶に微笑んだ。

「大衆は何にでも〈物語〉を求めるわ……。身近で感動的であるほどいい。彼らは疑いもせずにそれを信じ、対価を支払いたがるの」

落胆するとともに、自嘲の笑みが浮かぶ。湊子も彼女を信じ、ボランティアという対価を喜んで差し出していた……。

頭上で音がした。目をやると、隊列を組んだドローンが、漁船の固まっている方へ飛んでいくところだった。

ジーンが手を叩く。

「そろそろ、こっちに集中してくれ。ショーの始まりだ」

ハッとした湊子は、反対のポケットからスマホを取り出す。

開始五分前を回っていた。

＊

漁師らが集結した船団の中に、盛男の船はいた。

さまざまな漁港からやってきた船たちは、中心に直径二百メートルほどの円を空けて浮かんでいる。円の外周には、数メートル間隔でブイをつけた網が張られていた。巻き網漁で使用する網だ。北側に、十メートルほどの出入り口の隙間が空けてある。片方の端は巻き網船に繋がっており、もう片方の端には、目印となる大きなブイが取り付けられていた。

盛男の船は、大きなブイの真横に停泊している。シャチの入場を間近で見ることができる特等席だ。息子を失ったことを知っている組合長らが、この場所を優先的に確保してくれた。

デジタル腕時計の時刻は、12：45。甲板でクーラーボックスに腰掛けた盛男は、隣の船の漁師からもらったタバコを吹かしながら、時を待っていた。落ち着かず小刻みに上下する足の下には、渋川のクルーザーから盗んできた麻酔入りの銛と、先をよく研いできた自前の銛が並べて転がしてある。

巻き網に囲まれた円の中には、すでにヘラとロキがいた。これから行われることも知らず、潤沢に与えられる家畜の血や肉を貪っている。相変わらずトールの姿が見えないのが気になるが、あらゆる場所で餌を使い誘引しているのだ。やがてやってくるに違いない。

彼らと網の出入り口を見比べながら、頭の中で何度目かのシミュレーションをした。

組合長の話では、撒き餌をしてサメをおびき寄せたのち、ハロルドがシャチをけしかけるとのことだった。だがサメは三匹いるし、どこまで上手くいくかは未知数だ。

あのサメたちは特別に賢い。おいそれとやられる訳はないだろう。それを見越して漁師らは巻き網を準備したのだ。万が一シャチが失敗した場合は、網の包囲を狭めて身動きを取れなくし、漁師らがトドメを刺す——。通常の網では食い破られるのは必至なので、どこかの漁協が秘密裏に準備していた、チタンを編み込んだ特注品を投入しているとのことだった。

盛男の計画は、シャチが失敗したとき、サメが網に包囲された時点で進み出てトールに麻酔を打ち、動けなくして銛で脳を突くというものだった。海に飛び込んでも、命に代えても仕留める。とにかく遂行するのだ。これが本当に最後のチャンスだ。

シャチが成功してサメが殺されるなら、そのときは潔く諦め、トールの死に様をこの目に焼き付けるしかない。

念のため、家には遺書を置いてきた。

謝罪ばかりの手紙だ。強情を張っていたことや、借金のこと、孫の成長を見守れないこと。自分が死んだら、船を自由に売って金にして欲しいと書いた。江美子や遥に、許してくれと結んだ。

遠くから拡声器の声がして、盛男は視線を向ける。並んだ漁船の向こうを、海保の監視取締艇がゆっくりと進んでいた。甲板に立った小柄な女性海上保安官が漁師らに呼びかけている。

『こちらは、第六管区玉野（たまの）海上保安部です。航行の妨げとなるので、この海域に集団で滞留するのはやめてください。すみやかに解散して、この場から退去してください』

漁師らは誰一人耳を貸さなかった。痺れを切らして漁船に近づき聴取をしようとするが、それにも答えるものはいない。不法行為になろうが、漁師らにとってこれは海を取り戻すための真剣勝負なのだ。

水を張った空き缶にタバコの灰を落とし、盛男は曇った空を見上げる。

なぜか、あのソウコという娘のことが頭をよぎった。サメがシャチにむごたらしく殺されたら、彼女は誰よりも悲しむだろう。トールを殺そうとしているくせに、それは盛男にとってもつらいことに思えた。

再度、腕時計に目をやる。12：50。

小さくなったタバコを缶の口に押し付け、火を消す。

あとすこしで、すべての決着がつく。

＊

水内湊子がＳＭＬの船に乗り移るのを手伝ったのち操舵室へ戻ろうとした渋川は、食べかけだったテーブルのリンゴを取ろうとして、置いてあったナイフがなくなっていることに気づいた。辺りのものをどけてみるが、やはり見つからない。

「最近よく船から物がなくなるな……」

小さく息を吐く。

仕方なく、そのままリンゴを齧って操舵席へつき、エンジンをかける。正面に停泊している白い船の船名が目に入った。

「シノーン号ね……」

記憶にある限り、小惑星の名か、ギリシア神話でトロイア人を騙し、巨大な木馬を城壁内に引き入れさせた人物の名しか思い当たらない。しかも、ざっと観察したところ、小型のクジラを捕る捕鯨船のようだった。一癖も二癖もあると言わざるを得ない。

一人で乗り込んで行った湊子のことは気になるものの、あの暴れ馬は自身で決着をつけなければ気が済まないだろう。……たとえその身を滅ぼそうとも。

「――さて、と」

計器に嵌め込まれた時計を見る。12：40。シャチを止めるならば、すぐに主催者を探し出し、掛け合わなくてはならない。

漁船が集まっている方へ船を走らせる。海は穏やかだが、空は雲に覆われ、不穏な予兆を孕んでいた。首の後ろがぞわぞわし、指で触れると粟立っている。こういう日には、なにかある。――一年半前のあの日のように。

漁船団の外周を、反時計回りに疾走しながら観察する。漁船らは半径二百メートルほどの円を作っており、漁師たちは甲板に出て開始を待っていた。円形が妙に綺麗だと思っていると、北側に出て理由が分かった。

円が十メートルほど途切れていて、そこから内側が見渡せる。

巻き網漁船により、丸く網が張られているのだ。円の中には小型の漁船が二隻浮かんでいて、船の近くを大きな背鰭が行ったり来たりしていた。すでにホホジロザメ二匹をおびき寄せることができているようだ。彼らが飽きて逃げないよう、血肉を撒き続けているのだろう。

「困った場所で、シャチに追い込ませるのか……」

顎に手をやり、渋川は凝視する。

シャチが現れるだけでサメはその海域から逃げ出すので、本来ならこんなことをする必要はないはずだ。となると、最初からシャチにサメを追いつめさせ、殺させるつもりとしか考えられなかった。

出入り口の正面に船を停めていたため、数メートル離れた巻き網漁船の甲板にいた漁師がこちらに気づき、手を拡声器にして叫んだ。

「何やってるんだ！　こんなところに船停めるな！　さっさと移動しろ」

クルーザーを進めて近づいた渋川は、ビルの二階部分ぐらいの高さにいる彼を見上げて訊ねた。

「教えて欲しい。誰がこのサメ駆除を取り仕切っているんだ？」

「あんた誰だ？　俺たちは忙しいんだ。出て行け！」

渋川は声を張り上げる。

「久州大の渋川だ。三匹のホホジロザメについて、新事実が分かったから主催者と話をしたい」

テレビかなにかで見たことがあったのだろう。目を凝らして本物の渋川だと気づいた漁師は、困惑の表情を浮かべた。別の壮年の漁師が出てきてこちらを見下ろす。最初からいた漁師は止めようとしたが、壮年の漁師ははっきりとした口調で答えた。

「俺たちは依頼されて、シャチが失敗したときのために、巻き網の準備をしてるだけだ。話があるなら、上津井漁協の組合長に言ってくれ」

「どこにいるんだ？」

「分かんねえよ。このどこかだ」

彼は、網を取り囲む漁船団を見晴らす。

「連絡はどう取っている？」

チッと舌打ちして船内に向かった彼は、戻ってくるなり礫（つぶて）のようなものを投げて寄越した。キャッチして開くと、ぐしゃぐしゃのメモ用紙に携帯電話の番号が書かれていた。

「あとは、自分でどうにかしてくれ！」

渋川が礼を言うと、円の中にいるサメたちへ目を向けながら、彼は言った。

「あいつらがどれだけの被害を出したか……。どんなことがあろうが、組合長はやめないと思うぜ。あちこちから大金かき集めて、オーストラリアの学者に渡したしな」

アウトドアウェアのポケットからスマホを取り出し、渋川は時刻を確認する。12：56。本当にもう時間はない。

　鉛筆で書き殴られた番号に急いでダイヤルすると、三コール目で相手は出た。

『――はい』

「いきなり電話してすまない。私は久州大の渋川まりだ。上津井漁協の組合長か？」

　電話越しにも、相手が驚いているのが分かった。

『あの、一年半前の学者さん……？　俺に何の用で？』

「今、あんたがしようとしていることについてだ。ホホジロザメにシャチをけしかけるのをすぐに中止しろ。あのサメたちは、人為的にこの海に閉じ込められていたことが判明した。あんたたちが依頼したシャチの研究者も関わっている可能性がある。今すぐに止めさせろ！」

　一気にまくしたてたが、反応はなかった。無言が続く。

　仕方なく同じことを繰り返そうと口を開きかけたとき、スマホの向こうからぼそぼそした声が聞こえてきた。

『やっぱり俺たちは、あの外国人に騙されてたのか……。でも、これは止められない。あのサメたちは、俺たちの海を荒らしすぎたんだ。仲間を何人も殺されて……。今更やめるなんて、気が立ってる漁師らは絶対に許さない。それに、本当に無理なんだよ。あの詐欺師のオーストラリア人は、今朝、予定通り決行すると連絡してきてから、電話に出ないから……』

　朴訥（ぼくとつ）に話す様子からは苦悩が感じられ、嘘をついているようには思えなかった。

「怒りに任せてサメを殺して、後悔しないのか？」

『あんたには分からないんだよ……。俺たちがどれだけ生活を引っ掻き回され、迷惑を被ったか……』

　電話はふつり、と切れた。

苦いものが口の中に広がるのを感じながら、渋川はスマホの画面を見つめる。
12：59と表示されていた。

＊

――絶対に、サメを殺させるわけにはいかない！

テイラーの注意が逸れた隙に飛び出した湊子は、素早く彼女の背後に回った。先ほどの渋川の真似をし、左手で摑んだ彼女の腕を後ろに回して逃げられないようにすると、ジャケットのポケットから右手でナイフを取り出して、細く長い首に突きつける。

「ソウコ！」

ナッシュとレベッカが同時に叫んだ。

「あたしは本気だよ！　テイラーを殺されたくなかったら、今すぐハロルドに連絡して、シャチを止めさせて！」

あと数分で開始時刻だ。それまでにどうしてもやめさせないと。

「ソウコ、そんなことはだめよ。おねがい、テイラーを放して」

おろおろとしながら、レベッカが手を差し伸べる。ナッシュも続いた。

「そうだ、こんなのは君らしくない」

小柄な湊子に後ろから腕を引かれ、上体が反った状態のテイラーは、彼らに命じる。

「何してるの！　早く助けて！」

後ずさった湊子は、ジーンに怒鳴りつけた。

「早くシャチを止めさせろって、あんたに言ってんだよ！　このファッ○ン、○○○○野郎！」

道で汚いものでも踏んだかのように、ジーンは顔を顰める。

「なんて口の悪い娘だ。暴走機関車のように後先を考えないし」

彼が余裕を失う様子は、まるでなかった。振り返ってメンバーらに指示をすると、こちらに向き直る。

「助けて、ジーン！　こんな小さな子、どうにでもなるでしょ！」

懇願するテイラーに、彼は困った顔をしてみせた。

「すまない。今はみんな手が塞がってる。どうせこれ以上のことはできないだろうから、しばらくこのままでいてくれ」

唖然とした湊子は口を開ける。ジーンやシノーン号のメンバーは、テイラーにまったく関心を払っておらず、感情のないロボットのようだ。

「脅しじゃないって、言ってるだろ！」

声を張り上げ、ナイフを持つ手に力を込める。切っ先が一ミリほど、首の深い皺に食い込んだ。

「ひっ……いやあっ、傷がつく！　助けてぇ！」

テイラーは大げさに怖がってみせる。いつもディスプレイを通して眺めていた彼女は、若々しく人形のように粗のない肌だったたが、こうして日光の下、間近で見ると、いたって年齢相応だった。

完全にテイラーを無視したジーンは、ナッシュにタブレットを渡し、湊子へ向けさせた。

五台のドローンが、リアルタイムで撮影している映像が流れている。最初は画面が分割されていたが、メンバーがパソコンを操作すると一つの画面になった。そのとき一番良い映像にスイッチするようにしたのだろう。

曇り空の下、三十メートルほど上から海上を進むと、はるか向こうに巧神島や直島を見晴らす。少し霞んでいるものの、湊子らがいつも通っていたマリンパークや、こう研——こうじん海洋資源技術研究所も見えた。

ドローンは、ついに漁師らの船団の上にさしかかる。巻き網のブイによって、半径二百メートルほどの円が描かれており、ギャラリーの漁船が周囲を幾重にも取り巻いていた。

円の中には小型の漁船が二隻浮かび、海面に出た大きな背鰭が二つ、せわしなく移動している。サメたちは、もう集められてしまっている……。湊子は息を呑んだ。

画面が切り替わり、東側から見た瀬戸大橋が映し出される。ちょうど一台のクルーザーが、その下をくぐって出てくるところだった。ハロルドだ。船尾のデッキからレイラと思われる女性が海を眺めていて、彼女の視線の先には、海を縫うようにゆったりと進むシャチたちの姿があった。

彼らはもう、すぐそこまで来ている。足元から冷たいものが這い上がった。渋川はどうなったのだろう。やはり彼女でも止められなかったのか……。

無線機を持ったジーンが、話しかける。

「やあ、ハロルド、調子はどうだ？」

ドローンは、クルーザーの操舵席を拡大して映す。フロントガラス越しに、ハロルドは手を振ってみせた。

『こっちは万全だ。そっちは？』

ちらりと湊子を見たのち、ジーンは答えた。

「まったく問題ない」

「ハロルド！　シャチにサメを襲わせな……」

湊子は叫ぶが、伝え終わる前にジーンは無線を切ってしまった。

ピッという音がして、ジーンは腕時計に目をやる。

「十三時ジャスト。ＳＭＬの名を世界に轟(とどろ)かせるショーの始まりだ」

ハロルドのクルーザーは巧神島の手前で進路を右へ向け、漁師らの船団へぐんぐんと近づいていく。再び画面が変わり、船団の中心部を俯瞰した景色になった。

巻き網の中でサメたちに血肉を撒いていた二隻の船が、張られた巻き網の上を乗り越え外側へ出て行く。巻き網漁で使う小さな船は、スクリューにネットが張られており、引っかからないようになっているのだ。

北側の巻き網の切れ目へ視線を向けた湊子は、あっと声を出す。渋川のクルーザーが、出入り口を塞ぐように走り出たからだった。

「先生……」

しかし、すぐに外板にタイヤを巡らせた中型漁船二隻が現れた。連携してVの字を作り、渋川のクルーザーを挟みながら押し出して行く。漁船と比べると格段に軽い渋川の船に勝ち目はなかった。あっという間に、離れた場所まで押しやられてしまう。

「ああ」湊子は唇を嚙んだ。

ハロルドの船は、ついに巻き網の出入り口へ到着してしまった。

シャチの気配に感づいたのか、二匹のサメたちは網の奥に逃げ込み、せわしなく動く。

出入り口から巻き網の中へ入ったクルーザーは、二十メートルほど進み、停止した。シャチたちも続々とやってくる。サメたちはなんとかして外へ逃げようとするが、網に遮られてできなかった。

クルーザーの中からハロルドが現れる。低空飛行したドローンが、至近距離から彼とレイラ、シャチたちを映し出した。クルーザーの脇に留まっているシャチたちは、出番を待つ闘牛のように尾で荒々しく水面を打ち付けたり、ブリーチングを繰り返したりして、士気を高めている。

「やめさせて！　ハロルド！　レイラ！」

声の限りに訴えるが、彼らに届くはずもなかった。

いつものごとく不遜な笑みを浮かべたハロルドは、取り囲む漁船たちを満足げに睥睨すると、アウトドアウェアのポケットからホイッスルを取り出す。おそらく、あれがシャチたちへのゴーサインになるのだろう。

奥にいるサメたちは、明らかに動揺し、右へ左へ飛沫を上げて泳ぎ回っている。

恭しくホイッスルをくわえたハロルドは、大きく息を吸い込んだ。湊子は絶叫する。

「やめて――――！」

無情にも笛は鳴り響き、シャチたちの目の色が変わった。

賽は投げられてしまった――。

湿気を含んだぬるい風が頬をかすめる。涙をこぼしながら湊子は、身震いした。

サメの方へ一斉に頭を向けたシャチたちは、陣形を作り、直進する。一糸乱れぬ軍隊のようでもあった。湊子には、一番後ろで指揮を執っているのがネロだと分かった。

巻き網は底が縛られていて、魚を獲り逃がさないようになっている。サメたちは潜行して逃げようとするが、網に阻まれ失敗し、苛立つように尾鰭を横へ動かしながら海面へ戻ってきた。

尾を縦に振ったシャチたちは、スピードを上げる。サメとの間隔が狭まっていく。あと五十メートル、四十メートル……。

何もできない自分に、身を引き裂かれる思いだった。ネロ率いるシャチたちは、無駄のない動きで素早く二匹のサメを捕らえ、残虐に殺戮するだろう。

あと三十メートル。サメたちを挟み撃ちにするため、シャチたちは流れるように二手へ分かれていく。

逃げられないことを悟ったサメたちは、覚悟を決めた様子だった。

彷徨っていた背鰭が、シャチたちの方へぴたりと定まり、波を切って高速で進み始める。

左右から回り込み獲物を包囲する黒く長細い背鰭の集団と、彼らへ突撃する灰色の三角形の背鰭二つ。

海における最強のほ乳類と、最強の魚が激突する――。

シャチたちは尾で水を叩きサメを追いつめ、二匹のサメたちは海面上で大きく口を開き、肉厚の歯茎と歯を剝き出しにして威嚇(いかく)する。

湊子は目をぎゅっとつぶった。サメが無惨に殺されるのを見るなんて、耐えられない。彼らが悪かったんじゃない。なのに、どうして――。

シノーン号の船上にどよめきが広がった。

おそるおそる瞼を開く。驚いたことに、俯瞰した映像の中で、サメたちはまだ生きて泳いでいた。サメに襲いかかることなく、シャチたちは一匹ずつ出入り口の方へ戻り始める。

二手に分かれていたシャチは合流し、二列で行進する。ハロルドのクルーザーにさしかかると、また二手に分かれ横を通り過ぎた。

「……どういうこと?」

船上の誰もが困惑し、映像に釘付けになっていた。

髪をぐしゃぐしゃに搔きむしり、顔を真っ赤にしたハロルドは拡声器で叫んだ。

「何やってるんだ!　何度も練習しただろ!　戻ってサメを殺せ!」

命じるハロルドを無視してシャチたちはどんどん通過し、最後にやってきた一匹が、彼の目の前で止まった。ネロだった。

体の右側面を海面から出したネロは、鋭い歯が並んだ口を開いて舌を見せ、体を器用に動かし胸鰭を振る。湊子には、あっかんべーとバイバイをしているように見えた。

アップで映ったハロルドは、こめかみの血管を切れそうなほど浮き出させ、怒りにぶるぶると震えていた。

先ほどまで泣いていたのも忘れ、湊子はぷっと噴き出す。

締めくくりとばかりに、尾を使ってハロルドに思い切り海水を浴びせると、ネロは仲間たちの後を追った。

テイラーを摑んだまま、湊子は声を上げて笑い転げる。

彼らを調教し、完全に支配下に置いていると信じていたハロルド。それはただの奢りでしかなく、シャチたちは彼の思い通りにはならなかった。

濡れ鼠(ねずみ)になったハロルドは、なおもシャチに戻れと叫ぶが、虚しく響くだけだった。

シャチたちを見送っていた湊子は、網の外へ出た彼らが未だ陣形を崩さず、どこかへ一直線に向かっていることに気づいた。

ハロルドも感づいたようで、近くにいるドローンに命じる。

「早くあいつらを追え!」

シャチたちは、水面下五十センチほどの場所を全速力で泳いでいた。北東方向——巧神島や直島がある方だ。明らかに何かを目指している。

やがて、巧神島の南側にあるこう研が見えてきた。今日はイベントがあるせいか、研究所前の港と桟橋に、人がたくさん集まっている。

進行方向を少し西へ微調整し、彼らはさらにスピードを上げた。

——まさか。

タブレットを凝視しながら、湊子は心の中で呟く。

いつか、自分の口から出た台詞(せりふ)。

——シャチの入手経路は知ってる?

――あの個体は、繁殖で得られたものじゃなくて、北太平洋で捕獲されたものをこのマリンパークが買い取ったんだよね？

ハロルドの言葉も甦った。

――彼らは特に旅行好きなエコタイプでね。北太平洋から南米大陸を経由してここまでやって来たんだ。

呆然と呟く。

「ネロたちは回遊して来たんだ……。北太平洋からはるばる、捕まった仲間を追って……」

彼らが目指しているのは、こう研に併設されたマリンパークだ。

「あいつら、何をしてるんだ……？」

顎に手をあてたジーンが、首をひねる。

シャチたちは、生け簀の周囲に張り巡らされたフェンスの幕の外に集まった。水の中からじっと同じ方向を見ている――。雌のシャチ、ルナのいる場所を。

遅れて到着したドローンが、真上からの映像を撮影した。

シノーン号の船上に、再びどよめきが広がる。

マリンパークの生け簀にいるルナもまた、外の仲間たちに顔を向けていた。エコーロケーションができる彼らは、会話をしているのかもしれない。

急に泳ぎだしたルナは、生け簀の中を高速でぐるぐると回り始める。外にいるシャチたちは、一斉に後退していった。

「どうするつもりなの……」

レベッカが怪訝な顔で口を開く。ナッシュがぽつりと答えた。

「……飛ぶつもりだ」

ゼミの女子チームと喧嘩し、傷心でイルカを見に行ったときのことを思い出す。ルナはショーがないときにも、懸命にジャンプの練習をしていた。上手く芸をして餌をもらうためではなく、迎えに来た仲間と逃げるつもりで、フェンスを越える予行演習をしていたのだ……。

ナッシュの言う通り、助走をつけたルナは、タイミングを見計らいフェンスに向かって見たことのない大ジャンプをした。おどろいたマリンパークの観客が声を上げ、飼育員が血相を変えて走ってくる。

夢でも見ているようだった。

水を滴らせながら空に浮かんだルナの体は、弧を描いてゆっくりと上昇し、下降に転じるギリギリのところで、生け簀から離れた位置にあるフェンスを飛び越した。フェンスに尾をぶつけそうでハラハラしたが、ルナは器用にくいと下半身を持ち上げ、すれすれのところで飛び越えた。外側の水面に頭から着水し、大きな水柱が上がった。

「やった――！」

飛び上がり、湊子は大声を出す。興奮が収まらず、奇声を発し続けた。

「うるさい！　耳元で叫ばないで！」

拘束しているテイラーが、顔をこちらに向け毒づく。

もともとマリンパークでの活動をしていたメンバーもまた、喜びを隠さなかった。ナッシュとレベッカは湊子と同様に笑顔で盛り上がり、カーラとアントニオは抱き合っている。複雑な心境ながらも、彼らがシャチを守りたい気持ちは本当だったのだと嬉しかった。

ネロたちの群れは、ルナを取り囲み親愛の情を示していた。

シャチは生息地によって特性が異なり、生まれ育った集団にしか馴染めない。やはり、ルナは彼らの仲間だったのだ。伊予灘でハロルドの研究につき合ってやっていたのは、ルナがフェンスを飛び越えられるようになるまでの暇つぶしだったのだろう。

「すごい……すごいよ、ネロもルナも……」

熱いものがこみ上げる。彼らはハロルドたちが考えているよりも数段頭が良かった。だから、人間の命令でサメを殺すことを拒んだのだ。

大きく溜め息をつくと、ジーンはテイラーに目をやった。

「まったく……口さきだけの馬鹿な学者を雇ったものだ」

テイラーは、赤い口紅が塗られた唇を悔しそうに噛む。

ずっと覚えていた違和感が、湊子の中でさらに膨らんだ。彼女が人質に取られても、助けようとしなかったり、見下した態度を取ったり。ＳＭＬの主宰はテイラーなのに、まるでジーンの方が格上みたいではないか。

「まあいい。ショーはまだこれからだ」

にやりと笑ったジーンにハッとする。

画面は切り替わり、漁師らが取り囲む巻き網に戻った。高揚していた気持ちが一気に萎み、さきほどと同じ緊張に引き戻される。

シノーン号のものたちがシャチたちに気を取られているうちに、漁師らはサメが残っている巻き網の出入り口を塞ぎ、包囲を狭めていた。ロキとヘラは、半径六十メートルほどの範囲に閉じ込められている。このまま身動きを取れなくして、銛などで殺すつもりだろう。

「しっかり撮影しろ。日本の漁師らが、研究対象になっているタグ付きのホホジロザメを虐殺する様子をな」

ジーンは命じ、シノーン号のメンバーらは機械のように頷いた。五台のドローンは巻き網の上に集結し、さまざまな高さや角度から、映像を捉える準備をする。

――どうしたらいいの。どうしたら……。

絶体絶命のサメたちになす術なく、湊子は息を呑んだ。

＊

「うおおお！　すげえ、すげえよ。リアルタイム視聴者二十万人突破！」

スマホで渉&りりあチャンネルの配信画面を見ながら、渉は叫んだ。

サメとシャチの闘いを放送すると予告したものの、どうせ渉に配信できるはずはないと、当初視聴者は半信半疑だった。しかし、ドローンを飛ばして、漁師らが取り囲む様子やサメやシャチの姿を配信したところ、本物だと話題が話題を呼び、雪だるま式に視聴者数が増えていったのだ。

結果としてサメとシャチの闘いは肩すかしだったので、罵詈雑言を書き込む輩もいたが、映像自体は正真正銘の本物のため、渉を讃える声の方が多かった。

「……まだ続けるの？」

隣で頬杖をついているりりあが、つまらなそうに訊いた。オープニングだけしか水着姿を映せなかったのが、明らかに気に入らない様子だった。帰ろうと駄々をこねられても面倒なので、渉は提案した。

「ドローンの電池交換しなきゃいけないから、中休みで水着タイムにしようか」

途端に顔を輝かせた彼女は、頷いてベンチコートを脱ぐ。今日のビキニは気合いが入っていて、目が覚めるようなブルーの紐タイプのものだった。りりあの白い肌によく映えている。映像をドローンからスマホに切り替え、渉はスマホのインカメラに視線を向けた。

「はい、ここでちょっと休憩タイム。配信はまだ続けるから、調整が終わるまで、りりあちゃん見ててね」

スマホを三脚のついたホルダーに立て、笑顔で手を振りながらさまざまなポーズを取る彼女にカメラを向ける。

その隙に慌ててドローンを回収し、予備のバッテリーに付け替えた。シャチが逃げてメインイベントは終わってしまったが、まだサメはいるから視聴者は見続けるだろう。

漁師らの船団へ目をやった渉は、双眼鏡を取り覗き込む。

巻き網漁船が動き始め、出入り口を塞いでサメが出られないようにしていた。これから包囲も狭めていくのだろう。一昨日話を盗み聞きした漁師らは、シャチが失敗したら自分たちでサメを殺す作戦だと言っていた。

周辺に双眼鏡を向けると、鶴岡や志賀が応援を呼んだらしく、海保の巡視船や監視取締艇が続々と集まってきていた。拡声器で呼びかけているものの、漁師らは頑なに彼らに耳を貸さないため、取り巻いて見ているのが精一杯という感じだった。

「こんなことに五百トンクラスまで出してきちゃって、どーすんの……」

大きめの巡視船に目をやり、渉は呟く。

ドローンの最終確認をすると、再度、漁船が集まっている方へ飛ばす。

上空には、すでに先客のドローンが三台いた。誰が操作しているのかは分からないが、渉のものとは比べ物にならない高価そうなものだった。海面に近い場所にもあと二台いるし、ぶつからないようまいこと連携して動いているから、漁協がプロでも雇って撮影させているのかもしれない。

向こうのドローンの邪魔にならない場所に浮かせておき、りりあを撮影中のスマホを手に取った。

インカメラに設定して、話し始める。

「おまたせ。ここからもっとすごいもの見せるよ。シャチには逃げられちゃったけど、今度は漁師たちが巻き網でサメを包囲して駆除するみたい。じゃ、とにかく楽しんで。いろんな人に、この配信のこと教えてあげてね」

カメラをドローンに切り替える。

巻き網漁船が網の包囲を狭めていく様子が、俯瞰で映し出された。電池交換をしていたせいで、すでにもとの半径の三分の一ぐらいまで狭まっている。網を取り巻いていた漁船らも、譲り合いながらじわじわと前へせり出して来ていた。

二匹のホホジロザメたちは、海面から背鰭を出し網の際をうろうろして、出る方法を探っているようだった。

直径五十メートルほどに狭まったとき、一匹が潜行して見えなくなった。何をしているのかと思ったら、水面下で網に食らいついたようで、近くのブイが下へ引っ張られる。そばにいる漁船の漁師が、その部分を指さして何か叫んでいた。よほど強い素材を使っているのか網は破れず、諦めたサメは再び浮上する。

包囲はどんどん狭められていく。直径三十メートル。巨大な二匹のサメたちは、もうあまり身動きが取れない。囲んでいる船の甲板では漁師らが銛を構え、完全に動けなくなるのを待ち構えていた。

もう片方のサメが飛び上がったのは、そのときだった。

ニュース映像で見た、シャーク・ドリーム号を襲ったサメと同じ、高いジャンプだった。空中で身をよじり、海水を滴らせながら、自らを縛める巻き網の外へと、棒高跳びの選手のように腹を見せながら飛翔する――。

誰もが口を開け、その美しい跳躍を眺めた。

漁船が密集しているため、サメが着地したのは、最前から二列目にいた小型底引き網漁船の左舷後部だった。

二トンものサメが落ちてきた衝撃で船は大きく沈み込み、水柱を上げて横転しひっくり返る。途中で他の船の右舷にぶつかり、大きく破損した。

漁師らは騒然とする。漁船の隙間を縫って現れた海保の監視取締艇を交え、転覆した船の乗組員の救助が行われるが、サメがいるため思うようにいかなかった。

「すげえよ。あのサメ。マジで普通じゃねえ……」

ドローンから送られてくる映像を見ながら、渉は呟く。

この展開は予想を超えていた。視聴者数はさらに伸び、四十万人を突破している。この分なら、録画の分も合わせれば収入は三ケタ万円を軽く越えてくるだろう。名前も売れるし、今日からりりあとともに、一躍有名ユーチューバーの仲間入りだ。

「りりあ、見てみろよ。こんなたくさんの人が見てる」

彼女も喜んでいると思い話しかけると、そうではなかった。暗い表情で、船底にたまった砂に指でなにかを描いては消している。

「どうしたんだ？　腹でも冷えた？」

エクステをつけた重そうな睫毛とともに、彼女は視線を上げた。

「残ってる方のサメ、これからどうなるの？　殺されるの？」

「そりゃそうだろ。今までさんざん暴れ回ったし。前に俺らを襲ったのも多分こいつだよ」

黒目がちな瞳を潤ませ、りりあはまっすぐにこちらを見つめる。

「……それを全部映すの？」

批難されている気がして、渉はたじろいだ。

「だって……。ここまできたらそうしないと、みんな満足しないじゃん」

いつになく真剣な表情で、彼女は訴える。

「そんな残酷で怖いもの、渉&りりあチャンネルじゃない。私の水着でハッピーになってもらう番組なのに」

「今更それ言う……？」

ぽかんと口を開き、渉は呟いた。

そうこうしている間にも、どんどん網は狭められていった。最後に残ったサメ——ジャンプしたのがロキなら、これはヘラだろう——は、大きな口を開けてブイや網に食らいつき、必死で破ろうとしている。しかし、金属でも編み込んであるのか、歯茎から血を垂れ流すばかりで、頑丈な網は破ることができなかった。やがてヘラが自由になるスペースは無くなってしまう。巻き網の底が巾着（きんちゃく）のように縛られてゆき、水中にいられなくなったヘラは海面に浮上した。起死回生を図り、彼女もロキのように飛ぼうとしたが、水深が足らず不発に終わった。

ついに、漁師らはサメを捕らえた。

それでもヘラは、全身で暴れながら懸命に網を破ろうとする。歯茎から血を滲ませながら噛み付き続ける姿は、哀れでもあった。

吃水の低い小型の漁船がヘラを取り囲み、甲板の漁師らは一斉に、銛や柄の長い手鉤を構える。彼らの目には、隠しきれないサメへの憎悪が浮かんでいた。

ごくり、と渉は唾を呑む。

一人の若い漁師が先がけて、鋭い銛をヘラの背に突き刺した。深々と刺さった場所から血が流れ、ヘラは尾鰭をしならせ大きく暴れる。

他の漁師らも、別の方向から次々と銛を繰り出した。彼らの顔は紅潮し、熱気は高まってゆく。恨みを晴らすかのごとく、巨大なサメの体軀に銛を刺しては抜きを繰り返し……血に酔っているかのようだった。

ヘラは口を大きく開き、身をよじって漁師に襲いかかろうとするが、彼らのいる船には届かない。ただ刺されるだけだ。

誰がどう見ても、これは一方的な殺戮だった。

いくつも開いた傷からは、大量の血が溢れ出し、次第にヘラの動きは鈍くなっていく。それでも漁師らが手を休めることはなかった。

辺りの海水は赤に染まり、瀕死のヘラは、苦しそうにぱくぱくと口を動かした。海面を叩く尾の力も弱々しくなる。

「かわいそう……」

呟いて洟をすすったりりあは、眦（まなじり）を指でぬぐった。

渉はただ呆然とその光景を眺めた。世界中の海で、毎日たくさんの魚が人間の手により命を奪われているから、ヘラだけが特別可哀想というのはおかしい。そもそも、このサメたち自身がこれまでどれだけの人間を殺してきたのか分からないのだ。こうして復讐されるのは当然でもある。

それでもこのサメを哀れに思う気持ちは、抑えられなかった。ぬぐうことのできない違和感が、澱（おり）のように積もっていく。

配信のコメント欄も荒れていた。これまでの被害を思うと仕方ないという声と、この殺し方は残酷だという声で、まっぷたつに割れている。双方の間で激しいバトルが発生し、収拾がつかなくなっていた。

混乱し、渉は髪を掻き回した。

――俺は何してんだ……？　こんなもの配信してどうすんだ？　こんなので有名になりたいのか？　なったから、どうだってんだ？

視聴者数は九十万に届こうとしていた。驚異的な数字だ。

――みんな、こんなものが見たいのか……？

薄ら寒さを感じ、湧き上がってくる吐き気を堪える。ドローンのコントローラーを持つ手が震えた。

連動して揺れる画面の中では、血気盛んな壮年の漁師が船から網へ降りてゆき、鰓をひくひくさせる瀕死のヘラの頭に向かって、鉈を振り上げた。渉は目を見張る。

「いや――っ」

りりあが顔を手で覆った。

鉈は力強く振り下ろされ、ヘラの眉間に深々と刃が食い込んだ。数回、体を痙攣させたのち、ヘラは白目を剝いて絶命した。

「――」

漁師らは持っていた道具を掲げて快哉の声を上げる。取り囲んでいた他の漁師らにも伝播して歓喜の声が響き渡り、遠くはなれたこのボートまで届いた。

ヘラの血まみれの死に顔を見ながら、渉はただぼんやりとしていた。ボタンを掛け違えているような変な感覚が続く。

――こんなことがしたかったんじゃない。俺は……。

配信画面が急にブラックアウトしたのは、そのときだった。

「えっ？　えええ？」

故障かと焦り、何度もリロードする。

何回目かで表示されたのは、〈ユーザーからの通報により、規約に違反している可能性があるため、配信は停止されました〉という無情な文言だった。

＊

――親父!!　引っ張り上げてくれ、早く！

――俊、どうしたんだ⁈　今上げてやる！

幾重にも漁船に囲まれた巻き網の中で、捕らえられていたサメの一匹が殺された様子だった。血の気の多い漁師らが声を上げ、辺りは大きな喝采に包まれた。

あの日――。最愛の息子が、三十メートル下の海底で姿を消した日のことを思い出しながら、盛男は魂が抜けたように、甲板でクーラーボックスに腰掛けていた。

周囲にたくさんいた漁船たちは、巻き網の包囲が狭まるとともに前進したため、盛男の船だけがぽつんと取り残されている。最初からヘラとロキしかいないことは分かっていたため、動こうとは思わなかったのだ。

夢にまで見た、サメが死ぬシーン。喜ぶべきことなのに、なぜか心は寂寞としていた。

盛男は戸惑う。ロキには逃げられたし、死んだのはヘラで、俊を襲ったトールではないからだろうか……。

集中してなりゆきを見守っていたため、喉がカラカラに渇いていた。クーラーボックスの中からペットボトルを取ろうと腰を浮かせたところ、背後から何かに軽くぶつかられ、船が揺れた。

振り返ると同時に、女の低い声がした。

「やっぱり、銛を盗んだのは、あんただったか」

背後には、盛男の船の二倍ぐらいの大きさの真新しいクルーザーが接舷されており、甲板に立っていた渋川が、さっとこちらの船に乗り移ってきた。自分の船の右舷に結わえてあるロープを手にした彼女は、盛男の船の左舷にあるクリードに素早く括りつけ、船同士を連結する。

「勝手になにしてんだ！」

声を荒らげると、彼女はこちらへ歩み寄り、足元に転がしてある銛を目で示した。

「人から盗んでおいて、よく言えたものだな」

さきほど、シャチのサメ襲撃を防ごうとして、クルーザーごと遠くへ排除された渋川。やっとここまで戻って来て、盛男の船に気づいたらしい。

「……サメが死んだのは見てたのか？　助けるつもりで来たんだろ？」

彼女は息を吐いた。

「船と船の隙間から見えた。もう一匹は逃げおおせたようだが。……また助けられなかった」

未だ興奮覚めやらぬ漁師らへ目をやったのち、渋川は盛男へ視線を戻す。

「さて、それを返してもらおうか？　大学の経費で購入したものだから、無くなると困るんだ」

しゃがんで銛を拾った盛男は、ぐっと握りしめた。

「嫌だ。返さない。トールが現れたら殺すんだ。……息子を食った鮫を」

「なるほど。そのために盗んだのか。だとしても、あんたには必要ないものだ」

「必要ない？　どうして？」

まっすぐにこちらを見ながら、渋川は静かに告げた。

「サメは、人為的に閉じ込められていたことが分かったからだ」

「はあ……？　そんなことできる訳ないだろ」

「できたんだ。証拠も上がっていて、今ごろ教え子らが警察に通報している。うちの学生が関わっていた海洋生物保護団体とシャチの研究者が結託して、サメが外へ出ようとすると電磁波を発生させる装置を仕掛けてたんだ」

「本当なのか……」

これ以上ないほど、盛男は眉根を寄せる。

「理由は分からないが、彼らがやったことは、ほぼ間違いない」

「ハロルドとかいうシャチの学者も……？」

渋川は頷いた。

「あの野郎ども……！」

腹の底から怒りの炎が湧き上がる。勢いは留まることを知らず、盛男自身の体を焼き尽くしてしまいそうだった。サメたちが人為的に閉じ込められていたということは、そいつらが俊を殺したのと同義ではないか――。

目眩がした。銛を持ったまま頭を抱え、クーラーボックスに腰から崩れ落ちる。

「……こんなことが許されていいのか？　そのせいで何人死んだと思ってるんだ。こんな……」

「証拠は取ってある。犯罪に手を染めたハロルドは学会から追放されるだろうし、ＳＭＬもこの件が知れ渡れば、世界中から糾弾され解散を余儀なくされるだろう。逮捕され有罪判決を受ければ、刑事罰も受けることになる。……国外に逃げる前に捕まえられれば、の話だが」

慰めの言葉も、盛男には響かなかった。

「そういうことじゃないんだよ。俺が求めてるのは……」

圧倒的な復讐。相手の死。トールを殺せばそれで良かったはずなのに、ここにきて首謀者が人間だと分かるなんて……。司直の手にゆだねたとして、どうせ十五年も刑務所に入ればいい方だろう。そんなものでは気が収まらない。かといって人間相手に復讐すれば、盛男も犯罪者になってしまう。

「まさか、あんたの教え子のソウコとかいう、あの若い娘も加担してたのか？」

首を振り、渋川は苦笑した。

「水内を知ってるのか？　あれは騙されて利用されただけだ」

盛男は俯く。やり方はどうあれ、サメを保護しようと懸命になっていたソウコ。彼女もまた被害者だったのか……。

しばらくのあいだ何も言えなかった。落ち着きなく、考えを巡らせる。

彷徨った視線が、巻き網の方へ向いた。殺気立っていた漁師らはすっかり大人しくなり、その場に留まって海上保安庁の船から聴取を受けている。

「……俺たちがあのサメにしたことは、正しかったのか……？」

ぼんやりと、盛男は呟いた。あのサメもまた、漁師らを困らせた加害者であると同時に、こんな餌の少ない海域に閉じ込められた被害者でもあった。

「――――」

口には出さないものの、渋川の表情には悔しさが滲んでいた。当然だろう。身を挺して救おうとしていたのだから。

灰色の雲が覆う空に、息苦しくなるような閉塞感を感じた。

生温い風が海上に吹き渡る。潮の匂いに血なまぐささが混じっているのは、気のせいではないだろう。

「銛を盗んで悪かった……」

謝ると、彼女はこちらを見た。

「返してくれるのか？」

まだ決心がつかず、返答に窮す。閉じ込められていたにしても、トールは俊を残虐に殺して食った張本人なのだから。

「もう一回だけ、トールと会ってから決めるから、それまで……」

呆れた様子で、渋川は肩を竦めた。

「できるだけ早めにしてくれ」

再び風が吹いて、盛男の肌を擦っていく。今度はもっと血の臭いが濃かった。先ほどまでゆるく動いていた潮は、油を流したように不気味に凪いでいる。

「潮止まりか……」

東西両側から、潮が入っては出て行く瀬戸内海。干潮と満潮がピークに達した一時間ほどの間は、流れが止まるのだ。

いつもと同じ海なのに、何かが違う気がした。手の甲をかざし、風の感触を確かめる。

「あんたも何か感じるのか……？」

うなじの辺りに指を這わせながら、渋川は訊いた。盛男は首を縦に振る。

「空気も水もピリピリしている……。海全体が……。どこよりも穏やかな海だし、これまでこんなことなかったのに」

くだらないと思いつつ、大きなサメを殺した祟り(たた)だろうかなどと考える。日本には、流れ着くサメの死体を夷神(えびすがみ)として、信仰の対象にしている地域もあるぐらいだから。

海を眺めながら、渋川は口を開いた。

「トールという個体は、なぜここに現れなかったんだろう？　漁師らは隅々まで血肉を撒いて、おびき寄せようとしたんだろう？　ロキとヘラはやって来たわけだし」

首を傾げつつ、盛男は応えた。

「もう十日ぐらい姿を見てないんだ」

「誰ひとり？」

「多分。ニュースなんかでも、ヘラやロキの被害しかやってなかった」

顎に手をあて、渋川は言葉を漏らす。

「出て行ったか、死んだか……」

急に眉根を寄せ、彼女は黙った。回想しながら、何かを考えている様子だった。

「どうかしたのか？」

声をかけると、彼女は首を横に振り否定した。

「――いや、少し気になることがあっただけだ。ただの思い過ごしだろう」

＊

二匹のサメを巻き網の中に閉じ込めた漁師らは、だんだんと包囲を狭めていっていた。

このままでは、身動きが取れなくなり殺されてしまうだろう。

「――誰か、早くサメたちを助けて！」

湊子はタブレットの画面に向かって絶叫する。渋川に望みをかけるが、さきほど二隻の漁船に排除された彼女が戻ってくる気配はなかった。湊子自身が行けるものなら、体を張ってでも止めたいが、船もないし、テイラーを離せば逆に拘束されるに違いない。

「全部あんたたちのせいなのに……。サメが死んだら絶対に許さない！」

シノーン号の船上にいる面々を睨みつける。後ろ手を掴まれているテイラーは、前を向いたままで、ジーンはうんざりとした表情で息を吐き、カーラやアントニオ、レベッカたちは、無言で俯いた。

タブレットを持ったまま、ナッシュは湊子に訴える。

「俺たちは、サメの死を望んだわけじゃないんだ……。ジーンやハロルドは、シャチがサメを追い出すパフォーマンスをするだけだって話してたし……」

今更言い訳かと呆れるが、湊子が好きだった優しい茶色の瞳には、苦悶が浮かんでいた。レベッカやカーラ、アントニオも同じだ。

彼らと過ごした日々が甦る。海洋生物保護に対しては常に真摯で、あらゆることを熱心に調べ、本気で保護しようという姿勢が見えた。湊子を騙し、サメを利用して人を死なせたり傷つけたりしたものの、生き物を大切に思う気持ちだけは本物なのだろう。

懸命に網を噛み切ろうとするヘラを見守っていたナッシュは、大事なことを思い出したように顔を上げた。

「助けに行かないと……。俺たちの使命は、平和的に生物を保護することだ」

「そうよ。計画のためにサメが死ぬなんてだめ……」

レベッカも賛同した。カーラとアントニオも頷いてみせる。

シノーン号の左舷側には、彼らがいつも使用しているクルーザーが停められていた。

足元にタブレットを置くと、ナッシュは湊子に言った。

「騙して悪かった。俺たちが何としてでも助けるよ」

四人は、連れ立って左舷へ向かう。彼らに、ジーンから命じられたシノーン号のメンバーが駆け寄った。屈強な男たち数人がかりで包囲し、羽交い締めにする。

「——何するんだ！」

暴れながら、ナッシュは叫ぶ。カーラも声を上げた。

「私たちは仲間でしょ、どうしてこんなことするの！」

氷のような瞳で彼らを見つめながら、ジーンは応えた。

「自由行動をされては困る。君たちは我々の支配下にあるのだから」

濃い眉毛を寄せ、アントニオが顔を顰める。

「ＳＭＬの会員はみな平等が理念だろ。あんたの部下になった覚えはないぞ！」

「……覚えがなくても、そうなんだ」

船尾の方からよく通る声がして、湊子は振り返った。

いつのまにか、船尾に小型の高速艇が接舷されており、五十代ぐらいの薄茶色の髪の白人男性が立っていた。一目で高級だと分かるピンストライプのスーツに細い身を包み、シャツの前をはだけさせている。オールバックで前髪を幾筋か垂らした気障な髪型。彼の後ろからは、シノーン号のメンバーと同じ黒い服を着た、屈強な男たちが乗り込んできた。

湊子はこれ以上ないほど目を開く。トレードマークのこの出で立ち。その顔を見忘れるはずはない。世界的な超有名人――。

テイラーが彼の名を呼んだ。

「やっと来たのね。トッド！　早く助けて！」

トッド・フラナガン――保護活動家を装った、最悪の環境テロリスト。DOの主宰者。湊子やSMLのメンバーが、この世で一番忌み嫌っていた男。

「……トッド・フラナガン？　なんでここに」

呟いた湊子に、彼は演技がかった仕草で礼をしてみせた。

「君がソウコだね。初めまして。いろいろと有益な情報を流してくれたお嬢さん」

拘束されているレベッカが、驚きの表情で言った。

「どうしてテイラーと？　……それに、日本には入国できないはずでしょ？」

彼はまじまじとレベッカを見ながら、微笑む。

「海へ勝手に線を引いたのは人間だろう？　領海やEEZなど、君が気にしなければ存在しないも同じだし、出入りも自由だ。母船を沖に置いてボートで入るとか、抜け道はいろいろあるしねえ」

「話してないで、助けてよ！　トッド！」

苛立つテイラーは彼に訴える。どう見ても昨日今日初めて会った感じではなく、かなり昔からの仲に見えた。

信じられない風で首を振りながら、ナッシュはテイラーとジーンを見比べる。

「まさか君たちは、DOと繋がってたのか？」

「ジーン、どういうことなの！」カーラも鋭い口調で問う。

後ろで手を組んだジーンは、トッドと顔を見合わせたのち、シノーン号のメンバーに顎で命じた。

「みんな、見せてやれ」

彼らは手にしているリストバンドを、一斉にずらした。湊子が前にこの船に来たときから、気になっていたものだ。

「あ……」

全員の手首の内側に、羽を広げて飛ぶ黒い鳩――DOのトレードマークが刻まれていた。

悔しそうに、ナッシュは唇を噛む。

「みんな、DOだったのか……。SMLのふりをして……」

わざとらしい手つきで髪を掻き上げながら、トッドは蔑(さげす)みの視線をテイラーへ向けた。

「こんな環境保護のド素人(しろうと)で、美容とブランド品にしか興味がなく、女優時代は舞台の台詞を覚えるのが面倒で端役(はやく)しかできなかった女が、誰にも頼らずここまで来られたと本気で思ってるのか？　団体の立ち上げから運営、セレブとの会見まで、全部俺が面倒見てやってたんだよ。元ブロードウェイ女優の美女が主宰している、クリーンなイメージの団体を作るためにな」

カーラはぽかんと口を開く。

「SMLは、DOのフロント団体だったっていうこと……？」

「悲しいかな、我が団体は悪評が広まりすぎて、世界中で動きにくくなってしまったからな」

「怪しまれないよう、大げさに敵対しているふりをしてたってわけか……」

トッドとテイラーを交互に睨みつけながら、ナッシュは吐き捨てた。

甲板に置かれたタブレットの画面では、巻き網の包囲がさらに狭まっていた。ロキがジャンプして逃げ出していったのにはホッとしたが、まだヘラが残っている。

テイラーの首につきつけたナイフを強調しながら、湊子はトッドに叫んだ。

「ナッシュたちを解放して、サメを助けに行かせて！　じゃないとテイラーが死ぬよ。いいの⁈」

おどけて困った表情をしたのち、トッドは首を横に振った。

「止めることはできない。日本の漁師がサメを殺す映像は、先ほど某所に三百万ドルで売却することが決まったばかりだ」

「この女が、どうなってもいいの⁈」

凄(すご)んでナイフを振り上げる。

トッドは眉一つ動かさなかった。

「君がそうしたいなら、仕方ない。彼女にとって今日は〝残りの人生最後の日〟だったんだろう」

胸の高さに両手を上げると、人差し指と中指を曲げて鉤括弧マークのジェスチャーをしながら、彼は笑う。

「ニュースを世界へ配信するときは、どんなストーリーがいいかな？　狂信的ファンの日本人少女に、ナイフで刺し殺されたっていうのはどうだ？　某アーティストのように神格化すれば、もっと大きなビジネスに繋がる」

「トッド！」顔を真っ赤にし、テイラーは窘(たしな)める。

ナッシュたち四人のＳＭＬメンバーを連れて来させると、ジーンはＤＯのメンバーにタブレットを持つよう命じ、湊子とナッシュらが見られる位置に立たせた。

さらにシノーン号のメンバーが、トッド用のディスプレイと、折りたたみのディレクターズチェアを設置する。どかりと腰を下ろし足を組んだトッドは、湊子らを見回した。

「ショーはまだまだ続く。ちゃんとその目で見るんだ。自分たちがしたことの結果を」

巻き網の中で、身動きが取れなくなっているヘラの映像が映し出された。湊子は言葉を失う。

「やめて……。やめさせて――！」

叫びも虚しく、漁師らは次々と銛を打ち始めた。あまりにも凄惨な光景に胸がつぶされる。ＳＭＬのメンバーらも、口々にノーと声を荒らげた。湊子の両の目からは涙が溢れ落ちる。ヘラはただ、この海域に閉じ込められただけで、何も悪くないのに――。

「ひどい……」

ドローンは、すべてを克明に撮影していた。熱に浮かされたように、サメの体へ銛を打ち続ける漁師らの表情、海が真っ赤に染まっていく過程、瀕死のヘラが暴れて尾鰭を大きく振り、苦しげに顎を突出させる様子――。これを見たら、世界中の人はこう思うだろう。日本人は希少な海洋生物を残虐に殺す、と。

トッドは満面の笑みで、スタンディングオベーションする。

「――Excellent!　シャチの映像より、こちらの方が数段素晴らしい」

湊子とナッシュら四人は、憎しみを込めて彼を睨みつけた。

画面の中では、網へ降りた漁師が鉈を振り下ろし、ついにヘラは絶命する――。

頭の中で何かがふつりと切れ、湊子はぼうっと立ち尽くした。

――シブカワは、無辜のサメを殺したんだもの……。

ことあるごとに、レベッカが自分に囁き、渋川の罪を糾弾した言葉。

サメを殺したという理由で、湊子は渋川を嫌悪していた。だがそれは、本質がまったく見えていなかったのだと気づく。渋川は、病に冒されていたサメ自身や、他の人を守るため断腸の思いでサメを殺したのだ。名誉と金という私欲のために、サメを殺すよう漁師らを誘導したトッドやジーンたちとは、天と地ほどの差がある。

――あたしは馬鹿だ……本当に……。

しゃくり上げ、頬に伝った涙をぬぐいながら、湊子は吼えた。

「お前ら……全員ブッ殺してやる！」

座り直したトッドは、ジーンと顔を見合わせ肩を竦める。

「はしたない言葉遣いのお嬢さんだ。落ち着きなさい。そうでないと……こちらも手荒な真似をしなくてはならなくなる」

彼は、自分と一緒に乗船した屈強な男たちを振り返った。

怯んだ湊子は固まる。彼らが自分を捕まえることなど、赤子の手をひねるより易しいだろう。

空は曇ったままで、温くべたっとした風が吹いていた。海は恐ろしいほどの凪で、海面が平らになっている。

動けずにいると、両手の指を組んだトッドは口を開いた。

「そのままでいいから、一緒に鑑賞しなさい。ショーはまだ序盤だ」

「……え？」

湊子とナッシュら四人は、目を丸くする。

「……どういう意味？　もう映像は撮れたでしょ。ロキは逃げたし、トールは来なかったけど。これ以上何があるっていうの？」

テイラーまでもが驚き、彼に訊ねた。

ジーンへ視線をやると、ドローンの操作をしているメンバーの横へ移動した彼は、こちらを見守りながら、いつもの冷たい笑みを浮かべていた。彼は知っているのだ……。テイラーは知らないのに。

「君たちは、何も知らない……。〝無知は幸い〟だ。知ることこそが、あらゆる不幸の元凶だからな」

芝居がかった口調で、また鉤括弧マークを作りながら彼は嘯いた。

「――さて、幕間（まくあい）にひとつ余興を鑑賞しようか。ここだけでなく、動画配信サイトにもリアルタイムでアップロードされ、後日あることの裏付けとなる映像だ」

彼が何を言っているのか分からず、みな、さらに困惑する。

控えていたジーンがシノーン号のメンバーに頷いてみせると、ディスプレイで動画が再生されはじめた。

鮮明な映像。オレンジ色の間接照明が室内を満たした、外国のホテルと思われる一室。

奥のベッドには、茶色い巻き毛の若いラテン系男性が、服も着ずに寝そべっていた。シーツが彼の足元に寄っている。痩せていて気弱そうな彼は、カールのかかった髪を掻き上げながら、ドレッサーの前で服を着ている女性――テイラーへ顔を向けた。

「ちょっと、盗撮してたの……?! 卑怯者！」

腕を湊子に摑まれたまま、テイラーは暴れる。

目を細め、トッドは薄く微笑んだ。

「……必要になるからね。これから起こることの責任を、すべて『SML』に取ってもらうために」

「なんですって……まさか……」

思い当たることがあるらしく、テイラーの顔はみるみる蒼白になる。

動画は続いた。起き上がった男は、ベッド脇に置いてあった鍵つきのアルミケースから茶色い紙袋を取り出し、テイラーに手渡す。受け取った彼女は中身の薬瓶を確かめると、クラッチバッグの中から小切手を取り出し、彼に受け取らせた。

映像は、そこで途切れた。

「これが、何だって言うんだ？ 薬瓶の中身は？ まさか麻薬とかじゃないだろうな」

ナッシュの質問には答えず、足を組み替えたトッドは、大仰に椅子へ背を預けた。

「そろそろクライマックスを始めよう。愚かな人間たちに、雷神の鉄槌が下される。……皮肉なものだ。一つ目の巨人は雷霆を作ったというのに」

「……？」

湊子はトッドを凝視する。楽しむような表情からは、何も読み取ることはできなかった。

＊

頭上に敷き詰められた雲は居座ったままで、海はあいかわらず凪いでおり、水が動く気配はない。

——風が止まった、完全に。

渋川は、周囲に鳶色の瞳を走らせる。景色は穏やかな内海そのものなのに、まるで別世界に放り込まれてしまったような違和感があった。

隣に立つ盛男もまた、せわしなく辺りを見回していた。

聴取をすべく、その場を動かないよう海保が拡声器でアナウンスしたため、ヘラを殺した巻き網の周囲には、未だたくさんの漁船が浮かんだままだった。

不気味さの正体が分からず立ち尽くしていると、ずっと上空に滞在していた五台のドローンが、編隊を組み移動し始めた。

「双眼鏡はあるか？」

訊ねると、盛男はクーラーボックスの上に置いていたそれを差し出した。彼は、南へ遠ざかっていくドローンを不思議そうに眺める。

「どこに行くんだ……？　シャチの研究者か、どこかの漁協の若いのが記録目的で飛ばしてるのかと思ってた」

ドローンが向かっているのは、南の沖に停泊した白いシノーン号だった。これまで気にする余裕がなかったが、たしかに洗練された動きをしていたのを思い出す。あれだけの技量ならば、この惨劇を余すところなく鮮明に撮影できたことだろう。

「なるほど……。そういうことだったのか……」

SMLの目的は、日本人がサメを殺す映像だったのだ。シャチには逃げられたが、漁師らが直接手を下したことで、それを上回るものが撮れたに違いない。それを都合良く使って残虐性を主張し、世界的なビジネスのネタにするつもりだ。

「――SMLね……」

胸に広がっている不可解な違和感。これと同じものを最近覚えた気がして、渋川は記憶を手繰った。ゴール・シャークやゴール・レイが特殊な電磁波に誘引される事象について、これまで分かっていることを発表するため、アメリカのシアトルで行われた学会に出席したときのことだった。久しぶりの母国だったため、州兵時代の旧友と連絡を取り、前日の夕食をともにした。そのとき交わした世間話の中で、新興の海洋生物保護団体、SMLの話が出てきたのだ。

――トッド・フラナガンが背後にいるらしい。

調査会社に勤めている友人は、周囲を窺いながら、小声で耳打ちした。

翌日、発表を終え学会が終了し会場を出ようとしたところ、質問者に声をかけられたのだ。度が入っていない眼鏡をかけ、似合わない髭を蓄えた、赤毛の胡散臭い男――。彼はあれこれと執拗に質問してきた。

とにかく妙だった。ゴールシャークを作り出す成長ホルモンであるZorroや、その作用機序について はやけに詳しいのに、基本的な生物の知識を有していなかったり、理解に大きな偏りがあったり。不審を持ち所属を訊ねたが、呆れるほど口がうまく、はぐらかされてしまい、ついぞ明かされることはなかった。

どこかで見た顔だと思っていたが、ホテルに帰ってやっと気づいた。過激派で知られるカリスマ環境保護活動家、トッド・フラナガンだった。変装してはいたが、間違いない。

——なぜ彼は、あそこまでZorroに固執していたのだろう？

その辺りから、大学のサーバーが襲撃されたり妙なことが起こり始め、数ヶ月後、日本でZorroの研究をしていたスペイン人研究者が失踪した。その際、厳重に保管されていたZorroの一部が紛失していたという。

彼やDOは、鵺のような存在だ。世界の表と裏にあらゆる伝手を持っていて、いつからか依頼に基づき何かを行う何でも屋のような側面も有するようになった。どこかからの要望を受け、Zorroを入手しようとしていたとしても、不思議ではない。

止まっていた風が急に吹き渡った。ぬるく、気味の悪い風。

雲間から太陽が顔を覗かせ、神々しく光が射し辺りを照らし出す——。

ぞくり、と首筋が粟立った。

空気がピンと張りつめる。やはり、一年半前と同じ……。

シノーン号の方から、再びドローンが現れた。整然と並び漁船らの上までやって来ると、また散らばる。

「まだ何か撮るつもりなのか……？」

さらに南東方向から、他のドローンも現れた。これまでなかった大型のもので、何かの装置を搭載している。

確かめようと双眼鏡を取り覗き込んだ渋川に、衝撃が走った。自分が研究に使用している電磁波発生装置と酷似していたからだ。

盛男も何かに気づいている様子で、海を凝視していた。彼は呟く。

「何かが、来る――」

べた凪の水面。渋川は、それがわずかに揺れるのを感じた。微動は次々に伝播していく。巻き網漁船を中心に、直径二百メートルに渡り多くの漁船が停泊している方へ――。

漁船らのまん中付近で海面が盛り上がり、水塊の山が現れた。

山は裾野を広げながら、どんどん高さを増す。真上にいた小さめの漁船一隻だけが山頂とともにすっと浮かびあがり、周辺にいた他の船たちは、滑り落ちバランスを崩して水面に転がった。

覆っていた水が割れ、山の姿が露になる。二等辺三角形の巨大なサメの頭――。こちらは腹側なので、真っ白に見える。開いた口は、鋭い歯で四メートルほどの漁船を横にくわえていた。

「なんてこった……」

愕然としながら、渋川は目を見開く。サメの出現で押し出された水が大きな波をつくり、この船まで押し寄せて来た。連結された盛男の船と、渋川のクルーザーは激しく揺れぶつかり合う。

目を離せずにいると、鰓まで海面に露出させたサメは、口を一気に閉じ、漁船を嚙み砕いた。漁船は脆い飴細工のように木っ端微塵となり、さきほど転覆した数十隻もの船の上に、残骸が飛び散る。

「なんだあの化け物は……？　ホホジロザメなのか……？　でかすぎる」

顎が落ちんばかりに口をあんぐりと開き、盛男は呟いた。

彼の言う通り、常識はずれの大きさだった。海面から出ている頭だけであの巨大さだから、全身は二十メートルを下らないだろう。古に存在していたメガロドン級の大きさだ。だが現代にメガロドンは存在しない。となると、考えられることはひとつだった。

嫌な予感が的中し気が重くなると同時に、妙な懐かしさにも囚われる。

「ホホジロザメのゴール・シャークだ……」

小笠原で観察していたウバザメのゴール・シャークよりは小さいが、鰓耙でプランクトンを漉しとって食べる温厚なウバザメとホホジロザメでは、まったく話が違う。

「クジラじゃあるまいし、なんであんなに大きいんだ……」

揺れに耐えながら、盛男は同じ疑問を繰り返す。

「特殊な成長ホルモンを投与されたんだ。研究室から盗まれたが、犯人と思われるスペイン人研究者は、より短期間で細胞分裂させる研究をしていた。おそらく成功したそれが使われたんだろう」

漁船の味が気に食わなかったのだろう。サメは船体を吐き出し、水の下へ戻っていった。

あたりは、不気味に静まり返っていた。

多くの漁船が転覆しているが、周囲にいる仲間の漁師たちは、魂を抜かれたように呆然と見つめるだけだった。海保すら、何が起こったのか分からず沈黙している。

一分ほど経過すると、みなだんだん我に返った。トールの姿を間近で見た漁船らは、他の船にぶつかりながら、海域の外めがけて一目散に船を走らせていく。

逃げる船や、転覆している船、何が起こったのか分からず動かない船、漁船の間を縫うようにして駆けつけてくる海保の救助ボート――。辺りは混沌に陥った。

「あれはトールなのか？　しばらく見なかったが……」

サメが作り出したうねりは、まだ押し寄せて船にあたっていた。

泣きそうな顔でこちらを見た盛男に、渋川は頷く。

「その可能性が高い。この辺りにそうそう大型のサメはいないだろうしな」

「そんな……」

絶望の表情を浮かべ、盛男はへたりこんだ。彼の足元には、鋭く研がれた銛が転がっている。

「あんなもの、もう銛じゃ殺せない……」

巨大ザメは潜行していた。渋川は上空の電磁波発生装置搭載ドローンを探す。

Zorroを盗ませトールをゴール・シャークにしたのは、トッド・フラナガンと、彼が率いるＤＯだろう。サーバーに侵入して渋川の研究内容を盗み、自前で電磁波発生装置も作製した彼らは、それをドローンに載せてトールを誘引し、操っているのだ。

この場を睥睨するように、ドローンは空中に留まっていた。

「漁師らを襲わせるつもりか……」

渋川は吐き捨てる。

ドローンがすっと動いた。先ほどトールが現れた地点の近く。まだ多くの漁船が残り、海保のゴムボートや監視取締艇が集まっている場所で、ぴたりと静止する。数秒後、大きく水面が持ち上がり、トールがドローンに向け飛び上がった。二十隻ほどいた辺りの船は、はねとばされたり着地した巨大ザメの下敷きになったりして転覆する。ドローンが上空へ逃げると、トールは船や投げ出された人間に狙いを定め、見境なく襲いかかった。船もゴムボートも人も、巨大な体軀に蹂躙（じゅうりん）され、食い荒らされる。口からはみ出た部分は容赦なく歯で切断され、海に落下した。

「うああああああ！」

「助けてくれええええ――！」

漁師や海上保安官らの叫びが、ここまで聞こえてくる。

海域に留まっていた漁船たちは、一斉にエンジンをかけその場から逃げ出そうとした。動きに反応したトールは、彼らを追跡しては転覆させ餌食にしていく。

海保の中型巡視船すらも例外ではなかった。サメを牽制するため放水を始めた全長四十メートルほどのそれは、半分ぐらいの大きさのサメに思い切り体当たりされ、左右に揺さぶられる。

救命胴衣を身に着けた数名の海上保安官がぼろぼろと転落し、サメは素早く彼らに襲いかかった。イワシのように頬張り、口の中へ収める。

周辺には船の残骸が広がり、それらと転覆している船の間に、救助を求める人々が浮かんでいた。立ち去ろうとして往生している漁船や、ぶつかって事故を起こしている漁船もいる。

巨大なサメは、一隻も取り逃がすまいと、俊敏に狩りを進める。

あたりは、阿鼻叫喚(あびきょうかん)の巷(ちまた)と化した。

＊

ディスプレイの中では、巨大化したホホジロザメが縦横無尽に暴れ回っていた。

漁船をなぎ倒し転覆させては、海上で救助を求める漁師らを小魚のように食い散らしていく。食べ残された手足や、胴体、頭がサメの口から飛び散る光景までも、ドローンは詳細に映し出していた。

海の上には、破壊された漁船や海保の小型艇、救命胴衣をつけた人の体の欠片などが浮かんでいる。

「やめて……。こんなの嘘でしょ……？」

ホホジロザメ――これまで姿を見せなかったトールだろう――は、驚くべきことにドローンに牽引されていた。多分、渋川の研究を盗んで作ったものだ。

大型のクジラほど大きく、恐ろしいほどに凶暴化しており、目につく物をすべて破壊しなくては気が済まないという感じ――まさに、トッドが言った雷神そのものだ。

凄惨な光景に思わず顔を背けた湊子に、トッドは語りかけた。

「こんなすごい物を見ないなんて、もったいない。視覚効果を一切使っていないリアルな映像だぞ？」

湊子の中で、これまで起こった不可解な出来事が一つの内容に収斂(しゅうれん)していった。何度もハッキングが試みられた大学のサーバー。渋川に執着していたＳＭＬやＤＯ……。彼らが最終的に狙っていたのはZorroだったのだ。

「Zorroを使ったんでしょ？　どうやって――」

言いかけて、思い出した。先ほどトッドが見せた、幕間の映像。

「さっきの動画の中で、男がテイラーに渡していたのがZorroなんだね……？」

つまらなそうに、トッドはまばらな拍手をする。

「ご名答。ありがたいことに、金や女のため、いとも簡単に心を売り渡す人間には事欠かないんでね」

ブラウンの瞳を向け、彼はテイラーに笑いかける。

「君は若いスペイン人研究者を誘惑し、Zorroを盗ませ手に入れていた。ＳＭＬの名を上げるため、サメを瀬戸内海の一部の海域に閉じ込め、漁師らの怒りを煽り、サメを殺す映像を撮るという計画を立てたが、すべてが露見し窮地に追い込まれた。逆恨みした君は、サメにZorroを投与して漁師らを襲わせ、大虐殺したというわけだ。恐ろしいねぇ。後世に語り継ぐべき酷い女だ」

「ジーンが全部仕切ってたし、私はそんなこと知らない！　裏切り者！　Zorroだって、あんたが欲しいって言うから動いてやったのに！」

威嚇する猿のように、テイラーは赤い唇から歯を剥き出しにして罵る。

これ以上、彼女を人質に取っていても意味がないため、湊子は手を離した。彼女はトッドに食って掛かろうとし、今度は屈強なＤＯのメンバーに取り押さえられる。

「離してよ！　何で私がこんな目に！」

「なんでもいいから、早くトールを止めろよ！　あんたらが、ドローンで操ってんだろ⁉　人があんなにたくさん死んでるんだよ！」

ナイフを手にしたまま、もどかしく湊子は怒鳴った。一刻も早く止めないと、被害がもっと甚大になる。

「……止めると思うかい？」

首を傾けたトッドは、まろやかに笑った。

引っかかるものを感じ、湊子は考える。

Zorroを使ってトールに漁師を襲わせることに、一体何の意味があるのだろう？　こうなった以上、先ほどの漁師らがヘラを殺す映像は、価値を持たなくなるだろう。テイラーがZorroを不正入手していることまでバレているわけだし、ＳＭＬが糾弾され法で罰せられるだけに終わる。

「本当の目的は何……？　何を企んでんの？」

テイラーや他のＳＭＬのメンバーはハッと顔を上げ、離れた場所にいるジーンは微笑した。トッドは、にやりと口角を上げる。

「……勘のいいお嬢さんだ。もちろん、本当の目的は他にある」

立ち上がった彼は、顎に触れながら楽しそうにディスプレイを眺めた。

「――木を隠すなら、森の中。騒ぎは大きい方がいい。偶然を装うことも大切」

湊子は目を瞬かせる。何を言わんとしているのか、さっぱり分からなかった。

トッドは目配せし、ジーンがドローンを操作しているメンバーに命じる。

電磁波発生装置を載せたドローンが移動した途端、トールは漁船や海保の船を蹂躙するのをやめ、ドローンの後を追ってこのシノーン号へ向かい進み始めた。

＊

「――おいっ！　こら、俺を追い出すなよ！　配信させろ！」

渉は何度もスマホをリロードするが、アカウント自体が凍結されてしまった様子で、すべての操作を行うことができなくなっていた。予備で作っていたサブアカウントもだめ。完全に排斥されている。この分では、先ほどまでの配信で得られるはずだった金も、すべて認められないだろう。ヘラが無惨に殺される内容に疑問を持っていたのは自分自身なのに、収益まで取り上げられると思うと惜しくなる。

「通報したやつ許さねえ！　このやろー」

反面、どこかホッとしている自分がいるのも事実だった。あんな映像、みなで共有するものでないのだけは確かだ。

「……だめだった？」

隣へふわりとりりあの気配がやってきた。こんなことになっても笑顔でいてくれる彼女を目の当たりにすると、泣きたい気分になる。

――でも、もう終わりだ。ユーチューバーも、彼女との関係も。

金の切れ目が縁の切れ目というし、却(かえ)ってこれでいいのかもしれない。貯金は尽き、再出発するための資金も得られなくなった。彼女の貯金に手を付ける訳にはいかないし、潮時だ。

――本当は分かっていたのだ。

一年前、たまたま彼女を家まで送ることになって、車の中で初めて話した夜。

冗談で二人で店を辞めて逃げようかと言ったら、彼女は素直にうんと頷いた。あれは彼女特有のきまぐれで、舞い上がって実行した自分が馬鹿だったのだ。彼女が渉のような半端者と一緒にいる必要はない。いくらでも選べるんだから、もっと甲斐性のある男と一緒になるべきなのだ。

「もう配信はできないっぽい。面倒なことになる前に帰ろう」

微笑を浮かべる彼女に、笑いかける。

民宿に戻り荷物をまとめたら、別れを告げるのだ。

「元気出して？　ユーチューブじゃなくても配信はできるし、また新しい水着アカウント作ればいいでしょう？」

こちらの気持ちを知らず屈託なく話す彼女に、今は頷いておく。

漁船が集まっている方から大きなどよめきが聞こえてきたのは、そのときだった。

ハッとして目をやる。そういえば、さっきからあちらの方が騒がしかったが、配信を停止されたことで頭が一杯で、それどころではなかった。

先ほどまで団子のように集まっていた漁船たちは、蜘蛛の子を散らすように沖へ向かって走り出している。

「ん？　海保に解散しろって言われたからか？」

それにしては、妙に急いでいる。ドローンはすでに回収していたため、何が起きているのかまったく分からなかった。

双眼鏡を手に取り覗き込んだ渉は、あっと声を漏らす。

さきほど巻き網漁船がいた辺りを中心に、たくさんの船が破壊されたり横転したりしていた。中には、海保のボートや船もある。

「え、何……。どしたの？」

まさか、ジャンプして逃げたロキが戻ってきて復讐したのかと思ったが、船を折るなど普通のサメにできることではないだろう。海保の巡視船についている機関砲、もしくは瀬戸内海でよく訓練しているという潜水艦の魚雷が誤射されたのかと想像を巡らせるが、どちらも違う感じだった。

上空を、渉のものではないドローンが駆け抜けていく。双眼鏡で確認すると、先ほど撮影していた五台のドローンとも違うものだった。真ん中に大きな装置を搭載しており、血を吸いすぎて腹の重たくなった蚊のようだ。

「なんか、やたらたくさんドローンがいるな」

「ねえ、あれ何……？」

りりあの指さす方へ双眼鏡を向けた渉は、目を見張った。

何かが、船団のいた方からやってくる……。

べた凪の海面だからこそ目立つ、わずかな水の盛り上がり。天気が今ひとつで水の中が見えないため、正体は分からない。ただ、あの下に何かがいるのは確実だった。

「……なんだ？　やっぱ潜水艦……？」

導火線を伝う火の如く、一直線にこちらへ向かって来た。

だんだんと水面は盛り上がりを大きくし、あるところでそれは姿を現す――。

以前にも見たことがある、サメの背鰭だった。しかし、次第に高さを増していくそれは、渉が想定していたサイズではなかった。幅だけで十センチはあるし、高さは二メートルにも達する――。

「は？　え？　いくらなんでも、でかすぎだろ……？」

十五メートルほどの距離まで近づいたとき、光の加減で水面下が見えた。

背鰭の下にある、紡錘形のグレーの巨体。むっちりと尖った鼻先――。

潜水艦かと見まごうほどの大きさだったが、確実にホホジロザメだった。

渉はごくりと息を呑む。夢か幻か冗談かとパニックに陥りかけるが、一年以上前に、こんなサメのニュースがあったのを思い出した。

それは、進路を変えることなく渉たちの船に突進してくる。だんだんと体を浮上させ、渉たちの姿を認めると、コンビニの自動ドアぐらいある大きな口を開いた。奥には口腔が広がり、左右合わせて十ある鰓の隙間から光が射し込んでいる。生え変わりに備えて待機している歯や、喉のあたりに引っかかっている人の体が見えた。どれも肌の色がグレーに変色しており、生きてはいない感じだ。

「何これ、怪獣か恐竜じゃん……」

ハッとして逃げようとするが、今更ボートのエンジンをかけても遅かった。

目前までやってきたサメは、顎をせり出させた。ピンク色で肉厚の歯茎と、渉の手のひらほどもある、大きな歯列が迫ってくる――。

咄嗟にりりあを守ろうと、渉は引き寄せた。

「――とみ子！」

「その名前で呼ばな……」

大きな水のうねりとともに、それは突っ込んできた。ものすごい衝撃が襲いかかる。

「うわあああああ――！」

りりあを固く抱きしめたまま、渉は目を閉じた。

*

まるで嵐が過ぎ去ったかのようだった。

蹂躙を繰り返したのちトールが去った海域には、多くの漁船や海上保安庁の船の残骸が散らばっていた。海の色が血で変色し、そこかしこに救命胴衣や人体などが浮かんでいる。生存しているものたちも少なからずおり、助けを求める声や呻き声が響いていた。

応援要請を受けてやってきた大型巡視船から発進したゴムボートや、小型の監視取締艇などが残骸の隙間を縫って航行し、懸命の救助活動を行っている。他の巡視船も、続々と到着していた。

さきほどやってきた海上保安官から、あとで聴取するため絶対に動かないようにと言われた渋川と盛男は、未だ同じ場所に留まっていた。皮肉なことに、盛男が先ほど狭められた巻き網について行かなかったせいで、離れた場所にいた渋川たちはトールの襲撃を免れた。

惨劇をすべて目撃していた盛男は、甲板に尻餅をつき、抜け殻のように破壊された船たちを眺めている。顔面蒼白で歯はガチガチと鳴り、今にも精神が崩壊してしまいそうなほど震えている。当たり前だろう。こんなものを見慣れている人間はそうそういないのだから。

双眼鏡を覗きながら、渋川はトールが消えた方へ目を眇める。ドローンはシノーン号の方へ戻っていったが、トールは途中で一旦浮上したのちまた潜行したため、姿は見えなくなっていた。

「……なぜ、こんなことを？」

胸に蟠る物を感じながら、渋川は呟く。

スペイン人学者を使って、Zorroを盗ませたトッド。トールをゴール・シャークにし、漁師らを襲わせた意図が理解できなかった。

サメを殺す映像を撮影し、漁師を加害者にして糾弾する予定だったならば、漁師らが巨大ザメの被害に遭うことで、意味合いが変わってきてしまうはずだ。愉快犯的な理由だとしても、ＳＭＬが罪に問われるだけで、彼は何も得しない。

さらに、興奮状態で暴れていたトールが、ドローンにより途中で退場させられたのも気になっていた。たしかに被害は甚大だが、逃げおおせた漁船はたくさんいるし、すべてを破壊し尽くしたとは言い難い。

「まだ何かを企んでいる……？」

そんな気がした。計算高いトッドがこれまで常に追い求めてきたのは、最大限の利益だ。それを手中に収めることなしに、この状況を収束させるはずがない。

捕鯨船への妨害行為により、彼は日本に入国すれば即逮捕されることになっている。だが、ゴール・シャークという最強の手札を使ってでも入国し、あのシノーン号にいるに違いなかった。

シノーン号に双眼鏡を向ける。さすがに遠すぎて、倍率を上げても船上にいる人物たちの顔までは判別できない。船首方向を見ると、船の錨は下ろされたままになっていた。すぐに移動するつもりはなく、トールを連れて外海へ出る気もないということだ。

「この海域で、さらに何かをする気なのか……？」

どれだけ考えても、分からなかった。

この海で、ゴール・シャークを使ったトッドが、巨額の利益を生み出すとしたら？

突っ立っていても考えは浮かんでこないため、渋川は甲板を歩き回る。それでもダメだったので、連結してある自分のクルーザーへ飛び移り、タブレットを取り甲板に出た。

彼のような自己顕示欲が強い人間は、必ずどこかで犯行をほのめかす。今回も、きっとどこかにヒントを残しているはずだ。

最近のトッドの動向や発言を検索し、分かることはないか高速で目を走らせてゆく。

ようやく我に返った盛男が、よろよろと立ち上がった。一瞬で十年も老けてしまったような憔悴しきった顔で、こちらを見る。

「トールはもう、いなくなったのか……？」

渋川は、首を横に振った。

「この海域は離れたが、去ってはいない。おそらく、まだ何かをするつもりだ」

「これ以上、何があるって言うんだ……？　もうこれだけの被害を出しただろ……」

「港湾施設や建造物を破壊するつもりなのかもしれない」

言いながら、さすがにそこまでは無理だと思った。体長二十メートルのゴール・シャークといえども、骨組みは軟骨だ。おまけに悪性腫瘍も増殖するため、体はさらに脆くなる。

——では何を……？

タップした動画が開いたのは、そのときだった。ＤＯのホームページのもので、革張りのソファに深く身を預けたトッドが、今年の活動について、アメリカのテレビ局のインタビューに答えている。細身の黒いスーツに身を包み、シャツの胸をはだけさせた彼は、髪を掻き上げ自信満々に語った。

『今は、あまり目立ったことはできてないが、エキサイティングなイベントが控えてる。一つ目の巨人を倒すんだ。……意味が分からないって？　仕方ないさ。俺たちの仕事は、すべて包み隠さず言えることばかりじゃないからな。——そうだろ？』

彼がインタビュアーを笑顔で見つめるシーンで、渋川は再生を止める。

画面をじっと凝視した。

「一つ目の巨人……」

知る限り、この周辺でその名を持つものは、一つしかなかった。

ハッとして顔を上げる。

「そういうことだったのか……」

＊

顔を出していた太陽は、また雲に隠れ、空は薄曇りに戻ってしまった。

トールを誘引していたドローンが、甲板で操縦していたメンバーのもとへ帰って来た。今は電磁波の発生をオフにしているのか、トールの姿はない。

「何をしようとしてるの……？」

座ったまま指を組んでいるトッドに、湊子は問うた。微笑むだけで、彼は答えない。

さきほど、彼が言っていたことを反芻する。

――木を隠すなら、森の中。騒ぎは大きい方がいい。偶然を装うことも大切。

なんらかの比喩なのだろうが、意味不明でお手上げだ。そういえば、トッドは他にも意味深なことを言っていたのを思い出す。

――雷神の鉄槌が下される。……一つ目の巨人は雷霆を作ったというのに。

雷神というのは、トールのことだろう。だとすると……？

「一つ目の巨人は……キュクロプス？　キュクロプス計画のこと？」

キュクロプスとは、ギリシア神話に出てくる単眼の巨人のことだ。一、つのか、メ、ラ、を海中で昇降させるブイを世界中に配置するため、こう研の計画の名はここから取られたのだという。

「……まさか、本当の目的はこう研なの？」

頭上から雷が落ちたような衝撃に見舞われ、湊子は口元を手で覆った。指は細かく震えている。

キュクロプス計画のすべての研究成果は、世界中の海を航海している碧洋号に詰め込まれている。長い航海を終え、その碧洋号が巧神島にあるこう研に帰港するのは――よりによって――今日だった。

しかも、帰港地であるこう研は、ここから目と鼻の先だ。

偶然で済ますには、都合が良すぎる符号だった。

シャチにサメを襲わせるという建前で巧神島沖に漁師を集めさせたのは、ハロルドに違いない。最初から、すべてが計算し尽くされていたのだ。

「ゴール・シャークになったトールに、碧洋号を襲わせて沈めるつもりなんだね……。偶然を装うため先に漁師らの船を襲わせて、カモフラージュにして。すべてをＳＭＬのせいにするんだ……」

わざとらしく眉を上げ、トッドは驚いてみせる。

「やはり、勘のいいお嬢さんだ。……そうだよ。ＳＭＬという馬鹿な団体は漁師らを逆恨みし、トールをゴール・シャークにして放った。たくさんの漁船が破壊され、たまたまこの日帰港した碧洋号も巻き込まれ、研究結果とともに瀬戸内海の藻くずとなってしまうという訳だ。特殊な形式で圧縮した画像データを復元し解析するソフトは、記者発表前に盗まれるのを恐れて、あの船にしか積んでいないからね。同じ状態に戻すには、また数年かかる」

苦笑して、湊子は言った。

「でも、碧洋号は外洋観測船だよ？　いくらトールが大きくたって、沈めるなんて無理でしょ」

「……どうかな？　船体に穴があるという事実と、沈没したという事実の二つさえ揃えれば、トールのせいで沈んだということにするのは容易い」

闇よりも底知れない瞳を向けられ、背筋がゾッと冷える。どんな方法を使うのか知らないが、彼はすでに船体へ穴を開ける手はずを整えているのだろう……。

「どうしてキュクロプス計画を潰そうとしてるわけ？　誰に頼まれたの？」

肩を竦め、彼は首を横に振った。

「海の中は、君たちが思っている以上に、いろいろなものの通り道になっていてね……。カメラによって姿を捉えられると、困ってしまう勢力もいるということだ。既存のアルゴフロートのようなものならまだ良かったんだが」

訳が分からなかった。そんなこと環境や生物の保護とは一切関係ないではないか。やり方は大嫌いだったが、自然を守るという至上命令だけは捨てていないと思っていたのに……。

「……あんたはいったい何なの？　どんな理想を持って、どう環境を良くしようと思って活動してるの？」

一瞬だけどこか遠くを見るような瞳をしたのち、すぐにいつもの人を食った表情で、彼は首を傾げた。

「何だろう？　……もう忘れてしまった」

ボランティアに興味を持ち始めた頃、湊子はトッドの人生を追うドキュメンタリーを見たことがある。インタビューを受けていた彼の母親はなぜか寂しげで、彼は正義感の強い子供で、いつも熱心にクジラの絵を描いていたと、言葉少なに話していた。

力と金と名誉、すべてを手に入れたトッド。幼い頃望んだ通りの自分になれたのだろうか――？

船首へ向いた湊子は、捕鯨砲に目をやる。以前、触れようとして、ジーンに叱責されたもの。

「この船が捕鯨船なのも、偶然じゃなかったんだね……。あれは本物なんでしょ？　まさかトールに使うつもりなの……？」

離れて立っていたジーンが答えた。

「ゴール・シャークになると予想外の動きをするかもしれないから、用意しただけだ」

演技がかった仕草で左腕を持ち上げ、腕時計で時間を確認し、トッドは立ち上がる。

「――さて、時間だ。我々はそろそろ失礼しよう」

恭しく胸に手をあて、彼は拘束されているテイラーや、ＳＭＬのメンバーに別れの挨拶をした。

「ごきげんよう。私は日本に入国していないし、何にも関与していない。すべては君たちのしたことだ」

「――この卑怯者！　人間のクズ！」

テイラーが暴れながら罵る。

棒立ちになっている湊子に近づいたトッドは、通り過ぎながら耳元で囁いた。

「君が知らなかっただけで、世の中はこうやって回っているんだ――幸運を」

船尾へ向かうと、彼は乗って来た小型ボートに乗り移る。彼とともに来た屈強な男たちも、テイラーらをシノーン号のメンバーに託し、後を追った。エンジンがかかったボートは、水飛沫を上げながら高速で東へ遠ざかっていった。

船上には、テイラーを含むＳＭＬのメンバーと、もともとシノーン号にいたジーンらＤＯのメンバー、そして湊子が取り残される。

電磁波発生装置が搭載されたドローンが再び浮上し、勢い良く海へ飛んでいった。ＤＯのメンバーが、船室から持ち出してきたゴムボートを甲板で膨らませ、エンジンを取り付ける。

双眼鏡でドローンを確認しながら、ジーンは呟いた。

「装置がトールを捉えた。あと二分もあれば、誘導されてここへ到達する」

「何でこっちに呼び寄せるのよ！　私たちをどうするつもりなの！」

摑みかかろうとするテイラーを、ＤＯのメンバーはがっちりと締め付ける。ジーンに代わって湊子は答えた。

「口封じするんでしょ？　死人に口なし。トッドやＤＯのこと証言されたら面倒だから、生かしておくわけないもんね。あたしがあんたたちの立場なら、そうする」

テイラーとＳＭＬのメンバーはハッと顔を上げ、こちらを見る。感心した様子で、ジーンは笑った。

「よく分かっているな。褒めてやりたいぐらいだ」

「あんたなんかに褒められたって、嬉しくも何ともないよ」

「ゴール・シャークにしたトールを海へ放ったものの、君たちは策に溺れ、逆にシノーン号が襲われてしまった。愚かな君たちは、トールに食われるか船とともに沈み、全員命を落としてしまうという訳だ。悪人たちが死んだところで誰も悲しまないだろうし、胸がすくいい結末じゃないか？」

彼を睨みつけながら、湊子は唇を嚙む。

パソコンや機器などを置いたまま、ＤＯのメンバーらは甲板を駆け、次々とゴムボートへ向かう。

「急げ！　ドローンのコントローラーはトッドが持っていったし、時間がない！　ジーンも早く！」

「私も連れてって！」

縛めを解かれ駆け寄ったテイラーに、ジーンはポケットから取り出した小型の銃を向けた。

「……できないんだ、テイラー。とても残念だよ」

ゴムボート上で、タブレットのモニターを確認していたメンバーが叫ぶ。

「ジーン、トールの進行が思ったより速い！　早くしろ！」

テイラーとＳＭＬのメンバーへ順に銃口を向けていたジーンは、踵を返しボートへ急ぐ。

――このクソ野郎、あたしを舐めんなよ！

彼を追い駆けた湊子は、高い位置にある腰へ、思い切りタックルする。不意打ちによろめいたが、彼はすぐに体勢を立て直した。湊子は遮二無二しがみつき続ける。

「……こんなときに、忌々しい小娘だ！」

湊子を引きずるようにしてゴムボートへ移動しながら、彼は上体をひねり、銃口を向ける。

「離れろ！　この悪魔め！」

彼の顔を見上げながら、湊子はにやりと笑った。

「撃ってもいいけど、これから事故で死ぬ予定のあたしの体に、銃創があったらまずいんじゃないの？　だからさっきテイラーを撃たなかったんでしょ？」

氷のような目に悔しげな色が浮かぶ。図星だった。

「待ちなさいよ、私も連れて逃げて！」

ジーンの横を通り過ぎたテイラーがゴムボートに乗り込もうとして、ＤＯのメンバーに甲板へ放り投げられる。

「きゃああっ！　痛い！」

レベッカや、ナッシュ、カーラ、アントニオらも、決死でゴムボートにいるＤＯに飛びかかろうとするが、ナイフで牽制された。

「――ジーン！　もう時間がない！　あと三十秒！」

こめかみに汗を浮かべたジーンは、再び湊子に銃口を向けた。

「……撃てないはずだよ」

焦りを感じながら呟くと、彼は冷たく言い放った。

「ストーリーなど、後でいくらでも作れる。指紋をぬぐって銃を投げ捨てておけば、仲間割れでもしたと解釈するだろう」

彼は躊躇なく引き金を引いた。乾いた激しい破裂音とともに、肩甲骨に火を押し当てられたような熱さを感じ、湊子は仰向けに跳ね飛ばされる。

「ソウコ！」

ＳＭＬのメンバーが叫んだ。

「早く！　ジーン！　もう間近だ！」

ジーンは駆け出す。ボートの前に立ちはだかっていたＳＭＬメンバーに銃口を向け道を開けさせると、ゴムボートへ飛び乗った。

急発進し、船外機が唸りを上げる。

左の肩甲骨がとにかく痛かった。倒れていた湊子は、意識を朦朧とさせながらも顔を持ち上げる。霞む目で去っていくゴムボートを恨めしく見ていると、視線はボートのさらに向こうへ引き寄せられた。水の山がせり上がったかと思うと、あり得ないほど大きなホホジロザメが海面から顔を出し、ゴムボートに食らいついたのだ。

いい気味だと思う暇もなく、巨大なホホジロザメ――トールは、そのままシノーン号の船尾に突っ込んできた――。

「わあああああ――！」

「ぎゃああ――！」

誰のものかも分からない悲鳴が響き渡る。激しい衝撃とともに、船尾が持ち上がり、すべてのものが強く跳ね上げられた。

頭を下にして空を飛ぶ湊子の視界は、海と空が逆さまになっていた。あべこべな世界だ。

――今日は、〝残りの人生最後の日〟。

撃たれた場所に激痛を感じつつ、ぼんやりとトッドの言葉を思い出す。

このまま落下したら、トールに食われるか、溺れるかして死ぬのだろう。

こんな風に、人生があっけないなんて思ってもみなかった。

＊

頭上を覆う雲は厚さを増し、わずかな太陽の光しか降り注いでいなかった。水面は空の鼠色を映していて、中を窺い知ることはできない。

半分しかないボートの残骸に波が当たり、たぷんたぷんと音を立てていた。

「冷たいね……」

白く細い腕でボートに摑まりながら、りりあが囁いた。

渉は頷く。当然だ。もうすぐ四月とはいえ、ウェットスーツなしで入れる水温ではない。体の芯から冷えきり、二人とも唇を紫にしてぶるぶると震えていた。

――どうしてこんなことになったのか……。

回想する。

さきほど、潜水艦のように大きなホホジロザメがボートに食らいついてきたことは覚えている。咄嗟の判断で、渉はりりあを抱え海に飛び込んだ。サメはボートに歯を食い込ませバリバリと破壊したのち、食べられるものではないと判断したのか、そのまま前進していった。

気がついたら、ボートの破片に二人で摑まっていたのだ。あの状況で助かっただけでも奇跡だろう。

「あり得ねえよ、マジで……」奥歯をガチガチと鳴らしながら呟く。

安全な場所にいたはずなのに、嘘みたいに巨大化したサメに襲われるなんて、よほど想像力が逞しくない限り考えもしないだろう。

「誰か助けに来てくれないかなあ……」

りりあは小さく声を出す。水に飛び込んだときにベンチコートがぬげてしまったため、今の彼女はビキニ姿だった。肌は蠟人形のように白く、全身に鳥肌が立っている。

周囲を見回すが、海保の救助船は漁船団がいた場所に集中していて、この近辺には一隻の姿もなかった。

流れ出てくる鼻水すら、温かく感じられる。手でぬぐった渉の脳裏に、鶴岡と志賀の顔が浮かんだ。彼らが無事でいるかどうかは分からないが、渉のこの姿を見たら、それみたことかと笑うに違いない……。腹が立つものの、自業自得以外の何ものでもなかった。

何かが漂ってきて、渉は手に取る。以前、彼らからもらい、りりあがベンチコートのポケットにしまっていたポケットティッシュだった。制服を着たアザラシの絵とともに、海難事故対策のポイントがプリントされている。

覗き込んだりりあが、目を輝かせた。

「こういうときは、海のプロに従うべきよ。助かるヒントになるかも」

頷くと、藁にも縋る思いで渉は文面に目を通す。

① ライフジャケットを常時装着しよう。

② 連絡手段のスマホや携帯は、防水ケースに入れよう。

③　海の事故は118。

「……」

さきほど鶴岡が言っていた、一番の対策は事前の準備だという話が頭をよぎる。

ようするに手遅れだ。どうせ使わないとタカをくくり、ライフジャケットは一度も装着することなく、船底の端っこに追いやっていた。スマホだって、いちいち防水ケースを用意するのは面倒なため、剝き出しの状態で使っていた。そもそもサメの襲撃でなくしてしまい、手元にはない。

「——あ」

配信用のスマホは行方不明だが、プライベート用のスマホを身につけていたことを思い出し、水に浸かったスウェットの尻ポケットを探る。幸いにも落とさずに済んでいた。たしか、ＣＭで高い防水性能を謳っていた機種だ。

「なんだ、やっぱこんなの守らなくても余裕じゃん」

意気揚々と取り出し、画面を見る。

「——」

液晶画面は完全に消えていた。タップしても、電源を入れ直してもバックライトはつかず、暗いままだ。

「なんだよ、防水ってふれこみだろ！　嘘つき！」

どうせもう使えないと、投げ捨てる。

もはやできることはなく、灰色の空を仰ぐしかなかった。

「わたしたち、馬鹿なキリギリスね。死ぬべくして死ぬんだわ……」

指で涙をぬぐい、りりあは悲しげな顔をする。彼女が大きく震えたため、渉は背後に回り抱えてやる。くっついていたとしても、水の冷たさは変わらなかった。このままでは低体温症になるのは必至だ。サメに食われるよりはましだろうが、それでも死にたくはない。

「船に上がるんだ」

水中よりはよいだろうと、彼女の細い体を持ち上げ、半分になりひっくり返ったボートの船底に乗せる。ボートはかろうじてりりあの体重を支えることができたが、渉まではとても無理だった。

体を曲げて横たわったりりあは、発熱でもしているのか、いつにも増してぼんやりとしていた。微笑んで、こちらへゆっくりと手を伸ばす。

「『タイタニック』のワンシーンみたいだね……」

「それじゃ、俺死ぬじゃん」

冗談ではなく、本当にそうなりそうだった。だんだんと手足の感覚が鈍くなり、頭が痺れてくる。

「ごめん。俺のせいでこんなことになって……」

最期になるかもしれないと思い、心から謝った。怒濤(どとう)の後悔が胸に押し寄せる。

——もっと早く別れてれば、りりあをこんな目に遭わせずに済んだのに……。

とろりとした瞳で、彼女は不思議そうにこちらを見た。渉は懸命に言葉を紡ぐ。

「そもそも、りりあは俺なんかとつき合うべきじゃなかったんだ……。あの日、調子に乗ってりりあを連れて逃げたりしなければ……。そうすれば、死ぬのは俺一人で済んだのに」

普段あまり驚いたりしない彼女の目が、大きく見開かれる。

「……なんでそんなこと言うの……?」

「だって……釣り合わないよ。俺なんか金も稼げないし、何をやっても中途半端だし。売れっ子のりりあが好きになる要素ゼロじゃん。……どうせただの気まぐれだったんだろ?」

「——ただの気まぐれで、この一年ずっといられたと思うの?」

急に鋭い口調で訊ねられ、渉は驚く。

「りりあ……？」

めったに見せない真顔で、彼女は続けた。

「売れっ子？　だから何？　ちっとも楽しくなんかなかったよ。子供の頃から親に怒られたくなくてニコニコする癖がついてたから、仕事はできてたけど……。向いてないんだな、って毎日思ってた。飲みたくもないお酒を飲んで、好きでもない人の面白くない話をずっと聞いて、楽しそうにして。そんな風にしてる自分も嫌で。そういうことが、これからもずっと続いていくのかと思ったら、絶望しかなくて。でも、親もそうだったからこの仕事しか知らないし、できないし、友達もみんなこの業界にいたから、他の世界に出て行く勇気もなくて……」

寒さも忘れ、笑顔を封印し告白するりりあを、渉はじっと眺める。一年も一緒にいたのに、自分は知らなかったのだ。本当の彼女を。

「だから、渉に送ってもらった日、一緒に逃げようって言われて、うんって言ったんだ。渉って、いつもマネージャーや店長に怒られてたけど、素直にふてくされたり、八つ当たりしたり、機嫌が直ったらまた笑ったり。感情がはっきりしてて羨ましいなあって思ってたんだ。だから、そんな渉とだったら、心から楽しく暮らせるんじゃないかなって閃いたの。実際に楽しかったよ。二人で夜逃げして、ユーチューバーになって、水着で配信したり、いろんな企画したりして遊んで。すごくハッピーで、生れて初めてちゃんと息ができてる感じがした。たしかに、普通の人から見たらダメな人かもしれないけど、こんなにわたしを幸せにしてるから、それだけでいいの……文句ある？」

「りりあ……」

彼女の小さな手に、自分の手を重ねてぎゅっと握る。感動が大きい分、後悔もより激しくなった。欲をかいて、今日海に出なければ、二人で幸せに暮らせたのに——。

「……でも、感情が分かりやすいって、なんか俺、馬鹿みたいじゃない……？」

はたと気づいて口にすると、彼女は、ふふ、と正体不明の笑みを浮かべた。

頭上で羽音がし、ぎくりとした渉は空を見上げる。先ほどサメを牽引するように南東へ飛んでいったドローンが、来た道を戻ろうとしていた。

ただでさえ冷たい体が、別の意味で凍り付くのを感じながら、海面に視線を下ろす。

ごくり、と唾を呑んだ。

巨大なホホジロザメの背鰭が再びこちらへ向かってきていた。

「マジかよ……」

さきほどはボートが犠牲になってくれて九死に一生を得たが、今度はそれもないし、二人とも体温が下がり逃げることすらかなわない。再度サメに襲われるか、跳ね飛ばされるかしたら、確実に命は無いだろう。

「……渉……」

身を震わせるりりあの手を、さらに強く握る。

本日、何度目かの後悔をした。

あれだけ忠告されたのに、聞く耳を持たなかった結果がこれだ。

そんな自分たちを、誰も助けてくれない。助からない。

——俺みたいな半端者は、こうやって死んでいく運命なんだ……。

*

海上保安庁の監視取締艇〈すたあだすと号〉は、巨大なサメが漁船を襲った海域で救助活動にあたり、南東に捜索範囲を広げていた。

「しかし、未だに信じられないな……。あんな超弩級のサメが存在するなんて」

双眼鏡で生存者や遺体を捜しながら、志賀は隣で操舵している鶴岡に語りかけた。

当初からこの海域の哨戒をしており、漁師らの解散を促していた二人は、密集した漁船の隙間からそれが現れるのを目にした。

演習で外洋へ出ることもあるし、大きめのクジラとも邂逅したことがあるが、まったく違う。巨体で意志を持ち、船を襲う恐ろしい捕食者――。

これまで何名も救助し、遺体も回収して巡視船に乗せかえた。海保の船も何隻も転覆させられ死亡者が出ているし、瀬戸内海における、一九五五年の紫雲丸事故以来の大事故となることは間違いないだろう。

「一年半前、静岡に現れたサメと同じでしょう。自然にか人為的にかは分かりませんけど、成長ホルモンを投与された……。だからもっと早いうちに、駆除しておくべきだったんです」

淡々と鶴岡は応えた。その制服やライフジャケットは、志賀と同様、救助の際についた血にまみれている。操舵室の足元も、靴底がつける血のスタンプだらけだった。いつも無表情で声にも抑揚が無い彼女だが、長らく一緒に船に乗っている志賀には、いつになく憤っているのが分かった。

「責任逃れで小さな問題を先送りにすると、大きなしっぺ返しを食らうんです」

志賀は頷く。

漁師らに被害が出て責任追及されるのを恐れた行政は、出航自粛を要請するだけで、積極的にサメを駆除しようとはしなかった。自衛隊案についても審議を続けるばかりで、すぐに実行する気配はなかった。

そして、この惨劇は起こったのだ。

先ほど救助に向かった、隣の海上保安部の監視取締艇を思い出す。残骸や転覆した漁船の合間を縫って接近すると、それまでは見えなかった船の前半分が、食い千切られてなくなっていた。あたりの海は真っ赤に染まり、頭部の無い遺体と、足二本だけが波間を漂っていた。

唇を噛み、志賀は悔いる。規則とはいえ自分たちが応援要請したせいで、彼らは命を落としたのだ。鶴岡が静かな怒りを燃やしているのも、無理からぬことだ。

「――二時の方向見てください！」

大声で鶴岡が言った。双眼鏡を向けた志賀は、思い切り顔を顰める。

破壊され、ひっくり返ったボートの残骸の上に、青いビキニ姿の若い女性が横たわっていた。船べりには、もうひとり若い男性がしがみついている。

「あのバカップル――言わんこっちゃない」

呆れて息を吐く。あれだけ陸に戻るよう警告したのに。

先ほど巨大ザメが消えていった方向と同じだから、彼らも襲われたのだろう。それでも無事でいるのは、悪運が強いとしか言いようがなかった。

「早く助けないと、低体温症で危ないですよ。まだサメもいるでしょうし」

「急ごう」

エンジンの回転数を上げ、彼らに近づく。潮止まりの時間は終わり、わずかな流れが生まれていた。

タオルと毛布を準備しておいた方がいいかと、志賀は操舵席を離れかける。

悲鳴にも似た鶴岡の叫び声が追ってきたのは、そのときだった。

「――十時の方向、サメです！　巨大ザメ！」

慌てて戻り窓の外を見ると、背鰭を立てた大きな水塊が、飛沫を上げ南東方向からカップルのボートへ一直線に向かっていた。

「不味いです。彼らに直撃する！」

鶴岡は声を上げる。双眼鏡で目測した志賀は、呟いた。

「助けられない。回避しよう……」

信じられないといった様子で、鶴岡はこちらを見る。上官である志賀は命じた。

「早くサメの進路から退避するんだ。こっちまで巻き込まれる」

前に向き直った鶴岡は、動かなかった。

いつもの不気味なほどの落ち着きを取り戻すと、静かに口を開く。

「嫌です。間に入ってサメの向きを変え、彼らを助けます。横から不意打ちすれば成功する可能性はあります」

「馬鹿言うなよ。あいつらのために死ぬつもりか？」

鶴岡は、答えなかった。

彼女が配属されてきたときのことが甦る。彼女の父親は外航船の船長で、インド洋で他国の船に追突され船が沈没し、捜索の甲斐なく遺体は見つからなかったのだという。自分のような思いをする人がひとりでも減るよう、海の事故を減らしたい一心で海上保安官になったと、彼女は話していた。

「あの若者には、さんざん嫌な思いさせられただろ」

泣きたい思いで言うと、彼女は速度を保ったまま応えた。

「それでも、助けたいんです。私のわがままで結構ですから。責任も全部取ります。志賀さんは、救命筏で降りて他の船に救助を求めてください」

この監視取締艇は全長約十メートル。推定二十メートルあるサメより、あきらかに小さい。鶴岡が言うように少し針路を変えることぐらいはできるかもしれないが、サメが襲ってくれば、最悪さきほど見た監視取締艇の乗組員のような末路になるだろう。

唸りながら考えたのち、手で顔を押さえ、志賀は空を仰いだ。

「ひとりだけ筏で逃げるなんて、格好悪いことできるか……くそ」

フロントガラスに張り付き、鶴岡に命じた。

「スピード上げろ！　回り込んで、カップルからできるだけ離れた場所でぶつかるんだ」

「——了解」

巨大なサメは、高速艇のように突進してくる。

体温が下がっているせいもあるだろう。カップルは逃げる気力もない様子ですべてを諦め、迫り来るサメを呆然と眺めていた。

「……畜生(ちくしょう)、少しは感謝しろよ！」

彼らに毒づき、鶴岡と自分のヘルメットとライフジャケットを確認する。さらに操舵席の手すりをぐっと摑んだ。

大きな水塊と、それを押すサメはもうすぐだった。

「突っ込め——！」

志賀は声の限りに叫ぶ。監視取締艇は、半円を描きながらカップルを避け、斜めに長い飛沫を上げながら、サメの前に躍り出た。

直後、衝撃は来た。

ドーンという音とともに、横から激しい揺れが伝わり、窓が割れ水が流れ込む。前後左右に暴れる水流に激しく揉まれた。船は下に押されて沈み、志賀の意識は途絶えた。

＊

「久州大の渋川まりだ。碧洋号の現在位置を教えて欲しい！　今すぐだ。巧神島沖で起きた大事故と関わることだ！」

備讃瀬戸海上交通センターへ電話した渋川は、運用管制官に叫んだ。

渋川のクルーザーも盛男の漁船も、あいにく船の名前や位置が分かるＡＩＳを積んでいない。ＷＥＢで見られるサービスもあるが、今は悠長に検索している暇はないため、最短で知るにはこうして訊くしかなかった。

管制官はたじろいでいたが、すでに事件の内容は共有されているらしく、確認するとすぐに教えてくれた。短く礼を言って、渋川は電話を切る。

「瀬戸大橋の真下を、東に向け航行中か……」

トールは現在、潜行し姿を消している。だが、巧神島にある、こう研の港へ碧洋号がたどり着くまでに、確実に襲撃するだろう。巨大とはいえ、サメがぶつかったところで沈没するような船ではないが、トッドのことだから何か策を弄(ろう)しているに違いない。

なんとかして阻止しなくてはならない。先ほどの様子を見るに、薬でも打たれているのか、サメは興奮状態だった。この分では、碧洋号だけではなく、目に入るものすべてを破壊してしまう。

渋川はキャビンの中へ目を向けた。船の床下にある収納には、イモ貝から採った猛毒、コノトキシンが隠してある。ゴール・シャークの研究をする合間にコツコツ溜めていたので、あのホホジロザメの致死量ぐらいはあるだろう。

唐突にあのときの苦しさが甦り、胸元を摑んだ。俯いて瞼を閉じると、失ってしまった友の顔が浮かぶ。サメを守って欲しいと言った彼の――。

「私はまた、サメを殺さなくてはならないのか……？」

殺したくはない。だが他に何ができるというのだ――。

閃いて顔を上げた渋川は、キャビン内の床に無造作に置いてある装置へ目をやった。

小笠原でウバザメのゴール・シャークの研究に使っていた、電磁波を発生させる誘導装置。

――あれを使って、トールの関心をドローンから奪い、外海へ誘導できれば……。

タブレットを操作し、地図を確認する。巧神島沖から東の海峡まで、約七十キロほど。無謀な距離だが、やるしかない。背鰭に取り付けられていた装置は、巨大化の際に外れたようだから、海峡を抜けるのに問題はないだろう。

「急がないと……」

船べりに移動し、自分のクルーザーと盛男の船と連結してある縄に手をかける。

どすん、という音とともに船体が揺れた。視線を向けると、二本の銛を手にした盛男がクルーザーの甲板に立っていた。

「なんだ?」

眉を顰めたところ、彼は思い詰めた表情で口を開いた。

「これからトールのところへ行くんだろう? 俺も行く。連れてってくれ」

「なぜ?」

泣きそうな子供のような顔で、盛男は答える。

「巨大化したって、トールはトールだ。俊を食ったサメだ。だから俺は、あいつを追わなきゃいけない。俊があいつの血肉の一部になってるから……。最後まで、どうなるのかだけでも見届けたい」

彼の両目からは、涙が溢れていた。

上から下まで冷静に彼を観察する。体力はありそうだし、まがりなりにも漁師だ。船の操縦もできるし、この辺りの海にも詳しい。手を貸してくれればいろいろと助かる。

頷いて、クルーザーと船を繋ぐ縄を解いた。

「分かった。一緒に来い」

操舵席につくと、エンジンをかけ発進する。散らばる漁船の残骸や海保の船を避け、西の瀬戸大橋へ向かった。

上空には、マスコミのものと思われるヘリコプターがすでに何機も飛んでおり、海上の虐殺現場を撮影していた。海保のヘリもある。

呼び寄せた盛男を操舵席に座らせ、渋川は説明した。

「操縦を任せていいか？　あのサメは、電磁波を発生させる装置を載せたドローンに引き寄せられていて、操縦しているやつの最終目的は、碧洋号を襲わせることだ。この船には、研究で試験的に使用していたより強力な電磁波発生装置があるから、それでサメの関心を奪い、先導して海峡から外海へ出す」

船の操作は、基本的にどれもあまり変わらない。すぐにクルーザーの運転方法を飲み込んだ彼は、真剣な表情で首を縦に振った。

「けど、外海に出してどうするんだ……？　逃がすのか？」

船を前進させながら、彼は暗い瞳を向ける。

「人との接触がなくなる海域まで行けば、追われることもなくなる。どちらにせよ、ゴール・シャークになった以上、あと一週間も生きられないだろう」

「トールは死ぬのか……」

憎いサメが死ぬと聞いて彼は喜ぶかと思ったが、その顔は強ばったままだった。

最大速度に達したクルーザーは、大きな白波を立てながら海を疾走していく。

運転を任せると、渋川は甲板へ出た。十キロにもなる電磁波発生装置をキャビンから出し、ハーネスを装着して、船尾の特殊な器具で固定し、海へ落とす。最新の実験のために メーカーへ特注したものので、最大速度でも水の抵抗を最小限に抑え、スムーズに牽引できるようになっていた。

サメというのは面白い生き物だ。獲物の出す微弱電流を感じ取って近づき狩りをするかと思えば、シャークシールドが出す特殊な周波数を忌避して離れていく。

この電磁波発生装置も、その性質を応用したものだ。ゴール・シャークになると、特定の電磁波を異常に好むようになることが分かったため、人為的にそれを出せるようにしたのだ。あのドローンに載せられた装置も同じ原理でサメをおびき寄せているのだろうが、小型化しているので出力はこちらの最新のものより弱いはずだ。……勝機はある。

双眼鏡を取ると、ドローンがいないか、曇った空を見回す。

しばらくすると、盛男が叫んだ。

「碧洋号がいたぞ！」

船尾から左舷へ移動し、肉眼で前方を確認する。瀬戸大橋をくぐった碧洋号は、西に百メートルほど離れた場所を、こちらに船首を向け静かに航行していた。帰港イベントのためか、白い船体には横断幕が張られ、高い場所は万国旗で飾り付けられている。数人の乗組員が甲板で作業を行っていた。

ハエの羽音のような微かなノイズがし、渋川は左後方へ目を向ける。

碧洋号と直角にぶつかる軌道をとったドローンが、南から近づいていた。その十メートルほど後ろの海面には、巨大なサメの背鰭が波を切って進んでいる。

ドローンが碧洋号へ到達するまで、あと百メートルほど。

「急げ！　全速力で飛ばすんだ！」

盛男に向かって、声を張り上げる。

漁師歴が長いだけあり、盛男の操船は的確だった。自分の体のように船を乗りこなす。

クルーザーは能力の限界の速度で進んだ。

碧洋号へ進むドローンとサメに、右側から鋭角的に近づく。

電磁波を発生させるには、大容量の電源がいる。それは、甲板の隅に設置された蓄電池からコードを通って装置へ供給される仕様になっていた。

電磁波発生装置のスイッチをオンにすると、ドローンに忠実に付き従っていたサメの背鰭が、びくりと動いた。

「先回りしろ。碧洋号とサメの間をすり抜けるんだ！」

「下手したら、挟まれるぞ！　この船じゃ二人とも死ぬ」

「覚悟して来たんだろう、いいからやれ！」

エンジンが唸りを上げ、クルーザーは猛進する。スピードを上げ斜め前から突っこんでくるクルーザーに気づき、碧洋号が警笛を鳴らした。

クルーザーは、碧洋号まであと十メートルというところへ接近した。

数メートル左側をドローンが碧洋号ごと追い越して行く。

「今だ、思い切り回り込め――！」渋川は叫んだ。

激しい飛沫を立てながら。クルーザーは、サメの進行方向にあたる左へ急旋回した。

水から背鰭を出した巨大なサメが、最大速度で向かってくる。碧洋号の半分ぐらいの全長だが、それでもマッコウクジラほどある巨体だ。

身に危険が迫っているにもかかわらず、水の中に見えるその姿に、渋川は感動した。

この一年半、さまざまなゴール・シャーク、ゴール・レイを見てきたが、ホホジロザメは初めてだった。

これほどまでに強く美しい生物を、人のいない海でゆっくりと観察できたらよかったのに――。

前方に渋川たちを認めたサメは水面から顔を出し、巨大な顎をせり出して襲いかかる――。

碧洋号が作り出す波と、急に曲がった遠心力、サメが押し出す水流――。あらゆる方向からエネルギーがせめぎあい、クルーザーは激しく揺れる。大量の水飛沫が飛び交い、甲板へ降り注いだ。

碧洋号とサメの間をすり抜けたクルーザーは、さらに左へカーブし碧洋号から離れる。気づいたトールが軌道を変え、追って来た。ヒトの背丈の三倍はある顎が、クルーザーの横腹にかぶりつかんとする。鋭い歯に捕らえられそうになったそのとき――、サメは口を開けたままその場に停止した。すんでのところで逃げ切り、渋川はサメを振り返る。

上空に再び現れたドローンが、碧洋号を襲うよう、再度サメを誘導しようとしていた。海上に顔を出し、口を開けたままぴくぴくと鼻先を痙攣させていたトールは、ゆっくりと口を閉じる。

ずぶ濡れになった髪を両手で後ろへなでつけ、渋川はにやりと笑った。

「――さあ、こっちへ来い。こっちの方が楽しいぞ」

ゆっくりと海中に戻りながら、トールは渋川たちのクルーザーの方へ転回し始めた。

よほど肝を冷やしたのか、操舵室でハンドルにしなだれかかり顔面蒼白になっている盛男に、大声を出す。

「サメがこちらの電磁波にかかった。このまま東の海峡まで突っ走れ！」

＊

随分長いこと意識を失っていた気がするが、実際はそうでもないようだった。

肩甲骨の痛みと寒さを感じ目を覚ますと、シノーン号から転落したと思われる人たちの声が聞こえてきた。

「――っ！」

起き上がろうとして、予想していなかった脇腹の痛みに顔を顰める。左の肋骨が折れたらしい。

痛みを押してなんとか体を起こした湊子は、目を見張った。シノーン号は横転し、左半分が水に浸かっていた。甲板からはほとんどのものが落下していたが、湊子は操舵室の壁に引っかかったおかげで、体が数センチ水に浸かるだけで済んでいた。

トールに何度も襲撃されたのか、ゴムボートが付けられていた船尾は無惨に食い千切られ、二メートル分の長さがなくなっていた。

他の人はどうなったのかと目を凝らして見回すが、船尾方向には残骸が浮かんでいるだけで、誰もいなかった。先ほどと景色が反対になっていることに気づき、湊子は得心する。サメが押したせいで、船の向きが逆になったのだろう。だとすると、せり上がっていてここからは見えない船首の向こう側にいるはずだ。

左の肩甲骨と脇腹の激痛に耐え、辺りのものに摑まりながら、斜めに浮き上がっている船首を目指す。肩で息をしつつデッキを貫く梯子を斜めに上り、二階部分から見渡した湊子は息を呑んだ。

周辺の海が、真っ赤に染まっている。

船尾同様、瓦礫や機材などが散らばって漂い、真ん中には、ぐちゃぐちゃに引き裂かれたゴムボートがあった。浮遊物の中に人だったものの姿が点々と散らばり、口元を押さえる。手だけだったり、足だけだったり、胴だったり、肉片と成り果てたものもたくさんあった。

傾斜するデッキから震えながら身を乗り出した湊子は、船首の真下にあるものに気づき、ショックで崩れ落ちた。

見てすぐに死んでいると分かる、ナッシュとレベッカの遺体。

ナッシュは体の左半分がなく、鋭い歯ですっぱりと切られた赤い肉や骨、内臓を覗かせた断面を横にして浮かんでいた。レベッカは目から上と、胸から下がない状態で、脳漿をこぼれさせ仰向けになっている。二人ともすでに肌は青白く、目の瞳孔は開ききっていた。湊子は弾き飛ばされた時点で気を失ったが、その後、凄惨な襲撃があったのだ……。

　視線を彷徨わせ、他のＳＭＬのメンバーも探す。ゴムボートのそばに浮かんでいるアントニオは、顔を下にしてぴくりとも動かず、そこから少し離れた場所にいたカーラは、細身のジーンズを穿いた下半身しかなかった。飛び出た腸が長く延びて漂っている。

　嗚咽しながら、湊子は顔を伏せた。肋骨に鋭い痛みが走り、呻いて押さえる。

　ずっと一緒に活動していた彼ら。楽しくなかったかと言われれば、嘘になる。騙していたにしても、湊子を対等なメンバーとして扱ってくれて教わったことも多かった。嘘が分かったときは憎んだが、こんな酷い結末は望んでいなかった……。

　動くものが視界に入り目をやると、テイラーだった。アントニオの近くに密集する船の残骸を掻き分け出てきた彼女は、生きていた。悪運が強いのか怪我などはしていない様子で、寒さに震えながら湊子に手を振る。

「ソウコ！　早く助けて！」

　他に生存していたのは、船首から十メートルほど離れた場所にいた、シノーン号のＤＯのメンバー二人と、ジーンだった。顔に大きな傷をつけ気を失っていたジーンを、軽症のメンバー二人が介助し、彼は意識を取り戻す。

　状況を把握した彼はさすがに驚いた表情を浮かべたが、すぐにいつもの冷静沈着な顔に戻った。氷の瞳で見回すと、船にひとり残っている湊子に目を留め睨みつける。こちらを指さして三人で話し合ったのち、メンバーのひとりがシノーン号へ向けて移動し始めた。

　ごくりと唾を呑む。彼らは、殺し損ねた湊子をまた襲うつもりだろう。

　小型の捕鯨船だったこの船は、吃水が低く上りやすい。しかも今の自分は、怪我のため少し動くだけで精一杯だ。このままでは確実に殺される。

フライトジャケットのポケットを漁り、スマホが残っていることに気づいた湊子は、取り出して画面をタップする。ジャケットはムートン生地で水が染みないものだったので、スマホは浸水しておらず、ホーム画面が開いた。

一一八をダイヤルし、繋がるや、とにかく叫ぶ。

「今すぐ助けに来て！　位置は出てるでしょ？　殺されそうなの！」

相手は巧神島沖の件をすでに把握している様子だった。サメですかと訊かれたが、ＤＯのメンバーがどんどん迫っていて、答える余裕はなかった。通話を切ってスマホをポケットに突っ込み、何か武器になるものはないか探す。テイラーに突きつけていたナイフは、跳ね飛ばされたとき失っていた。甲板のものはすべて滑り落ちてしまっている。船内に行けば何かあるかもしれないが、そんな時間はない。

絶望しかけて後ずさった足が、あるものに当たった。

視線を下ろした湊子は、目を見張る。すっかり忘れていた。最強の武器になるものがすぐ足元にあったことを。

――だめだ。何もない――！

船体が傾斜しているため、それは通常よりも低い位置にあった。脇腹を庇いながらしゃがみ、覆っている塩ビのシートを無我夢中で引き剝がす。大きな銛が装塡された、モスグリーンの捕鯨砲が現れた。以前、自分がこれに触れようとしたとき、ジーンは本気で怒っていた。ということは、火薬も入っており、すぐに使える状態になっているに違いない。

捕鯨砲の形状はスタンダードなもので、ＳＭＬの活動で捕鯨について学んでいたとき見たことがあるそのままだった。銛の先が平らになっているのは、クジラの体や水面で銛が弾かれないための工夫なのだという。

ジーンらと捕鯨砲を見比べた湊子は、口の端に歪んだ笑みを上らせた。

——操作方法も、ちゃんと覚えてる。

屈んだ体勢で顔と体を傾けると、操作と発射の二つの機能を備えたハンドルを両手で掴む。銛を発射する筒の上についた照準器を覗きながら、銛先をジーンに向けた。こちらへ迫って来るメンバーに声を張り上げる。

「これ以上あたしに近づくな！　ジーンが木っ端微塵になるよ」

屈強な黒人メンバーは、ジーンの方を窺ったのち、堅い表情で停止する。湊子は、ハンドルを左右上下に動かしてみた。砲身は軽く、メンテナンスが行き届いているし、やはりこの捕鯨砲は現役だ。撃って対象物に当たれば、銛の先に入った火薬が爆発する——。

頰に血をべったりとつけたジーンは、寒さに震えながらも、怯えることなく嘲りの表情を浮かべた。

「……本当に撃てるのかな？　人を殺すなんて恐ろしいこと、君には無理だろう？」

湊子はにやりとする。

「やってみようか。トッドじゃないのは残念だけど、あんたを殺せるなら刑務所行きだろうが悔いはないよ」

発撃レバーにかけた指に力を込める。半分本気だった。ナッシュやレベッカたちの遺体を思い出し、目に熱いものを浮かべながら歯を食いしばる。

「待て、悪かった。君が非常にクレイジーなことを忘れていた」

焦った彼は両の手のひらをこちらへ向ける。湊子は吐き捨てた。

「じゃあ、海保が来て逮捕されるまで、そのまま大人しく待ってな」

「ソウコ、私は助けて！　いいでしょう？　彼らみたいに、あなたに害を与えたりしないから。このままじゃ凍えて死んじゃう。お願いよ。お金ならいくらでもあげるから。ハリウッドスターにだって会わせてあげる」

残骸の間にいるテイラーが、哀れっぽく懇願する。

乾いた笑いがこみ上げ、湊子は首を横に振った。こんな人に憧れていたなんて、本当に恥ずかしい。

「もうちょっとの我慢だから、辛抱しな」

隙を窺った黒人メンバーが前進し、船首に手をかけ上がろうとしたのは、そのときだった。脇腹を押さえながら起き上がった湊子は、移動して手すりにつかまりながら蹴り落とそうとする。だが、船べりに手をかけた男は、絶対に離そうとしなかった。

「来るな！」

編み上げブーツを履いた足で、湊子は彼の指をがんがん踏みつける。痛そうな顔をするものの、男の手はびくともしない。それどころか、逆に足を摑まれてしまった。ものすごい力で引っ張られる。

「――っ、離せ！」

落下防止の手すりにしがみつき必死で足を動かすが、力の差は歴然だった。無理に動いたため、鎖骨と肋骨に痛みが走る。男はさらに足を引いた。湊子は呻く。

――このままじゃ、引きずり降ろされる……！

ジーンともうひとりのメンバーも、こちらへ向かってきていた。海保が来るまでにはさすがにもう少し時間がかかるだろう。ジーンたちまでここへ到達したら、もう終わりだ。

怪我の痛みがさらに酷くなり、湊子は悶絶する。暴れながらも、遠くなりかける意識を頭を振って覚醒させた。

心の中で絶叫する。

――こいつらに殺されるなんて、絶対に嫌だ……！

その声に呼応したかのようだった。次の瞬間、船首の真下の水面から何かが飛び出した。

水飛沫を散らしながら浮かび上がると、黒人メンバーの体へ食らいついてかっさらい、身をよじりながら海へと落下する。

「え……」

一瞬の出来事だった。混乱し、湊子は目を瞬かせる。

突如現れ男をくわえていったのは、緑のタグを背鰭につけたホホジロザメ――漁師らの包囲網を逃れてから姿を消していた、ロキだった。

ゴール・シャークとなったトールと比べたら、子供のような大きさではあるが、それでも六メートルある巨大ホホジロザメだ。人間との力の差は歴然だった。

足を引き上げようとした湊子は、ゾッとする。肘から上しかない男の手が、足首を摑んだままぶら下がっていた。切断面からは血が滴っている。

「うわっ！」叫び声を上げると、振り払って落とす。

足元の水面には、真新しい鮮血が広がっていた。ロキに連れ去られた黒人の男は何度か浮き上がって助けを求めたが、腰と足、胸を何度も噛み付かれたのち、大きな口腔に飲まれていった。男を胃に収めたロキは、海面から背鰭を出し、興奮気味にあたりを周回し始める。

パニックに陥ったテイラーの、猿のような悲鳴が何度も響いた。

ジーンともうひとりのメンバーも蒼白になり、落ち着かない眼差しで周囲を見回した。

シノーン号の周りは、再び恐怖に支配された。

*

渋川のクルーザーは、大きな水柱を立てながら、雲が敷き詰められた空の下を、ひた走っていた。

船尾から二メートルほど後方では、電磁波発生装置が波でアップダウンしており、その二十メートルほど後ろに、トールの巨大な背鰭がぴたりと張り付き追ってきている。うねりなどで少しでも速度が弛むと歯茎をせり出し食い千切ろうとしてくるため、気を抜くことはできなかった。

「――速度を弛めるな！　全速力で突っ切るんだ！」

操舵席の盛男に向かって渋川は叫ぶ。

「四十ノット（時速七十四キロ）も出てるんだぞ！　これが精一杯だ！」

体を維持するエネルギーの関係で、一般的に生物は体が大きくなるほど動作が遅くなる傾向があるが、マグロ類やホホジロザメなどの一部の魚は例外的に体温が高く筋肉の活性も高いため、早く動き回ることができる。しかし、まさかゴール・シャークとなっても、それを維持――どころか、より高速化してくるとは思わなかった。もしかしたら、それもゴール・シャークが短命に終わる原因の一つなのかもしれない。

女木島、男木島の間を通過し、クルーザーは小豆島の南へさしかかる。東に向かっていた船首が、すこしずつ南へ方向を変え始めた。

この辺りは、島同士を結ぶ船と大型船、両方の航路となっているので交通量が多い。海峡へ向かうには、どこかで大型船の航路を横断しなくてはならなかった。速度を落とさないよう細心の注意を払いながら、盛男は絶妙のタイミングでケミカルタンカーの前を横切る。距離は取ってあるものの、大きな波がクルーザーの横腹を押し、タンカーからは警笛が鳴らされた。わずかにスピードが下がり、トールが電磁波発生装置に食らいつこうとしたが、あと少しというところで逃げ切った。中型の連絡船にばったりと遭遇し、盛男は熟練の操船術で切り抜ける。

船尾でトールを見つめながら、渋川はまた一年半前のことを思い出していた。

Zorroは、人間の世界規模の経済活動により生み出されてしまった、鬼子のような物質だ。それを人間の手によって投与されたこのサメに、罪があるのだろうか……？

難所を抜けたクルーザーは、南東の海峡へ向け疾走する。強い風が髪を揺らし、景色はどんどん流れていった。燃料のことが頭を掠める。昨日迎島で給油したから、そこまではもってくれると信じたい。

船はさらに進み、淡路島と四国の徳島県を結ぶ橋がようやく見えて来た。あの下をくぐり、トールを外側の海へ逃がせば、助けることができる。目測では、あと三キロほど。

「急げ……。急ぐんだ……」

背後の上空からは、ヘリコプターの音が聞こえていた。渋川たちがトールを牽引していることに気づき、テレビ局が追って来たようだ。最初は一機だったのが、今は三機に増えている。

海峡へ近づくにつれ、外から潮が流れて来ることに気づいた。

潮は干満を繰り返す。さきほどまでは引いていたので、今度は入ってくるのだ。潮の量はどんどん嵩を増し、押し寄せてくる怒濤の流れに、逆らって進む船の速度が落ち始める。

トールも同じように水流の抵抗を受けているはずだが、巨大な体が生み出すパワーの方が勝っていた。何十回目かのトライで、彼の口は電磁波発生装置を捕えてしまう。頑丈な金属製のハーネスごと鋭い歯に切断され、大きな口に飲み込まれた。

「止まれ、止まれ――!」

声の限り渋川は盛男へ命じた。彼は振り返ったのち、すぐさま減速させて船を停める。

巨大な橋はすぐそこで、あと一キロというところだった。トールが内海方向へ戻ってしまったら、これまでの苦労が水の泡になる。

異物を飲み込んだトールは、違和感を覚えた様子でその場に留まっていた。背鰭を出したまま浮かび、動こうとしない。

「また、救えないのか……?」

声が漏れた。このまま外海へ誘導できなければ、自衛隊に出動要請が出てトールは殺されるに違いない。

唇を噛んだ渋川は、あとわずかな距離の海峡とトールを見比べる。考えが降ってきたのは、そのときだった。

「……やるしかない。どんな手を使っても」

大急ぎでキャビンからダイビング用品一式を持ってくると、ウェットスーツを着込み、ボンベやレギュレーターを身に着ける。さらに、ロープが外れないようハーネスにして自分の体に結びつけ、反対側をクルーザーの金具にしっかりと括った。

「何をするつもりだ」

操舵席から出て来た盛男が、トールを警戒しながら訊ねた。

「私が囮になるから、海峡の外まで船を牽引しろ」

「バカいうな！　死ぬぞ」

「いいから、やれ！　時間がない！」

頭がおかしいとでも言わんばかりに、首を振りながら彼は操舵席へ戻っていく。

ダイビング用のナイフを取り出した渋川は、あまり出血しない場所を選んで腕を少しだけ切った。薄く血が染み出してくる。ナイフの先でこそげとり、船尾から身を乗り出し海に溶かした。

サメの嗅覚は犬よりも鋭く、人間には想像もつかないほどの精度を持っている。間近に血の臭いを感じトールは、ゆっくりとこちらへ顔を向け、尾鰭を振った。

エンジンがかかり、盛男が声を上げる。

「五秒後に発進するぞ！」

頷いた渋川は船尾から海面に降り、レギュレーターをくわえて潜る。

水中で見る巨大なホホジロザメの顔は、再び感動を催させた。建物のように大きい。トールからしたら、渋川などイワシぐらいのものだろう。肌の表面をびっしりと埋め尽くす楯鱗も体と同様に巨大化しており、鼻先のロレンチニ瓶の穴も大きく、思わずじっと観察したくなってしまう。だが、そんな暇はなかった。

体を屈曲させ、トールが口を開きながら襲いかかって来た次の瞬間、船は急加速して進み始めた。

＊

「いやあああぁ――！　いやあああぁ――！　助けて――！」

半狂乱になったテイラーの声が響き渡る。

「声を出すな！　サメを刺激するだろう！」

ジーンは、五メートルほど離れている彼女を憎々しげに睨みつける。

恐怖を与えるのを楽しんでいるかのように、ロキは船の残骸と死体の浮いた範囲を泳ぎ回っていた。誰もが真剣に背鰭の位置を目で追う。潜行して見えなくなるたび、テイラーの嘆きが聞こえた。

湊子は、船首から冷ややかに彼らを見下ろしていた。

彼らに同情するとか、助けようとかいう気持ちは一切湧いてこなかった。

「これが、あんたたちのしたことの結果だよ……。何人が死んだことか……。しっかり自分の体で受け止めるんだね」

上空で音がして顔を上げると、海保のヘリコプターが飛んできた。船の背後の方からも、通報を受け助けにきたと思われる巡視船がやってくる。

「あんたたちが食べられるのが先か、救助が先か。賭けてみたら？」

言ったそばから、ロキの背鰭がテイラーの近くにある残骸の間へ浮かび上がった。

「ひいい、いやああ……」

悲鳴に反応したロキは、テイラーに接近した。恐怖に目を見開き、硬直している彼女を鼻先でつつく。食べられると判断したのか、大きく口を開いた。

「いやあああっ――！　やめて、やめて！」

無我夢中で、テイラーはロキの頭を押し返そうとする。ロキはその手に素早くかぶりついた。歯は指の付け根あたりにめりめりと食い込む。悲鳴が耳朶を打ち、湊子は顔を顰めた。

左手の指を数本失ったテイラーの手から、血が溢れ出す。顔面蒼白の彼女は、かつて美しかった自らの手を眺めた。ようやく何が起こったのか理解した様子で、再び絶叫が響いた。

血に酔って興奮したロキはさらに彼女へ食いつこうとしたが、ジーンともうひとりのＤＯのメンバーがシノーン号へ泳ぎ出したのに気づき、顔を向けてすっと潜った。

先に船首へたどり着こうとしていたラテン系のＤＯのメンバーが、いきなり水の中に引きずり込まれる。見えなくなったと思った途端、彼の頭だけを口から出した状態で、ロキが水面から飛び出した。ジャンプしながら口を閉じ、男の首を食い千切る。はずみで飛んでいった首は、叫び続けているテイラーの目の前に落下し、彼女はさらに大きな奇声を上げた。

船首から三メートルほどの場所にいたジーンは、恐怖に顔を歪めながらきょろきょろと辺りを見回す。彼の手には、護身用で持っていたと思われるダガーナイフが握られていた。

数メートル先のナッシュの遺体の側に、背鰭が浮上する。尾鰭を高速で動かし一気に加速すると、ロキは口を開けながらジーンに猛進した。

逆手でナイフを構えたジーンは、やってくる巨大な口腔の横へ回り込むと、ロキの鰓にナイフを突き立てた――。そんなものは気休めにもならなかった。おもいきり身をよじってジーンを弾き飛ばしたロキは、素早く彼に近づき、横からかぶりつく。

口から血を噴き出し、ジーンは胸から腰までの部位を食われた。胸から上と、下半身が切断され、彼の体は人形のようにばらばらになる。喉の筋肉を巧みに使い肉を食道へ送り込んだロキは、残っている部分も、順に嚙み砕きながら飲み込んでいった。

頰に風を感じて上に目をやる。低い位置で海保のヘリがホバリングしており、機動救難士が降下の準備を始めていた。巡視船の方でも、救助のためのゴムボートを降ろしているのが見える。

湊子は、ひとり海に残されたテイラーを見下ろした。

五メートルほどの距離を開け、ロキは彼女の周りをぐるぐると回っていた。恐怖が臨界点に達したテイラーは、もはや声を上げる気力もなく、手が痛いと言いながら子供のように泣きじゃくっている。湊子と目が合うと、涙をこぼしながら、唇の動きだけで「助けて」と呟き、指のなくなった手をこちらへ伸ばした。

ヘリが作り出す風が、湊子の半分濡れた髪を揺らした。

冷めた瞳で、彼女の姿をじっと眺める。

助けるなんて、安易に言うことはできなかった。彼女やトッド、ジーン、ＤＯらの卑劣な行為や、死んだ人たちのことを思うと。

「日本語で、自業自得って言うんだよ……」

言葉が漏れるとともに、大きく水を搔く音がした。

尾で海面を搔いたロキは、ついに襲うことに決めた様子で背鰭を向け、テイラーに照準を合わせる。口を全開にし顎をせり出し、彼女に突進した——。

＊

クルーザーはできる限りの速度で、海峡に向かった。

船体の真下についたスクリューからは、猛烈な勢いで水流と泡が噴き出し、船尾にぶら下がって浮かんでいる渋川に直撃して流れ去っていく。海流に逆らう水の抵抗もまた、凄(すさ)まじかった。なんとか海面でバランスを取りつつ、呼吸ができなくならないよう、渋川はレギュレーターをしっかりとくわえる。

背後からは、激しく尾鰭と体を振ったトールが全力で追尾していた。潮の加減で船のスピードが弛まるごとに、大きな口を開けて食らいつこうとする。そのたび渋川は体のバネを使って、避けたり鼻先を蹴ったりしてしのいだ。

二百メートルほど先に、淡路島と四国に挟まれた鳴門海峡が現れた。幅一・三キロメートルほどの海峡の上には、大鳴門橋(おおなるときょう)が架かっている。空は曇っていても、巨大な白い吊り橋の威容は壮観だった。

ロープを持つ手を持ち替え、渋川は荒く息をする。体力の消耗は思った以上に激しかった。水温の低さもあるだろう。最初は体がよく動いていたのに、だんだんと鈍くなっている。人間はサメと違い水の抵抗を考慮されていない形状だし、不自然な体勢で引っ張られているから当然だろう。

ぼんやりとしていると、歯茎を剥き出しにしたトールが襲いかかり、慌てて振り子のように体を左へ寄せ回避する。

船の速度が著しく低下し始めた。海峡の外から向かってくる波濤の流れが激しくなっているのだ。辺りには、小さな渦巻きがいくつもでき始めている。

渋川は目を見張った。――渦潮だ。

この鳴門海峡や、しまなみ海道側の来島海峡などで、速い潮と遅い潮が擦り合わさって起こる現象――。こんな危険なもののことを、すっかり失念していた。しかも、昨日は新月だったから、今日は大潮のはずだ。月の引力のせいで、より大きな渦が発生する。

トールが少し後退した。いくらゴール・シャークといえども、これだけ長い時間泳ぎ続ければ、疲れが出るのは不思議ではない。船に向き直ると、クルーザーを自動操縦に切り替えた盛男が船尾へやってきて、手を拡声器にして言った。

「渦潮が出てる！　船に上がるんだ！　本当に死ぬぞ！」

水流に揉まれながらも腹筋を使って顔を上げ、渋川はレギュレーターを外し叫んだ。

「だめだ！　あと少し！　私のことはいいから、とにかく海峡を抜けろ！」

油断したせいで、背後から急進してきたトールに驚く。すんでのところで横に避けた。

「わああっ！」

巨大な歯はクルーザーの船尾を掠め、船べりに大きな傷がつく。反射的に避けようとした盛男は、甲板に背中から転がった。まっ青になっている彼に声を張り上げる。

「分かったな！　言う通りにしろ！」

トールは未だ船尾に近接していたが、操舵席に盛男が戻り船のスピードを上げると後退していった。

気合いを入れ直し、渋川はロープにつかまり潮と水の抵抗に耐える。大鳴門橋まで、百メートルほど。そこまで耐えればどうにかなる。

――なんとか、もう少し……。

心に浮かんだのは、友人のことだった。今回は彼との約束を守れそうで安堵する。

同時に、胸が痛んだ。あれからずっと心に巣くい続けていた問い。水内湊子が言ったように、自分が殺さずにいたら、あのサメには別の未来があったのではないか……。

摑んでいるロープが、がくんと伸びた。目をやった渋川は舌打ちする。避けたつもりだったが、さきほどトールが迫ったとき歯があたったらしい。ワイヤー製の金属の紐が縒り合わされたそれは、径の半分まですっぱりと切れていた。

息を呑む。

気配がして振り返ると、トールが速度を上げかぶりついてきた——。避けようとするが、ロープが軋(きし)むためできなかった。これが切れたら終わりだ。

咄嗟に歯を蹴りつける。間近で見ると、本当に作り物のように非現実的だった。頭だけでも渋川の背丈の三倍はある。巨大な口腔は、まるで地獄の門のようだった。ピンク色の浮腫(むく)んだ歯茎に並んだ鋭い歯の向こうには、喉と鰓孔の裏側が見えている。口に放り込まれあそこまで到達したら、もう助かるのは無理だろう。

——どうすればいい、どうすれば……。

水の抵抗が大きいため、トールは一旦口を閉じる。

閃いた渋川は鼻先へ近づくと手をかけ、その上に乗り移る。振り落とされそうになったが、ぽつぽつと散らばったロレンチニ瓶の穴に五本の指をしっかりと突っ込み、ロッククライミングの要領で体を持ち上げ、鼻先へ張り付いた。

ロレンチニ瓶は、敏感な場所だ。相当な不快感を覚えた様子のトールは、激しく暴れる。渋川は、しがみついて離れなかった。トールの速度が落ちたため、水面から出たタイミングで、こちらを窺っている盛男に言った。

「サメに速さを合わせろ！」

操舵席に戻り、彼は運転を手動に切り替える。

鳴門海峡を抜けるまで、あと五十メートル――。

再びトールは暴れた。恐ろしいほどの力。指だけはロレンチニ瓶をがっちり摑んでいるが、体は宙に投げ出され、トールの鼻と口の間に打ち付けられた。

「ぐっ！」

ロープを気にして目をやると、残った数本のラインが頼りなく伸びきっていた。このままでは切れるのも時間の問題だ。トールは再度振り払おうとし、垂れ下がっている渋川は、あらん限りの力と筋肉を使って、鼻の上へ戻る。体力は、もう限界だった。

――耐えるんだ。あと少し――。

クルーザーの左前にあるものを、視界が捉えたのはそのときだった。

発生しつつある、二十メートルほどある特大の渦潮――。

日本へ来たばかりの頃、渦潮というものが珍しく、好奇心に駆られどんなものか調べた。

毎日発生するものだから、渦に吞まれた魚もいるだろう。彼らがどうなるのか純粋に気になったのだ。答えは、なるほどというものだった。

――これを使うしかない。

背筋を総動員して水面から上体を上げると、盛男に向かって声の限りに叫ぶ。

「十時の方に突っ込め――！」

トールが渾身の力で顔を振り上げた。あっと思う間もなく、しがみついている鼻から飛ばされ、ロレンチニ瓶からも指が外れる。

渋川の体は、ワイヤーごと空を舞う――。

そこから起こったことを、上空からスローモーションのように見ていた。

ワイヤーで渋川を引っ張りながら、クルーザーは渦潮の真上を猛スピードで通過する。

空中で振り返ると、クルーザーを追おうとしたトールは、自身の体長よりも大きく成長した大渦に巻き込まれ、行く手を阻まれた。彼はなんとか渦から出ようと足掻いたが、圧倒的な水流に耐えきれず、大きな口を開けたまま海中へ引き込まれていった――。

＊

水面下では、竜巻のように下へ向けて螺旋状に収斂しながら、渦が水を攪拌していた。

微細な空気とともに引き込まれたトールもまた、巨体を激流に揉まれながらくるくる回転し、深さ九十メートルの水底へゆっくりと落ちてゆく。

渦に翻弄され、その巨体が海底の岩にぶつかる頃には、トールは白目を剝き意識を失っていた――。

＊

サメに跳ね上げられ、クルーザーとワイヤーで繋がったまま空を飛んでいた渋川は、意思を持たない泥人形のような格好で、ぼちゃんと海面へ落下した。

渦はすり抜けた場所なので安全ではあるが、潮の影響で流れは速い。船を停め船尾に立った盛男は、切れそうになっているロープを取り、慎重にたぐり寄せた。繊維の半分が切れたワイヤーロープは伸びきっており、潮で海中の空気が掻き回されているため渋川の姿は見えない。

「生きてろよ……。今助けてやるから」

ロープを引いていると、嫌でもあの日のことが甦った。

三十メートル下の海底で救助を求めてきた息子を、助けられなかった自分――。

恐ろしくなり、手を速める。もしも渋川がロープの先にいなかったら……。

心配は杞憂に終わった。四メートルほどロープを揚げたところで、彼女は海面に顔を出したのだ。潜水具のレギュレーターを外した彼女は、最後の力を振り絞り、こちらへ泳いでくる。船べりまでやってきた彼女の腕を摑み、盛男はクルーザーの上へ引っぱり揚げた。

疲れきっているのだろう。甲板にへたりこんだ彼女は、盛男を見て苦笑した。

「……あんたがいて助かった。礼を言う」

「良かったよ。死ななくて……」

なぜ俊は、こうして戻って来られなかったのか——。寂しく思いながら、盛男は微笑した。

全身が鉛のようだと呟きながらも、渋川は休もうとはせず体を起こす。肩で息をしながら、トールが呑まれていった渦へ目をやった。

何もかもを飲み込む恐ろしい渦潮だが、その寿命は案外短く、三十秒ほどだ。

勢力を極めたのち次第に解消され、上昇の流れへと変わる。細かな泡とともに水が盛り上がり、トールの大きな体軀も海面へ持ち上げられてきた。これほどの巨体をもってしても、引力と潮の干満が作り出す膨大なエネルギーには耐えられなかったようだ。横を向いたトールは気を失い、白目を剝き胸鰭をピクピクと痙攣させている。

「……船を近づけてくれ。麻酔を打って外洋へ牽引する」

見上げると、雲が広がった空は高く、数メートル先の頭上には、大鳴門橋の橋桁が延びていた。幅が一・三キロメートルほどある海峡のあちこちで渦が発生し、あたりには滝のような凄まじい音が轟いている。

渦に巻き込まれないよう注意しながら、盛男は揺れるクルーザーをトールの真横につける。二十メートルにもなるホホジロザメは、間近で見ると、大型トレーラーのような常軌を逸した大きさだった。

普通のサイズだったときですら、盛男はトールの相手にならなかったのだ。今はなおさら威容に圧倒される。

キャビンから戻った渋川が隣に立った。横からすっと差し出された大きな注射器に、盛男は目を丸くする。

髪から水を滴らせつつ、渋川は口を開いた。

「コノトキシンというイモ貝の毒だ。注入すれば、ゴール・シャークといえども、すぐに死に至る」

「麻酔で外海に出すんじゃないのか？　なぜ、これを俺に……？」

未だ息が上がっている彼女は、しんどそうに髪を掻き上げる。

「復讐したかったんだろう？　だから銛を盗んだと言ってたじゃないか。あんたに敬意を表して、チャンスをやるというんだ。さっさと決めろ。この船もいつ渦に呑まれるか分からないし、早くしないとトールが目を覚ます」

困惑し、盛男はトールへ視線をやった。

さまざまな方向から潮がうねる水面に横たわり、揺れているトール。海上に露出している五つの鰓孔が、ひくひくと動いている。こちらへ向けている腹は雪のように白く、胸鰭の先に少しついている黒が際立っていた。

——あの日、海底にいた俊も、これを見たんだろうか……。

息を吞む。無意識に、渋川の手から注射器を受け取っていた。船尾へ歩み寄ると船べりから身を乗り出し、こちらへ突き出ている固そうな胸鰭の付け根に注射器を近づける。

白い表皮へ針を突き刺す——。

これまでの出来事が、走馬灯のように駆け巡った。

最後に見た俊の姿、助けを求められたときのどうしようもない焦り、彼がもう戻らないと分かったときの絶望……。そこからの、長かったようで短かった日々――。照屋や美緒、ソウコの顔や言葉が浮かんでは消えていく……。

トールやサメたちを絶対に許さないと思っていた。俊のことで憎む気持ちは今だって変わらない。でも――。

「――違う」

針を刺す寸前で、盛男は手を止めた。大きく首を振る。

「違う。こういうことじゃないんだ……」

注射器をトールからゆっくりと離すと、渋川に返した。

「いいのか？　もうこんな好機はないぞ？」

彼女は人の悪い笑みを浮かべる。

もう一度、盛男はトールに目を向ける。よく見ると、その口元には口角炎を酷くしたような腫瘍ができていた。自分が殺さなくても、あれに体を蝕まれて早晩命が尽きるのだ……。人間の身勝手で与えられた薬のせいで。

不思議なことに、心は凪いでいた。神妙な気持ちで告げる。

「……もういいんだ。全部納得できたから。こんな殺し方をしても気は晴れないし……」

「――分かった」

渋川は頷いた。

どんよりしていた空が、再び晴れてきた。雲間から光が射し、大鳴門橋や、渦が収まってきた海原は、神々しく照らしだされる。

――やっと、すべて終わったよ……。

海とトールを眺めながら、盛男は心の中で最愛の息子に報告した。復讐は叶わなかったが、俊はきっとあの世でホッとしているに違いないだろう。

これから麻酔をするという渋川を手伝おうと、昨日盗んだ銛を拾い上げ、盛男は手渡す。

手で押しとどめ、彼女は苦笑した。

「そっちの中身は水だ」

「え？」

彼女は肩を竦める。

「常識で考えて、そんな危険なものを盗める場所に置いておく訳ないだろう？」

言われてみれば、それもそうだった。用心深そうな彼女がそんなことをするはずがない。

こんなものでトールに立ち向かおうとしていた自分が、今は無性におかしく思えた。

銛を手にしたまま、盛男は大声で笑った。

*

体が勝手に動いた。

意志ではなく、条件反射。

自分でも信じられなかった。

顎をせり出させ、歯茎と鋭い歯が並ぶ口を全開にしたロキは、船の残骸を押しのけテイラーへ突進する——。

指の無くなった手で顔を覆い、彼女は恐怖に絶叫した。

湊子の体は流れるように捕鯨砲の真後ろへ移動し、屈んで照準器を覗き狙いを定める。指が勝手に撃発レバーを引いていた。

花火に似た音とともに、鎖で繋がれた銛が発射され、一直線に飛んでいく――。

テイラーではなく、ロキに向かって。

先端が平らにもかかわらず、腹の一番太い部分の筋肉に、銛は容赦なくめり込んだ。

ロキが痛みに身をよじらせるよりも早く、銛の中に装填されている火薬が炸裂する――。

猛烈な破裂音とともに、六メートル以上あるサメの体は八つ裂きに弾け飛んだ。

顔、体、背鰭が大量の血とともに散らばる。

内臓と血を頭から浴び、さらに眼前にロキの頭が飛んで来たテイラーは、白目を剝いて卒倒した。

上空のヘリコプターと、近づいてきた海保のゴムボートの音がしているはずだったが、湊子には周囲一帯が無音に包まれているように思えた。

立ち上がると、自分がしたことに呆然として、辺りを見渡す。

頰に冷たいものを感じて指でぬぐうと、飛んできたロキの肉片だった。

真っ赤になった指を、じっと見つめる。

「なんでこんなこと……。あんなやつのために……」

仰向けに浮かんでいるテイラーの元へ、海保のボートが救助に向かっていた。

自分がしたことが、理解できなかった。

四散したロキの体の痕跡を探す。あんなにも守りたかったサメ――。

鎖骨と横腹を、激しい痛みが襲った。捕鯨砲の反動で、折れていた骨が移動したのかもしれない。

呻いて、手すりにしなだれかかる。

「大丈夫ですか?!」

ヘリコプターから海保の機動救難士が降り立ち、駆け寄ってきた。彼は湊子の体を支える。

「どこか痛みますか？　怪我をしてますか？」

体の痛みよりも、心の痛みが激しかった。胸が——心臓が張り裂けそうだ。

絶対にサメを守ると嘯いていたのに、自分自身の手で殺してしまうなんて。

——あたしは一体なんなの？　これまで言ってたことは嘘だったの……？

「どうして……」

目頭が熱くなり、熱い涙が眦へこぼれ落ちる。

雲間からは、日が射し始めていた。曇りの名残の湿った風が髪を揺らす。

巡視艇から派遣された別のボートも到着し、船上は一気に慌ただしくなった。

空を見上げながら気を失った瞬間、湊子の脳裏を渋川と盛男の顔が掠めた。

＊

そのとき何が起こったのか、渉たちが一番理解できていなかった。

恐竜みたいに巨大なサメがこちらへ突進し、やられると思った瞬間、背後から監視取締艇が弧を描きながら飛び出してきたのだ。それは渉たちを守るように二十メートルほど手前でサメの前へ回り込み、激突した。

ものすごい轟音とともに船は横倒しになり、さらにサメは体で踏みつけていった。その際、少しだけ進路が変わり、急いでいる様子のサメは渉たちを襲うことなく、北西へ去っていったのだ。あっという間の出来事だった。

事故に気づいた巡視船とともに、海保の救難ゴムボートが三艇かけつけてきた。その一つに保護された渉たちは、毛布を被って震えながら転覆した監視取締艇の救助作業を眺めていた。

大きく破損し、九十％が水面下に沈んだ監視取締艇。辺りには残骸が散らばっている。

「この船って……」

紫色の唇で、ぶるぶる身を震わせながらりりあが呟いた。渉は無言で首を縦に振る。何度も会ったし、船の名前が横腹に書かれているから覚えている。

〈すたあだすと号〉——鶴岡と志賀の船だ。

沈んだ操舵室から、潜水士がひとりを引っ張り出した。志賀だ。船内に空気が残っていたのか、ずぶ濡れだが意識がある。足を骨折している様子だが、命に別状はなさそうだった。

「良かった……」りりあが渉の毛布を摑む。渉は頷いた。

焦りを感じながら、息を呑んで救助作業を見守る。口うるさい地蔵みたいな女——鶴岡は大丈夫なのだろうか。

この状況から唯一導き出せるのは、自分とりりあを彼らが身を挺して助けようとしたということだった。

あのとき、すべてに見放されたと思っていた自分たちを……。

潜水士が浮かび上がり、その肩には救命胴衣をつけている小柄な女性が担がれていた。隣でりりあが息を呑む。完全に水に浸かっていた様子で、ぴくりとも動かなかった。

「どうしよう……鶴岡さん……」りりあの泣きそうな声がする。

渉は着ていたトレーナーの胸元を摑んだ。

訳の分からない感情が暴れ回り、心臓がどくどくと波打つ。

——彼らは、俺たちを助けてくれたんだ。あんな、見捨てられて当然の最低なことをした俺たちを……。

ボートに乗せられた鶴岡は、真っ青な顔で目を閉じていた。潜水士が気道を確保し、心肺蘇生法を行う。

我がことのように、渉は齧りついて見ていた。仰向けに寝かされた鶴岡は、強い力で胸骨を圧迫されているが、ぴくりとも反応しない。

「……死ぬなよ……頼むから、生き返って……」

寒さのせいではなく体が冷え、知らぬ間に言葉が出ていた。りりあがそっと添えてきた手を、渉はぎゅっと握り返す。

何十回も心臓を押し、潜水士にも疲れが見え始める――。

もうだめかと思ったとき、上体を反らし口から水を吐き出しながら、鶴岡は息を吹き返した。

「やった……！」

りりあと顔を見合わせ、抱き合って歓喜した。


鶴岡たちと渉らは、ゴムボートから巡視船へ収容された。

ずぶ濡れで毛布に包まったまま、着替えをするのも後回しにした渉は、担架に乗せられた鶴岡の元へ行く。酸素マスクをつけられた鶴岡は、気配を感じるとうっすら目を開き、いつもの地蔵のような無表情でこちらを見た。

「……助かったんですね……よかったです……」

拳をぐっと握った渉は、目に涙を溜めながら彼女に声を張り上げた。

「何やってんだよ！　俺らなんかのために、死ぬところだっただろ！」

八つ当たりだと分かっていながら、言わずにいられなかった。こいつらは馬鹿だ。渉なんかのために命を擲(なげう)とうとするなんて……。

「こんなときに、やめてください！」

担架を持った中年の海上保安官が渉を睨みつけるが、鶴岡は構わないと手で制した。

怒鳴られても、彼女の表情はまったくたじろがない。そのことになぜかホッとした。自分は彼女の強さに甘えているのだということに、渉は気づいた。

中途半端な渉と違って、彼女は半端なく、半端でないのだ。渉が持っていない確固たる信念を持っている。それが羨ましくて、彼女が気に入らなかった。

「死んだらどうしようって、本当に心配したんだぞ！」

もはや自分でも怒っているのか、泣いているのかよく分からなかった。流れた涙を腕でぬぐう。

じっとこちらを眺めていた鶴岡は、手で酸素マスクを取ろうとした。何か言いたいのかと、渉はマスクを外してやる。

近くにいた志賀も含め、彼女が何を話すのか、誰もが注目していた。

いつもよりもっと辛辣に叱られるかと渉は覚悟する。

だが、息を切らせながら彼女が口にしたのは、普段とまったく変わらない内容だった。

「……私も仕事ですから……別に。……でも、やっと懲りたでしょう？　今度から、海に出るときは気をつけてくださいね……」

生死の汀を彷徨ったにしては、あまりにあっさりとしたコメントに、同僚に肩を支えられ立っていた志賀が爆笑する。

渉の隣にいるりりあも微笑んだ。

どんな反応をすればいいのか分からず、渉はあやふやな泣き笑いの表情を浮かべることしかできなかった。

The sequel

マンションの鍵をかけると、湊子はエレベーターを使わず階段で四階から一階へと降りた。久しぶりに外で吸う朝の空気は、清々しかった。登り始めた朝日を照り返し、街路樹は輝いている。通勤通学の時間帯のため、駅へと続く通りは静かに賑わっていた。登校途中の小学生、自転車に乗った高校生、サラリーマン……。

九月といってもまだまだ暑く、歩いているとうなじに汗が滲む。スマホを確認すると電車の時間まで余裕がなかったため、足を速めた。後期の授業初日でテキストがたくさん入っているため、肩にかけているトートバッグが重い。家を出たばかりなのに、もう疲れが見えていた。

当然かもしれない。前期は一日も授業に出ず、退院してからも、裁判に出る日以外はずっと下宿に引きこもっていたから。

三月下旬に起きた、あの大惨事から半年。世界中をニュースが駆け巡り、蜂の巣を突いたような騒ぎは、今もまだ尾を引いている。

漁師と海上保安官、その他の死傷者数は、計二百四十八人。そのうち死者は、五十九人だった。

銃創や骨折を負い入院した湊子や渋川は、海上保安庁から何度も聴取を受け、瀬戸内海における前代未聞の事件は、その異様な全容を明らかにしていった。

サメを瀬戸内海に閉じ込めていたのが、日本に苛烈なバッシングを行ってきた環境保護団体DOと、その下部組織だったこと、本当の狙いがこう研の研究だったことで日本人の怒りは爆発し、メディアは連日、彼ら一人一人の情報や瀬戸内海にサメを閉じ込めた方法、日本の研究所で厳重に保管されているはずのZorroの入手ルートなど、トップ扱いで詳細に報じた。

一連のホホジロザメによる襲撃は、事故ではなく人為的な事件だったと断定され、警察でも捜査が開始された。

管轄の香川県警の対応は素早かった。証言固めをしたのち迅速に逮捕状を取り、手の治療をしているテイラーの入院先へ向かい、彼女を逮捕した。さらに、海上保安庁が総力を挙げて追跡し、日本のEEZから出る寸前だったハロルドとレイラのクルーザーを拿捕した。

トッドについても捜査はされたが、彼が日本にいたという物証や、事件に関与した証拠を、ついに見つけることはできなかった。そのため、彼が話していた依頼主などの全容の解明や逮捕は難しいと言われている。

テイラーと、ハロルドらは起訴され、八月に最初の裁判が行われた。二人は出廷し、湊子や渋川も証人として赴いた。

そこでハロルドがした証言が、世界に衝撃を与えた。DOのメンバーが奸計を弄し、ホホジロザメ駆除に成功しそうだった沖縄の漁師を海に転落させ、サメに食われるよう仕向けたのだという。日本人の怒りは再燃し、DOへの視線はますます厳しいものとなった。

トールやロキの襲撃で死んだDOとSMLのメンバーは、被疑者死亡のまま書類送検という形で司法に裁かれた。SMLのメンバーについては、入院中の湊子がSNS経由で彼らの家族や友人に連絡を取ってやり、すみやかに連れて帰れるよう手配してやった。DOのメンバーについては、すべての者のパスポートが偽物で、誰ひとり遺体を引き取ろうというものは現れなかった。彼らの遺骨がどうなるのか、湊子は知らない。

ナッシュやレベッカたちの無惨な死に姿は、夢に繰り返し出てきて湊子を苦しめた。目の前でサメに食べられていった、ジーンやDOのメンバーも……。

それよりも辛かったのは、ロキの死の瞬間を思い出すときだった。

あのとき、湊子の体は無意識に動いて、撃発レバーを引いた。指で感じたレバーの硬い感触を、今でも鮮明に覚えている。

捕鯨砲が肉にめり込むやいなや、ロキは爆発し、血と肉が飛び散った――。

ヘラは死に、ロキも死んだ。渋川によって新たにタグ付けされ外洋へ逃がされたトールも、一週間後には太平洋上で死んでいるのが見つかり、回収され研究サンプルとなった。

彼らを救えなかったばかりか、一匹は湊子自身の手で殺したのだ。

テイラーやナッシュたちは、計画のために湊子を騙していたが、湊子もまた自分を騙していた。口ではサメの命が何よりも大切だといいながら、結局は同じ人間であるテイラーを救うため、残酷に命を奪った……。

この事実に、湊子は打ちのめされた。自分という人間が信じられなくなり、絶望するよりほかなかった。

心配してくれたゼミの友人らには、大丈夫だと答えたけれど、全然そうではなかった。

抑うつ状態で何もする気にならず、退院して下宿へ戻ったあとは、裁判があるとき以外ずっと暗い部屋に引きこもっていた。裁判には渋川もいたが、言葉を交わすこともなく、終わった途端すぐに福岡へ帰った。

ずるずると時は経ち、春が終わり、夏も通り過ぎていった。

前期は、文字通り一日も大学へ行かなかった。銃で撃たれたりして親には心配をかけたから、登校していないことは言っていない。授業料がもったいないし、退学しようと思っていた。

心が壊れてしまった湊子は、緊急避難的にクラゲのような浮遊生物（プランクトン）になることにした。自力で泳ぐことができない、海中を浮遊して潮に流されるだけの存在。自発的に何をすることもなければ、自己嫌悪に陥ることもない――。

そんな風に、漫然と生きていた夏休みのある日、ゼミのみなが下宿へ現れたのだった。

気が進まなかったので、玄関先で少しだけ話した。一緒に進級できるようサポートするから、後期からは来るようにと里絵子たちは励ましてくれた。

曖昧な返事をしたのち、帰っていくみなを見送っていると、鳥羽がひとり駆け足で戻って来た。湊子の前に立った彼は、真剣な顔で絶対に大学をやめるなと言った。

……だから、プランクトンの湊子は、鳥羽という水流に押され、後期から出席することにした。

自分を許すことはできないし、自分の決断を信じられない。

でも、生きていかなくてはならないから。

地下鉄とバスを乗り継いでやってきた広大なキャンパスには、もはや懐かしさを覚えた。

青空の下、そびえ立つ近代的な建物の間を抜け、研究室のある真新しい研究棟へ入る。

講義が行われる場所ではなく、真っ先にここへ来たのは、渋川に会うためだった。

早い時間のため、研究室にはまだ院生らも出てきておらず、ひっそりと静まり返っている。すでに出勤していた渋川は、いつも通り窓際にある机に座り、朝の白い光の中で分厚い英語の本を読んでいた。気配に気づき、こちらへ目を向ける。

「……やっと来る気になったか」

湊子は頷く。顔を見てやっと分かった。自分は彼女と向き合って話したかったのだ。

——同じ経験をした唯一の人だから。

しばらく沈黙したのち、口を開く。声が震えた。

「……先生も辛かったんだね。サメを殺したこと……」

目を見開いたのち、渋川は瞳に影を落とした。

「一日も、忘れることはない……」

涙が込み上げ、締められたみたいに喉が痛くなる。それ以上何も言えずにいると、困ったように肩を竦め、彼女は微笑んだ。優しく――何かを諦めたように。

「大丈夫だ。私だって、なんとか生活できているだろう？」

笑顔を作ろうとしたが、無理だった。感情が堰を切って涙が頬を伝い落ちる。指でぬぐいながら、湊子はしゃくり上げた。

「……こんなに、苦しいなんて思わなかった……。サメを殺すことが。あたしは無意識に、人間を助けることを選んでた……。あんな極悪人、助ける価値なんてなかったのに。……でも、それが綺麗ごとの裏の本音なんだね……。どこまで行っても、あたしは人間で、人間を犠牲にしてまで海の生き物を守るなんて、無理なんだ……」

静かにこちらを見ていた渋川は、ゆっくりと本を閉じた。

「思い詰めなくていい。いつか乗り越えられるから。多分……」

彼女にしては珍しく、語尾がわずかにかすれていた。いつもの自信が感じられず、自分に言い聞かせている感じだった。

虚ろな瞳を彷徨わせた彼女は、本の脇に置かれた折りたたみのナイフに手を伸ばし、お守りのようにぎゅっと握りしめる。どこかの大学のエンブレムがついているものだった。

窓の外へ目をやると、キャンパスを取り囲む山々は、晩夏を迎え深い緑をたたえていた。ぼんやりと眺めていた湊子は、急に吸い込まれるような恐怖を覚える。それはじわじわと胸を浸食し、足が震えて一歩後ずさった。

三匹の白い死神たちは、人間の手によって命を奪われ逝ってしまった。

――彼らは本当に死神だったのだろうか……？

首を傾げる。湊子にはどうしても、そうは思えなかった。

彼らは食物連鎖の頂上付近にいる捕食生物というだけで、それ以上でもそれ以下でもないのだから。

――じゃあ、本当の死神は誰なんだろう……？

枝葉を伸ばし、ひしめき合う山の木々。その奥へ奥へと視線が引き込まれていく――。

怖くなり渋川に助けを求めようとしたが、彼女もまた自分の世界に没入しており、折りたたみナイフへじっと視線を落としていた。

目眩がした湊子は、ふらつく足で、さらに一歩後ずさる。

本当の、

本当の死神は――。

＊

「ただいまー」

玄関からりりあの声がした。

台所にいた渉はコンロの火を止め迎えに出ると、事務服に身を包んだ彼女に訊ねる。

「おかえり。今日はどうだった？」

「もう慣れたし、何もなかったよ」

小首を傾げ、彼女は微笑する。

京都のアパートへ越してきて、約半年。学校が先に終わり、早く帰宅できる渉が夕食の準備をするのが日課だった。

事件から随分経つが、二人でつましくする生活は、驚くほど平穏だった。

当時は、世の中がひっくり返るほどの大騒ぎで、当日配信をしていた渉たちも海保や警察から聴取を受け、渦中の人物となった。かつてないほど注目度はアップし、マスコミから取材を申し込まれたり、他のユーチューバーから追いかけられたり――。

どれに応えるつもりもなく、渉はりりあとともに、しばらくの間雲隠れしていた。

ユーチューバーも、きっぱりとやめた。りりあとじっくり話し合った末のことだ。

彼女は水着の配信を気に入っていたため続けたがるかと思ったが、渉がやめたいと告げると、さっぱりした顔でそれなら自分ももういいと言った。

その日から、ユーチューバーりりあは、とみ子に戻った。

何か新しい仕事をしてみたいということで、求人チラシを見て応募し、近所の小さな会社の事務をしている。

普段通り、渉が作ったあまり美味いとは言えない夕食をふたりで食べる。見た目も味も不器用だが、もともと小食だからか、彼女が文句をつけたことはなかった。

カボチャの煮物を箸で小分けにし、リスのように少しずつ口に運ぶ彼女を、渉は眺める。毎日忙しいが、このひとときが一番好きだった。

食べ終えて食器を片付けようとすると、彼女は手で制した。

「わたしがやるから。勉強してきていいよ」

「ん、サンキュー」

寝室の一角に作った勉強スペースへ移動し、椅子に腰を下ろすと、渉はデスクライトをつける。始める前に、壁に貼った通年カレンダーへ目をやった。今は九月。高校を卒業してから、勉強などしたことがなかったため、来年五月の試験に間に合わせるには、フル回転でやらなくてはならない。

ユーチューバーをやめた渉には、やりたいことがあった。どうしたらなれるのかスマホで調べたところ、現在二十二歳で一応高校を卒業してる渉は、幸運にも受験資格を有していたのだ。

とみ子に話したところ、出世払いだと言って、フロアレディ時代の貯金から一年制の受験予備校の費用を出してくれた。

「とにかく気合いだ」

食事をして眠くなりかけた顔を、両手で叩く。渉の頭はいまいちなので、勉強の効率は良くない。ならば、人の何倍もやるしかない。

中途半端にふらふらと生きてきた渉にそう思わせてくれたのは、他でもない鶴岡だった。

生まれてから父親はずっと渉を否定するだけだったし、教師もクラブの上司にしても、尊敬できる大人に出会ったことがなかった。そんな自分に、体を張って背中を見せてくれたのが彼女だったのだ。

くじけそうになったとき眺めることにしているフォトフレームへ目をやる。とみ子と一緒に鶴岡と志賀の見舞いへ行った際、四人で撮った写真が入っていた。

少しの間眺めたのち、勉強に取りかかった。机の上に広がったテキストには、どれも海上保安学校学生採用試験と書かれている。

写真の中の鶴岡を思い出し、渉は手を止め微笑した。

プライベートでも変わらない地蔵スタイルだが、彼女なりに気を遣ったのか、控えめにピースサインらしきものをしているのが、おかしかった。

Epilogue

海中には、秋のやわらかな陽光が、まんべんなく降り注いでいた。

あちこちの藻場で海藻が揺れ、小魚たちがその中を行き交っている。海峡から遠いこの場所は、流れも緩やかだった。

タコは海底を這うように進んでいた。これまでに足を二本なくしていたが、泳ぐのに支障はない。春にあの恐ろしい生物たちがいなくなってからは、それほど危険なものもなくなり、のんびりと暮らすことができていた。

ソワソワと落ち着かず、タコは体を揺すする。足先が対象を捉え、高揚感が湧き上がった。

一生に一度の、繁殖の相手を探す時期——恋の季節なのだ。

だんだんと、雌の出す独特の匂いが近づいてくる。素早く進み大きな岩を越えると、裏側に目当てのものがいた。

凹凸のある岩に身を潜め、じっとしている雌のタコ——。

雷に打たれたように、運命を感じた。

——この相手だ。

本能が理想の雌だと告げていた。岩は庇のように張り出しており、卵を産みつけるのに適しているから、彼女は美しいだけでなく、きっと賢いに違いない。

さっそく求愛しようと近づくと、少し離れた岩場に蠢くものがいた。

他の雄だった。向こうもこちらに気づいている様子で、横向きの瞳孔をひたとこちらへ向けている。

タコは逡巡する。大きい雄だ。ここは一旦引いて、他の雌を捜すという選択肢もあるが——。

もう一度雌へ目をやると、その考えは吹っ飛んだ。これまで見たどの雌より美しい瞳。今は見えないが、足のひとつひとつの吸盤まで、綺麗に整っているに違いなかった。

闘うことを決めたタコは、先手必勝、相手に突進した。

足をいっぱいに広げ、摑みかかる。向こうも負けてはいなかった。身を躱したかと思うと、こちらへ足を伸ばし、吸盤を使って表皮を剝ごうとしてくる。

二匹の雄のタコは、体を絡ませ、互いに引っ張り合った。

劣勢だった。そもそも相手の方が体が大きく、足の数もちゃんと揃っているのだから。

タコはたまらず墨を吐いた。しかし、タコ同士ではあまり意味がない。墨はもったりと移動していく。

闘いは続く。雁字搦め（がんじがら）にされ、足を一本千切られた。切られた足は、浮遊して海底に落下する。

なんとしても負けるわけにはいかなかった。あの雌を自分のものにするのだ――。

足の力を抜き、タコはすっと相手の包囲から抜け出した。離れた途端、漏斗から水を吐き出し、再度突っ込む。相手の目に覆いかぶさると、足の間にあるくちばしを、おもいきり突き立てた。

急所をやられた相手は降参し、墨を吐いて一瞬のうちに逃げ去って行った。

墨がだんだん晴れていくと、その向こうには美しい雌が待っていた。

タコは、じわじわ近づき、手が届く場所で停止する。

岩間にいる雌は、逃げたり威嚇することはなかった。どうやら彼女のお眼鏡にかなったようだ。岩の外へ這い出してくると、雌は目を体の一番高い場所へ持ち上げ、じっとこちらを見る。好意と受け取ったタコは、同じ体勢を取った。

見つめ合うと、えも言われぬほどの多幸感に包まれる。

……そろそろ時間だ。

タコは一番長い足を、そっと雌へと伸ばした。

ゆるい水流の中を、タコは泳いでいるのか流されているのか分からない状態で、ふわふわと移動する。

すべてが終わった。

これ以上望むものはないほど満たされていた。

海底に降りると、ゆっくり足で這う。力を使い果たしたのか、雌と離れてからどんどん力が入らなくなっていた。……きっとそういうものなのだろう。

本当に疲れていて、どこかで休みたかった。

手頃な洞穴（ほらあな）を見つけ、中へ入る。さらさらとした感触で、タコが体を収めるのにちょうど適した大きさだった。よい隠れ家が見つかり満足したタコは、うとうとし始める。

――夢を見た。

さきほど雌がいた岩場だ。

庇の部分に、雌が産みつけた白く長細い卵が、幾筋も垂れている。それはとても繊細で、潮に揺れる様は、とても美しかった。

卵の中ではたくさんの小さなタコの子供が育ち、機が熟し生まれ落ちると、広い海へ泳ぎ出す――自分と同じ、生きるための旅に出るのだ。

意識が朦朧として、タコは深い眠りに落ちていく……。

寝床の洞穴がふわりと浮かび上がったのは、そのときだった。

タコは気づいていなかったが、その洞穴は、一筋の縄で繋がれた釣り鐘型の壺（つぼ）だった。縄の端が海面に浮かんだニンゲンの箱に繋がっていて、連なった壺ごと、どんどん上へ巻き上げられて行く。

タコにはもう、逃げる力は残っていなかった。

＊

「——お父さん、こっちも干しちゃっていいって」

港の岸壁に面した干し場で待っていると、加工場の方からプラスチックのケースを抱えてきた江美子が、手渡しながら言った。

もともと市場で手伝いをしていたので、彼女の防水のエプロンに白いゴム長姿は堂に入っている。タイラギ漁や地引き網漁ばかりで、こういう仕事はしてこなかった盛男の方が、この場に似つかわしくなかった。

「わかった」

頷いて、盛男は受け取る。

巧神島沖で起きた、巨大ザメによる大惨事から約半年。多くの被害が出たせいで、最初はみなサメを憎んでいたが、渋川とソウコによって真相が明かされると、怒りの矛先は変わった。今でも遺恨がある者はいるものの、それはそれで仕方ないことだ。

海保と相談し、あれからすぐに俊の葬儀も済ませた。船を売った金で、それなりに豪華なものにした。盛大に送り出してやりたかったし、盛男自身区切りをつけたかったからだ。遺骨はないが、代々の墓の墓碑に俊の戒名を刻んだ。

多くの人が亡くなった甚大な事件だったため、沿岸六県には慰霊碑を建てるという話が持ち上がっているが、予算の折り合いがつかず、まだどうなるかは分からない。真実が分かった今、盛男は人間に利用され殺されたサメたちの名も記してほしいと考えていたが、さすがにそれは他の遺族の理解を得られないだろう——。

　晴れている空は高く、だんだんと秋めいてきていた。四国へ延びている瀬戸大橋も、心なしかすっきりとして見える。

　あと少しで昼休憩だと気合いを入れ直した盛男は、ケース一杯に詰まっていたタコの中から一匹を取り上げた。加工場で内臓が取り除かれていて、干すばかりとなっている。

　広げた盛男は、顔を顰めた。

「……こいつはひどいな。足が三本もないし、皮もあちこちめくれてる。干すにしても自宅用だな」

「あら、海の中でよほど大変な目に遭ったのね」

　横からケースに手を延ばし、他のタコを手に取った江美子が、目尻に皺を寄せる。

　すべてが終わったのち、盛男はすぐに彼女を倉敷から呼び戻し、遥にも同時に謝った。二人とも頑固な盛男が頭を下げたことに驚いていたが、怒る訳でもなくすんなりと許してくれた。戻って来てからずっと、盛男は江美子に頭が上がらない。

「じいじ、美緒も手伝う」

　盛男のズボンを引っ張った美緒が、愛らしい眼差しを向ける。夫の繁忙期を手伝う遥のため、美緒を預かることも増えた。全体が家族のような町なので、孫がうろうろしていても、とやかく言われることもない。

「もうちょっと大きくなったら、美緒にもやらせてやるよ」

　つまらなそうに頰を膨らませた彼女は、しゃがんでケースの中にいるタコを眺めた。

　針金のハンガーに似た器具にタコの頭を引っかけると、盛男は足を延ばして干していく。本数がたらないから格好がつかないが、まあいいだろう。

　海から心地よい風が吹いた。港からの景色を見渡す。

青い空に映える瀬戸大橋。色褪せないしまなみと、行き交う船。

辛いことがあった。俊を失ったことで、人生を失ったような気持ちになったが、乗り越えられた。

それはきっと、家族や生まれ育った町のおかげだ。

これからも、こうやってここで生きて命を繋いでいくのだ。

干したばかりのタコと頭を並べた盛男は、輝く水面に目を細めた。

＊

コンテナ船は、夜の海を静かに航行していた。

太平洋上の公海にあたる、何もない海原だ。どの陸地からもはるか遠く、三百六十度水平線しか見え無い。

よく晴れていて空は明るく、満天の空には天の川が横たわっていた。光源のない漆黒の海との対比が美しい。

夜間の当番であるインドネシア人二等航海士は、ワッチのかたわら船橋でクロスワードパズルに興じていた。あくびをしながら時折ちらりとＡＩＳに目をやるが、船影はまったくないし、海は凪で平穏そのものだ。

一瞬、海上に光が見えた気がして、双眼鏡を手に取る。

海洋観測ブイだった。公海なので、どの国の研究機関が設置したのかは分からない。一メートルほどの高さがあり、船などがぶつからないよう十秒に一回灯りが消えるようになっている。

双眼鏡を置こうとした航海士は、光が不自然に瞬いたため、再度覗き込む。

よくは見えないが、イルカのようなものが次々飛び上がり、ブイの前を横切っているようだ。

遮られて届く光の長さに既視感があった。――モールス信号だ。

「うそだろ……?」

夢ではないかと驚きながら、慌ててパズルの横に書き記す。

時間をかけて何度か同じメッセージを繰り返すと、光を遮っていたものたちは、フッと姿を消した。

ブイの光は元通りになり、黒い海は何事もなかったかのように平穏を取り戻す。

書き出したメッセージをアルファベットに変換した航海士は、鉛筆を取り落とし立ち上がる。

信じられない気持ちで口元を手で押さえながら、もう一度ブイに目をやった。

解きかけのパズルの横には、こう記されていた。

〈オモイアガルナ、オマエタチハ、ウミノオウデハナイ――〉

*

透明で明るい海の中を、一匹のイタチザメが悠然と尾を振りながら泳いでいた。

沖縄本島から、二百キロメートルほど東の沖。海底にはさまざまなサンゴが敷石のように広がり、色とりどりの魚たちが行き交っている。

四メートルほどの大型のイタチザメは、餌を探しながらサンゴ礁を進んでいたが、あるところで急に方向を変えた。

鼻先を北へ向ける――。体が勝手に動き、本来の縄張りではない北へ向けて移動し始める。

――イカナケレバ。ソコニイケバ。ゼッタイニイクノダ……。

そこにサメの意志はなく、サメを動かしているのは、鰓から入り込み、脳へ移動した粘液胞子虫という生物だった。

脳の表面にシストを作って寄生したそれは、まだ人間が解明していないメカニズムで、サメの神経に作用し命じる。

粘液胞子虫の生殖の舞台となる、ゴカイがいる海へと行くように。

サメは移動用の乗り物でしかない。目指す場所に着いたらサメの体内から出て、ゴカイの体に入り込み、次の世代へ命を繋ぐのだ。

利己的な遺伝子の思惑も知らず、サメはひたすら北に向けて泳ぎ続ける。

瀬戸内海の、黄色いゴカイがいる場所を目指して——。

〈参考文献〉

『サメ―海の王者たち―改訂版』　仲谷一宏　ブックマン社
『瀬戸内海のさかな』　瀬戸内海水産開発協議会編　瀬戸内海水産開発協議会
『水先案内人―瀬戸内海の船を守るものたち―』　森　隆行　晃洋書房
『心を操る寄生生物　感情から文化・社会まで』　キャスリン・マコーリフ（著）西田美緒子（訳）
インターシフト
『心を操る寄生体』　ナショナル ジオグラフィック（著）日経ナショナル ジオグラフィック
『ゾンビ・パラサイト――ホストを操る寄生生物たち』　小澤祥司　岩波書店
『ペンギンが教えてくれた物理のはなし』　渡辺佑基　河出書房新社
『進化の法則は北極のサメが知っていた』　渡辺佑基　河出書房新社
『獣医学教育モデル・コア・カリキュラム準拠　魚病学』　児玉　洋（監修）川本恵子／森友忠昭／
和田新平（編集委員）　緑書房
『シャチ学』　村山　司　東海教育研究所
『シャチ生態ビジュアル百科　世界の海洋に知られざるオルカの素顔を追う』　水口博也（編著）
誠文堂新光社
『バイオロギングで新発見！　動物たちの謎を追え』　佐藤克文（監修）　中野富美子（著）　あかね

書房

『クジラをめぐる冒険　ナゾだらけの生態から対立する捕鯨問題まで』　石川　創　旬報社

『海の寄生・共生生物図鑑　海を支える小さなモンスター』　星野　修／齋藤暢宏（著）長澤和也（編著）　築地書館

本作品は書下ろしです。

雪富千晶紀（ゆきとみ・ちあき）

1978年愛知県生まれ。日本大学生物資源科学部卒。2014年、『死呪の島』（受賞時タイトルは「死咒の島」）で第21回ホラー小説大賞〈大賞〉を受賞。同作は『死と呪いの島で、僕らは』と改題して文庫化。著書に本作のシリーズ作『ブルシャーク』の他、『黄泉がえりの町で、君と』『レスト・イン・ピース 6番目の殺人鬼』『ALIVE 10人の漂流者』がある。

ホワイトデス

2023年４月30日　初版１刷発行

著　者　雪富千晶紀（ゆきとみちあき）

発行者　三宅貴久

発行所　株式会社 光文社

〒112-8011　東京都文京区音羽1-16-6

電話　編　集　部　03-5395-8254

書籍販売部　03-5395-8116

業　務　部　03-5395-8125

URL　光　文　社　https://www.kobunsha.com/

組　版　萩原印刷

印刷所　堀内印刷

製本所　ナショナル製本

落丁・乱丁本は業務部へご連絡くだされば、お取り替えいたします。

ISBN978-4-334-91517-9